孤獨
與
美

台灣現代詩九家論

洪淑苓 著

目次 contents

自序

　　本書以台灣九位現代詩人為研究對象，著重其創作歷程、語言風格以及詩中所呈現的孤獨、美感、時間、自然、童趣、族群關懷等主題，以細讀文本的方式，對詩人與詩學主題進行深入的探討。因孤獨與美兩大主題是大多數詩人的作品都會觸及的，因此本書也以「孤獨與美——台灣現代詩九家論」命名。

　　這九位詩人包括周夢蝶（1921-2014）、鄭愁予（1933—）、葉維廉（1937—）、杜國清（1941—）、席慕蓉（1943—）、莫渝（1948—）、陳義芝（1953—）、瓦歷斯・諾幹（1961—）以及陳克華（1961—），各篇論文撰寫時間有先有後，彙整成書，則依詩人出生年代排列各章順序。

　　從最年長的周夢蝶到最年輕的陳克華，這九位詩人可說是戰後台灣現代詩人前行代與中生代中的佼佼者。周夢蝶、鄭愁予、葉維廉與杜國清在50－60年代已負盛名，周、鄭是抒情詩人的典範，周夢蝶的〈孤獨國〉、〈菩提樹下〉，鄭愁予的〈錯誤〉、〈賦別〉等詩，歷來傳誦不已。而葉、杜兩位除創作外，亦兼擅詩學理論，他們對現代主義詩學、道家美學以及新古典美學的研究與推展，可說不遺餘力，是重量級的學者詩人。席慕蓉第一本詩集《七里香》1980年才問世，此後卻造成風潮，吸引無數讀者。莫渝、陳義芝自70年代晉身詩壇，創作風格屢求自我突破，直至90年代，無論是都市、鄉土或是後現代的風格，兩位詩人都有不凡的表現。瓦歷斯・諾幹是原住民詩人的最佳代表之一，他的詩從現代主義苦悶式的風格起家，隨著族群意識的覺醒，在內容與主題上都有很大的轉變和成就。1981年，陳克華自全國學生文學獎崛起，而後從科幻詩、都市詩到近年的同志詩，陳克華勇於挑戰詩壇固有的規則，也用艱險的詩藝展現他精彩深刻的創作功力。這九位詩人的獨特成就恰恰可以貫串50年代到當代的現代詩史，也使本書具有縱觀詩史的作用。

以下簡要敘述各章旨趣。

第一章〈周夢蝶詩中的孤獨與世態人情〉：周夢蝶的《孤獨國》以獨特的文白交揉形式，塑造了特殊的語言風格。而他所刻畫的「孤獨」，不只是個人苦心孤詣之境，也捕捉了同輩人在台灣戰後初期的時空氛圍下，那無可脫逃的困鎖之境。然而時空流轉，周夢蝶在後期作品裡展現的是另一種生活的姿態，是安於現實，對世態人情有具體而微的觀照；在他筆下，無論是鬧區街道上的眾生相，或是郊區的公寓生活，都有了新鮮的體驗，點化都市人的冷漠，也顯現詩人如何在日常生活中尋求心靈的安頓。

第二章〈論鄭愁予的山水詩〉：鄭愁予的〈錯誤〉膾炙人口，巧妙地融合了古典情境與現代視角，他的情詩如〈賦別〉，更是浪漫動人，令人心醉不已。但鄭愁予描寫台灣山岳的「五嶽記」，以及之後遊歷歐美各地所撰寫的山水詩，或者近期再次描繪台灣山水——以花東之地的太魯閣等為對象的山水詩，都顯現了詩人敏銳的美感，以他的生花妙筆細細刻畫山水景致，任由想像力自由馳騁，既有恢弘的氣象，也有充滿機趣的意境。透過本章的分析，可以了解鄭愁予山水詩如何體現審美的過程，並且具有道家「遊」的美學，在字裡行間流露「與造物者遊」的精神。

第三章〈葉維廉詩中的童趣與自然〉：葉維廉精通中西詩學，對於現代主義詩學、道家美學有豐富的論著。本章以葉維廉的童詩展開論述，著眼點在於葉維廉從事道家美學研究，也將這樣的體悟和觀念融貫到童詩當中。這大大提升童詩的境界，使童詩具有詩人個人的思想表徵。更重要的，葉維廉的童詩也有活潑、趣味的一面，深深啟發兒童讀者的想像力與感受力。其次，則分析葉維廉的山水詩。這類作品可說充分印證葉維廉所主張的道家美學理念，藉由色彩、氣氛、情境的鋪陳，葉維廉詩中的自然之境就是「道」的化身。

第四章〈論杜國清的譯介〈荒原〉、詩學與近期詩集〉：杜國清具多重身分，集創作者、翻譯家和研究者於一身。他是研究艾略

特的專家，翻譯艾略特的長詩〈荒原〉與文學理論，本章第一部分即是探討他譯介的〈荒原〉與相關問題，試圖從「翻譯」這個脈絡線索看〈荒原〉對華文現代詩的影響。其次，則耙梳杜國清的詩學理念，並發現他近來喜用「以詩論詩」的方式來陳述詩學觀念，和中國古代的「詩話」有異曲同工之妙。最後則評論杜國清近期兩部詩集，《玉煙集：錦瑟無端五十絃》可說是他出入於古典與現代之間的精心傑作，而《山河掠影》則是現代山水詩的新範式。

第五章〈席慕蓉詩中的時間與抒情美學〉：席慕蓉對於時間具有敏銳的感受，構成她作品中非常突出的抒情性與美感特質。本章以追憶、日常、生死三個向度探討席慕蓉對於時間書寫的表現。席慕蓉擅長以「追憶」手法捕捉、重現回憶的「斷片」，反覆歌詠的是夏日、夏夜、四月、月光、山徑等景象與情境，對這些生命印記，席慕蓉常有「言猶未盡」的述說欲望。而對於日常時間的感受，則轉化為對於詩的高度掌握，以詩的超越性來抵抗日常對生命的耗能。面對嚴肅的生死課題，則試圖以詩的熱情來延宕死亡帶來的威脅，展現從容的姿態。經由本章之析論，應可打破一般人對席慕蓉情詩的刻板印象。

第六章〈莫渝詩中的現代世界〉：莫渝為笠詩社的資深社員，他70年代的作品深具現實批判的精神，但本章更試圖指出莫渝在都市詩的題材上也有所開展，而且具有國際性、現代感，構成一個「現代世界」。這方面，莫渝對現代化都市生活中的事物，如公寓、公車、電視機、路樹、月亮等，都有細膩的刻繪，〈寂寞男子〉尤其道盡都會生活中的空虛與寂寞。此外，都會生活的特點是與世界同步，人在書齋而能融入全球化的氛圍之中，莫渝有多首詩對國際時事展現關心與評論，充分顯現莫渝具備了世界觀；尤其是對國際戰爭的書寫，更顯露其悲天憫人的胸懷。

第七章〈陳義芝詩作語言與風格的新變及其意義〉：陳義芝為中生代著名詩人，他的成名詩集《青衫》以古典風格見長，但自第四本詩集《不能遺忘的遠方》後，卻展現求新求變的意圖。因此本章重點在觀察《不能遺忘的遠方》與《不安的居住》兩詩集，並

與前期作品對照，指出其新變的意義。經由本章，可看到陳義芝的語言由古典整齊的風格轉向鬆動、自由，寫詩的視角也更為開闊、新穎，對於女性主義、情慾想像、數字遊戲等主題與形式，都有極大的突破，和90年代台灣社會思潮的急遽變動有所呼應，也刷新他自己的寫作成績。但對於鄉土的書寫，陳義芝仍堅守語言典正的本位，他的返鄉探親詩、台灣鄉土詩都有深刻的內涵。

第八章〈瓦歷斯的族群書寫與文化關懷〉：瓦歷斯・諾幹的新詩創作，語言流暢，內容深刻，充分反映一個原住民作家對自身部落文化的關懷，也旁及對所有原住民命運和歷史的關注，因此本章探討他新詩作品中所呈現的原鄉風貌，並分析在現代社會的衝擊下，瓦歷斯對原住民文化有著怎樣的反省和期許。瓦歷斯的詩中洋溢回歸山林、回歸部落的呼喚，而〈雨落在部落的屋頂上〉更進一步期盼部落也將和漢人的世界和平共處，使人人都享有愛與溫暖的世界。他的近期詩集《當世界留下兩行詩》，則是以兩行的形式進行創作試驗，也有助於推動現代詩的創作。

第九章〈陳克華詩中的孤獨、愛與抒情表現〉：陳克華曾因身體詩、情色詩而遭人非議，然而他從不因外界的褒貶而停頓創作的腳步。本章亟欲深究他身為詩人的抒情自我的樣貌。這個抒情的陳克華，最鮮明的特質是孤獨。陳克華的詩，無論是以一般意象或是身體感官為意象來譬喻，個中所蘊藏的正是一種孤獨的氣息。永恆的孤獨正是他一再陳述、傾吐的內心感受。他對於愛的詮釋，不只是感官肉體的暴露——或說是一種抗議的姿態，更多時候，是表現失落與悵惘，和上述孤獨的心境相關聯。即使是借用佛教典故來寫愛情，陳克華不僅寫出了情／欲的矛盾，也捕捉了當中沉醉的心情，因而更有抒情的況味。

透過上述九章，再對照台灣現代詩的發展，可了解各章所探討的詩人都是涉及詩史風潮的重要人物。50年代，以紀弦為首的「現代派」叱吒風雲，鄭愁予正是其中一名健將，以知性與感性兼具、現代與古典並重的風格，示範了現代的抒情模式。爾後，覃子豪和

紀弦掀起論戰，創辦了藍星詩社，倡導「風格是自我創造的完成」（「六大信條」之六）；藍星同仁各有風采，周夢蝶無疑是其中最特殊的一位，他作品中的語言與思想，塑造了個人的魅力。60年代是台灣現代主義的興盛時期，葉維廉在香港時期即已萌發現代主義思想，來台升學時加入創世紀詩社後，更介紹、帶動了強大的現代詩思潮，本身也有相應的創作產生。杜國清起初在《現代文學》雜誌擔任編撰、譯介工作，其後也成為笠詩社發起人之一，他的詩和詩論，一直都和現代主義的主知、客觀對應、「通感」、「一即多」等觀點相互參照，進而建構自己的詩學美典。70年代鄉土文學崛起，笠詩社對現實的嘲諷以及捍衛鄉土的用心有目共睹，而屬於笠詩社、也曾長年擔任主編的的莫渝，他在創作、翻譯、評論與編選詩集等各方面，都累積不少能量，對於推廣笠詩人的作品，可說不遺餘力。

　　80年代是風起雲湧的年代，席慕蓉的《七里香》詩集造成轟動，引發「新詩大眾化」的論戰。但席慕蓉以持續創作來回應（或可說是不回應）旁人的批評，對於詩、對於寫作這檔事，她有自己堅守不移的信念。陳義芝的詩也是自80年代開始轉變，到90年代有明顯的突破。他的求新求變，一方面是內在的自我需求，希望不斷超越自己；另一方面也是社會思潮的誘發——1987年是政治解嚴的關鍵年代，政治的禁令鬆動，社會更加開放多元，許多觀念也被鬆動、解構，彷彿預告著後現代社會的來臨；則詩人在語言、思想上的放鬆、解構，其實正是創新的好時機。這種來自自我與社會的雙重較勁，在陳克華身上亦可印證。從《欠砍頭詩》到《善男子》，陳克華在創作上的努力，是值得重視的；他的詩，無論是以抒情詩看待或作為同志詩的範例，都是可以用來考驗詩史的新論述。瓦歷斯・諾幹為原住民詩人，他歷來對原住民文化的關懷，也是以詩歌、文學活動來切入整個台灣社會與文學史，透過對他的詩作與相關理念的分析，相信可使文學史、詩歌史更為豐富。

本書以周夢蝶研究為首章，陳克華研究為末章，兩者恰都以「孤獨」為題。事實上，詩人的心靈恆常是孤獨的，唯有如此，才能超越世俗的羈絆，專注於詩的創作。而那一次次為生命為詩歌而悸動的心情，正是詩人為我們所揭示的美的歷程。

　　最後說明，本書各章曾先後發表於學術會議或期刊，刊載資料詳見各章文末註明。也因發表時間不一，為求慎重起見，遂將各篇重新修訂、增補後結集出版。特別感謝當初邀約和刊登的各處所，激勵筆者持續研究現代詩；同時也感謝協助整理資料或校稿的秩維、玫汝、建志、偉潔、潔瑩等諸位同學。惟願本書是一個新的里程碑，敬請學界先進不吝賜教。

洪淑苓　序於2016年5月2日

周夢蝶詩中的
孤獨與世態人情

一、前言

　　周夢蝶（1921-2014）的詩作一向以禪境見稱，鑽研禪佛的他，確實也給人如老僧入定的印象。然而除了禪意，周夢蝶對於人世的俗緣瑣事其實猶未能忘懷，因此長年以來他大都每週固定外出，與文友、讀者隨緣晤敘[1]。周夢蝶是「孤獨國王」，他早期出版的詩集，如《孤獨國》[2]、《還魂草》[3]，研究者探討的重點也是以其中的禪境哲思為主[4]。2002年，周夢蝶同時出版《十三朵白菊花》[5]與《約會》[6]，這兩本詩集中，更為突出的是有關人情世態的敘寫，舉凡與友人的贈答，對陌生人的觀想，以及日常生活中的瑣事雜記，字裡行間，往往流露人間的溫情與興味。這似乎展現了「孤獨國王」入世的一面，在其出世超越的形象之外，增添對人世的體恤和眷戀之情。

　　2014年5月1日，周夢蝶仙逝，但他在武昌街擺書攤的景象，已成為台北的一幕文化風景，令人永遠追思懷念。筆者曾先後撰寫二

---

[1] 周夢蝶先生1959-80年在台北市武昌街明星咖啡屋樓下擺書攤，1980年因胃病住院開刀，結束書攤生活，爾後每週三到明星咖啡屋茶憩，常有文友尋訪；1991年，則改到長沙街的「百福奶品」餐飲店與文友相聚。後因年事已高，不再固定外出，但有詩歌活動，亦常見其人身影。參見劉永毅，〈周夢蝶生平大事年表〉，《周夢蝶——詩壇苦行僧》，（台北：時報出版公司，1998年），頁215-220。

[2] 周夢蝶，《孤獨國》（台北：文星書店，1959年）。

[3] 周夢蝶，《還魂草》（台北：文星書店，1965年）。本文使用的是領導出版社，1984年10月三版。

[4] 例如葉嘉瑩在為周夢蝶的《還魂草》寫序時指出，周夢蝶詩中一直閃爍著一種哲理和禪思，「雪中取火，鑄火為雪」為其詩中表現的境界。見葉嘉瑩，〈序周夢蝶先生的《還魂草》〉，收錄於周夢蝶，《還魂草》（台北：領導出版社，1984年，三版），頁3-7。筆者亦曾發表〈橄欖色的孤獨——論周夢蝶孤獨國〉，收入陳義芝主編，《台灣文學經典研討會論文集》（台北：聯經出版公司，1999年），頁184-196；又收入曾進豐編，《娑婆詩人周夢蝶》（台北：九歌出版社，2005年）；以及封德屏總策劃、曾進豐編選，《周夢蝶》（台南：國立台灣文學館，2012年），台灣當代作家研究資料彙編18。後二書廣收周夢蝶研究之論文，除葉嘉瑩、吳達芸、翁文嫻、余光中、蕭蕭、奚密、曾進豐等學者，亦多見對於周公的禪思、禪境的探討。

[5] 周夢蝶，《十三朵白菊花》（台北：洪範書店，2002年）。

[6] 周夢蝶，《約會》（台北：九歌出版社，2002年）。

篇論文研究周夢蝶的詩歌[7]，以下將二文合併整理，一方面從其早期詩集《孤獨國》來探討其孤獨意識與創作藝術，另外也藉由後期詩集《十三朵白菊花》與《約會》以及參照其散文集《不負如來不負卿》、《風耳樓墜簡》等，從其中的日常生活題材，揭示周夢蝶筆下純美的人情與淳樸的世情。

二、橄欖色的孤獨——論周夢蝶《孤獨國》

周夢蝶是孤獨的，周夢蝶的詩也是孤獨的。

周夢蝶喜用苦澀沉重的字眼入詩，必須經過咀嚼，才能領受其中清甘，此有如橄欖之於眾口，而周夢蝶的第一本詩集亦以「孤獨國」為書名，故此處以「橄欖色的孤獨」為標題[8]，試圖提點其人與其詩的精神特徵。周夢蝶《孤獨國》被列為台灣文學經典[9]，以下將首先討論《孤獨國》可列為經典的意涵，其次分析其作品意境以及語言特色，以彰顯其藝術成就。

（一）《孤獨國》的「經典」意涵

《孤獨國》是周夢蝶的第一本詩集，1959年4月由藍星詩社印行，共收錄57首詩（其中有7個組詩）；以《孤獨國》為書名，恰恰點出全書的主題精神。這「孤獨精神」的捻出，一方面是他個人

---

[7] 本文由筆者〈橄欖色的孤獨——論周夢蝶孤獨國〉、〈周夢蝶詩中的世態人情〉二篇合併。前者收入陳義芝主編，《台灣文學經典研討會論文集》（台北：聯經出版公司，1999年），頁184-196；後者收錄於易鵬、曾進豐與筆者合編之《觀照與低迴：周夢蝶手稿、創作、宗教與藝術國際學術研討會論文集》（台北：學生書局，2014年），頁75-98。

[8] 周夢蝶《孤獨國》曾二次用到「橄欖」：「用橄欖色的困窮鑄成個鐵門閂兒，／於是春天只好在門外哭泣了。」（〈冬天裡的春天〉）；「我想把世界縮成／一朵橘花或一枚橄欖，／我好合眼默默觀照，反芻——／當我冷時，餓時」。（〈七首·三〉）個人以為「橄欖色的孤獨」正可以結合二者：苦澀與芳甘，如其詩之表裡。

[9] 文建會曾委託聯合報副刊舉辦「臺灣文學經典30」評選活動，並在1999年3月19日舉辦「臺灣文學經典研討會」，就所選的30本經典書目，邀請學者專家分別撰寫論文。筆者應邀發表〈橄欖色的孤獨——論周夢蝶孤獨國〉。

生命歷程與內在心靈的呈現，另方面也是同時代人共同的心聲，因此才能引起共鳴，獲得讚賞。

據最近出版的《周夢蝶──詩壇苦行僧》，周夢蝶出生於1921（民國10）年2月10日，也就是民國9年陰曆的12月29日；是個遺腹子，由寡母撫養成人。自幼體質孱弱，家境貧困，然敏慧好學，於中國古典文學、時興的白話新詩，皆能有所領會。但這份天賦才情，終因家境及世變關係，屢遭挫折中斷。日人侵華、國共爭戰，使得周夢蝶不得不離鄉背井，隨軍渡海來台，承受「孑然一身」的孤獨寂寞：直到1986年初返鄉探親，原以為得以骨肉團聚，孰料造化弄人，竟落得「無母、無妻、無子」的境況，除了女兒一家人，真的是孑然一身了[10]。

周夢蝶的孤獨，就是在這一連串經歷下越堆越高，以心理分析的「原型」看，父親早逝，師長（和臨軒先生）調遷，以及他被局勢所迫，背棄母親妻兒，也撤離生長的故土──無論是被人遺棄，或不得已而遺棄親人，這些經驗都可指向於《聖經》裡亞當和夏娃被逐出伊甸園的故事，所謂「存在遺棄」（existential abandonment）的原型[11]。這造成其心理內在深層的孤獨感，而企圖「以詩的悲哀，征服生命的悲哀」[12]，將生活上貧病的磨練，心理上愛欲的煎熬，通通化為文字的修煉，誠如葉嘉瑩云：

> 周先生之不得不解脫之感情，則近乎是源於其內心深處一份孤獨無望之悲苦。……周先生乃是一位以哲思凝鑄悲苦的詩人。……我們看到了他的屬於「火」的一份沉摯的淒哀，也看到了他的屬於「雪」的一份澄淨的淒寒[13]。

葉氏此言，雖然是用於周夢蝶的第二本詩集《還魂草・序》，但所

---

10 劉永毅，《周夢蝶──詩壇苦行僧》（台北：時報文化公司，1998年）。
11 瓊安・魏蘭─波斯頓著，宋偉航譯，《孤獨世紀末》（台北：立緒文化公司，1991年），頁41。
12 見《孤獨國》扉頁引奈都夫人語。
13 周夢蝶，《還魂草》（台北：領導出版社，1984年），頁5。

點出的內涵，卻是周夢蝶一貫的生命情調；例如吳達芸〈「孤獨國」掠影〉一文，也歸結出類似的意見[14]。可見周夢蝶及其《孤獨國》之感人深刻，正是這種悲苦孤絕的情感所致。

然而放回歷史的脈絡中，《孤獨國》所標舉的「孤獨精神」，並非僅限於周夢蝶個人的經歷與生命情調，它同時也是具有時代意義的。

回顧60年代，由於對「現代化」的反思，存在主義的思潮對文學創作的衝擊是相當大的。存在主義迫使作家去探討人類處境的問題，從隔絕與疏離中，省視內在自我、唯一的真實[15]。不過現代詩學方面的研究，學者大多數把焦點放在創世紀詩社超現實主義的實驗手法上，譬如洛夫、瘂弦的作品[16]。周夢蝶因為個人形象太傳奇，反而使人忽略其作品和整個時代思潮的呼應，以〈孤獨國〉這首詩看，詩中所構設的，乃是一個孤獨而又馨和的情境，唯有把自己放置在這樣一個絕對的狀態中，人才得以省視自我，完成「獨特的存在」[17]。更進一步說，《孤獨國》集中經常出現的孤寂、虛無、憂鬱、幽獨、寂寞、哀愁等字眼，其實就是對於「存在」的思考，而且觸動同時代人對於現代文明的恐慌與不安之感；只不過周夢蝶的關注點不在於社會現實或政治的嘲諷，他牽引的，是最直接的「自我」之探索，並且企圖達到超越自我。

經典的確立，除了上述個人獨特的藝術成就，具有時代意義之外，第三個要件應是「永恆性」，也就是作品可以回歸整個文學藝術的傳統，和前代作品產生對話，共同挖掘、闡發宇宙人生的

---

[14] 吳達芸，〈「孤獨國」掠影〉，附於《還魂草》（台北：文星書店，1965年）。

[15] 參見松浪信三郎著，梁祥美譯，《存在主義》（台北：志文出版社，1992年）。如果以沙特為代表，存在主義之宣告形成，是在1945年10月，沙特等人創辦了《現代雜誌》，提倡此思想運動。而在台灣文學上，50、60年代的文學作品，探討人生基本的存在意義者，不乏其例。參見柯慶明〈六十年代現代主義文學？〉，收於邵玉銘、張寶琴、瘂弦主編，《四十年來中國文學》（台北：聯合文學出版社，1995年），頁85-146。

[16] 例如奚密，〈邊緣，前衛，超現實：對台灣五、六十年代現代主義的反思〉，《台灣現代詩史論》（台北：文訊雜誌社，1996年），頁247-264。

[17] 松浪信三郎：「由於如此，所謂『獨特存在』就是以脫離自己、超越自己的狀態，在未知的地方，而非現存的地方不斷去完成自己。……這樣的超越絕不是有神論的超越，而是人的自我超越。」同註15，頁122。

真理。

　　如同憂鬱與死亡，「孤獨」也是文學上常見的主題。就中國
文學的傳統看，古典詩詞表現孤獨寂寞者，不乏其例。除了葉嘉瑩
在《還魂草・序》中以陶淵明、謝靈運的孤獨感和周夢蝶作比較之
外，唐宋文人的作品中，或多或少也都會涉及「孤獨」的狀態與意
識，雖然其中境界各有不同，但對於卓越不群、遺世而獨立的文人
而言，「孤獨」正是其內心永恆的「存在」，致使他一再檢視自己
與外在群眾、自己與自我的接觸關係[18]。雖然《孤獨國》中，大多
以基督教、耶穌或其他西方文學典故為喻，但是這應不妨礙我們將
之納入中國文學傳統來討論，因為和其他現代詩人在創作形式上的
標新立異，《孤獨國》所呈現的主題，是可以和傳統文學互相映照
的，它讓我們看到，中國文人一脈而下，對「孤獨」的不同映象。

　　《孤獨國》的「經典」意義，就在於這個人的、時代的、永恆
的三重奏。

（二）《孤獨國》的境界

　　上文說過，《孤獨國》所標舉的是「孤獨精神」。一般探討
「孤獨」，往往必須分辨其「孤獨」是形體上的孤單，或心理上
的孤絕；是遠離繁華世界、不為人知的寂寞，還是遺世獨立的超
越[19]。但是《孤獨國》中，「孤獨」顯然是一種精神的表徵，無法
細分這些差異，因此逕以「孤獨精神」稱之。而觀察其作品，無論
是描寫身處於鬧市之中，或與人接洽，或自我的沉思冥想，最後都
會將目光折回內視，烘托出一個孤獨的境界；此境界之呈顯，這裡
將繼續探究。

　　境界一詞，始自王國維《人間詞話》，也成為後人談論詩詞的
重要術語。簡言之，境界是指作品中對時間、空間的處理，以及情

---

[18] 鄭騫，〈詩人的寂寞〉，《從詩到曲》（台北：科學出版社，1961年），頁8-15。
[19] 林文月，〈陶謝詩中孤獨感的探析〉曾對孤獨、寂寞之定義分析歸納。見其《山水與古典》（台北：純文學出版社，1976年），頁63-92。

感、思想的表達；既是外在環境的描寫，也是內在心理的投射，含有「入乎其內，出乎其外」的意味[20]。

從周夢蝶的身世經歷看，他在現實生活是孤獨無依的，但這並不表示他也自願脫離人群，與世隔絕。相反的，他對於俗世，卻抱持相當大的熱情，而且兼容並包，和諧共存。

試觀這樣的句子：「鵬、鯨、蝴蝶、蘭麝，甚至毒蛇之吻，蒼蠅的腳……／都握有上帝一瓣微笑。」[21]；「上帝給兀鷹以鐵翼、銳爪、鉤吻、深目／給常春藤以嬝娜、纏綿與執拗／給太陽一盞無盡燈／給蠅蛆以蠅蠅的接力者／給山磊落、雲奧奇、雷剛果、蝴蝶溫馨與哀愁……」[22]這些事物，美醜善惡剛柔並置，都分沾上帝的微笑，何異於《莊子・知北遊》「道無所不在」之語[23]，代表周夢蝶對「萬物一體」的體認。

再者，周夢蝶對這萬象世界，更表現出救贖、淑世的熱情理想。〈禱〉[24]的開頭，即向上帝呼告，表示願意把自己的骨肉心，分割分贈給人間所有我愛和愛我的，而且永無吝惜、悔怨；〈索〉的第三段，「想起給無常扭斷了的一切微笑」，便發心：「我欲搏所有有情為一大混沌／索曼陀羅花浩瀚的冥默，向無始！」[25]這裡的「有情」、「曼陀羅花」、「無始」等詞，乃借自佛家語，透露周夢蝶思想的另一線索；而這種普渡眾生的熱情，也就是他熱愛人世的明證。排在《孤獨國》的第一首詩〈讓〉，尤其發揮此意：

　　讓風雪歸我，孤寂歸我

20　參考以下書籍對「境界」的詮釋，劉若愚著、杜國清譯，《中國詩學・下篇第一章做為境界和語言之探索的詩》（台北：幼獅文化公司，1977年），頁138-150、黃永武《中國詩學鑑賞篇・作品的詩境》（台北：巨流圖書公司，1976年），頁61-238、柯慶明，《境界的再生・論王國維人間詞話的境界，有我之境、無我之境及其他》（台北：幼獅文化公司，1977年），頁51-84。

21　周夢蝶，〈向日葵之醒・二〉，《孤獨國》，頁62。

22　周夢蝶，〈乘除〉，《孤獨國》，頁20。

23　《莊子・知北遊》中，莊子回答東郭子，道無所不在，在螻蟻、在稊稗、在瓦甓、尿溺。莊子著、黃錦鋐注釋，《新譯莊子讀本》（台北：三民書局，1998年），頁253-259；引文見頁256。

24　周夢蝶，〈禱〉，《孤獨國》，頁3。

25　周夢蝶，〈索〉，《孤獨國》，頁2。

如果我必須冥滅，或發光——
我寧願為聖壇一蕊燭花
或遙夜盈盈一閃星淚。[26]

在這首詩裡，詩人寧願自承風雪、孤寂的磨難；燭花、星淚，其光幽微而溫暖，正是詩人謙卑誠摯的情感表露。

然而這種承擔世俗的勇氣，在近距離的人際關係上，表現卻略有差異。當人我相處，以個人個別的方式往來時，周夢蝶的孤獨意識便跟著抬頭：「狂想、寂寞，是我唯一的裹糧、喝采」[27]；「我是從沙漠裡來的！」「我原是從沙漠裡來的！」[28]，這種吶喊式的語言，代表了堅決的態度，謝絕外界人情，寧可沉浸在「幽敻寥獨」[29]的自我世界。如同〈行者日記〉云：

我是沙漠與駱駝底化身
我袒臥著，讓寂寞
以無極遠無窮高負抱我；讓我底跫音
沉默地開黑花於我底胸脯上[30]

沙漠原是熾熱的所在，卻荒寥無垠；駱駝負重遠行，有擔負之勇氣，行走於沙漠，仍是沉默孤獨！

如是，我們發現《孤獨國》中的熱情與寂寞乃是互相糾纏的，呈現外冷內熱的處世態度。值得注意的是，對於自己所堅持的寂寞或孤獨，周夢蝶同樣也是無所怨悔的。雖有〈雲〉詩者[31]，吐露看似瀟灑實則憂鬱孤苦的心聲，但可貴的，卻是那份玩味孤獨，享受寂寞的心情。試以〈寂寞〉為例，當寂寞尾隨黃昏而來時，在缺月

---

[26] 周夢蝶，〈讓〉，《孤獨國》，頁1。
[27] 周夢蝶，〈第一班車〉，《孤獨國》，頁31。
[28] 周夢蝶，〈無題‧五〉，《孤獨國》，頁55。
[29] 同註27。
[30] 周夢蝶，〈行者日記〉，《孤獨國》，頁28。
[31] 周夢蝶，〈雲〉，《孤獨國》，頁4-5。

孤懸、溪面平靜如鏡的情境裡，偶爾點畫白雲與飛鳥的影子，正襯托此中寂靜的境界。而這時「我」雖孤單一人，卻可以與自己的水中倒影相視一笑；隨手拿起柳枝，在水面點畫「人」字的動作，是寂寞的感覺，也和前述寂靜的境界相融和，達到物我合一的境界。像這樣的句子：

> 我趺坐著
> 看了看岸上的我自己
> 再看看投映在水裡的
>
> 醒然一笑
> 把一根斷枯的水面上
> 著意點畫著「人」字──
> 一個，兩個，三個……[32]

趺坐的我、岸上的我、投映在水裡的我，三者都是我的「存在」，不同的面向，透過水的映照，以及內在的省思，終於「醒然一笑」，探觸了自我的本質；這「笑」，有如迦葉的拈花一笑，代表對「道」了然於胸，心境澄靜透明。

　　換句話說，這「醒然一笑」即透露了對生命的高度自覺，否則必然是醉生夢死、呼天搶地式的哭喊。在〈默契〉的開端：「生命──／所有的，都在覓尋自己／覓尋已失落，或掘發點醒更多的自己……」[33]覓尋、掘發、點醒，這便是一連串探索自我的動作；而所謂的「默契」，乃如詩的末段所列舉的五種情況：兀鷹與風暴、白雷克與沙粒、惠特曼與草葉、曼陀羅花與迦葉的微笑、北極星與寂寞，兩兩之間的凝視、交會，是「默契」，也是掘發了生命的奧祕，透視了本質究竟──最後的句子「石頭說他們也常常夢見我」，也是呈現這種和諧寧靜的「默契」。透過〈默契〉，我們更

---

[32] 周夢蝶，〈寂寞〉，《孤獨國》，頁14-15。
[33] 周夢蝶，〈默契〉，《孤獨國》，頁21。

清楚看到周夢蝶對生命的看法，以及自省自覺的態度。

　　當然，我們沒有忘記做為書名的〈孤獨國〉，這首詩的意境可謂圓融飽滿，無懈可擊。茲徵引前後諸句：

> 昨夜，我又夢見我
> 赤裸裸地趺坐在負雪的山峰上。
>
> 而這裡的寒冷如酒，封藏著詩和美
> 甚至虛空也懂手談，邀來滿天忘言的繁星……
>
> 過去佇足不去，未來不來
> 我是「現在」的臣僕，也是帝皇。[34]

「赤裸裸地」代表回復到赤子原始狀態，回復本來的真面目；「負雪的山峰」則指超越塵俗的孤高境地，是在這樣的心境與情境下，建造起「孤獨國」，咀嚼箇中滋味。而此王國中，沒有塵囂雜務，只有時間進行的聲音，與一切美好靈秀的物事，以及一團原始的「渾沌」，非常近於道家的太虛之境。於是詩人彷彿「此中有真意，欲辯已忘言」，酒、詩、美，便成為餵養靈魂身軀的甘泉。時間標誌「現在」的提出，更締造「剎那即永恆」的超越境界。

　　對於「時間」的思考，《孤獨國》的體認就是現在、或「剎那」。當哲學家說：

> 我一想到我生命的短暫，前後都被永恆吞沒；想到我佔有以
> 及眼睛所見的小小空間，包圍在我不認識、而也不認識我的
> 無盡空間裡；這時我嚇壞了，並且奇怪為什麼在這裡而不在
> 那裡，為什麼是此刻而不是彼時？[35]

---

[34] 周夢蝶，〈孤獨國〉，《孤獨國》，頁25-26。
[35] 此為巴斯噶之言，引自威廉・白瑞德著，彭鏡禧譯，《非理性的人》（台北：志文出版社，1979年），頁112。

所透露的，乃是察覺了人的有限性，面對宇宙時空的浩瀚，更興起不可抑遏的焦慮[36]。據此，〈現在〉一詩也有類似的體會。本詩以「躕躕滿志幽獨而堅冷的腳步聲」比喻時間，時間並且向詩人喊話：

> 已沒有一分一寸的餘暇
> 容許你挪動「等待」了！
> 你將走向哪裡去呢？
> 成熟？腐滅？……[37]

這使得詩人怵目驚心，直打寒顫。題目「現在」，更加強了詩人在面對時間之停格的一瞬時，那種深層的、不知何去何從的焦慮。同樣的，前引〈孤獨國〉：「我是『現在』的臣僕，也是帝皇。」句中「臣僕」之意，即表露詩人對時間現象的懼怕，知悉人之無法抗拒時間之洪流，因此甘為臣僕。但是因為詩的中段，顯示詩人所創造的超越境界，所以才能隨即又說「也是帝皇」，破解了這種困境，掌握住時間的片段性，視為理所當然，因能從容自在，找回人的主體位置。

提到時間，令人不得不討論到「死亡」。死亡是生命的結束，更極端彰顯出人的有限性。但是哲學家卻把「死亡」視為人的獨特存在，因為「別人誰也不能替我死」；逼視死亡的真面目，顯然有助於人對自我的認識[38]。在《孤獨國》的〈烏鴉〉[39]、〈消息（二首）〉[40]，我們可以略窺周夢蝶對「死亡」的省思：

〈烏鴉〉中的烏鴉，是時間的化身，它為人類悲憫，因為人是

---

[36] 借自海德格的觀念，參見威廉‧白瑞德著，彭鏡禧譯，《非理性的人》，同上註，頁212。
[37] 周夢蝶，〈現在〉，《孤獨國》，頁12。
[38] 參見威廉‧白瑞德著，彭鏡禧譯，《非理性的人》，同註35，頁216。
[39] 周夢蝶，〈烏鴉〉，《孤獨國》，頁17。
[40] 周夢蝶，〈消息〉，《孤獨國》，頁42-43。

盲目愚蠢的，不知珍惜時間，漠視生命的可貴。「時間的烏鴉鳴號著，哽咽而愴側！／我摟著死亡在世界末夜跳懺悔舞的盲黑的心／剎那間，給斑斑啄紅了。」後二句即指出，當詩人靠近死亡，與之擁舞時，他那盲黑的心，因烏鴉的鳴號而驟然驚醒，給啄得血淚斑斑。這首詩透過對時間的省思，而指向死亡的國度，使人警醒到人的愚昧與有限。

〈消息（二首）〉則以灰燼代表著生命的死亡，只不過這灰燼乃有「火盡薪傳」的意味。詩中「卻發現：我是一叢紅菊花／在死亡的灰燼裡燃燒著十字」[41]之語，明白揭示此理。可以這麼說，周夢蝶對「死亡」的思考，乃是突破有形生命的結束，重視精神的傳承創新；如同對時間的體認一樣，「現在」只是時間洪流的一個點，個人的死亡，亦不過歷史脈絡裡一個點罷了，無須憂懼，點與點的相續，始構成莽莽滔滔的時間之流，如其〈消息・一〉云：

> 不！不是殞滅，是埋伏——
> （中略）
> 從另一個新的出發點上，
> 從燃燒著絢爛的冥默
> 與上帝的心一般浩瀚勇壯的
> 千萬億千萬億火花的灰燼裡。[42]

（三）《孤獨國》的修辭

在詩歌創作藝術上，除了內容主題，外在的語言修辭技巧，也同樣重要，可促成作者作品的獨特風格。就《孤獨國》而言，在

---

[41] 同註40，頁43。
[42] 周夢蝶，〈消息・一〉，《孤獨國》，頁42。林海音寫周夢蝶，即以「默默的，燃燒著的灰燼」為題，此亦本於周夢蝶語。見林海音，《剪影話文壇》（台北：純文學出版社，1984年），頁53-55。

諸多詩歌的創作技巧上，意象、節奏、比喻、象徵等方法，最突出者，乃是他在視覺意象上的表現，幾種顏色：紅、黑、雪（白），特別是黑色的廣泛運用，頗能襯托《孤獨國》苦澀沉重的風格，而且也和作者本人慣於黑色長袍打扮的形象吻合。此「黑色修辭法」，是為其恰當的修辭策略，使主題精神更為鮮明。

　　類似這種方法的運用，唐朝李賀與北宋晏幾道的詩詞，可謂成效顯著。方瑜〈李賀歌詩的意象與造境〉說李賀「喜用濃色如紅、綠，但卻常在這些濃色之上，另加一個修飾字，如冷紅、老紅……不但削弱了紅、綠原有的熱鬧喧嘩，反而製造出衰颯的效果。」[43]鄭騫〈小山詞中的紅與綠〉也說：「晏小山是門祚式微身世飄零的貴公子，又天生是個多情善感的風流才士，所以他的作品在高華朗潤的風度之外，顯示著無限悲涼情調，在濃豔的色澤之上，籠罩著一層黯淡的氣氛。他對於紅綠兩色的運用正好把上述的情形表現出來。」[44]

　　《孤獨國》也常用紅色，代表紅花、血淚，有時與黑色互相搭配，更點綴了悲涼的味道（見前引〈烏鴉〉）。而對雪的意象經營，則見於〈孤獨國〉「赤裸裸地趺坐在負雪的山峰上」，〈冬天裡的春天〉[45]以錦豹枕雪高臥，象徵高超的境界。至於黑色，出現次數最多，也集中表現它的象徵意義，就是時間的化身。例如〈川端橋夜坐〉：「時間之神微笑著」、「他全身墨黑」[46]；〈在路上〉：「黑色的塵土覆埋我，而又／粥粥鞠養著我」[47]，此黑色塵土仍是指時間，既給人壓迫，也令人生長；〈行者日記〉：「讓我底跫音／沉默地開黑花於我底胸脯上」「黑花追蹤我，以微笑底憂鬱」[48]，此黑花即時間之花；〈晚安！剎那〉：「我植立著，看蝙蝠蘸一深濃墨／在黃昏曇花一現的金紅投影中穿織著十字」[49]，蝙

43　方瑜，《中晚唐三家詩析論》（台北：牧童出版社，1975年），頁25。
44　鄭騫，〈詩人的寂寞〉，同註18，頁116。
45　周夢蝶，〈冬天裡的春天〉，《孤獨國》，頁37-38。
46　周夢蝶，〈川端橋夜坐〉，《孤獨國》，頁33。
47　周夢蝶，〈在路上〉，《孤獨國》，頁27。
48　周夢蝶，〈行者日記〉，《孤獨國》，頁28。
49　周夢蝶，〈晚安！剎那〉，《孤獨國》，頁40。

蝠色黑，在這裡也是時間的化身，蝙蝠黑色的身影穿梭，就像把黑夜的陰影投下大地。黑色本身在視覺效果上，就是給人沉重、壓迫的感覺，運用黑色，更加重了對時間的焦慮感。

黑色，同時也讓人恐懼，因為它象徵死亡。前引〈烏鴉〉詩，黑色的烏鴉本就是不祥預兆，「我摟著死亡」之語，其實暗示了「時間的烏鴉」也就是「死亡的烏鴉」，是死神的變身。〈在路上〉：「黑色的塵土覆埋我」，用「覆埋」一詞，也是暗示著死神的降臨，只不過死而復生，在方生方死，方死方生的人生路上，有淚有笑，「這條路是一串永遠數不完的又甜又澀的念珠」[50]。

由此看來，死亡在周夢蝶的心中，似乎並不那麼可怕。〈行者日記〉末云：「天黑了！死亡斟給我一杯葡萄酒／我在峨默瘋狂而清醒的瞳孔裡／照見永恆，照見隱在永恆背後我底名姓」[51]在黑夜的背景下，與死神的交杯，卻使得詩人更洞悉永恆，以及自己的存在。

周夢蝶對於視覺意象的運用，在《孤獨國》也許不十分自覺，但到下一本詩集《還魂草》，則顯示了他已經相當在意。譬如雪的意象，〈菩提樹下〉：「誰能於雪中取火，且鑄火為雪」[52]，「雪」在此意義更曲折深致。〈虛空的擁抱〉甚至結合黑色和雪：「擁抱這飄忽──黑色的雪／不可捉摹的冷肅和美／自你目中／自你叱咤著欲奪眶而出的沉默中」[53]，那超越世俗的虛空之境有如黑色的雪，冷肅而美麗。《還魂草》第二輯並以「紅與黑」為輯名，而用追尋與幻滅釋其主旨[54]。但這也使人聯想到法·斯湯達爾的小說《紅與黑》（1831年出版），紅是當時軍人制服的顏色，代表革命與詮釋；黑是僧袍的顏色，代表宗教與神聖。這裡「紅」的意義可能不合，但「黑」所代表的宗教與神聖，卻頗為相近。

總括而言，黑色是《孤獨國》中最醒目的色彩意象，但周夢

50　周夢蝶，〈在路上〉，《孤獨國》，頁27。
51　周夢蝶，〈行者日記〉，《孤獨國》，頁29。
52　周夢蝶，〈菩提樹下〉，《還魂草》，頁58。
53　周夢蝶，〈虛空的擁抱〉，《還魂草》，頁92。
54　其又引哈岱：「人生如鐘擺，在追尋與幻滅之間展轉、徘徊。」同註3，頁25。

蝶那一身「披掛著黑色的絕望寒鴉般的影子」[55]，卻始終貫穿在其所有的作品中；黑色，神聖、莊嚴、冷肅、幻滅、絕望，時間的化身，死亡的凝視，這多般投射匯集，凝鑄成《孤獨國》乃至於周夢蝶的風格特色。

杜甫〈樂遊園歌〉詩云：「此身飲罷無歸處，獨立蒼茫自詠詩。」馮延巳〈鵲踏枝〉詞云：「獨立小橋風滿袖，平林新月人歸後。」顯然各有孤獨，各有依託。而《孤獨國》的依託在哪裡呢？「孤獨國」之名或取自佛典《金剛經》，舍衛城長老給孤獨為釋迦牟尼佛購置「祇樹給孤獨園」，代表慈善向佛之心；或意在取用《金剛經》四偈：「一切有為法，如夢幻泡影，如露亦如電，應作如是觀。」從「空」的觀點，體悟「孤獨」的本質。筆者則認為「以詩證詩」是可行的，如其〈孤獨國〉詩云：「而這裡的寒冷如酒，封藏著詩和美」詩和美，或將是周夢蝶根本而宿命的依託！

三、周夢蝶詩中的世態人情

周夢蝶的《孤獨國》獲得台灣文學經典之榮譽，可見其成就；而他的《還魂草》亦是眾所喜愛，但周夢蝶不輕易出版詩集，所以一直到2002年，才有《十三朵白菊花》[56]與《約會》[57]同時出版。這兩本詩集和前期詩作最大的不同是，其中有許多日常生活的題材，周夢蝶以通透的筆調刻畫了純美的人情與淳樸的世情。這些作品可以讓我們進一步去觀察周夢蝶在超越世俗的禪思之外，對於世態人情的描摹，也可從中剖析其對於人情世故的態度。以下從三個層面論，一、從周夢蝶評點《紅樓夢》看他對於女性人物的憐惜與感嘆；二、從題贈友人的作品，看他的交遊以及作品中抒情言志的情形；三、探討周夢蝶以日常生活為題材的作品所描繪的世態人情。

---

[55] 周夢蝶，〈畸戀・二〉，《孤獨國》，頁45。
[56] 周夢蝶，《十三朵白菊花》（台北：洪範書店，2002年）。
[57] 周夢蝶，《約會》（台北：九歌出版社，2002年）。

（一）從評點《紅樓夢》看周夢蝶的女性觀

周夢蝶詩中對於女性人物的著墨特多，無論是出於平淡如水的交情或是深厚的關愛，都不難看到周夢蝶以非常細緻的心情看待周遭的女性。這種表現，不只是像陳義芝所說的，「周夢蝶先生與女性心靈特別投契，這是大家都曉得的。」——因為不管是向周夢蝶先生請益文學課題的，還是周夢蝶詩的題贈對象，以及評論、研究周夢蝶詩文的，都以女性居多[58]；但周夢蝶的這種心理，恐怕更是得自於《紅樓夢》的啟發；余光中甚至說：「他這麼專心一致地欣賞女性，不禁令我要說一句：周夢蝶也許不是周莊再生，而是《石頭記》的石頭轉世，因為他如此癡情，還不到鼓盆之境。」[59]

周夢蝶對《紅樓夢》情有獨鍾，曾以毛筆逐回批點，出版《不負如來不負卿——《石頭記》百二十回初探》[60]。而《紅樓夢》第二回寫道，寶玉七八歲時即言：「女兒是水作的骨肉，男人是泥作的骨肉。我見了女兒，我便清爽；見了男子，便覺濁臭逼人。」這種視女兒為潔淨的象徵，使得賈寶玉對大觀園裡的女性人物，無論是姊妹、丫環，都投以關愛的眼神，憐香惜玉；周夢蝶在評點時，也屢屢表示對大觀園內的女子的憐惜。譬如第4回「薄命女偏逢薄命郎　葫蘆僧亂判胡蘆案」，說的是香菱美人薄命，周夢蝶評點曰：「女子美而多才，向為造物所忌；古今中外皆然。」，「以香菱賦命之苦，遭際之慘之悲，而意譯其本名『英蓮』為『應憐』。其誰曰不宜。」[61]「應憐」的意譯，正道出周夢蝶心中的憐憫之情。又如第32回「訴肺腑心迷活寶玉　含恥辱情烈死金釧」，說的是金釧投井自盡的事，周夢蝶評點曰：「金釧兒投井死了。……泰

---

[58] 陳義芝，〈講評意見〉，《台灣文學經典研討會論文集》，同註4，頁196。

[59] 余光中，〈一塊彩石能補天嗎？〉，收入曾進豐編，《娑婆詩人周夢蝶》（台北：九歌出版社，2005年），頁136-140。

[60] 周夢蝶，《不負如來不負卿——《石頭記》百二十回初探》（台北：九歌出版社，2005年）。

[61] 同註60，頁21。

山與鴻毛：孰輕孰重？此疑此恨，惟有神鬼與落花知耳。」[62]

除了香菱、金釧，周夢蝶也頗欣賞晴雯、李紈、紫鵑、尤三姐、探春等，譬如第52回「俏平兒情掩蝦鬚鐲　勇晴雯病補雀金裘」，晴雯連夜為賈寶玉綴補孔雀裘，周夢蝶評點：「為悅己者容，為悅己者死。」「勇哉晴雯！庶可與太白『素手抽針冷』及子美『美人細意熨貼平，裁縫滅盡斜線跡』等詩句，同其不朽。」[63]

至於對女主角林黛玉，在林黛玉香消玉殞的章節，周夢蝶以悟情的角度看待林黛玉焚稿斷癡情的舉動。[64]尚可注意的是，大觀園眾多女子中，周夢蝶並沒有集中評點薛寶釵、林黛玉，他甚至認為以「相知」一點來看，林黛玉囿於個性，反而「不知」賈寶玉，譬如第66回「情小妹恥情歸地府　冷二郎心冷入空門」，周夢蝶除了為尤三姐感嘆「愛人容易知人難。未能知人而自云能愛人，吾未敢信！」，也進一步說：「管窺蠡測：吾謂知寶玉者，第一為其尊翁，其次李紈，探春；其次紫鵑、香菱、尤三姐。而顰卿不與焉！」[65]這不能說周夢蝶不喜愛林黛玉，其實他更為林黛玉等大觀園女兒的命運感到悲哀，在第57回「慧紫鵑情詞試莽玉　慈姨媽愛語慰癡顰」的評點中，周夢蝶說：

> 或問金陵十二釵，正副及又副：誰最可愛，可信而可敬？
> 答：難言也！紈探有守有為，紫惜無為有守；潛德幽光，伊尹伯夷之亞流，矕乎其不可尚矣。至於所謂『可愛』，以余視之，直『可哀』之同義字耳！證之黛與晴，妙玉鴛鴦尤三

[62] 同註60，頁77。
[63] 同註60，頁117。而第94回「宴海棠賈母賞妖花　失通靈寶玉知奇禍」，周夢蝶評點：「怡紅院海棠隆冬著花，一眾皆喜；唯探春賈三小姐默然。偉哉探春！其頂門必獨具一隻眼；而心竅俾多於比干，且赤於苦於慘於比干萬萬。」，同註60，頁208。
[64] 第97回「林黛玉焚稿斷癡情　薛寶釵出閨閣成大禮」，周夢蝶評點：「人之大患，在於有身。有身斯有欲，有欲斯有情，有情斯有夢。夢破，此身雖在，已同於枯木寒灰。死之日，並此枯木寒灰，亦自有而歸之於無矣，復自無歸之無無，無無復歸之於無無無矣。詩也者，無無無之餘瀋也！不焚何待？」同註60，頁209。
[65] 同註60，頁147。

姐等等，縱欲不忍淚吞聲，摧心肝而不能也。[66]

「縱欲不忍淚吞聲，摧心肝而不能也」正說出了周夢蝶對大觀園女兒深刻的關愛與同情。周夢蝶對大觀園女子的疼惜、欣賞，甚至也轉換為對男性的唾棄和羞愧，譬如在評點第59回「荇葉渚邊嗔叱燕　絳芸軒裡召飛符」的小丫頭春燕，認為她「敢於言人所不敢言，連自己的生母至親都不避諱。偉哉春燕，真女中之董狐也。反觀多少世間男子如我輩：鬚眉濁物，幾乎百分之九十九點九九都有自大狂的，寧不羞死，愧死？」[67]可見周夢蝶的確是依從《紅樓夢》的女性觀來看女性的，不過他不以賈寶玉自居，反而說自己是惜春，這一點，似乎更說明了周夢蝶與《紅樓夢》的女性至為契合的情形。[68]

（二）周夢蝶詩中對女性人物的憐惜與感嘆

周夢蝶詩中反映了對女性的憐惜與命運的感嘆，以〈迴音──焚寄沈慧〉[69]一詩及其本事最為鮮明。

〈迴音──焚寄沈慧〉為十九歲早夭的少女沈慧而作，共十四段，詩末並附錄沈女遺作〈迴音〉一文，在此文中，沈慧自述其多病的人生與淒美的愛情故事。而根據周夢蝶的後記可知沈慧因患癌症，到台大醫院就醫，因而結識年輕醫生D，兩人相戀，但因D的父母反對，兩人分離。沈慧出入醫院，每日只在期望與絕望中痛苦度過。沈慧罹病四月有餘，終不敵病魔的摧殘，抑鬱而終。沈慧生前曾與周夢蝶見過面，死後則將其遺作託人轉交周夢蝶，囑代為發表介紹。在周夢蝶眼中，病中的沈慧「雖瘦不盈掬。而雙眸盈澈。

66　同註60，頁127。
67　同註60，頁131。
68　周夢蝶並不以賈寶玉自居，他說自己是惜春。見《不負如來不負卿──《石頭記》百二十回初探》，第四十六回，同註60，頁105。
69　周夢蝶，〈迴音──焚寄沈慧〉，《十三朵白菊花》，頁60-66。詩末附有沈慧之文，頁66-71；以及周夢蝶的後記，頁71-72。

動轉有神。應對亦迅捷青峻有奇致」；而友人曾慧美轉述沈慧臨終前的情形，更使周夢蝶對沈慧既憐惜又尊敬。周夢蝶的後記云：

> 又據曾云。女於去時。其父母並諸友皆環泣。而女獨凜然。故謂眾曰。人貴自決。各適其適。吾作之。吾自能受之。何用其惻惻為。此稿。即當時於枕下出以付曾。曾復轉以授余。囑為紹介發刊者。夫生死慘坦危亂之際。最足以覘人之識力與定力。來去分明。安詳捨報。縱一生競競修持有素之古德。或亦未必盡能。而女乃以小年不學能之。故吾意女殆有夙根者。偶為情牽。暫墮人間耳。[70]

在周夢蝶筆下，沈慧宛若「偶為情牽，暫墮人間」的天使，她的纖細、敏感、癡情、安然面對死亡，以及出示遺稿等事蹟，都讓人聯想《紅樓夢》裡的林黛玉，至少是黛玉的化身晴雯。周夢蝶為沈慧寫的詩，也彷彿賈寶玉焚寄給晴雯的〈芙蓉女兒誄〉。《紅樓夢》第78回「老學士閒徵姽嫿詞　癡公子杜撰芙蓉誄」，美麗靈巧又心高氣傲的晴雯病亡，賈寶玉以誄文祭之，哀嘆晴雯比金玉更高貴，比冰雪更高潔，容貌勝過花月；而個性高傲貞烈，因此得罪小人，離開大觀園，抑鬱而終。賈寶玉復感嘆怎樣可以求得回生之藥，使晴雯起死回生。而回憶起往日的種種，不禁有「豈道紅綃帳裏，公子情深；始信黃土隴中，女兒命薄！」的怨嗟[71]。周夢蝶的〈迴音——焚寄沈慧〉一開始也是感嘆水晶般的沈慧已經香消玉殞：

---

[70] 周夢蝶，〈迴音——焚寄沈慧〉之後記，《十三朵白菊花》，頁71-72。

[71] 賈寶玉，〈芙蓉女兒誄〉：「維太平不易之元……怡紅院濁玉，謹以群花之蕊，冰鮫之縠，沁芳之泉，楓露之茗，四者雖微，聊以達誠申信，乃致祭於白帝宮中，撫司秋艷，芙蓉女兒之前曰：竊思女兒自臨人世，迄今凡十有六載。……憶女曩生之昔，其為質則金玉不足喻其貴；其為體則冰雪不足喻其潔；其為神則星日不足喻其精；其為貌則花月不足喻其色。……高標見嫉，閨闈恨比長沙；直烈遭危，巾幗慘于羽野。自蓄辛酸，誰憐夭折？仙雲既散，芳趾難尋。……眉黛煙青，昨猶我畫；指環玉冷，今倩誰溫？……豈道紅綃帳裏，公子情深；始信黃土隴中，女兒命薄！……何心意之忡忡，若寤寐之栩栩？余乃欷歔悵怏，泣涕徬徨。人語兮寂歷，天籟兮篔簹。鳥驚散而飛，魚唼喋以響。志哀兮是禱，成禮兮期祥。嗚呼哀哉！尚饗！」見曹雪芹，《紅樓夢》第78回（台北：桂冠圖書公司，1987年），頁1318-1321。

太陽還沒出來

就落了。

與水晶同其明慧的人啊，笑吧

笑笑總是好的：

不見今日之斷柯

曾是昨夜盛開的薔薇？[72]

而後更悲憐沈慧早夭的命運，詩的第三段云：

愁重歡小。

早夭的秋，埋在階前落葉的影子下。

啊，有目皆瞑；

除了死亡

這不死的黑貓！在在

向你定著兀鷹的眼睛。[73]

到第九段，為沈慧空手而來，空手而去而悲慟，十九年的青春究竟
所為何來，隱然為她沒有獲得圓滿的愛情而不平：

最難堪！是空著手來仍不得不

空著手離去：

多屈辱的浪費！

十九年的風月竟為誰而設？

裊裊此魂，九十日後

將歸向誰家的陵寢？[74]

---

[72] 同註69，頁60。
[73] 同註69，頁61
[74] 同註69，頁63-64

相對於晴雯的孤傲，周夢蝶寫的是沈慧的癡心和專情，詩的第十一段即云：

> 天門。不敢仰問
> 九曲的迴腸是否抵得
> 一顧的甜蜜？
> 望斷已成獨往。縱使滄海之外
> 更有滄海；渺渺愁予
> 難為水[75]

當然，周夢蝶對沈慧畢竟不同於賈寶玉對晴雯，所以詩中並沒有「眉黛煙青，昨猶我畫；指環玉冷，今倩誰溫？」這樣的共同回憶，但「詩人情深，女兒命薄」的感慨是類似的。周夢蝶對沈慧的死有感同身受的體認，認為死亡就像沉沉「覆壓而下／無縫塔似的」天色，彷彿「比無內之內更小的囚獄」，也是一種無可逃避的冷，「十面埋伏的冷」；但詩人更領悟到「死至易，而生則甚難」，晝夜時間交替循環，人是被限制在這個框框裡的，如同詩的第七段云：

> 過去時即現在時，現在即未來。
> 死至易，而生則甚難：
> 晝夜是以葵仰之黑與鵑滴之紫織成的
> 重重針氈。若行若立，若轉若側
> 醒也醒不到彼邊
> 夢也夢不到彼邊[76]

在周夢蝶的想法中，若要突破這個限制，即是如第一行詩句提示的「過去時即現在時，現在即未來。」把握當下，方是破除煩惱的要

---

[75] 同註69，頁64
[76] 同註69，頁63

訣。本詩最後引沈慧的話，代表對沈慧情傷、早夭的疼惜，而後也引申出「如果宇宙的心是水鑄的」等語，更顯現周夢蝶對沈慧的同情、同理之心：

> 如果從來就沒活過多好！
> 你說。如果宇宙的心
> 是水鑄的，如果人人都是蓮花化身
> 沒有昏夜；沒有怨憎會，愛別離，求不得[77]

同樣是引述《紅樓夢》的，另有〈詠野薑花九行二章——持謝薛幼春〉[78]。這首詩沒有本事、後記，從題目看，或許是以野薑花類比薛幼春小姐，也或許是薛小姐曾經贈花給周夢蝶，而有題贈之作。詩中歌詠野薑花生長於水邊巖下，清曠、閑逸的特質，但飄然素衣，則無疑是花與人雙寫，並從中發出憐惜與感喟。詩的第一章云：

> 受用水邊巖下不用一錢買的清曠與閑逸
> 誓與秋光俱老
> 永永不受身為女兒
>
> 看誰來了？
> 落落的神情，飄飄的素衣
> 翕然而合！一時
> 昨日之我與今日之我：
>
> 夢中之夢中夢，莫非
> 石頭記第六十六回之又一回？[79]

---

[77] 同註69，頁65-66。
[78] 周夢蝶，〈詠野薑花九行二章——持謝薛幼春〉，《約會》，頁152-154。
[79] 同註78，頁152-153。

石頭記即《紅樓夢》，第66回寫的是原本鍾情於尤三姐的柳湘蓮誤信流言，將行退婚，尤三姐羞憤自殺，柳湘蓮因此悟情出家；第67回除延續前一回的情節外，另寫薛寶釵將族人所贈禮物分送各房，卻引得林黛玉觸景傷情，以為自己孑然一身，適賈寶玉來訪，好言安慰。此外，鳳姐與平兒得知尤三姐事，訊問家僕興兒，主婢二人議論此事。[80]周夢蝶詩中提及此二回，應是因尤三姐的故事而感發，尤三姐潔身自好，和柳湘蓮本是情投意合，未料後來柳湘蓮以為她和尤二姐等姐妹一樣，淫蕩無節，她不願受屈辱而自盡，充分表現剛烈的性情。周夢蝶詩的第二章說「只為一念之激之執之熱，／恨遂千古鑄了。」指的應該就是尤三姐自盡之事，情真情癡的女兒，不能獲得真情回報，甚至遭人誤解，因此只能玉碎，不容一絲一毫的汙衊。也難怪周夢蝶的評點是「愛人容易知人難。未能知人而自云能愛人，吾未敢信！」[81]當然，我們無法像知曉沈慧的故事那樣去追問題贈的緣由，因為詩中未及一字，所以我們就權且把這組詩當作是周夢蝶對普天為情受苦、如同野薑花般冰清玉潔、閒逸自然的女性之同情，「永永不受身為女兒」正是周夢蝶為此等女性發出的誓願。

周夢蝶對尤三姐的偏愛，也見於《約會》輯二中的〈癸酉冬續二帖‧之二〉[82]，詩中也借用了尤三姐意象，當作是對於苦痛的體驗與超脫。輯二題作「為曉女弟作」，共四題十首，「曉」，其人生平不詳，但周夢蝶在此詩中與她分享對尤三姐的同情與慰解，了解尤三姐的痛楚，也明白來者恆來，去者恆去的自然之道，而人是不能挽回什麼的。如此看來，周夢蝶在與女性讀友往來時，所抱持的就是一種憐惜女性的心態，就像賈寶玉說「女兒是水作的骨肉」那般疼惜女性，總也要為她們打抱不平，為她們說出內心的遺憾和痛楚。

---

[80] 曹雪芹，《紅樓夢》第66、67回（台北：桂冠圖書公司，1987年），頁1111-1137。
[81] 同註60，頁146-147。
[82] 周夢蝶，〈癸酉冬續二帖‧之二〉，《約會》，頁50-52。

（三）周夢蝶題贈詩中的交友網絡與抒情言志

1.與陳庭詩的交誼及其題詩

　　除了上述以女性人物為書寫焦點外，《十三朵白菊花》與《約會》兩詩集中，也出現許多的題贈之作，這些詩周夢蝶皆以副題顯示贈答的對象，呈現他的交遊網絡，也使得他的作品更具有人情味，不再是在孤峰頂上、菩提樹下沉思冥想的孤獨國王與悟道的尊者。這些作品中，以和陳庭詩的交誼最為突出。陳庭詩（1916-2002）為現代藝術家，精通版畫、壓克力畫及鐵雕藝術[83]，周夢蝶和他十分熟絡，曾有詩記下二人日常的往來，也為陳庭詩的藝術作品題詩，前一類作品幽默、風雅，後一類作品則出以嚴謹的詩思。

　　先看〈耳公後園曇花一夜得五十三朵感賦〉[84]，這首詩寫在陳庭詩家中欣賞曇花夜開的感想，詩中以善財童子於一彈指間完成他拜訪五十三位大善知識者，修得善果為喻[85]，對於曇花一夜盛開五十三朵極為讚嘆，詩中用「月之暈／鵝之吻／柳之新」形容曇花的潔白細嫩，又用「不屬於任何季節的／色與香。讓人驚嘆也來不及／惆悵也來不及」來表達對曇花一現的嘆息，又用「聲聲如蠶吐絲，蜂釀蜜」來形容曇花徐徐展瓣的姿態；可說勾勒出一幅曇花夜放的美麗圖畫，極其風雅。

　　此外，《約會》的第一輯即是「陳庭詩卷」，其中的〈未濟八行〉[86]與〈既濟七十七行〉[87]係為陳庭詩將行迎接張珮女士為妻而作，前者新娘尚未到台灣，後者新娘將於十月抵台，這是一段兩

---

[83] 參見「陳庭詩現代藝術基金會」網站，網址http://www.ctsf.org.tw，2013年3月2日查詢。

[84] 周夢蝶，〈耳公後園曇花一夜得五十三朵感賦〉，《十三朵白菊花》，頁86-88。

[85] 詩末附註：「爾時善財童子悟根本智已，受文殊教，復向南遊，歷百一十城，參訪五十三位大善知識，分別門庭，一一透過。見華嚴經。」又注云：耳公，版畫家陳庭詩別號之一。同上註，頁88。

[86] 周夢蝶，〈未濟八行〉，《約會》，頁29-30。

[87] 周夢蝶，〈既濟七十七行〉，《約會》，頁31-42。

岸姻緣，因此兩詩中都以牛郎織女渡河相會為譬，當然更巧的是，陳張二人初相識是在七月初七，預定來台完婚日也是三年後的七月初七。這兩首詩寫得輕巧、俏皮，充滿喜氣，也頻頻對新郎新娘打趣，〈既濟七十七行〉有句云：「秋不老，葉不紅；／韻不險，詩不峭。」既寫二人晚年得婚，也寫因兩岸時局所限，所以好事多磨。詩的末段還問：「明年七月七日會不會有小織女／或小牛郎，呱呱／自天破空而降」，顯現周夢蝶與陳庭詩交情匪淺，可以捉狹戲問；接著，也是在祝福聲中又帶著俏皮的話：

> 聽！銀河之水流著
> 為天下所有有心人而流著
> 向東。還記否？
> 東之時義曰春曰震曰喜
> 曰：切切不可為第三者說[88]

這首詩讓我們看到周夢蝶在愁苦、沉重之外的輕鬆面貌，也藉以了解周陳兩人的交誼已經是熟悉而不拘小節了。

周夢蝶亦十分推崇陳庭詩的藝術創作及詩作。1998年，郭木生文教基金會美術中心在台北舉辦「陳庭詩鐵雕與現代詩對話」展覽，周夢蝶即為之題寫二首詩[89]，分別是〈香讚〉[90]，陳庭詩作品原題：「農立國的老故事」；〈詩與創造〉[91]，原題：「大律希音」。從鐵雕作品來看，前者有個半圓的鐵輪，形似殘破的車輪，原題「農立國的老故事」，頗為費解；周夢蝶改題「香讚」，是因為他把這首詩當作是對妙喜龍王的頌讚。詩的第一段抓住輪子的形象大作文章，又因是半輪，所以到了第二段及附註云：

---

88 同註87，頁37。
89 參見「智邦藝術基金會」網站，收錄陳庭詩銅雕作品圖片及詩人周夢蝶、羅門等人的題詩，網址：http://old.arttime.com.tw/artist/chen_ts/commentary.htm#c4，2013年3月2日查詢。
90 周夢蝶，〈香讚〉，《約會》，頁15-16。
91 周夢蝶，〈詩與創造〉，《約會》，頁17-18。

將缺憾還諸天地；

山外有山，夕陽無限好無限；

不耳而聽，如妙喜龍

以蒼鼠一滴，以獨角

亦能興雲佈雨，噓哭吹生。

> 附註：妙喜，龍王名，梵語難陀，為天竺甘露國守護，風雨
> 以時；以不良於聽，以角為耳。[92]

從附註可知妙喜龍王的故事，這位「不耳而聽」的龍王，雖然不良
於聽，但修法行道，可感可佩。然而看似寫妙喜龍王，其實是寫陳
庭詩，因為陳庭詩八歲時因意外失聰[93]；周夢蝶所嘉勉、佩服的，
正是他可以「將缺憾還諸天地」的豁達，以八十二歲高齡依然創
作，而能享受「山外有山，夕陽無限好」的餘裕。後者原題「大律
希音」，與老子《道德經・41章》所謂「大音希聲」相通，而鐵雕
看起來就像一只耳朵，朝向天空，彷彿在接收甚麼訊息。周夢蝶以
「詩與創造」為題，寫的卻是另一種情懷，他在詩中先問「上帝已
經死了，尼采問：／取而代之的是誰？」接著引出「上帝與詩人本
一母同胞生」，讚美詩人具有創造力，與上帝不相上下，並列左
右。這樣的思想，主要也是為陳庭詩而寫，因為詩的附註說：

> 周棄子生前曾盛讚耳公之詩，以為可與韓偓龔定庵詩僧曼殊
> 上人相頡頏；惜為畫名所掩，知之者少耳。[94]

---

[92] 同註91。

[93] 參見陳庭詩年表，陳庭詩現代藝術基金會，網址：http://www.ctsf.org.tw/，2013
年3月8日查詢。

[94] 同註91，頁18。

從這兩首詩不難想見周夢蝶對陳庭詩的欣賞與推崇。而兩人既可以共賞曇花夜開，也可戲題新婚賀詩，又能以詩題詠鐵雕作品，誠為好友、知己。

　　周夢蝶與陳庭詩的交誼，其書信集《風耳樓墜簡》「悶葫蘆居尺牘」收有〈報耳公空空道人陳庭詩與兄　之一～之三〉三則[95]，「風耳樓小牘」亦收有〈報陳庭詩　之四～之五〉三則[96]。這些寫作於1975-1976年間的書信，彼時陳庭詩離台赴美。周夢蝶在信中叨叨絮絮說著生活瑣事，大體回報陳庭詩所交付的事，然而因為他素有獨特感受，在瑣細之中也充滿生活的興味。譬如「之三」這一則，寫陳庭詩囑咐代寄剪報給林懷民，周夢蝶回報已掛號郵寄。但為了慎重起見，他曾於前一日中午親往林寓，但循址前往，卻撲空而回，心中頗為懊惱。後來在歸途的公車上，看一妙齡女子靠窗閱讀《為誰而愛》，其神情酷似日本影星吉永小百合，而周夢蝶因為貪看美女，以致錯過下車站牌，到整車人都要下車的終站，才如夢初醒。但此時的心情卻是「二十分鐘以前因『訪懷民不遇』所生之惆悵與鬱悶，不風而自散矣。」[97]如此真實的自我解嘲，令人不禁莞爾。又，張伶小姐舉辦古箏獨奏音樂會，陳庭詩給予贊助，並託周夢蝶代為贈票，周夢蝶則一一敘說贈票對象，又仔細回報當日演奏會上，張伶表演的情形以及諸多友人的反應。周夢蝶直接指出張伶過於緊張，低頭自顧，「不能環顧全場」，非常可惜；只有〈瀟湘水雲〉這支曲子令他比較有印象。而原本承諾要支持的人，在陳庭詩離台去美後，「都一個個溜之大吉」。信末，周夢蝶寫道：「海報和節目單，我將保管著，等你明年暑假回來時過目；底頁有『感謝旅美畫家陳庭詩……』云云。」[98]從這些書簡中，看到周夢蝶與陳庭詩的深厚交情，而身為朋友，周夢蝶更是具有誠懇盡責的形象。

---

[95] 周夢蝶，〈報耳公空空道人陳庭詩與兄　之一～之三〉，見其《風耳樓墜簡》（台北：印刻出版公司，2009年），頁139-145。

[96] 周夢蝶，〈報陳庭詩 之四～之五〉，《風耳樓墜簡》，頁177-180。

[97] 周夢蝶，〈報陳庭詩 之三〉，《風耳樓墜簡》，頁144。

[98] 同註96，頁179。

因為陳庭詩不在台灣，周夢蝶除幫忙寄書籍及物品外，也常需幫忙轉信，以致給徐進夫、應鳳凰、叢子、小鍾等友人的信，也都寄到周夢蝶這邊；有時眾人輪流讀著陳庭詩的信，知曉陳庭詩的近況，周夢蝶會把張伶、叢子等人的事回報給陳庭詩，有時候還互開玩笑，例如張伶以枕套贈陳庭詩，叢子亦織圍巾相贈，陳庭詩回信時充滿戲謔，說張伶是宓妃留枕給曹子建，叢子何不以雙腕代圍巾；兩位女士則戲稱待陳庭詩回台時，要聯合起來結結實實的修理他；這些嬉笑怒罵之語，周夢蝶都寫進書簡裡[99]。而周夢蝶戲稱那些代收、寄存在他這裡的信件，「一時龍蛇盤空，雲煙滿眼，更期以年月，拙處將成為耳公手札真蹟陳列所，區區亦將成為耳公手札真蹟典藏史了。一笑。」[100]這些書信，彷彿「世說新語」，見證了周夢蝶、陳庭詩和這些友人的交情，也記下當時文友的風趣言語。

　　可注意的是，在書簡中有時也以C來代稱陳庭詩。何以見得？因〈致洛冰　之二〉提到「記起前歲耶誕節，C自丹佛飛函來」，從〈報陳庭詩〉諸則可知在丹佛的就是陳庭詩。而被稱為C的陳庭詩，在周夢蝶筆下則扮演良師益友的角色，為他修改字句，也提醒他、督促他要振奮精神，勿忘身為詩人的職責。〈致洛冰　之二〉有云：

> 記起前歲耶誕節，C自丹佛飛函來，斥責我的頹墮，說：終不成就這麼一點兒聲響也無，就「入滅」了？說他在國外，不管心情和體力怎樣糟，功課怎樣緊，衣食度用怎樣窘。饒是這樣，也從不敢片刻忽略過作為一個「詩人」他必須做的分內的事情云云。當時，我讀了之後直想哭。說真的，這一棒打得實在太響亮、太悲壯了！是可愛可畏可欽可感，令人沸沸然欲有所歸趨、奮發的一棒。慚愧的是：頻年以來，眾苦刺心，百無意興。……[101]

[99]　周夢蝶，《風耳樓墜簡》，頁185。
[100]　同註99，頁184。
[101]　同註99，頁97。

總此而言，周夢蝶與陳庭詩的交誼，是生活上的分享互助，也在創作上互相砥礪，展現文人交往的風情。

2.與文友書信往來以及贈詩抒情

　　從詩與書簡，又可發現周夢蝶喜歡與友人書信往來，而且必定用掛號郵寄，因他最怕郵件遺失。而當他1970年代在武昌街擺書攤時，更是千叮嚀萬叮嚀友人寄信給他時，一定要加上「七號明星咖啡廳；或由五號達鴻茶莊轉」，因為當地的「五號」有五、六家之多，「三號」也有三家[102]，這些地址混亂的瑣事，記下了台北城市發展中的插曲。此外，又多見友人寄賀年卡或是畫卡以表關心，而周夢蝶往往也藉由賀年卡片與畫卡的往來，就上面的圖畫寫出所思所感。更可注意的是，為了表達對友人溫暖情意的回應，周夢蝶也有許多題贈詩，但這些題贈詩，並非全然應酬之作，往往藉此以抒發情志。以下選取幾首詩作為例。

　　〈雪原上的小屋——師玄賀年卡速寫卻寄〉[103]係因師玄寄來賀年卡，因此周夢蝶以詩回贈。從詩題與內容看，這應是就卡片上的雪景而寫，在十二月歲暮之際，雖是亞熱帶的臺灣，耶誕卡、賀年卡常見應景之圖，要不是飄雪的銀色世界，要不就是大紅的中國喜慶風格；這張賀卡屬於前者。周夢蝶寫出了畫面上是咖啡色的天空、白雪覆蓋的大地、三棵有枝無葉的樹、兩戶冒著炊煙的人家，整個畫面是寧靜的，屋頂上的煙囪冒出的「奶油色」的煙增添了溫馨的感覺。詩的末段以三棵樹靜立的影子作結，筆調平和淡漠，呈現寧靜遼遠的意境。

　　〈鳥道——兼謝翁文嫻寄Chagall飛人卡〉[104]係回信給翁文嫻，而且也是就畫卡上的題材而寫。夏卡爾（Chagall，1887-1985）的畫

---

[102] 同註99，頁149。
[103] 周夢蝶，〈雪原上的小屋——師玄賀年卡速寫卻寄〉，《十三朵白菊花》，頁32-34。
[104] 周夢蝶，〈鳥道——兼謝翁文嫻寄Chagall飛人卡〉，《十三朵白菊花》，頁130-133。

風具有超現實風格，這張「飛人卡」所畫的「背上有翅膀的人」帶給周夢蝶有關飛翔的聯想。他想起他曾問過燕子快樂嗎，而紳士般的燕子微微一笑就飛走了，但牠給周夢蝶的感覺是把他當作「孺子不可教也」，輕蔑的樣子留給周夢蝶遺憾；周夢蝶又曾問蒼鷹快樂嗎，蒼鷹高飛盤旋、不可一世的英姿，以及那銳爪與深目使他感到戰慄。燕子、蒼鷹顯然都有所象徵，雖然都有翅膀可飛，但和周夢蝶嚮往的並不同道，所以周夢蝶最後找到的自適之道是：

> 而今歲月拄著拐杖
> ──不再夢想遼闊了──
> 拄著與拐杖等高
> 翩躚而能隨遇而安的影子
> 正一步一沉吟
> 向足下
> 最眼前的天邊
> 有白鷗悠悠
> 無限好之夕陽
> 之歸處
> 　歸去[105]

這裡揭示的是，雖然不能飛翔，而且還拄著拐杖，但已經能夠隨遇而安，而所遇乃是悠悠白鷗──這被古代詩人稱為忘機友的最佳同伴。這首詩寫於1988年1月28日，周夢蝶時年68，已有六十而耳順的心境了。

　　另一首〈香頌──書雲女弟賀年卡「雪梅爭春」小繪後〉[106]，也是就賀年卡上的圖畫抒發詩想。雪與梅都是歲暮早春的應景之物，也是中式賀年卡常見的題材，但周夢蝶卻從另一個角度寫起，一開頭他就說：「蝴蝶沒有自己的生命：／所有的蝴蝶都是為／所

---

[105] 同註104，頁132。
[106] 周夢蝶，〈香頌──書雲女弟賀年卡「雪梅爭春」小繪後〉，《約會》，頁66-68。

有的花而活」，乍看之下和「雪梅爭春」的圖畫很不相干，因為冬天不會有蝴蝶，梅花在寒冷中開放，似乎從未有畫家把梅花和蝴蝶畫在一起。因此周夢蝶此說，頗耐人尋味。第二段，承接前文，把蝴蝶不會和梅花同台演出的現象，解釋為「美中之不足，／只無端閒了梅與雪」；接著第三段，翻轉「美中之不足」為「不足中之美」，原來是畫家的巧手，把「溫柔修法的蝴蝶」畫進畫裡，雪、梅和蝴蝶構成了「六瓣的白與五瓣的紅，嫋嫋／飄起一段側翅而光可鑑人的天空」，於是周夢蝶最後說：

> 不可能的可能
> 造物者乃為物所造
> 不可能的可能。
> 甚至
> 白與藍與紅久已心心相約：
> 我我永不凋謝，而你你
> 你你也永不飛去甚至永不飛來[107]

「永不凋謝」說的是畫上的花，「永不飛去甚至永不飛來」指的是蝴蝶，而不去／不來之說其實是顯示「不著」、「不住」的道理。

題詠畫卡必須兼顧畫面，而題贈詩則有較大發揮的空間。因此周夢蝶題贈給友人的詩就比較可以看到他對自身處境的抒懷。譬如〈不怕冷的冷——答陳媛兼示李文〉[108]，周夢蝶和陳、李二人談的就是離鄉三十三年，身在異鄉為異客的孤寂。又，〈吹劍錄十三則〉[109]，據周夢蝶自序云「吹劍者，為無韻也」，係以十三則短詩寫給劉金純、黃小鸝和葉蕙芬。這些短詩闡述內心的孤寂，以及隨意賞風吟月的心情，最後終能自得其樂。以下略選幾則來看其中對孤寂、時間的憂思，以及自我的安頓：

---

[107] 同註106，頁68。
[108] 周夢蝶，〈不怕冷的冷——答陳媛兼示李文〉，《十三朵白菊花》，頁118－120。
[109] 周夢蝶，〈吹劍錄十三則〉，《十三朵白菊花》，頁188－198。

〈之二〉

只為對抗

孤寂

這匝天匝地的侵害

沒有翅膀的山

甲冑似的

披滿了綠苔[110]

綠苔是何其微小的植物，但為了對抗這龐大的孤寂，山奮力抵抗，把滿山的綠苔當作盔甲披掛在身上，可見孤寂之巨大，山的抵抗之巨大！又：

〈之九〉

一夜之間

蘆花已老了十歲

天西北而地東南

欸！這般憂

這一葉落的興亡

不記從何時起

竟悄悄落在

野人的頭上[111]

蘆花老了十歲，應指蘆花翻白，如同野人頭上驟生白髮，而這也代表時序入秋，黃葉凋零，所以才會有「天西北而地東南」、「葉落的興亡」的殷憂。這是對時間流逝、青春消逝乃至萬物凋零的悲

---

[110] 同註109，頁189。
[111] 同上註109，頁194-195。

嘆，頗有古詩十九首「生年不滿百，常懷千歲憂」的情懷。在這十三首短詩中，除經常浮現孤寂感與對時間的憂慮之外，對生命的欣喜，以及自我的安頓也有肯定與讚揚的態度，顯現周夢蝶並不是絕對的悲觀者，他仍有豐沛強韌的生命力。以最後一首為例：

〈之十三〉
「有你的，總有你的！」
這是踏歌歸去，啄餘的
第九十九粒香米

像小麻雀一般的樂觀
而今我是：天不怕地不怕
甚至稻草人也不[112]

「像小麻雀一般的樂觀」正是周夢蝶在孤獨、憂思滿懷之下，掙扎出來的一條生路，但是卻是歡欣雀躍、坦蕩蕩的，相信「總有你的」，也無所畏懼。從旁人眼光看來，周夢蝶歷經時代巨變，孤苦一生，但他本人卻不以為苦，反而樂在其中，在為生活奮鬥之餘，更努力的閱讀與寫作。直到步入老年，他在一首題贈詩裡書寫老來的心境──〈花，總得開一次──七十自壽兼酬夏宇阿蘋及林翠華〉[113]，由副題可知本詩旨趣，題目「花，總得開一次」，已有若干自滿、自得與自我調侃的意味，顯示進入「七十而從心所欲不踰矩」的年歲，心情與眼界的開朗。

　　〈花，總得開一次──七十自壽兼酬夏宇阿蘋及林翠華〉共九段69行，一到三段先敘自己為除夕夜出生，所以一出生就是兩歲，而後歲月悠悠，也就到了七十歲的年紀，當他回顧這番歷程，「什麼是我」的詰問油然而生。第四段起，敘說小我與眾生「不同姓不

---

[112] 同註109，頁198。
[113] 周夢蝶，〈花，總得開一次──七十自壽兼酬夏宇阿蘋及林翠華〉，《約會》，頁137-143。

同命而同夢」，眾生都是過著如夢一般的人生，而他自己幾度瀕於
性命之危又活了過來，他體認到他的生命是「自圓而自缺」的。在
第六段有更細緻的回顧與省思：

> 若路與走與未到同義，
> 若我不忍讀的過去
> 是由一行行仄韻和拗體吟成；
> 當知：我生之前
> 已有之後，更有之後
> 橫亙於之後之後──
> 蹉跌，毋寧是不可免的！
> 然則，我將如何端正
> 端正我的視線；如何
> 以眼為路路為眼
> 而將後後與前前照徹？
> 如果，如果蹉跌是不可免的[114]

路、走、未到都是同義詞，代表人生之路的無止盡，但年屆七十的
周夢蝶將仍然努力不懈的走下去。第七、八段更說他對生命始終兢
兢業業，人生如夢，終有夢覺的一刻，因此周夢蝶覺得「覺」的功夫
很重要，除了「覺」，沒有誰可以當你生命的依怙，請看第八段：

> 睡終有覺起時
> 且且，除了覺與覺與覺
> 更無有誰堪為你的依怙──
> 世界坐在如來的掌上
> 如來，勞碌命的如來
> 淚血滴滴往肚裡流的如來

---

[114] 同註113，頁140-141。

卻坐在我的掌上[115]

這裡的體悟不只是周夢蝶的自省，也可以視為是對夏宇、阿蘋及林翠華三位的提醒：世界坐在如來的掌上，如來卻坐在我的掌上，佛性即自性，一切的修持都掌握在「我」的主體上。詩的最後，充滿自勉的意味：

> 冬已遠，春已回，蟄始驚：
> 一句「太初有道」在腹中
> 正等著推敲[116]

因周夢蝶生日在除夕，所以說是冬去春回，過生日不感覺變老，反而正準備迎接春天，頗符合「人生七十才開始」的俗話，而「正等著推敲」的，何止一句、一首詩，應該是一幅又一幅嶄新的創作藍圖。

（四）從城市及其邊緣空間體察人生百態

周夢蝶學佛學禪，曾研讀《金剛經》、《指月錄》等佛學經典。他的修行接近禪學，表現的是入世的修行，在行住坐臥之間體現禪意。《金剛經》的偈語：「一切有為法，如夢幻泡影。如露亦如電，應作如是觀」，點明眾生不可拘泥於世俗色相，能夠了解的現象、因緣都是短暫、虛幻的，像露、電、夢、幻、泡、影，才能夠徹悟；《指月錄》中，更有許多精彩動人的公案，都是從生活中去點破我執的盲點，也在生活中獲得啟發。因此，在周夢蝶的後期作品中，亦可發現有很多係取材於日常生活的題材，而且從中展現了對生活的隨遇而安，以及對俗世生活的欣賞，捕捉其趣味與興味。

更值得注意的是，因為周夢蝶長年在台北市武昌街一帶擺書

---

[115] 同註113，頁141-142。
[116] 同註113，頁142。

攤，或定期前往會晤文友；加上他曾居住於外雙溪、淡水或新店，從住家來往於西門鬧區，這些空間經驗，都進入他的詩中，尤其他往往在題目或序、跋中註記地點，更凸顯他穿越城市有如行吟詩人的形象。

1.城市街景、世態人情與自我書寫

如上所述，周夢蝶曾經居住在台北縣（今改制與改名為新北市）的外雙溪、淡水或新店，這些市鎮都屬於台北市的衛星都市，和大都會保持某種聯結的關係。而周夢蝶來回於大都會與小市鎮之間，當他行走於臺北的街道，在他所看到的，常有獨特的人文風景。

譬如〈除夜衡陽路雨中候車久不至〉[117]所捕捉到的人生百態，就相當具有機趣。這首詩的時間背景是除夕夜，正是所有人忙著趕路回家去團圓的時刻，周夢蝶在台北市衡陽路等候公車，也要回去他外雙溪的住所。奈何夜來風雨交加，車班遲遲未到，周夢蝶仔細描寫他從長沙街浴池店出來之後，一路所見的人物與街景，也懷想起一位紅臉漢子「老蕭」；然後是一班班的公車接走了其他等車的路人，周夢蝶的車最後才來。詩中對這些人物的速寫，筆調是熱鬧、充滿溫情的，彷彿所見都是周夢蝶的多年老友──包括昆明街賣糖燒地瓜的老婦人、桂林街賣茶葉蛋的老婦人、在31路公車站牌下的婦人和女孩、220站牌下的兩位攣生兄弟似的老者；但襯托的背景卻是冷清又徐徐有節的雨聲，加上這天是除夕，周夢蝶個人的情思與芸芸眾生的百態，形成了冷筆與熱筆的交奏。試問這些在除夕夜還必須擺攤子，或是到浴池店消費，或是還在街頭等車的人們，不是城市的邊緣族群嗎？為了溫飽，為了一年最後的賺錢機會，為了打理門面（到大眾浴池而不是在自家浴室），為了某些原因盤桓街頭，這些人物與身世，周夢蝶都了然於胸的，所以他才會一一點數，記掛著，且希望他們在等的車子先來。透過周夢蝶的描寫，我們看到了大城市中的小眾生活，但周夢蝶並不因此興起身世之感，他流露的是：

---

[117] 周夢蝶，〈除夜衡陽路雨中候車久不至〉，《十三朵白菊花》，頁154-163。

> 說真的！我並不怎樣急著要回去
> 反正回去與不回去都一樣
> 反正人在那裡家就在那裏[118]

心的主體決定了家的所在，所以縱然是在除夜等車，而且行人小販、其他等車者都已離去，街頭空蕩蕩的，周夢蝶依然從容，對於「等」這件事，他也是一派自得，還說：「我喜歡等。／我已幾幾乎乎忘記／我在等了」到最後，公車終於來了，周夢蝶又說：

> 凡事好歹總有個盡頭
> 不曉得等：
> 這愈飲愈酸的
> 有沒有盡頭？
> 夜有沒有？
>
> 時間走著駱駝的步子
> 雨，忽冷忽熱的
> 又落下來了[119]

雨的意象一直在詩中出現，對於時間的形容還有「時間走著黑貓步子」、「時間走著蝸牛步子」，都是緩慢的、有序的，和雨聲、雨落下的節奏應和。而周夢蝶就是在這樣的氛圍中，回到他的住所去渡過除夕夜。這首詩表現的是即使在「每逢佳節倍思親」的除夕夜，周夢蝶不怨天尤人，也不自傷身世，他走過平日慣走的街道和小攤，對那些人物投以關愛的眼神，又希望其他人在等的車子先來無妨，這裡所展現的，是一種誠懇素直的心，無私、不矯情、不虛偽，也不彎曲轉折，直白明朗地表現對眾生的關愛。

---

[118] 同註117，頁159。
[119] 同註117，頁163。

至若〈於桂林街購得大衣一領重五公斤〉[120]，寫人對衣服的情感，更是奇思妙想。這首詩包含兩首，「之一」寫的是風雨中聯想蘇格拉底和他的悍妻的故事，因為風雨交雜，就像悍妻咆哮，由此引申要獨身或兼身的抉擇；這應是當日走在桂林街上的雜感。「之二」寫的就是在舊衣攤上買到一件舊大衣的事，大衣襯底有「吳又閭）」三字，推想此即當初之主人，所以周夢蝶有「豈曰無衣，與子同袍」的聯想和莞爾一笑（見其詩末附註）。這件舊大衣帶給周夢蝶一身的溫暖和無上的滿足、喜悅。他在詩中所揭示的體會是因緣俱足，水到渠成，笑淚相忘的境界，試引詩的最末二段：

> 是何因緣而有此世界，此海島
> 此市此街此舊衣攤？
> 風雨來得正是時候
> 冷，來得正是時候
> 還有，這一千一百元
> 扁扁的，含垢已久而
> 渴欲破壁而去的……
>
> 誰說幸福這奇緣可遇不可求
> 就像此刻──一暖一切暖
> 路走在足下如漣漪行於水面──
> 想著東方走過十萬億佛土
> 被隔斷的紅塵中
> 似曾相識而
> 欲灰未灰的我
> 笑與淚，乃魚水一般相煦相忘起來[121]

可再討論的是，這首詩題目直接放進桂林街這個街名，桂林

---

[120] 周夢蝶，〈於桂林街購得大衣一領重五公斤〉，《十三朵白菊花》，頁164-171。
[121] 同註120，頁170-171。

街是西門鬧區周邊的一條街，賣舊衣的攤子以及會光顧的客人，都不免是生活收入較低者，也就是城市的邊緣族群，依附在城市的商圈，攤販因此賺得蠅頭小利，客人則以低價取得所需。周夢蝶的筆把這一條街上獨特的人文風景收進了現代詩的場域中。但我們看到周夢蝶不以購買舊衣為恥，亦不嫌棄舊衣，反而心懷感恩，說這是幸福奇緣，若不是擁有一顆素直的心，怎能安然若是？而穿上這件溫暖的大衣，走在寒風冷雨中，滿心喜悅的他，如同走在東方佛國，與似曾相識、欲灰未灰的自我打個照面，在現實與冥想中，有著互相觀看、一而二，二而一的相融相契，復能相忘於江湖，所以才會在笑與淚中，「乃魚水一般相煦相忘起來」。這笑，是喜悅的笑，這淚，是感恩的淚；而兩者同樣體現了因緣圓滿的滿足。

　　若跟隨周夢蝶詩中的足跡，還可看到他在台北市與周邊市鎮間搭車、散步、購物等活動的經驗。譬如〈老婦人與早梅　有序〉[122]，係從外雙溪搭乘公車到台北市的一段經驗，從車上手抱紅梅的老婦人而發想。其序云：

> 七十一年農曆元旦，予自外雙溪搭早班車來臺北，擬轉赴雲林斗六訪友。車至至善路，驀見左近隔鄰婦人一老婦人，年約七十六七歲，姿容恬靜，額端刺青作新月樣，手捧紅梅一段，花六七朵，料峭曉氣中，特具姿艷。一時神思飛動，頗多感發。六七年來，常勞夢憶。日前小病，雨窗下，偶得三十三行，造語質直枯淡，小抒當時孤山之喜於萬一而已。[123]

因為這婦人的恬靜，因為這梅的初綻，所以周夢蝶接著在詩中把那枝早梅比喻成十七歲的少女容顏，和七十七歲的老婦人相映成趣，老婦與早梅共同傳遞「春色無所不在」的消息，這老與幼、暮年與青春的交融，引發詩人「神思飛動」，也頓悟「春色無所不在」，春色不因老少、強弱、貧富等外在因素而有偏袒，大地無私，只要

---

[122] 周夢蝶，〈老婦人與早梅　有序〉，《十三朵白菊花》，頁150-153。
[123] 同註122，頁150。

順時運行，春色到處點染，無所不在。詩的最後指出，這花是開在「地天的心上」，也就是天地之心、自然之道的呈顯，於是現實世界中的早梅，和陶淵明〈桃花源記〉的「落英繽紛」、王維〈辛夷塢〉的「木末芙蓉花，山中發紅萼」相互交融，渾然一體：

> 是的！花開在樹上。樹開在
> 伊的手上。伊的手
> 伊的手開在
> 地天的心上。心呢？
> 地天的心呢？
> 淵明夢中的落英與摩詰木末的紅萼
> 春色無所不在
> 車遂如天上坐了[124]

可以想見，從至善路到台北車站的這一路上，周夢蝶神思飛揚，顛簸的公車也因此而宛如人間天堂。

另，〈積雨的日子〉[125]則是寫漫步在牯嶺街的所思所感。早期牯嶺街是有名的舊書店街，周夢蝶或許是為了蒐購書籍而行走在牯嶺街，或許更是像詩中說的，為了等候那人的音息。詩的開端就以「涉過牯嶺街拐角」開場，落葉、雨滴交奏，震盪了周夢蝶內心深處的記憶和伊人身影。詩的第三段最觸動人心：

> 無所事事的日子。偶爾
> （記憶中已是久遠劫以前的事了）
> 涉過積雨的牯嶺街拐角
> 猛抬頭！有三個整整的秋天那麼大的
> 一片落葉
> 打在我的肩上，說：

---

[124] 同註122，頁152-153。
[125] 周夢蝶，〈積雨的日子〉，《十三朵白菊花》，頁17-19。

「我是你的。我帶我的生生世世來
為你遮雨！」[126]

是何等的豪邁與深情，許下了「『我是你的。我帶我的生生世世來
／為你遮雨！』」的諾言！也難怪詩人念念不忘。但是接下來的末
段立刻說「雨是遮不住的」，所以「他常常抱怨自己／抱怨自己千
不該萬不該／在積雨的日子／涉過牯嶺街拐角」和前文的深情宏願
互相對照，可知周夢蝶此刻心情的強烈震盪，眷戀、悔恨的情感交
纏，卻又默默隱藏在他漫步於城市街道的孤獨身影下。

　　由上述諸詩亦可知，無論是衡陽路、昆明街、桂林路或牯嶺
街，這些街道名稱的出現，凸顯了「街道書寫」的主題，也代表周
夢蝶對於都市詩的獨特貢獻。廖堅均在研究周夢蝶的這類作品時亦
指出：「周夢蝶從日復一日、重複經驗的街道的改變開啟想像，並
邀請我們隨著詩人的腳步一同體驗他日常操演的所在」、「周夢蝶
此時期詩歌中，對公車／街道的日常操演、生活物質及其氣味的書
寫，是詩人利用台北生活中的零碎記憶以形成地方感，進而以此表
徵建構詩人的地方精神之所在。」[127]

　　進一步而言，周夢蝶蝸居於都市邊緣地帶，卻穿梭於都市街
道，他曾在騎樓下擺攤，也曾在咖啡館裡沉思，更常出入舊書店、
舊貨鋪子、大眾澡堂等地，他眼中所見的大多是都市裡的平凡小人
物，他看到這些小人物的卑微處境，也把他們的生活寫得有滋有
味，但他自己的內心卻恆常是孤寂的感覺。他既融入都市的生活空
間，又抽離出來觀看其中活動的人們，特別是這一群邊緣、弱勢的

---

[126] 同註125，頁18。

[127] 廖堅均在其論文中首先提到陳大為十分讚賞周夢蝶「對街道投注的情感深度與規
　　模」（可參見陳大為，《亞洲中文現代詩的都市書寫（1980-1999）》，台北：萬
　　卷樓圖書公司2001年出版，頁66-69），而後則以街道書寫和地方感的形成，以及和
　　此相關的物質性書寫，如街道上飄散的氣味、舊大衣等，展開論述。詳見廖堅均，
　　〈周夢蝶詩歌中的「日常意象」與「地方」建構──以《十三朵白菊花》、《約
　　會》為中心的討論〉，《臺灣詩學學刊》21期，2012年11月，頁61-96；此處引文
　　見頁84、87。

人們。從這一點看，周夢蝶頗類似班雅明所謂的「漫遊者」[128]，周夢蝶雖然不是波特萊爾那樣詩人——具有貴族、頹廢、憂鬱氣息，但他總是以慢條斯理的口吻和舉動行事，他彷彿是一個都市中的獨行者，冷眼旁觀，但是心腸頗熱，下筆寫情，因此寫下了冷漠都市中的溫馨人情，以及自己對世間情的牽掛。周夢蝶和「漫遊者」相近但不完全相同，譬如在〈十三朵白菊花〉詩中[129]，他在拜訪的是清淨的寺廟，而不是熱鬧的百貨公司[130]；購買的是佛珠，而不是時尚物品；他凝視的是一束被棄置的白菊花，而不是五光十色的玻璃櫥窗；他看見的不是物質的慾望反射，而是內心對死亡的思考以及冷暖自知的孤寒心境。這種奇特的心境，構成周夢蝶身在鬧市而又具有飄逸出塵的形象。〈十三朵白菊花〉附有小序：

> 六十六年九月十三日。余自善導寺購菩提子唸珠歸。見書攤右側藤椅上，有白菊花一大把：清氣撲人，香光射眼，不識為誰所遺。遽攜往小閣樓上，以瓶水貯之；越三日乃謝。六十七年一月廿三日追記。[131]

序中的善導寺，位在市區，而且是很靠近火車站的位置，和周夢蝶擺書攤的武昌街相距也不遠。菩提子唸珠是為了唸經修行之用，換言之，為了祈福、積功德之用，而白菊花不知何人所贈（或是遺

---

[128] 班雅明認為「漫遊者」（flaneur，或譯為「遊手好閒者」）一邊在城市漫步、觀看，一邊思考，具有悠閒的步調，甚至把城市當作是居家，在其中生活著，他們用別樣的眼光觀察城市，既沉醉在虛幻與想像，但「漫遊者」是孤獨的，他顯現一種抵抗世俗的態度；班雅明曾以波特萊爾為例說明「由於波特萊爾的緣故，巴黎第一次成為抒情詩的題材。他的詩不如地方民謠；與其說是這位寓言詩人凝視著巴黎，不如說他凝視著異化的人。這是遊手好閒者的凝視，他的生活方式依然為大城市的人們與日俱增的貧窮灑上一抹撫慰的光彩。遊手好閒者仍站在大城市的邊緣，猶如站在資產階級隊伍的邊緣一樣，但是兩者都還沒有壓倒他。他在兩者中間都感到不自在。他在人群中尋找自己的避難所。」參考班雅明著、張旭東、王斑譯，《發達資本主義時代的抒情詩人：論波特萊爾》（台北：臉譜出版社，2002年），頁276。
[129] 周夢蝶，〈十三朵白菊花〉，《十三朵白菊花》，頁48-51。
[130] 在「漫遊者」的概念中，拱廊街、百貨公司提供庇護，也令人興起探險的慾望。這類迷宮似的空間，富有虛幻的性質，其中陳設的物品，引人駐足欣賞，瀏覽忘返，也引導、反射出人們的慾望。同註128，頁121-123。
[131] 周夢蝶，〈十三朵白菊花〉，頁48。

留），其意象，除了和陶淵明愛菊有關，也很容易令人聯想是喪禮上致祭的花束。菩提唸珠和白菊花的意象先後出現，彷彿是生之祝禱與死之悼念的對比。而周夢蝶竟也不忌諱，反而因為菊花的清香鮮麗而遽然帶回家中供著；這樣的購物、拾物經驗甚為奇特。然而周夢蝶在詩中體現的是針對這十三朵白菊花而寫，十三的數字使之震慄，菊花的白也使他霎時墜入荒煙蔓草、白楊荒墳的氣氛中，他想像自己已經散為遊魂，不知誰為他供上白菊花，花上猶有清淚幾滴，他因此恍惚、迷離，懷疑：「是否我的遺骸已消散為／塚中的沙石？而游魂／　自數萬里外，如風之馳電之閃／飄然而來──低回且尋思：／花為誰設？這心香／欲晞未晞的宿淚／是掬自何方，默默不欲人知的遠客？」而後，他感謝這位不知名者為他留下這把菊花，彷彿為他的荒墳獻上一束心香。在詩的最後兩段，周夢蝶把這份對死亡的感觸，轉為感謝大化有情，感謝菊花為逝者照亮眼前，而他思及此，也不禁含淚而笑：

　　感愛大化有情
　　感愛水土之母與風日之父
　　感愛你！當草凍霜枯之際
　　不為多人也不為一人開
　　菊花啊！複瓣，多重，而永不睡眠的
　　秋之眼：在逝者的心上照著，一叢叢
　　寒冷的小火焰。……

　　淵明詩中無蝶字；
　　而我乃獨自與菊花有緣？
　　淒迷搖曳中。驀然，我驚見自己：
　　飲亦醉不飲亦醉的自己
　　沒有重量不佔面積的自己
　　猛笑著。在欲晞未晞，垂垂的淚香裡[132]

---

[132] 周夢蝶，〈十三朵白菊花〉，頁50-51。

這首詩當然有自輓的意味，從末段可看出其意。可感的是，他仍然將目光放諸有情世界，感謝天地、留花者與那束菊花。對死亡議題的思考，也是周夢蝶詩中常見的主題，但似此經驗與詩思，已近乎城市中的一則傳奇，卻又是周夢蝶日常生活中的一則日記，可見周夢蝶在日常生活裡也是不斷的內省，而且直接觸動對生與死的思索。

2.公寓、巷弄裡的日常生活圖像

　　周夢蝶曾經居住的外雙溪、淡水和新店，都是台北郊區，有城市的便利，但較少大都會的擁擠、嘈雜與緊張步調。而周夢蝶住在淡水外竿時，最喜歡到周圍的田野散步，除欣賞田園風光，他還為每天必到的一處舊橋墩寫了〈約會〉一詩[133]。不過，幾首和公寓、巷弄有關的作品也相當有意思，譬如〈九宮鳥的早晨〉[134]就是從尋常公寓人家的生活，捕捉了生活的律動，在晨光鳥鳴之中展現了盎然的生活意趣。詩從「九宮鳥一叫／早晨，就一下子跳出來了」開始[135]，依序描寫一棟公寓的四樓陽台上，鴿子來回飛飛停停，互相推擠著，剝啄陽臺上的植物萬年青、鐵線蓮，然後又有一隻小蝴蝶遶丁香花款款而飛。隨後，又是一聲九宮鳥的叫聲，進入鏡頭的是一個十五六歲的小姑娘，因為她輕巧若蝶，所以周夢蝶用前一段的小蝴蝶來鋪墊。小姑娘提壺澆花，然後梳頭；這清新俏麗的身影使得周夢蝶有一些聯想：「把一泓秋水似的／不識愁的秀髮／梳了又洗，洗了又梳／且毫無忌憚的／把雪頸皓腕與蔥指／裸給少年的早晨看」，完全從少女的清新形象去發想，秀髮、雪頸、皓腕與蔥指，無一不是清新可人，和早晨的氣息十分搭調；而少女在陽臺上澆花、梳頭，一派天真自然，毫不忸怩作態，就像晨光中的一幅動畫，所以說是「裸給少年的晨光看」。接著，上場的是：

---

[133] 劉永毅，《周夢蝶──詩壇苦行僧》，頁119。
[134] 周夢蝶，〈九宮鳥的早晨〉，《十三朵白菊花》，頁96-99。
[135] 周夢蝶所稱的九宮鳥，應是一般所俗稱的九官鳥，英文名Hill Myna學名Gracula religiosa，可以學人說話。

在離女孩右肩不遠的
那邊。雞冠花與日日春的掩映下
空著的藤椅上
一隻小花貓正匆忙
而興會淋漓的
在洗臉[136]

這隻小花貓的神情也是安然自得的，而「洗臉」的動作，也就像人
們一早起來刷牙洗臉，換衣服上學上班，揭開了一天的序幕。所
以，詩在這裡接續的是這樣的兩段而結束：

於是，世界就全在這裡了

世界就全在這裡了
如此婉轉，如此嘹喨與真切
當每天一大早
九宮鳥一叫[137]

上引第一行即是單獨一行一段，凸顯「世界就全在這裡了」的意
義，因為公寓雖然是平民百姓的家居，但是晨光乍現，九宮鳥一
叫，一切按部就班，井然有序，生機盎然。九宮鳥婉轉、嘹喨與真
切的叫聲提示了這部動畫的真實性，而鴿子、蝴蝶、小貓，萬年
青、鐵線蓮、雞冠花、日日春，無一不是平常又日常的意象，任何
的公寓大樓陽台，大街小巷，都可輕易看到；加上少女的清純形
象，周夢蝶看到了一個無邪、質樸、活絡的世界，充滿生之喜悅，
宛若人間天堂。

---

[136] 同註134，頁98-99。
[137] 同註134，頁99。

另一首〈牽牛花〉[138]也有異曲同工之妙，詩中描寫牽牛花次第盛開：「一路熙熙攘攘牽挽著漫過去／由巷子的這一頭到那一頭」，接著又形容牽牛花在朝陽金光中綻放，像一首即興曲，有華格納風格，「一個男高音推舉著另一個／另一個又推舉著另一個／轟轟然，疊羅漢似的／一路高上去……」詩人為此發出驚嘆：「好一團波濤洶湧大合唱的紫色！」這一行係單獨一段一行，凸顯這樣的驚喜。最後，詩人以一種禪宗公案式的對話收尾：

　　　　我問阿雄：曾聽取這如雷之靜寂否？
　　　　他答非所問的說：牽牛花自己不會笑
　　　　是大地──這自然之母在笑啊！[139]

「如雷之靜寂」是矛盾語，但又切合牽牛花盛開怒放時的形態。後兩句的意思是，如果盛開的花朵是粧點大地的笑容，那麼牽牛花的盛開，便是自然之道的呈顯。佛家講破除色相、破除我執，若欲追究牽牛花為何盛開、為誰盛開、何時而開，便是一種執著，周夢蝶在這裡要說的是，唯有像阿雄這樣，破除一切，直指道心，才是體悟了自然之道。這首詩把社區巷弄裡的牽牛花寫得活潑生動，也從中點出禪機。

　　如果說周夢蝶描寫田園風光代表他歌頌自然，在自然中體悟哲思，那麼這類有關公寓、巷弄的書寫，則代表他對於空間意象的捕捉，而且把人、事、物和哲思聯結在一起，其中也許欠缺炊煙裊裊的鄉村景象，卻有花開、鳥鳴、少女、男孩等生動的人物印象，呈現活潑熱鬧、生氣蓬勃的人間圖畫。

---

[138] 周夢蝶，〈牽牛花〉，《十三朵白菊花》，頁82-83。
[139] 同註138，頁83。

四、結語

　　周夢蝶出版《十三朵白菊花》與《約會》詩集時，筆者曾撰寫書評一篇，文中即指出周夢蝶在這本詩集中，無不以有情的目光去關注世人，透過他的詩筆，使我們深深感受到市井生活中，一種安然自適卻又歷經風霜的生命情調。[140] 這種書寫風格的確和他早期的禪境作風不同。而經由上文的爬梳，我們更可感到周夢蝶對這人世間的冷眼熱心，也就是以冷靜旁觀的眼光看世俗的一切，但內心卻經常湧起熱情；對女性友人，他尤其具備熱切的關懷，為女性的命運困境打抱不平；對與他往來的文友、讀者，熟識者如陳庭詩，既是生活上的親近朋友，可以互相打趣開玩笑，也可以邀約賞花、分享喜事，陳庭詩出國，周夢蝶便成為他託付瑣事的可信賴的朋友。而在創作上，周夢蝶欣賞陳庭詩的雕塑藝術，也讚賞他的寫詩才華，從這點看，周夢蝶與人相處是抱持著謙虛的態度；而陳庭詩在他心中也是一位諍友，不時提點他。陳庭詩可謂「友直、友諒、友多聞」。周夢蝶與其他文友的往來，因為周夢蝶本身生活簡樸，所以少見記錄宴飲、遊樂場合，反而多是以賀卡相贈，或是題詩為贈。而這些題詠、題贈詩，大多是抒情言志之作，表達周夢蝶的自我觀或是創作觀念。

　　《十三朵白菊花》與《約會》兩詩集中，對於空間意象的塑造十分突出。這緣於周夢蝶居住在台北市邊緣的小城鎮，又因擺書攤或是與友人會晤而經常在城市的街道穿梭，有如一個城市的行吟者。如果從前周夢蝶擺書攤被喻為一則文學風景，那麼那些有關衡陽路、桂林街、牯嶺街、善導寺以及其中的人與物的書寫，卻使得周夢蝶的身影也跟著在其中流動，彷彿是一位城市漫遊者。而這位漫遊者，寫下了城市裡的邊緣族群，庶民百姓的生活百態。再者，

---

[140] 洪淑苓，〈禪意與深情──周夢蝶《十三朵白菊花》評介〉，收入洪淑苓，《現代詩新版圖》（台北：秀威資訊公司，2004年），頁61-63。

對於自己居住的小城鎮，周夢蝶除了流連於田園自然，事實上也在小巷弄間穿梭，為我們捕捉了晨光中的公寓生活，以及陽台、巷道、圍籬上的盛開的花景，而這一切都充滿了生機，有如運轉自如的宇宙，隨興而自然，人與萬物均安。在大城市與小城鎮間生活，周夢蝶有動有靜，有行有止，形成他自己的風格與步調。

《十三朵白菊花》與《約會》的世界是世俗而溫熱的，但這並不表示周夢蝶已轉變為入世、熱情的詩人，在人群中，他那一襲黑色的身影，安靜靦腆的微笑，始終不曾改變；頂多，在夏季時改穿深藍色粗布長衫，而始終是目光澄澈、靜定的表情，不驚不擾地身處於紅塵俗世、眾聲喧嘩之中。當我們再回頭看《孤獨國》裡那個孤獨、冷寂的世界，那或許是周夢蝶心性的本質，而他以清明理性的眼光審視自我內在的世界，卻以謙虛和藹的心眼觀看周遭的人事物，和詩人、友朋以及芸芸眾生維持著友善和睦的關係──而無論如何，他的所思所感，也用文字留下雋永的詩篇，以詩和世間結緣，應是他留給世間的詩人典範。

──原載陳義芝主編，《台灣文學經典研討會論文集》（台北：聯經出版公司，1999年），頁184-196；以及洪淑苓、易鵬、曾進豐主編，《觀照與低迴：周夢蝶手稿、創作、宗教與藝術國際學術研討會論文集》（台北：學生書局，2014年），頁75-98。

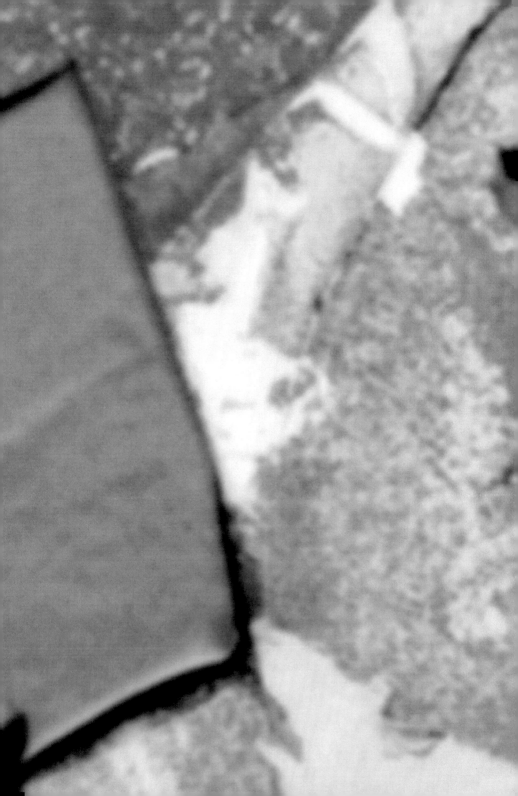

論鄭愁予的山水詩

一、前言

鄭愁予（1933－）是著名的現代詩人。他最受人稱道的是古典的風格、抒情的調子以及浪子的情懷。然而除了浪漫動人的情詩，他的山水詩其實也展現了精湛的創作藝術。從早期出版的《鄭愁予詩選集》中，有「五嶽記」二十首寫台灣名山大嶽，到後來的《燕人行》、《雪的可能》、《寂寞的人坐著看花》三本詩集，均特別開闢「散詩紀遊（旅）」的卷帙，可見他自己在這方面的經營與著力[1]。可惜的是，論者在這方面的討論太少，以致於我們對鄭愁予的印象往往只停留在早期唯美浪漫的情詩作品，就研究一個成名作家而言，這樣的現象顯然有所欠缺。是故本文的出發點即在於發掘「另一個鄭愁予」，企圖觀察他各時期山水詩的寫作歷程與意象美感等，由此而探得其中年以後的寫作成績。

有關山水詩的定義，有廣、狹之分。廣義的山水詩，「為取材於大自然的山山水水，乃至草木花卉鳥獸者。換言之，他的內容宜包括大自然的一切現象」[2]；狹義的山水詩，則強調詩中的山水，「解脫其襯托的次要的作用而成為詩中美學的主位對象，本樣自存。」[3]本文依從廣義的說法來篩選樣品，以便有更廣闊的討論空間，而後則將重點放在審美觀照，藉此呈現其作品中的美感意識與

---

[1] 鄭愁予《寂寞的人坐著看花・後記》曾提到這樣的看法：「我之看山如我，入山成自然，應該納為道家的心理體系。」、「至於漢文化從詩經開始，即以山水或是以自然界生物與人生〈或人文思維〉形成象徵的對比。……這些年來可以說是山水文學的絕版期。」、「山水有其描象性與人性中的真實面，恰是正反之合，形成涵泳天機的象徵體。……那麼所有的界說在移情之外，如何能脫得出這山水詮釋？這本詩集是以『寂寞的人坐著看花』一輯詩為書名，雖有些山水意味，毋庸說是宣示『山水』又將到我的詩中作客，且將是儒道二家的客人，亦將是對抗那些『漠視山水者和瀆染山水者』的俠客。」由上引可見鄭愁予本人對山水詩的領略，以及他對自身作品的致力與期許。鄭愁予，《寂寞的人坐著看花》（台北：洪範出版社，1993年），頁225-227。

[2] 林文月，〈中國山水詩的特質〉，《山水與古典》（台北：純文學出版社，1976年），頁23。

[3] 葉維廉，〈中國古典詩和英美詩中山水美感意識的演變〉，《比較詩學》（台北：東大圖書公司，1983年），頁137。

美學風格。

二、寫作歷程與作品類型

從鄭愁予已結集出版的四本集子，不難看出其創作上的承續與轉變。特別是他的山水詩，由作品類型的重出、增添、變化等情形，頗能顯示出他的寫作歷程：早期的抒情甜美，去國十二年後的沉滯苦澀，乃至近期的圓熟融通。

（一）《鄭愁予詩集 I 》

鄭愁予喜愛登山臨水，因此他的山水詩基本上都是親身經驗而創作寫成。收錄其早期作品的《鄭愁予詩集 I 》[4]的「五嶽記」二十首，大多從寫景的角度出發，對於山水客體有精確而深美的描繪。他在意象的掌握上，是那麼的敏銳生動，對於攀登的經驗，也寫得那麼傳神；在他筆下，台灣的山川地理獲得了瑰奇美麗的形象，和同時期緬懷大陸神州的山水作品，有著不同的旨趣。這一點王文進把他歸類為「拓荒型」的山水詩人，並且頗為嘉許。[5]而陳鵬翔也說：

> 鄭愁予的〈霸上印象〉以及其他七八首頗有山水詩鼻祖謝靈運好奇好險、披荊斬棘「描聲」繪色去表現大自然的各種靜態美與「動態美」。（林文月，第四一頁）。像這首〈霸上

4　鄭愁予，《鄭愁予詩集 I 》，（台北：洪範出版社，1979年）。
5　王文進指出，現代台灣的山水文學可暫分為幾類：一為「陸游式」例如余光中寫阿里山時仍不忘遙望神州；二為「拓荒型」，例如鄭愁予他看到台灣山水時被台灣山水吸引，一如看到長城時被長城吸引時一樣「專情」，這類作家能夠直探台灣山水要津；其三為「反哺式」，像楊牧，因為自小成長於這塊土地，筆下便有一些情不自禁的膜拜之情；其四為「贖罪式」，例如劉克襄的環保自覺，借山水紀錄喚起大家對這塊土地的疼惜。見楊明紀錄整理，〈現代台灣山水文學座談——眾溪是太陽的手指〉，《中國時報・人間副刊》，1992年11月6日。

印象〉，前為驚心動魄的描寫，最後幾行又有點表達玄理的味道，他早年遊記式的寫作方法，真令人不期然會想到謝靈運給山水詩所建構的典範[6]。

此言誠然。「五嶽記」所記述的登山經驗，譬如大霸尖山的奇險（〈霸上印象〉：「不能再東　怕足尖蹴入初陽軟軟的腹」、「不能再西　西側是極樂」、「不能再前　前方是天涯」）（《鄭愁予詩集Ⅰ》，頁217），南湖大山的蠻荒詭譎（〈十槳之舟〉：「卑南山區的狩獵季，已浮在雨上了，／如同夜臨的瀘水，／是渡者欲觸的蠻荒，／是檢盡妖術的女巫的體涼」（《鄭愁予詩集Ⅰ》，頁203）等等，都傳達出一個登山者的深刻印象。至於形聲動靜的摹寫，例如描寫南湖大山北峰的黃昏，晚風吹動，野百合「閃著她們好看的腰」；夜晚來臨，頑童像「星星般地抬走一個黃昏」（〈北峰上〉，（《鄭愁予詩集Ⅰ》，頁205），整個畫面充滿了動態美。又如〈努努嘎里台〉，也是記南湖大山，形容山風的翻飛：「風翻著髮，如黑色的簧火／而我，被堆的太高了／燃燒的頭顱上，有炎黃的山月。」（《鄭愁予詩集Ⅰ》，頁210），全詩意象的交錯，由風而髮而火，最後「風停，月沒，火花融入飛霜」（《鄭愁予詩集Ⅰ》，頁210），再由飛霜而草木而「我的遺骸」，可說奇詭絢麗，令人難以追摹。這些，都是「五嶽記」的成就。

「五嶽記」代表少壯時期鄭愁予觀覽台灣山水的經驗與記憶，雖然他和謝靈運一樣，喜愛攀登高山峻嶺，探求佳景奇觀，在寫作形式、技巧上，也頗多類似，但二者最大的不同是，山水是謝靈運積鬱之情的發洩處，是他寂寞內心的知音[7]；鄭愁予則免掉這個包袱，在此地念完高中、大學的他，對這些山水是喜愛的、愉悅的[8]，因此他更能還給山水本來之面目，以物觀物，或者融入天地

---

[6]　陳鵬翔，〈中英山水詩理論與當代中文山水詩的模式〉，《中外文學》20卷6期，1991年11月，頁96-135；引文見頁115，陳鵬翔亦引述林文月對謝靈運的評語。

[7]　林文月，〈中國山水詩的特質〉，同註2，頁33。

[8]　可參看註1引文。

之中，不以山水為情感宣洩的對象，更能啟發山水的美感。

是故，除了少數的作品，如〈浪子麻沁〉[9]為敘事體，記敘浪子麻沁的故事外，這時期的山水詩，大多呈現了「物我關係」的觀照。可酌分為三種類型[10]：

第一類為以物觀物，也就是沒有「人」或「我」的介入、出現，從純粹寫景，讓山水呈現了自然之道。例如〈牧羊星〉[11]以一顆散發藍色光芒的明星為主，經由她的昇起、發光，勾勒出黃昏到星夜的時間變化；天邊的紅霞、雨後的彩虹、湖上的星群，把南湖大山雨後黃昏的天空，變成像劇場表演般的活潑生動。像這樣藉空間場景的變化來呈現「時間」的意象，且不沾帶人對時間的感懷，即自然地達到「道」的呈顯。

第二類為與物俱化，雖然有「我」的介入，但經過山水的浸染，詩人的直覺（而不是理性思辨），於是達到與物俱化、物我合一的境界。這類作品最重要的是「當下的融合」，在描寫物的意境之後，人也立即融入此中境界。例如〈雲海居（二）〉[12]，寫玉山頂的雲朵，想像它們和群山默對，而「偶獨步的歌者，無計調得天籟的絃」，於是便在雲中縱笑，而且「遂成為雲的呼吸」（《鄭愁予詩集Ⅰ》，頁220）。全首兩段共五行，卻把山的悠遠描繪得靈動有情，同時「我」（歌者）也因此意境的感染，而與雲朵俱化，成為天地間的歎息，進入物我合一的境界

第三類為物我兩忘，與前類比較，此類著重的是「忘」的過程；在作品的敘述上，起初，人和物各得其所，各顯其象，終於泯除對待，提升到物我兩忘的境界。例如〈霸上印象〉[13]，在登山的過程中，峰巒、巨松與白雲一一出現在登山者的眼前，但登山者無

---

9 鄭愁予，〈浪子麻沁〉，《鄭愁予詩集Ⅰ》集，頁223-226。
10 王國瓔把物我關係分成三大類：「物我相即相融」、「物我若即若離」與「物我或即或離」；這是以古典作品為範疇的分類。在鄭愁予的作品中，以第一大類為最，故參照此類下的三個形式，作為分類標準。參見王國瓔，《中國山水詩研究》（台北：聯經出版公司，1986年），頁401-417。
11 鄭愁予，〈牧羊星〉，《鄭愁予詩集Ⅰ》，頁205。
12 鄭愁予，〈雲海居（二）〉，《鄭愁予詩集Ⅰ》，頁220。
13 鄭愁予，〈霸上印象〉，《鄭愁予詩集Ⅰ》，頁218。

意去征服，只是戰戰兢兢地攀爬，直到峰頂，才有「茫茫復茫茫
不期再回首／頃渡彼世界　已邁回首處」（《鄭愁予詩集Ⅰ》，
頁218）的渾然之感，已經超越了時空現象的限制，「回首處」和
「彼世界」的關係，猶如「前水非後水」的鑑照；在整個登山過程
中，來時路、今時地與遠方所在以及其間景物，事實上一直在被取
代更換，直到峰頂山巔，一切景物便渾然如茫茫世界，是在這樣的
境界中，詩人體會了「物我兩忘」的意境。

　　這三個類型，基本上都是以山水為主體，人在其中的分量其實
非常渺小，縱使有「我」的介入，也不會改變山水原有的秩序，反
而是人和萬物相融相化，成為山水的一部分。以王國維的境界說而
論，當趨近於「無我」之境。[14]

（二）《燕人行》

　　1968年，鄭愁予離台赴美。《燕人行》[15]是他去國多年後的第
一本新詩集。其輯二很明白標出「散詩紀旅」，顯示了鄭愁予在山
水題材上的意圖，想結合行旅與山水，為自己的創作開拓新視野。

　　《燕人行》中的山水詩，有一部分仍承續前書「物我關係」
的觀照，例如〈金山灣遠眺〉[16]詩中的車輛、長橋、雲、海灣都是
寧靜安詳的，最後用一隻鷗鳥入水，劃破這一片寧靜；以動來襯托
靜，呈現了一個自然自得的境界。這是屬於以物觀物的美感觀照，
〈天涯踏雪記〉[17]寫踏雪所見景致，但由雪地的足印，體現了「空
無」的境界，屬於第二類與物俱化，表現物我合一的和諧。

　　《燕人行》中特意發展出來的是藉山水以抒懷的作品，這也是
前書所罕見的，代表了另一種物我關係。在這類作品中，詩人或者

---

[14]　王國維，《人間詞話》：「有有我之境，有無我之境。……有我之境，以我觀物，
　　故物皆著我之色彩；無我之境，以物觀物，故不知何者為我，何者為物。……無我
　　之境，人唯於靜中得之；有我之境，於由動之靜時得之，故一優美，一宏壯也。」
　　王國維著、徐調孚校注，《人間詞話》（台北：漢京出版公司，1980年），頁1-2。
[15]　鄭愁予，《燕人行》（台北：洪範出版社，1980年）。
[16]　鄭愁予，〈金山灣遠眺〉，《燕人行》，頁57-58。
[17]　鄭愁予，〈天涯踏雪記〉，《燕人行》，頁63-66。

透過山水之美，暫時忘卻我的存在，但一旦知覺概念出現，便形成強烈的自我色彩，眼前的山水都變成他的心情註腳。有如「物皆著我之色彩」的「有我」之境[18]。其所欲抒發的情感，包括故國之思與個人情懷。

例如「散詩紀旅」中的〈七夕〉[19]，詩末附註「于西點，哈德遜河野餐地」（《燕人行》，頁59），但全篇從詩題開始，即是以中國七夕故事為主幹，哈德遜河的景致與想像，完全以此為比附[20]；可見這是詩人主觀情感的投射，流露其對故國文化的緬懷眷戀。另一首不在此輯內的〈踏青即事〉[21]，不注名遊歷地點，而以「異國的楊花」為主體，怨楊花多事撲騰，撩起「眷國情深」，恰見詩的憂思不安，在客居異地乍見楊花（有文化意象的楊花）的驚悸，提醒了詩人的去國之思。這種情懷，在其「書齋生活」輯詩中，更為顯明。他讀《易》、談「風骨」，以及諸多懷人的詩篇，在在說明他內心強烈的愁緒，所以舉目所見、所思，都迴盪著故國之情、文化鄉愁。

另一方面，這時期的鄭愁予也進入了中年，對於自身行旅的感受，乃至於對人生的整體思考，都得以在山水中找到抒發與慰藉之途。例如〈夢斗塔湖荒渡〉[22]，藉湖面尚封未封（封凍），渡者欲渡無渡的無奈之境，點出客居他鄉，老無所歸（葬）的悲歎。「荒渡」之詞，揭示了此行的抑鬱無望，而全篇也籠罩在求歸不得的宿命氛圍：「『為什麼遷到湖的南方／我們註定了遙遠的死亡……』／這樣的歌，我們唱著／無論是老年或少年／也反覆地／唱著」（《燕人行》，頁67）。

據〈後記〉所言：

---

[18] 王國維，《人間詞話》，同註14。
[19] 鄭愁予，〈七夕〉，《燕人行》，頁59-61。
[20] 〈七夕〉詩的句子：「鳥棲止／柳枝臨水」、「抬頭／大河橫亙／奔騰／夕陽彤彤漫天」這些景物的描寫，應是就眼前哈德遜河而起興，但卻轉為長髮婦人與鵲橋渡河的題旨。同上註。
[21] 鄭愁予，〈踏青即事〉，《燕人行》，頁121-126。
[22] 鄭愁予，〈夢斗塔湖荒渡〉，《燕人行》，頁67-71。

傳說，三百五十年前，當時殖民北美的新法蘭西總督錢普蘭（Champlain）夢想循由美洲大陸西北尋訪中國，乃派探險家金‧尼古雷（Jean Nicolet）和他的夥伴泛密西根湖西渡，登陸地即今之威斯康辛綠澳（Green Bay）。……一九七八年冬與均生對飲於湖畔酒肆，感嘆「夢族」原徙自北方亞洲平原，今已不知所終，僅餘丘塚（Indian Mounds）處處。時間淘盡生靈？而我輩設居陌地，卻連聚骸的沙塚都無。夢斗塔湖，其南岸雖有威斯康辛大學絃歌不輟，于我卻是原始荒涼的。均生長子是年初以百日之齡而夭，令人對生息之理益加茫然。藉此詩以紀念稚子之夭殤。」（《燕人行》，頁70-71）。

　　在表面上，這首詩寫的正是昔日探險的隊伍，但「時間淘盡生靈？」以下諸語，卻表露了沉重的感觸，異鄉異客，連聚骸的坟塋都無，豈不令人掩卷深思，三嘆有餘哀？

　　〈密西西比河源頭〉[23]所顯露的，就不那麼沉重。或許因為前一首為紀念友人稚子之夭殤，故隱含死亡傷悲之氣息。而這首〈密〉詩，是詩人帶著家小溯源而上，因此在氣氛上反而洋溢闔家旅遊的樂趣。全篇共六段，第一、二、三段寫踏入密西西比河上游所見的景致：「淺露卵石」，如同「一張才三天大的／張望的海洋的／娃娃臉」（《燕人行》，頁74）；第四段即藉著母親說「才三天大的你」與河的源頭作比喻；第五段寫河流入中游，也暗示人進入中年；第六段，「孩子們跟著跨進這／源頭」，而我仍「一年一年地剪著長髮／一寸一寸地流著浪」，呈現兩代之間的對比，最後結束在孩子「追問人生那麼認真地／追問／這稚弱的流水／真地就是那／密西西比河麼？那／童話中的，魔力無邊的／密西西比河麼？」（《燕人行》，頁77-78）從哲理式的思考，回復到童稚天真的質疑中。這首詩，以河的上游、中游來比擬人生的各階段，且

23　鄭愁予，〈密西西比河源頭〉，《燕人行》，頁73-78。

其中出現了母親、自己以及孩子，就呈現了血脈相連、循環不息的意義，和河流「逝者如斯，不捨晝夜」的永恆性也頗為相稱。試觀其「補誌」：

> 一九六九年秋，梅芳帶著兩個孩子嫩娃、帝娃來愛荷華團聚。翌年夏，我應聘到明尼蘇達大學短期教書，舉家又臨時遷居「孿生城」。……每個週末，我們便向北開車，專揀湖山勝處流連、露營。一日，我們循圖找到兩片小湖，在高大的挪威松之間，一道淺流破岸而去，這便是大河密西西比的源頭了。一九七九夏末，又在愛荷華「待吻坡」（Davenport），密西西比河上泛舟，與戴天、翱翱，歐梵諸友多年不見，不禁開懷暢飲，各浮數十大白。微醺之下，屈著笨重的指頭算算時日，又不禁一陣感慨。如以此河比擬人生，我初遊美的那年，年歲正相當於過了待吻坡，而到那與密蘇里河匯合的聖路易斯，一個水旱交接的碼頭。如今呢，當已涵容了阿肯騷，奔向路易斯安娜了……。坦坦蕩蕩地奔著，不復淺唱，無緣激越，時間造物倒也真是有趣的很哩。」（《燕人行》，頁78）。

這樣的感慨，脫離了他鄉異客的情感負擔，坦然面對人生的歷程變化，「不復淺唱，無緣激越」的坦蕩胸懷，豈不是人生的新意境？「補誌」諸言，更補充因河而悟的道理。

從上述可知，《燕人行》中的語言，確實不如早期作品的流暢。因為常用短句，造成語句停頓、不連貫，意象被割裂，甚至出現不必要的排列法[24]，難怪蕭蕭要說這是「中年而陌生的鄭

---

[24] 使用短句所造成的缺點，可以前引〈七夕〉為例。此詩共十九行，每行字數多在二、三字之譜，只有四行是六字或八字；因此造成文氣急促，大河與夕陽，大河與飛鳥的意象搭配都顯得刻意不自然；在意境上遠不如早期的〈雨絲〉（也是寫七夕故事的）那樣順暢動人。又如〈波士頓公園五月所見〉有這樣的排列法：
「溪坡很斜　　這般仰對著天體
　　　　　　莫是要
弄斷陽光的根

愁予」；蕭蕭又認為，此輯中的附註、後記，更造成與讀者的「隔」[25]。這點猶可商榷。因為詩文之外的自注、後記，並非鄭愁予自創，而是中國傳統詩學的一種模式。註解、記文若能與詩詞的內容相發明，或補其不足，或自成一小品，都不妨礙正文。如前引〈夢〉詩與〈密〉詩，後記補誌，都能抉發詩的內容旨趣，有相得益彰之效。早期的《鄭愁予詩集Ⅰ》之作品不必加註後記，因為詩人和他的讀者處於同一時空之下，《燕人行》之後，鄭愁予經常使用此形式，乃因他遠離中文讀者，故必須自注以明，讓詩的背景更落實在讀者的印象中。而最近出版的《寂寞的人坐著看花》寫異國山水景觀要加注，寫台灣小品則不加注，也是這個道理。

因此詩末加註後記，或許是基於解讀上的考慮，但未嘗不是鄭愁予有意仿效傳統的書寫形式。就山水詩而言，題記乃是伴隨而來的寫作形式，《燕人行》中有若干作品，其篇名即已顯現「題記」的意旨，例如〈波士頓公園五月所見〉[26]、〈紐罕布什爾絕早過雙峰山〉[27]、〈十月有麗日候其人至日暮未至〉[28]、〈晨雨，見飛機航過天際〉[29]等，這在《鄭愁予詩集Ⅰ》中未見，而《燕人行》之後卻頗常見；這和謝靈運等精於製作題目，詩題就是簡短的遊記的作法[30]，

```
        乃見
      一排
   裸的剪刀」
「摘下勛表   心臟就一躍而出
             則
   跳動的歷史原來也是粉紅色的」
像這樣大落差的排列，實難深究其意。
```

[25] 蕭蕭提到：「一條奔過中游的河，不是黃河、長江，不是濁水溪，而是密西西比河時，台灣的讀者是要比較陌生而不知如何去逐流了！」、「有幾個現象……那就是：附註、附記事、附解、附自序、後記的地方特別多，這說明了一件事實，鄭愁予與我們之間有了一段距離，他不自附說解，我們無法初步了解他詩中的字面意義，這段距離其實也是鄭愁予與異地之間的『精神距離』，人在異地，鄭愁予時時以一個北地中國人的姿態醒著——我們為他和中國而慶幸呢？還是為他和中國而悲哀？」見其《現代詩縱橫觀》，（台北：文史哲出版社，1999年），頁10、頁153。

[26] 鄭愁予，〈波士頓公園五月所見〉，《燕人行》，頁49-52。

[27] 鄭愁予，〈紐罕布什爾絕早過雙峰山〉，《燕人行》，頁55-56。

[28] 鄭愁予，〈十月有麗日候其人至日暮未至〉，《燕人行》，頁97-100。

[29] 鄭愁予，〈晨雨，見飛機航過天際〉，《燕人行》，頁141-144。

[30] 參見李豐楙，〈山水詩傳統與中國詩學〉，收於《中國詩歌研究》（台北：中華文化復興委員會印行，1985年），頁115。

是相類似的，而且有所淵源的。合上述故國之思、文化鄉愁的主題思想來看，《燕人行》集中的鄭愁予在思想內涵上、在寫作形式上，都表現了渴求文化的滋潤，也是他去國十餘年之後，重返現代詩壇的一種努力。

（三）《雪的可能》

這樣的努力，從下一本詩集《雪的可能》[31]來看，就很值得。因為《雪的可能》中的山水詩，在語言上已較為順暢圓熟，很少刻意使用短句來表示心裡的遲疑沉滯，相反的，恰如其分的語序、長度，才是我們所熟知的鄭愁予。例如：「審視每一匹草葉上／露珠如何懷抱一個世界成為圓」（〈八月夜飲〉，《雪的可能》，頁124）這兩句，都可以再斷裂成更多的跨行句，但此處已不作此處理；又如：「魚肚才翻白，山脈就／起身了，抖擻森林，舒伸岩骨，／穿衣嗎？那寬鬆流動的霞彩／是初經剪裁而未經試身的……」（〈穿霞彩的新衣〉，《雪的可能》，頁86），這一段詩句，除了「山脈就起身了」拆成兩句跨行，其他的句子都是順暢流當的，以霞彩為山脈的新衣，並且模擬穿衣的動作，這樣的意象和設想，乃能喚起我們似曾相識的愁予風格。《燕人行》在鄭愁予去國十二年後出版，《雪的可能》在其後四年出版，從創作成就看，《燕人行》乃具有過渡的功能，《雪的可能》則展示詩人琢磨轉型的工夫。

《雪的可能》有「散詩紀遊」輯，其中包括對山水景物與人文景觀的思索；而其他卷輯中的山水詩，也頗有可觀。在類型上，《雪的可能》的山水詩一部分承繼《燕人行》的故國之思、個人感懷，另外大部分則承繼自《鄭愁予詩集Ⅰ》以來的「物我關係」的三個類型，且在思想上更加深化。

就「以物觀物」的類型言，〈玉米田〉[32]描寫曉風拂動的玉米田，在朝陽照射下，終於融化成一片金黃，光彩眩目；沒有人的介

---

[31] 鄭愁予，《雪的可能》（台北：洪範出版社，1985年）。
[32] 鄭愁予，〈玉米田〉，《雪的可能》，頁115-117。

入,純粹風、玉米和陽光的演出,呈現了一幅飽滿豐美的圖畫,「女性的玉米」因此成為「地母」的象徵。而〈飛越聖海倫絲火山俯覽〉:「爆發後的晴日/無慾的美麗/獨坐的聖海倫絲/不著片縷的乾淨/是諸神可見的」(《雪的可能》,頁160),以「無慾的美麗」形容火山之美,也反照出觀賞者的淨化,對山水無慾,方能還其本來面目。

其次,第二類與物俱化者,在「物我合一」的體悟上則有更深刻的表現。前引〈穿霞彩的新衣〉[33],一、二段寫山脈在晨曦中甦醒,而以霞彩為裳,旭日為鈕、殘月為扣洞,披掛穿戴之後,「這時,我/主峰一般立在東西的迷濛處,/卻未意識到/剛剛完成的是什麼呢?/是穿了一件新衣呢?還是/從此投入美麗的虛無而脫身不得?」(《雪的可能》,頁87)可見詩人把自我化為山峰,和雲霞、晨曦、日月諸物相容,以致分不清物我,也脫身不得,表現了圓滿和諧的物我合一,而且藉著末句的噴語來表達內心的喜悅。這種化身為自然的想法,尚有多例可證。例如〈驚夢(二)〉[34],夢見自己化為瀑布中的水珠千顆,又變化為蛟龍,騰雲而上,趺坐在青山頂上;也是藉「夢」來表現「物我合一」,有類「莊周夢蝶」的旨趣;又如〈佛芒特日記〉[35],在仰視八百呎峭壁,看白鳥緩緩下墜時,「原本以為我倚著的老松也堅實如壁/而回頭間　竟搖響如船/將我漂入群巒如島的雲海中/那時　我的船　又和初升的月亮此起彼伏的/　　遊戲著……」(《雪的可能》,頁70)由鳥的飛墜而興起老松如船的想像,並且航入雲海中,和月亮遊戲;此不僅想像奇妙,「遊戲」一詞,更點出「遊心於物」(《莊子・田子方》)的從容餘裕,也是物我合諧的高度表現。

類似這種喜悅、遊戲的心情,乃是促使《雪的可能》中山水詩的調子呈現輕鬆自得,宛若鄭愁予一貫瀟灑不拘的風格,而且隱

---

[33] 鄭愁予,〈穿霞彩的新衣〉,《雪的可能》,頁86-87。
[34] 鄭愁予,〈驚夢(二)〉,《雪的可能》,頁88-89。
[35] 鄭愁予,〈佛芒特日記〉,《雪的可能》,頁69-72。

隱然帶著諧趣。如〈山鬼〉[36]，寫「遊行的霧與不動的岩石」，而擬人化為各懷心思的女鬼與男鬼，和屈原筆下的〈山鬼〉大異其趣，但卻洩漏了詩人頑童似的詩想：「兩個異樣心思的山鬼我每晚都看見／所以我高遠的窗口有燈火而不便燃」（《雪的可能》，頁97）；這裡的我是一個旁觀者，靜觀物和山石，而給予戲劇化的想像，也可算「物我兩忘」，各得其所的類型。

就故國之思，個人感懷的類型而言，面對異國山水，「雖信美兮非吾鄉」（王粲〈登樓賦〉）的意識仍然存在，例如〈在溫暖的土壤上跪出兩個窩〉[37]、〈大峽谷〉[38]兩首，前者因異國豐沃的土壤而思及貧瘠的故國，後者攀爬舉世聞名的大峽谷，戰慄之餘，卻因地平線那邊「閃著一抹青海的藍」，而有了「一飲家鄉水的渴慾」，鄉愁之濃重於此可見，也因此對眼前的山水無意仔細描摹。但〈雪的可能〉[39]則將此情愁昇華，將冰雪融化，注入大地之自然現象，比喻為文化血脈的傳承與滋養，借用「母親」的形象，叮嚀玉米幼苗成長，而暗示了「愛我華」（故意將Iowa愛荷華改譯）的文化大愛。這首詩將故國之思抽象提升為對文化母體的思慕，所顯現的，也是比較溫和的情感。

《雪的可能》其他作品也顯示，詩人比較能夠正視異國外族的事實現象。例如〈草地〉[40]、〈藍眼的同事〉[41]二詩寫在美國大學教書，師生來自各個不同的民族是常見現象。但詩人雖能理解，卻也宣示了「異國文字一樣走不完的草地／若是一條溪流在這裡形成需要多少年紀」（〈草地〉，《雪的可能》，頁80）的感歎，甚至連同事的「藍」眼珠都會勾起對母親的藍色長袍的聯想與思念。又如〈身為雪客〉[42]，由雪原而興起鄉思；〈臨別一瞥馴獸人〉[43]寫

36 鄭愁予，〈山鬼〉，《雪的可能》，頁97-98。
37 鄭愁予，〈在溫暖的土壤上跪出兩個窩〉，《雪的可能》，頁135-139。
38 鄭愁予，〈大峽谷〉，《雪的可能》，頁157-159。
39 鄭愁予，〈雪的可能〉，《雪的可能》，頁130-134。
40 鄭愁予，〈草地〉，《雪的可能》，頁79-81。
41 鄭愁予，〈藍眼的同事〉，《雪的可能》，頁126-130。
42 鄭愁予，〈身為雪客〉，《雪的可能》，頁164-165。
43 鄭愁予，〈臨別一瞥馴獸人〉，《雪的可能》，頁175-176。

馴獸師和他的雛豹的神情，卻是「落磯的頭白？天山的頭白？」、「而故人說／抽自敦煌的絲路是黃金一色的」（《雪的可能》，頁176）這樣的意象浮現，說的不正是自己浪子的遊思、無盡的鄉愁嗎？由於這類情思可以自由地出入、比附在不同的題材上，因此《雪的可能》中的山水詩也就減少了這份負擔，更加能夠與物同遊，發揚早期山水詩的光彩。

〈四〉《寂寞的人坐著看花》

鄭愁予最近結集出版的是《寂寞的人坐著看花》[44]。這本詩集收錄相當多的山水作品，具有繁複多變的樣貌，在主題意境上也有層進轉出的效果。

在其「散詩紀旅」詩輯中，描寫瑞尼耳峰的兩首——〈在回首中〉[45]、〈在鬢邊〉[46]都以女性的形象來摹寫山，充滿柔美的情思。〈冰雪唱在阿拉斯加〉[47]則寫雪地月出，狼群靜立而噑的景象，由此而托出「我所以今生是思想的狼／前生是獵人」（《寂寞的人坐著看花》，頁36）的壯志，冰雪也與之同唱此慷慨激昂的曲調；這頗富陽剛之美的風格，為鄭愁予山水詩中少見的表現。

其他詩輯中，如〈山越深〉[48]，寫佛芒特山間景致，鳥雀、溪魚展現林中生機，加上幾隻羊、古老的水磨，點染田園樂趣，這也是前作中少見的。〈深山旅邸〉二首[49]，及〈在渡中〉[50]，則寫出行旅中的心情。有時是化身為山中松鼠，呼吸雲霧（〈深山旅邸 I〉），有時是聽見木落如吟詩，旅人同聽此天地之聲（〈深山旅邸 II〉），或者在渡海的船浪上，感悟天海無涯、人生無涯（〈在渡中〉）等，也都拓展其山水詩的內涵。

---

44 鄭愁予，《寂寞的人坐著看花》（台北：洪範出版社，1993年）。
45 鄭愁予，〈在回首中〉，《寂寞的人坐著看花》，頁40-41。
46 鄭愁予，〈在鬢邊〉，《寂寞的人坐著看花》，頁42-43。
47 鄭愁予，〈冰雪唱在阿拉斯加〉，《寂寞的人坐著看花》，頁36-37。
48 鄭愁予，〈山越深〉，《寂寞的人坐著看花》，頁6-7。
49 鄭愁予，〈深山旅邸〉二首，《寂寞的人坐著看花》，頁10-14。
50 鄭愁予，〈在渡中〉，《寂寞的人坐著看花》，頁16-17。

最值得注意的是與書名同題的「寂寞的人坐著看花」詩輯，共八首，寫台灣風土小品，其中即有與書名同題的〈寂寞的人坐著看花〉[51]。〈寂寞的人坐著看花〉詩副題為「東台灣小品之一」，是詩人在花蓮太魯閣觀覽山群花月的感懷，呈現了廣袤的意境，也揭示了「詠懷天地的人／有簡單的寂寞」這樣的「道」的境界，可說是山水詩的極品。從相關資料看來，1992年8月，鄭愁予曾回到台灣[52]，這一系列的台灣小品，當是此時旅遊的作品，從中我們彷彿看到氣定神閒的愁予，回到青年時生長的地方，在感情上卻保持了距離，不慍不火，將山水作道場，體現了與天地往來精神：「好山好水是一切的詮釋」（〈北回歸線——南台灣小品之一〉，《寂寞的人坐著看花》，頁114。）這樣的體認，確實大大提升了山水詩的意境。

《寂寞的人坐著看花》的出版，距鄭愁予離開台灣已25年之久（1968至1993），而愁予本人也已進入六十歲大關，人生閱歷多矣，因此能夠恰當處理身在異國，心屬傳統文化的矛盾心境，在紛擾的塵俗之外，更能夠切入山水化境，求取永恆。也是因為這樣的心路歷程，《寂寞的人坐著看花》寫華山的三首，〈妙音〉[53]、〈諾言〉[54]、〈秋聲〉[55]，便將武俠與山水結合，在俠骨柔情的情境中，呈現一個「仙風道骨」的形象，甚至要絕塵去跡，化為雲，「成為淅瀝的秋聲雨／這有聲的意象／又恰巧是我凡間的／名字」（〈秋聲——華山輯之三，登頂剎那〉，《寂寞的人坐著看花》，頁164），也呈現了一個圓通的境界。以武俠入山水，是鄭愁予為山水詩別開蹊徑。

綜合前文的分析，我們看到了四十年來鄭愁予寫作的心路歷程，即使以山水詩為探討範圍，但不無管窺之得。而且寫作山水詩，的確也為鄭愁予提示一條轉彎的路，畢竟人不可能永遠年輕，

---

51 鄭愁予，〈寂寞的人坐著看花〉，《寂寞的人坐著看花》，頁120-121。
52 鄭愁予在1992年8月間曾回到台灣，出席《中國時報‧人間副刊》舉辦之〈現代台灣山水文學座談——眾溪是太陽的手指〉。同註5，該座談會於1992年8月17日舉行。
53 鄭愁予，〈妙音〉，《寂寞的人坐著看花》，頁160-161。
54 鄭愁予，〈諾言〉，《寂寞的人坐著看花》，頁162-163。
55 鄭愁予，〈秋聲〉，《寂寞的人坐著看花》，頁164-165。

永遠唱著浪漫的戀曲；但卻可以將這種心情投注於自然美景，在模山範水中，「偷閒學少年」，展現另一種生命的熱情。這是創作者，也是讀者，乃至評論者都應有的體認。

三、美感觀照與美學風格

《文心雕龍・明詩篇》：「人秉七情，應物斯感」；《物色篇》也說：「情以物遷，辭以情發」；山水詩以自然景物為感通對象，因此「物我關係」的觀照格外重要。此已見前文對鄭愁予作品類型的分析與闡釋之中。而創作中審美活動的進行，往往與道家美學的觀念是相通的，故下文將以道家「遊心於物」的基本精神來看鄭愁予的作品。

（一）「遊心於物」

「遊」的精神，是莊子思想的象徵，在《莊子》書中屢見「遊」字：「乘物以遊心」（《莊子・人間世》）、「乘天地之正，而御六氣之辨，以遊無窮。」（《莊子・逍遙遊》）、「吾遊心於物之初」（《莊子・田子方》）、「上與造物者遊……獨與天地精神往來。」（《莊子・天下》）；遊，本作游，遊為俗寫，有遊戲、出遊、嬉遊的涵意，而以遊戲之遊，最切合莊子本義。因為遊戲是當下的滿足，沒有其他目的，故與藝術的本性相合。一個能「遊」的人，方可以達到「心齋」、「坐忘」的境界，也就是「無己」、「喪我」的境界，這種境界能實現對「道」的觀照，是「至樂至美」的境界，是高度自由的境界。[56]

《鄭愁予詩集I》裡若干作品對於物的觀照，便具有「遊」的精神，而且在想像、比喻等的技巧上，都富含「無所為而為」、

---

[56] 徐復觀，〈中國藝術精神主體之呈現・第四節精神的自由解放〉，《中國藝術精神》（台北：學生書局，1966年），頁60-70。

「當下的滿足」的特質，彷彿萬事萬物，都像孩童的遊戲一般，天真喜樂。例如〈卑亞南蕃社〉把自己和妻子想像為山中的樹，樹又可比喻為「很好的紡織機」，用「松鼠的梭，紡著縹緲的雲」（《鄭愁予詩集Ⅰ》，頁204），彷彿山林裡的樹木，整日無所事事，只和雲朵、松鼠遊戲，假裝他們是在紡紗，認真而快樂；〈北峰上〉形容黃昏已過，星子冉冉升高，用的比喻是「而我鄰舍的頑童太多了／星星般地抬走一個黃昏」（《鄭愁予詩集Ⅰ》，頁205），頑童如星，星如頑童，他們都在玩悄悄抬東西的遊戲；〈馬達拉溪谷〉形容陣雨：「扮一群學童那麼奔來／那耽於嬉戲的陣雨已玩過桐葉的滑梯了」（《鄭愁予詩集Ⅰ》，頁215）；形容蘆葦：「愛學淘沙的蘆荻們，便忙碌起來／便把腰枝彎得更低了」（《鄭愁予詩集Ⅰ》，頁215）「耽於嬉戲」、玩滑梯的雨，以及愛模仿的蘆荻，不都是在玩遊戲，而且樂在其中！又如《燕人集》的〈金山灣遠眺〉末云：「海鷗自不是聽經的鳥，聽說雲中有大學／碰見鐘聲就撲翅一聲入水去了」（《鄭愁予詩集Ⅰ》，頁58），這隻海鷗，無視於金山灣的寧靜，而且像個逃學的孩子似的，一聽到鐘聲就逃遁而去，也是一種嬉戲；〈遊仙眠地〉將Yosemite巧譯為此名，在內容上也把小山丘比喻為仙人的洞府，兩個「小仙」隔鄰而居，「原也不想雙修」於是「整天相互著採笑／　煉一爐喜歡」《鄭愁予詩集Ⅰ》，頁127），「小仙」一詞塑造出頑童似的純真模樣，而且這兩座小山相看兩不厭，不必修什麼道，只要調笑歡喜已心滿意足，這不也是遊戲嗎！

　　類似這樣的觀照，深深打動了我們的心靈。因為唯有心境和樂的詩人，才能看到萬物活潑可愛的一面，因此將他們比擬為頑童稚子，彼此間嬉戲笑鬧，一派天真自然。如同《莊子‧秋水篇》莊子的話：「鯈魚出遊從容，是魚之樂也」因為「莊子以恬適的情感與知覺，對魚作美地觀照，因此使魚成為美的對象」[57]，並且描述了魚之樂的情境，這境界也是與物俱化，物我合一的顯現。在鄭愁予

---

[57] 徐復觀，同前註，頁99。

筆下，山林沒有斧斤之傷，鳥獸蟲魚，也都能鳶飛魚躍，是為一個至樂至美的自由世界。

在《雪的可能》集中，我們更可看到詩人加入萬物的遊戲之中，〈佛芒特日記〉、〈驚夢（二）〉二詩所表現的即是「遊心於物」，而達到物化忘我的境界（已如前引）；〈六月夜飲〉寫愛荷華城北的珊瑚潭，作者自註「是飲酒玩水，冥想的好去處。」（《雪的可能》，頁122）。這首詩藉飲者的口中，道出「空寂」的境界之美，並且強調「我們是飲者當然知其趣」，所以儘管不辨天上明月與水中明月，「卻連聲地向人間宣布新的發現／六月夜／在中宵之前／繁星繁星是手牽著手的」（《雪的可能》，頁122）；確實是醉態可掬，但醉眼迷濛中，仍然觀照到繁星之美，就是「遊心於物」的精神表現了。另一首〈八月夜飲〉[58]寫在愛荷華河邊夜飲，飲者的姿態從仰臥、枕臂、平伸，然後坐起，又躺下去，甚是瀟灑自在；耳目所及，等待夜空滴下蛟人的淚珠，審視「露珠如何懷抱一個世界成為圓」，或者「隨手拔一匹小草拿來咬著」（《雪的可能》，頁123），都充滿了隨興自得的情味。也是在這樣的氛圍中，耶穌受難以及受難的好與不好，都不足掛慮[59]，飲者享受的是「當下即是」的自在，而可以對夜空有無盡的想像，身邊的一草一露，也就可以包含整個宇宙。是故這輯是遊目騁懷，遊心於物，而臻至與天地精神往來的境界。

「遊心於物」的另一表現，是物化忘我。莊周夢蝶，「自喻適志」，主客冥合為一，此即「遊」的境界[60]。而物化、喪我、忘我這樣的精神狀態，也時見於鄭愁予的山水詩中：化為山中樹（〈卑亞南蕃社〉）、骨骸與草木同化（〈努努嘎里台〉），化為島嶼在

---

[58] 鄭愁予，〈八月夜飲〉，《雪的可能》，頁123-125。

[59] 〈八月夜飲〉第二、三段末句以括弧的方式呈現：「（不受難又有什麼不好？）」、「（不受難又有什麼好？）」，係針對兩臂平伸躺在草地上的姿勢（如耶穌基督釘在十字架一般），引發的思考。有什麼不好、有什麼好，這辯證式的思維模式，近似泯除物我對待的觀念；「聖人不死，大盜不止」，在老莊的思想下，基督救世的熱情，可能具有另一層看法，非必要，也非絕對崇拜。同上註，頁124-125。

[60] 徐復觀，《中國藝術精神》，頁97。

雲海中癡守（〈鹿場大山〉）、化為雲朵（〈雲海居（二）〉）（以上見《鄭愁予詩集Ⅰ》，頁205、210、213-214、220）；化為山峰（〈穿霞彩的新衣〉）、化為水珠、魚、蛟龍（〈驚夢（二）〉）（以上見《雪的可能》，頁86-87、88-89）；化為山中松鼠（〈深山旅邸Ⅰ〉）、化為石上的人形花痕（〈大風中登頂白山主峰華盛頓〉）、化為山中寺廟（〈夜宿谷關一未落成的寺內〉）、化為秋聲雨（〈秋聲——華山輯之三，登頂一剎〉）（以上見《寂寞的人坐著看花》，頁32-34、110-111、164-165）；這些物化的想像，在在透露了詩人行走在山水懷抱中，不禁渾然忘我，想要與天地同一的思想。末二例尤可再作探討。

〈夜宿谷關一未落成的寺內〉的第一段是「夜宿於此　自己覺得就是／經秋而未落成的／山寺　胸懷清清寂寂／尚無鐘鼓安置／木木四肢　如未之彩繪的／檁拱　乃步出寺門／權充一頭石獅／就地蹲著」（《寂寞的人坐著看花》，頁110）可見「我」與寺的同化，是出於一種直覺，只有透過第三句「胸懷」以下的意象描繪，我們才略能把握其中線索，詩人清寂的胸懷、木木的四肢，與尚無鐘鼓、檁拱尚未彩繪的山寺（此其未落成之云）是相似的境界狀態，都是虛靜、素樸，而詩人如石獅一般蹲立在寺門前，也就是在體會、玩味這種意境，因此第二段才有「我祈望此身永不落成」的感悟，因為在此素樸狀態其實是最好的，在虛境中不斷湧現對「道」的體認，頗有「離形去知」（《莊子・大宗師》）的意味；「鐘磬未脫嗔愛／香火總是癡愚」說的正是山寺落成後，反而更可能落入凡俗的執著，「永不落成」的山寺，未達功德圓滿的人生，方是體道、悟道的勝處佳境。這首詩，因為以寺廟為場景，更凸顯在山水中修道的思想。

〈秋聲〉前文已略述其旨要，就全篇而論，第一段表現入山求仙的意念，但「登頂　又使我成為／虛無的中間代」以詩的副題看來，此語指的是登上峰頂，四方雲海茫茫，故感覺自己是身處「虛無」之中，故第二段起首即云：「天是大虛　地是大虛」在一片虛空的境界中，人與天地窅然相合，肉體的我已然解脫：「除了

一番撫摸的感覺／千骸俗骨已在虛無中化去」（《寂寞的人坐著看花》，頁164）二句便表現了這番體悟。最後，俗骨散入雲，「成為淅瀝的秋聲雨」，則表現了「道通為一」、「道化萬物」的思想，讓「物化」的形式更通透，可以自由出入物我與道體，也點染了「遊」的意境。

上述二首詩，對於「物化」的運用，確實比前期作品更為深入，而且呈現整體的照應，全篇扣住禪修悟道的主體來闡發其精神。而將之發揮至極者，仍屬〈寂寞的人坐著看花〉[61]。

〈寂寞的人坐著看花〉共六段，第一段：「山巔之月／矜持坐姿」和第二段：「擁懷天地的人／有簡單的寂寞」（《寂寞的人坐著看花》，頁120）成為互相烘托對照的情境，山月所形成的廣袤遼廓的意境，唯有此中人可以體會；而人與月獨對，其形體的孤立，乃自然形態，並無離群索居的蕭瑟，反而是在這孤獨的狀態中，可以擁懷整個天地，體會如太古之初的寂寞[62]。在這裡，人的心靈必然是清明的、虛靜的，如同「心齋」、「坐忘」（《莊子·人間世》），才能夠捨棄外在的耳目之明，純粹以心靈去感應天地之道。有此體認，第三段「花月滿眼」之後的景致，便形成「以物觀物」的觀照，雲如圍囿，峰巒是花，「則整列的中央山脈／ 是粗枝大葉的」，這樣的形容，把中央山脈粗獷、豪邁的氣勢揭示在我們面前，天地之美盡在眼前，而且是大塊文章，遼夐的世界。《寂寞的人坐著看花》以此篇為書名，可見鄭愁予本人對於這首詩的自信與重視，而此詩的確也有「豪華落盡見真淳」（元好問〈論詩絕句之四〉）的成就[63]，沒有太多繁複亮麗的意象描繪，如第四段：「雪花合歡在稜線／花蓮立霧于溪口」（《寂寞的人坐著看花》，頁121），只以山水之名作詞性轉換、形成對句，已然捨

---

61 鄭愁予，〈寂寞的人坐著看花〉，《寂寞的人坐著看花》，頁120-121。
62 據此集〈後記〉，鄭愁予云：「當人類洞曉其在生存中鬥爭的境況，簡單的寂寞不就是死亡的領悟？」但我們從此詩所讀的訊息卻不只如此，它更應該是超越生死的冥想狀態，因而體現了「上與造物者遊」、「獨與天地精神往來」的境界。
63 潘麗珠，〈豪華落盡見真淳——鄭愁予〈寂寞的人坐著看花〉〉，《國文天地》11卷1期，1995年6月，頁24-26。

棄不少的想像比喻；所以在這首詩中，山水美景不是描繪的重點，
體驗天地大美才是首要精神。這種美的體驗，是開闊的，簡單而深
遠，是鄭愁予山水詩的最高境界。

（二）空間意識時間化

　　就像山水畫一樣，山水詩是一種「表達空間經驗」的藝術。
王建元指出，中國山水詩在空間意識上的一個特點是「時間化」的
空間經驗，其現象有二：其一是具體時間意象的直接呈現，其二是
時間意象退隱為詩中一種內在的時間性，是一種蘊藏在詩人的「意
旨」，甚至身體行動的綜合時間性。似此以時間範疇來詮釋空間意
義的理念，其作用則在於「從侷限於時間之中的形體物質世界解放
出來，達致精神上的遐升，進入無時間性（例如慣用的永恆、不
朽）的『超越』境界」[64]。
　　藉由這樣的觀點來看鄭愁予山水詩中的空間意識，我們不難
找到印證的例子。在若干作品中，時間意象是相當顯明的，例如月
的升降，當這個時間意象出現，詩的氣氛變驟然一轉，由先前的空
間描寫而轉出對時間或人生境界的領悟。〈雪山莊〉的末段：「而
傍著天地　喬木於小立中蒼老／惟圓月以初生赤裸的無忌／在女校
書的裙邊邀幸／看來……若一隻寵物／一副　被時間寵壞了的樣
子」（《鄭愁予詩集Ⅰ》，頁222），圓月的照臨，使前面關於高
牆、落葉、秋雲（被形容如女校書之飄逸）的景物描寫，轉入對時
間的思考：當已經落葉的喬木逐漸蒼老時，圓月卻仍以初生的純真
狀態和秋雲相依偎，被時間寵壞，指的正是「今月曾經照古人」的
永恆性，但樹木，或者是人，卻不得不進入蒼老的時間軌道。〈佛
芒特日記〉最後的句子：「那時　我的船　又和初升的月亮此起
彼伏的　　遊戲著……」（《雪的可能》，頁70），初升的月亮也
使得前面對於峭壁的描寫與想像，轉為與天地同遊的境界。〈山

---

[64] 王建元，〈中國山水詩的空間經驗時間化〉，《現象詮釋學與中西雄渾觀》（台
北：東大圖書公司，1988年），頁138。

路〉末段:「而空山/月亮升起來聽見格格的笑聲/(是貓頭鷹在訕笑永恆嗎?)」(《雪的可能》,頁92),月亮升空,也打斷了前面在山路間行走的情景,而轉為一種永恆的象徵。〈冰雪唱在阿拉斯加〉第二段:「忽地 遠山湧出地表 莽林波動連天/天地之間一片亮徹的閃電/竟是 月升起」(《寂寞的人坐著看花》,頁36),接著第三段:「狼群乃靜止 長嗥 各自追祭往世/我離狼伴獨坐 面對圓月如面對前生那般唱著」(同上),在針葉林怒立、冰雪漫天、狼群奔兀的場景中,圓月升起,使遠山、莽林忽地矗立眼前,周遭的氣氛因此而轉為肅穆寂靜,「我」才得以獨思並且謳歌:「我所以今生是思想的狼/前生是獵人」,因此而感通萬物,「出神的冰雪也和我一同唱著」(《寂寞的人坐著看花》,頁37)。而〈寂寞的人坐著看花〉的句子「山巔之月/矜持坐姿」(《寂寞的人坐著看花》,頁120),也顯示了月亮在此詩的象徵,就是道體的代表,當山巔之月高掛天空,照臨大地時,正是道化萬物的顯現。

　　從以上諸例可以得知,月這個意象,除了具有視覺上的形色之美外,在作品中所擔負的功能,一則提示了時間的推移,一則也代表了古往今來的永恆之時間。特別是,鄭愁予著重的是月升的一刻,因此在作品中,很自然的就由月出、升空這個視覺上、空間裡的景物變化,轉入對月本身(時間)的思考,因此可以說這就是具體時間意象的直接呈現,而且它也促使整首詩導向以體認和接受時間經驗為終極目標,顯示了「時間化」的空間意識。

　　接著,再看山水詩「內在時間性」的現象。據王建元的分析,唐陳子昂〈登幽州臺歌〉與王之渙〈登鸛鵲樓〉二詩可作說明。前者「念天地之悠悠,獨愴然而涕下」的句子中,面對空間(天地),卻馬上轉入時間的形容詞(悠悠),由此而感歎人生之瞬息而山水之無窮;由「天地」而立即轉入「悠悠」可說是中國山水詩人的一個最基本、最自然的情操表現。〈登鸛鵲樓〉的主題表現了詩人在面對著廣闊伸延的空間時,將重點放在視覺的瀏覽,然後詩人又因企圖擴展其視覺角度,終而提出一種行動上的對

應。在詩中，首句「白日依山盡」，將空間場景暗合在時間的動態（「盡」），二句「黃河入海流」則以「流」的時間動作描繪空間之無邊無際。三句「欲窮千里目」，顯示了詩人的企圖，但這企圖是經過對時間的「綜悟」——時空不可盡知盡取的綜悟，因此只說「更上一層樓」，而不是企圖一口氣跑上樓的最高處；「一層」所代表的意義即在於詩人體認了「時間本身是一個現時區域之延續不斷的連鎖」；因此當「流」字否定了「盡」字代表白日的消隱，而顯示白日也如流水一樣悠遠永恆，「更上一層樓」這動作也否定了第三句由「窮」字所提出能盡窺外在世界之可能。另一方面，又如同「流」字顯示的超越意義，「更上一層樓」本身也肯定了超越的可能性。在一連串的否定、肯定與超越意義下，〈登鸛鵲樓〉詩乃蘊藏了深刻的「內在時間性」。[65]

在鄭愁予的作品中，也可以找到類似的觀照模式。首先看「天地──悠悠」的模式。

《燕人行》〈密西西比源頭〉以河流的上游、中游比喻人生的幼年、成年，然後因為孩子的加入，使這趟溯源之行有了不同的意義，在孩童認真又天真的質問（對空間景物──河流的質問）中，卻也透露了對人生──也就是對永恆、循環不已之時間的感慨。又如〈山路〉，在爬山的過程中，「我們」穿越森林，掏出水壺喝水，然後一手一手地傳下去，傳給花鹿、黑熊、貓頭鷹……，「傳」的動作提供了一個動態的畫面，使空間景物不斷更換；接著又從數不完的星星、趕不完的路程，聯想到生也生不完的小孩子、讀也讀不完的書、銷也銷不完的戶口簿上的名字──這些聯想其實就是人生的歷程，時間的軌跡，也是從眼前的星星與山路之無窮無盡而聯想到生命輪迴的循環消長。而最後，在這段山路中的體悟是「空」：「可是等那水壺又傳回我手裡的時候，／裡頭什麼都空了……」、「而空山／月亮昇起來聽見格格的笑聲／（是貓頭鷹在訕笑永恆嗎？）」（《雪的可能》，頁90）這末尾的幾句，頗有「獨

---

[65] 王建元，〈中國山水詩的空間經驗時間化〉，同上註，頁136、151、164。

愴然而涕下」的意味，空的水壺、空的山，再加上貓頭鷹詭譎的笑聲，確實使人墜入茫茫然的情境中。此外，〈在渡中〉則以乘船渡海表現這種體悟。詩的最後幾行：「旅人總要／試著自己登岸／而所謂岸是另一條船舷／天海終是無渡」（《寂寞的人坐著看花》，頁16），在這裡已由實際的「渡」轉為人生無涯無渡的含意，因為人生的旅程，不過是由這個驛站到下一個驛站，由這個碼頭泊向另一個碼頭，永無止盡的航渡，卻是未曾「渡」到真正的岸邊。這首詩前半寫海天浪花與甲板上的空間，看到彼岸，本也是空間上的拓展，但卻立即轉入「另一條船舷」、「天海無渡」的對時間的領悟之中。

其次，看「更上一層樓」的觀照模式。〈霸上印象〉「不能再東」、「不能再西」與「不能再前」等語，固然表現了登山時危顫的心情，但各句下的說明：「怕足尖踢入初陽軟軟的腹」、「西側是極樂」、「前方是天涯」（《鄭愁予詩集Ⅰ》，頁217），可以說更進一步揭示了詩人對「時空不可盡知盡取的綜悟」，因而詩人本身有所禁忌、敬畏，如果向東而蹈入朝陽之國，如果向西而墜入極樂之界，如果向前而邁入天涯之境，這都是不可能的窮極，但攀登的動作本身就是不斷的前進、超越，因此能了解到「不能向」的種種否定之後，向上——不斷地「更上一層樓」，便能夠超越空間，而登上峰頂，置身於茫茫太初之境。〈霸上印象〉借攀登經驗顯示了一連串的時間接合，最後終於到達一個體驗永恆時間的境界。

又如〈上佛山遇雨〉，全篇共三段，藉林相的變化暗示空間高度的上升，終於到達山的最高處；而其中的人物，也由人潮如織（山腳下）進入只有梵聲回響的清境地（山腰，相思林逐漸稀落處），再登上只有雲朵棲息的不可捉摸處（山頂，針葉林聳入雲霄處）。每一個高度，都有空間景物的變換，但這首詩最想說的是什麼呢？原來其不斷地「更上一層樓」，事實上就是由塵俗而出世的悟道精神。「上佛山遇雨」，這個雨即等同於「法雨均霑」的道的化現，在山腳下，雨如佈施一般，落在眾人頭上；到了山腰；則只聽到代表道的梵唄，連風呼、雷鳴，甚至鳥叫都不曾聽聞。這裡雖

然「雨」的現象被隱藏了，但尋覓雨跡的意念是貫串前後的。因此最後一段峰頂，才有針葉林「伸頭入雲房說是探看／作雨的地方」（《寂寞的人坐著看花》，頁112），而探覓雨的源頭，也就意謂領悟禪機。從另一角度看，這首詩也近於道家「看山是山／看山不是山／看山是山」的歷程與境界。它的內在時間性，就是在於空間景物替換的背後，其實暗示了修道的時間歷程，而最後終於與道合一，展現了太初的情境。

（三）意象與美感

在現代詩作品中，意象的使用乃重要的創作技巧。而意象之特性，又造成美感反應的不同。朱光潛《文藝心理學》曾說到，「駿馬、秋風、冀北」，使人聯想到「雄渾」、「勁健」；「杏花、春雨、江南」，使人聯想到「秀麗」、「典雅」；前者是「氣概」，後者是「神韻」；前者是剛性美，後者是柔性美；或可稱作「雄偉」與「秀美」[66]。同理，在鄭愁予的山水詩中，依其喜用的意象類屬，我們發現，以秀美的作品為多。

按既名為「山水」詩，但鄭愁予寫山多於寫水，想必是因為他喜愛登山的緣故。然而山的形象本應給人雄偉崇高的感覺，在他筆下，卻呈現出女性的嫵媚與柔美，致使此類作品呈現了「秀美」的風格。《寂寞的人坐著看花》中兩首描寫瑞耳尼峰的作品可作代表。依其自註：「瑞耳尼峰（Mt. Rainier）標高14410呎，終年覆雪，如短髮覆額，望之如夢中」（《寂寞的人坐著看花》，頁40），以這樣的高度（約4395公尺），比玉山（3997公尺）還高，不可不算雄偉，但其終年積雪的山頂，卻引發「短髮覆額」的聯想，在第一首〈在回首中〉，即以「我回首看見　前世的鄰家／鄰家挽髻的姑娘」（同前）開始，把這座山當作女性對象來描寫，「月塘色」的居所、「寒鷺色的衣衫」，「玻璃的剪紙」、「夢

---

[66] 朱光潛，〈剛性美與柔性美〉，《文藝心理學》，（台北：金楓出版公司，1987年），頁72-73。雄偉（Sublime）與秀美（Grace）從朱光潛之譯文。

的原型」等譬喻，固然把山頂白雪做了生動的描述，但益顯出這個「姑娘」纖細柔美的形象。第二首〈在鬢邊〉更以「斜睨」、「笑拒」與眼眸中的清亮點染出優美的意態。在這個美的對象下，「我」願一親芳澤：「夕聞道　在鬢邊／朝死可矣」（《寂寞的人坐著看花》，頁42），此語戲用「朝聞道，夕死可矣」（《論語·里仁》），但卻十足流露「我」對此山峰的戀慕。似此以女性為喻依與聯想之根源，乃促使作品呈現秀美的風格。這個現象，鄭愁予自己曾說：

> 有些人描寫山時，將山視為男性，可是我個人描寫山時，往往將山視為女性，因為我覺得我是在山中出生的，山可以是我的母親，可以是我的情人，這樣的寫法是將山心化，而由外表去描寫山是將山物化，心化和物化可以是作者兩種不同的心態。[67]

這樣的理念，在描寫玉米田的詩中，也是顯見的。〈玉米田〉即以女性形象來描寫玉米田，係從「長髮」與「胴體」兩項發揮：「雨溼的金髮，便疏懶地貼在薄薄紗衫的背上／整個的胴體一如葫蘆的紅／任由夜意猶濃的破曉／裹著／風打叢林的下坡離去」（《雪的可能》，頁115），這一段的六行，描寫夜雨之後的玉米苗，佇立在朝陽光芒中，彷彿一個享受過情愛的慵懶美人[68]，她無意梳理長髮，任它疏懶地披在背後，「葫蘆的紅」既描繪了朝陽的光，也提供一個女性胴體（葫蘆）的意象。這個千嬌百媚的女性形象，令人聯想起溫庭筠〈菩薩蠻〉：「小山重疊金明滅，鬢雲欲度香腮雪。懶起畫蛾眉，弄妝梳洗遲。」所描繪的女性嫵媚神態。因之，土地農田，在鄭愁予筆下也是女性的，而且在這裡也把玉米田

---

[67] 同註5。
[68] 在詩中，風被比喻為「留了些情話就下坡去了」的薄倖男子，而玉米則被詮釋為「曾被旋轉地撫愛像一具風車」，現在只能「無奈的一刻卻是雨後的小立／是不欲涉想收穫的女性的玉米」。見其第二段，《雪的可能》，頁116。

當作一個女性情人來看待，故作品也流露秀美的風格。

另一首寫玉米田的詩是〈雪的可能〉，但這裡並不是將玉米女性化，而是「把雪比作慈母的生命，又把玉米比作新生的一代。」（《雪的可能》，頁115），然而全篇洋溢的慈母的關愛、溫馨的親情，以及血脈相連、薪火相傳的文化意義，乃使得「母親」的形象更加強大，雖然不無錯將他鄉比故鄉的矛盾，但更顯現鄭愁予內心對文化母體的孺慕之情。「母親」意象的使用，使全篇顯現溫情，因此太陽的躍升，像童話般的宜人可愛（「太陽會像金鹿那般／從愛波雷神山後，勇敢地／頂著花枝跳出來」）；風也是和睦順暢地「十里／一波，十里一波地／湧過來」；這些意象共同塑造了屬於「秀美」的風格。

類似這樣以女性意象為全篇主體的，收入《鄭愁予詩集 I》的〈牧羊星〉即是一例，「霧樣的小手」以部分代全體的修辭方式，烘托了「她」的輕巧伶俐，末段「慢慢步遠……湖上的星群」（《鄭愁予詩集 I》，頁192）諸語，更宛若一個凌波仙子，踩著「虹是溼了的小路」，走上七彩的虹橋，升空成為天上的明星。這首詩也表現了陰柔之美。同集的〈風城〉[69]為台東大武山輯之一，寫的是山中白雲的飄逝，但全篇乃以「漂泊之女　花嫁於高寒的部落」為主體，而且暗用西施響屧廊的典故，描述此女「想起／響屧的廊子／一手扶著虹　將鬢兒絲絲的拆落」（《鄭愁予詩集 I》，頁233）；又暗用織女典故，「於是　涉過清淺的銀河／順著虹一片雲從此飄飄滑逝」（同前）；手法細膩而生動，而透過女性款款蓮移的姿態，乃至拆散髮髻（可以想像那如雲秀髮飄垂而下之美）的柔媚，在在呈現了「秀美」的美感。

喜用女性形象，善於捕捉女性意態之美，可說是鄭愁與作品呈現陰柔之美的重要因素。即使不是通篇運用，在個別意象的使用上，也不乏其例。例如〈雪山莊〉[70]以「女校書」比喻秋雲，雲朵飄移，宛如女性的裙裾擺動；又如〈遠海如背立的婦人——北海岸

---

[69] 鄭愁予，〈風城〉，《鄭愁予詩集 I》，頁233-234。
[70] 鄭愁予，〈雪山莊〉，《鄭愁予詩集 I》，頁221-222。

寫生〉[71]，詩的前半雖然描寫了岩岸響浪、鳥影船蹤，但最後卻歸結在一婦人的背影形象：「忽而雲懷大開／水高天接／　　絲光垂髮／如一背立的婦人」、「婦人婦人／你極目荒涼／為何不甩開長髮／回轉身來」（《寂寞的人坐著看花》，頁44。），此處將水天相接的光景喻為婦人垂髮的背影，意象淒美，哀而不傷，也是「秀美」美感的展現。

　　至於表現雄偉風格的，也有幾篇作品值得討論。

　　〈大武祠〉為大武山輯之二，詩的開端即欲以「萬枝箭竹」的意象開拓壯觀的氣勢，後半「投巍峨的影且泳於滄海／如一列鯨行頻頻回首／背後是大圓　是天穹的鏡」（《鄭愁予詩集I》，頁235），以滄海天穹為背景，且是鯨行（而非細小的魚群）[72]，確實打開了我們的視野胸襟，因此說它表現了雄偉之美。

　　雄偉之美除了從數量、形體上的「大」來表現之外，它和其他美感經驗最大的不同是「霎時的抗拒」這種感覺：當我們面對雄偉的事物，我們第一步是「驚」，因物的偉大而有意無意地見出自己的渺小，這就是康德所說的「霎時的抗拒」，它帶有幾分痛感；但很快的，我們會「喜」，因為物的偉大而有意無意地幻覺到自己的偉大，彷彿自覺也有一種巍峨、浩蕩的氣概了[73]。這方面，鄭愁予的作品也有所領悟。

　　譬如〈鈕罕布什爾絕早過雙峰山〉的末段：「朝陽突然向雲介入，並使之成孕／天地間倏乎誕生了千山萬壑／來不及收斂迴聲／我關了車門／向三百里外的海洋絕塵而去」（《燕人行》，頁56），前兩行寫曙光乍現，群山現形，人的驚悚悸動，有雄偉之感；然而詩人隨即駕車逃遁，沒有展示他被雄偉同化的浩蕩氣概，顯得有點突兀，令人愕然。但仔細一想，開著車子上山的經

---

[71] 鄭愁予，〈遠海如背立的婦人——北海岸寫生〉，《寂寞的人坐著看花》，頁44-45。

[72] 據〈古南樓——大武山輯之三〉自註：「台灣諸岳，常年沐於雲海，若群鯨南遊，而大武導之。大武山為東屏間群峰之主，海拔萬呎，稱南嶽。……北峰與大武祠併出天表，猶峨眉之擎金頂焉」，可見大武山山勢的雄偉。《鄭愁予詩集I》，頁237。

[73] 朱光潛，〈剛性美與柔性美〉，同註66，頁85-86。

驗，在鄭愁予的山水詩中可說絕無僅有；此即關鍵所在，車子是文明的產物，人利用了它的便利，反而造成和自然之間的距離；因此這次的山行經驗，只體現了「霽時的抗拒」這種痛感，無由再轉換為「喜」的心境。又如〈落日〉[74]，寫從佛芒特蒼岳（Green Mountains）山頂，西望阿德朗黛山（Adiron-dack Mountains）的落日，其景壯觀，而有這樣的句子：「突然，阿德朗黛山發出／淒厲之一聲紅徹天地的呼嘯／此即是時間之灼痛／（落日乃完成了）」（《雪的可能》，頁77），其所傳達的美感經驗也是「霽時的抗拒」的痛感。在其筆下，我們彷彿看到一顆紅冬冬的火球快速墜落，並且碰撞了阿山的山壁，令其灼痛呼叫！「此即是時間之灼痛」及以下之句雖嫌過於直白，但這樣的詮釋和說明，則具有「冷卻」的效果，使我們從天旋地轉的痛感中恢復過來，共同「完成」了一場時間的鞭撻之禮。因此詩的後半也就在「等待」的心情下，猜想「漪麗湖灼痛的呼聲必定是輕柔許多罷！」（《雪的可能》，頁78），氣氛歸於寧靜祥和。〈落日〉所顯現的美感經驗，令人印象深刻。

然而完整地表現雄偉感的作品，當屬〈冰雪唱在阿拉斯加〉和〈大風中登頂白山主峰華盛頓〉二首。〈冰〉詩已見前文分析，當明月升起，遠山、莽林、閃電等意象的波動，正代表著詩人所受到的震撼（「霽時的抗拒」），但旋即獨坐反思，並且歌以明志：「我所以今生是思想的狼／前生是獵人」（《寂寞的人坐著看花》，頁76），思想的狼與狩獵的人，都是陽剛的意象象徵。〈大〉詩中所登為標高6600呎的（約2013公尺）的華盛頓峰，但因其立於北美大陸氣流中心，據說有世界最強風勢，故詩人攜酒登臨，在強風中散髮、敞懷，以致於踢去鞋履，兩相自由。而後自飲、醉天地，感覺列齒、肌骨、圓顱飽受罡風「翻囊洗穴」，極力誇大那種如風馳電掣、拆筋散骨的感覺，可說把登頂臨風的驚怖（「霽時的抗拒」）描寫得淋漓盡致。經過這一層痛感，「終於我

---

[74] 鄭愁予，〈落日〉，《雪的可能》，頁77-78。

透明起來了／感覺日光自飛雲中沁出／也沁過我的形骸／我知道我選擇的時辰到了　一生登峰攀折／這造極的頃刻／到了　水分氣化了／　　　神經氣化了／在空無的大化中／只留一片人形的花痕／印在／山石上」（《寂寞的人坐著看花》，頁32），這感性與悟性交會的一刻，形骸羽化，卻是「登峰造極」之境；也正是雄偉之美感經驗，喚起這種「大而化之」的壯闊氣象！山石上的人形花痕，便成為天地間偶然的趾爪，供後人憑弔、啟悟。〈大〉詩通過對雄偉的美感體驗而臻至與天地合一的意境，其成就，可以和〈寂寞的人坐著看花〉等量齊觀。

　　在80年代開放大陸探親後，台灣的現代詩壇也湧現不少以大陸山水為題材的作品。但這些作品往往訴諸鄉國情懷，有濃厚的家國身世之感，是為「有我」之境的類型。而寓居美國的鄭愁予，其《寂寞的人坐著看花》中既有「寂寞的人坐著看花」一詩輯寫台灣小品，「散詩紀遊」詩輯中則有〈冬至夜初雪車過咸陽〉[75]、〈在長安過白色聖誕〉[76]、〈嘉裕關西行〉[77]與〈西安旅次見電視映出三色旗升上克里林姆不禁肅然〉[78]四首寫大陸行腳之感，其中對於現今中國人的處境，台海三地的局勢有極隱微的感懷。又有「烏蘭察布盟」詩輯，寫長城塞外，草原牧歌，則又恢復其瀟灑豪邁的筆調，盡情馳騁其想像。其中〈大地版畫〉[79]想像千年以前的西域大軍夜襲長城，漢使牧者，盼關內消息，最後停格在「遠山白雲」，乃使歷史的紛爭進入永恆，漫漫草野，遂成為「大地版畫」，為宇宙珍貴的收藏。這首詩令人想起早期《鄭愁予詩集Ⅰ》中的〈殘堡〉[80]，但在氣氛上則不似其強調「殘」字，亦即歷史的荒涼感，而是更凸出川流不息的時間永恆的意義。以此而論，

[75] 鄭愁予，〈冬至夜初雪車過咸陽〉，《寂寞的人坐著看花》，頁46-47。
[76] 鄭愁予，〈在長安過白色聖誕〉，《寂寞的人坐著看花》，頁48-49。
[77] 鄭愁予，〈嘉峪關西行〉，《寂寞的人坐著看花》，頁52-53。
[78] 鄭愁予，〈西安旅次見電視映出三色旗升上克里林姆不禁肅然〉，《寂寞的人坐著看花》，頁50-51。
[79] 鄭愁予，〈大地版畫〉，《寂寞的人坐著看花》，頁82-83。
[80] 鄭愁予，〈殘堡〉，《鄭愁予詩集Ⅰ》，頁41-42。

「鳥」詩輯的作品風格，更顯示鄭愁予對山水詩的企圖，也就是超越個人家國的感懷，而進展到對宇宙人生的思考；由「有我」之境而進入「無我」之境。

總括而言，從鄭愁予的山水詩，可略窺其心路歷程的轉變，也代表詩人深厚的創作才力。他之所以為「中國的中國詩人」[81]，不僅因為意象、音韻之美源自於中國古典詩詞，更因為他的創作意識是中國式的——山水詩正是他服膺道家山水美學的成果展現，他承繼了傳統的審美心靈，而以現代的語言寫出作品。中年以後的鄭愁予，確實為山水詩拓展了新美的境界，也足以證明其自我的創作成績。

——原題〈論鄭愁予的山水詩—以其寫作歷程與美感觀照為主的分析〉，原載於台大中文系編，《語文・情性・義理——中國文學的多層面探討國際學術研討會論文集》，（台北：台灣大學中文系，1996年7月），頁505-532。

---

[81] 楊牧對鄭愁予的評定，見楊牧，〈鄭愁予傳奇〉（代序），收入《鄭愁予詩選集》（台北：志文出版社，1974年）。

葉維廉詩中的
童趣與自然

一、前言

葉維廉是詩人兼詩學理論家，他的現代詩作品充滿對語言的實驗意味，也極力追求現代的意境。更難得的是，他也喜愛創作童詩，把自己的一些理念融入作品中。在詩學理論上，葉維廉對於道家美學非常有研究，除了藉由道家美學對現代詩進行研究評論外，他自己的創作，尤其是山水詩、自然詩的創作，不難窺見其中的道家美學思想。道家美學、現代詩創作、童詩創作這三者使「葉維廉」這一個名字具有非常獨特、鮮明的特質。有鑒於前人的研究多集中在葉維廉的詩學理論、早期《賦格》、《愁渡》等詩集的成就，本文將探討其近期詩集以及較少被人談論的童詩集《樹媽媽》等，並且以道家美學、童趣自然來做為切入的角度，以期更加了解葉維廉詩歌創作的多面向與內涵。

二、葉維廉現代詩創作的三個階段

首先，簡要回顧葉維廉的創作歷程。葉維廉，1937年生，1948年隨家人移居香港。1955年到台灣就讀台大外文系，畢業之後入師大英語系研究所，獲碩士學位。之後赴美深造，1967年獲普林斯頓大學哲學博士，並於1967年留任聖地牙哥加州大學擔任教授，直到2010年才退休[1]。在他的人生歷程中，他提到1961（民國50）年的時候，跟廖慈美女士結婚是一件關鍵性的大事，因為在這之前的他，是個感時憂國，有重重心結、鬱結的嚴肅型學者。可是結婚以後，不僅對他的人生產生安定的力量，對他的學問也是。特別是他的女兒、兒子相繼出生之後，他特別感覺他的人生稍稍可以放寬心情，

---

[1] 參見葉維廉，〈寫作年表〉，《葉維廉五十年詩選・下冊》（台北：台大出版中心，2012年），頁733。

這也漸漸影響到他的作品；這也許是他創作童詩的一大動力。[2]

　　葉維廉的詩歌創作和詩學理論發展，跟台灣的現代詩運動有密切的關係，特別是他和創世紀詩社洛夫、瘂弦等人的來往是非常密切的。他們共同切磋過整個現代詩的語言的實驗，也在這個主題上積極拓展。例如早期葉維廉在《創世紀》詩刊上翻譯艾略特的詩作《荒原》，並別出心裁的寫了一首詩〈焚毀的諾墩之世界〉，以詩的手法寫出對艾略特詩作〈焚毀的諾墩〉的讀後感[3]；也曾發表多篇的現代詩研究與評論，比較近期的如〈卞之琳詩中距離的組織〉[4]、〈雙重的錯位：台灣五六十年代的詩思〉[5]，都是擲地有聲的論著。我也曾在葉維廉、洛夫等人的演講裡聽過，當年他們這些詩友的書信往來，其實都是在討論現代詩的發展。不妨這麼說，葉維廉是把他的創作經驗，還有他個人在英美文學研究上的心得，以及他個人的一些想法，作了一些實驗，放在他的作品裡頭，也逐漸累積他自己的詩學理論。

　　葉維廉的第一本詩集《賦格》是1963年出版的，直到目前共有18本詩集及3本童詩集。[6]他的現代詩創作可以分三個階段來介紹。

　　第一期，1963-1971年的作品集，以《賦格》[7]、《愁渡》[8]以及《醒之邊緣》[9]為代表。這一期的作品內容偏向複雜艱澀，在形式上更是具有語言實驗的精神，特別是眾所矚目的《賦格》，「賦

---

[2]　參見葉維廉，〈序〉，《樹媽媽》（台北：三民書局，1997年）。

[3]　艾略特著、葉維廉譯，《荒原》，《創世紀》第16期，頁28-39；艾略特的〈焚毀的諾墩〉，係由王無邪翻譯，而後葉維廉據以寫成〈焚毀的諾墩之世界〉，收入葉維廉，《三十年詩》（台北：東大圖書公司，1987年），頁75-79。而近期出版的《葉維廉五十年詩選・下冊》也收錄此詩，見頁119-124；葉維廉於此書後記提到：「我就決定翻《荒原》，在我後來參與的臺灣的《創世紀》上發表，對當時的港臺詩讀者有過一定的啟發。〈焚毀的諾墩〉為艾略特詩作《四首四重奏》中第一首……取景於艾略特另一劃時代巨篇《荒原》第一章……（王）無邪後來又翻了〈焚毀的諾墩〉，我用詩的方式把我的讀後感寫成〈焚毀的諾墩之世界〉。這，當然也是翻譯／轉化的一種試探，在當時也是很新鮮的寫法，也有不少讀者喜歡。」見《葉維廉五十年詩選・下冊》，頁704。

[4]　《創世紀詩刊》第101期，1994年12月。

[5]　《創世紀詩刊》第140-141期，2004年10月。

[6]　參見葉維廉，〈寫作年表〉，同註1。

[7]　葉維廉，《賦格》（台北：現代文學社，1963年）。

[8]　葉維廉，《愁渡》（台北：仙人掌出版社，1969年）。

[9]　葉維廉，《醒之邊緣》（台北：環宇出版社，1971年）。

格」取自西洋樂曲的「賦格」，曲式繁複，因此他總是要把很多很多的關係熔於一爐，又特地選用生冷生僻的辭彙、典故來表現心中的主題；同時，也經常用組曲的方式來進行，但每一個單獨小節，又自成一個單元。這樣的理念和技巧，使得《賦格》在閱讀時確實造成許多的困難跟障礙。《賦格》可以說是他非常感時憂國的代表時期，因為他自己說過，他出生的環境、成長的背景、以及後來他來到台灣、去到美國，跟當時整個國共之間的情勢，跟全體中國人、中華民族的處境，都有很密切的關係，因此有很深刻的憂慮及鬱結在他的心中。

第二期，1972-1980年代，以1975年出版的《野花的故事》[10]為代表。這個時期出版的詩集呈現風格交替的現象，亦即1975年出版的《野花的故事》，詩歌風格比較明朗，同時線索也比較容易掌握，不再有那麼多線頭交纏在一起。不像前一期《賦格》、《愁渡》的晦澀風格，在敘述上可能少則三條線索，多則十二條線索，而且錯綜糾結，難以拆解。《野花的故事》中的作品，像與書名同名的〈野花的故事〉[11]，係用「戰爭的進行」跟「戲劇的演出」，這兩條線索非常有順序的一前一後，在文本中間連續交替的穿插，讓我們了解戰爭的殘酷。而更諷刺的是，戰爭所造成的廢墟的感覺，只不過是這場戲劇演出時，餘音裊裊不絕的歌曲中的幾個音符而已。經由這樣的對比與交錯，確實在我們的心裡頭留下很深刻的印象。在這個集子裡，葉維廉的很多作品好像都經過梳理、簡練化處理，使得他的詩變得較容易被了解，可以掌握到詩的主題和思想。

值得注意的是，在這個時期，他也同時發表不少對於（現代）山水詩的嘗試性作品；另外，也可以說暗暗透露出他即將寫童詩的訊息。在思考自然山水與現代文明的衝突上，他的〈更漏子〉[12]，寫的是在加工區的夜晚，白天嘈雜的馬達聲、摩托車聲和人聲都已

---

[10] 葉維廉，《野花的故事》（台北：中外文學月刊社，1975年）。
[11] 葉維廉，〈野花的故事〉，見其《野花的故事》，頁82-85。
[12] 葉維廉，〈更漏子〉，《野花的故事》，頁5-7。

經安靜下來了，只剩下加工園區裡的一棵樹，無聲地落著很輕很輕的落花。漸漸的，天快亮了，鴿子籠裡的鴿子也醒了，慢慢發出滴滴咕咕的聲音。這首詩讓我們思考，自然已經被工業入侵，還有沒有可能尋找到「自然」；而顯然的，葉維廉還是很堅持地在工業的文明裡去尋找自然的足跡。因此在第二個時期，葉維廉所做的努力是一種形式上的追求跟超越，也就是說把從前慣用的繁複形式慢慢簡化，運用更簡練的手法來寫自然詩或是山水詩。在這方面很突出的一點是，他很喜歡用一個單純的，或者是說單一的景物的呈現，來總結出一個自然的境界。這是我們可以看得到的轉變。

另外，這個時期他曾經發表過童詩作品——是〈兒歌五首〉[13]，不過這組作品比較屬於懷舊式的童詩。他主要是在寫對母親、兒時的記憶，也有對姊姊以及他們童年生活的一些回憶；在回憶之中，感傷的色彩比較重，具有懷舊的味道。所以這只是代表他創作童詩的一個起點，還沒有很大的發展。

第三個時期，1980年代末以後的作品，以《紅葉的追尋》[14]為新的開始。在這本詩集裡，他更集中的表現出他對山水詩的興趣，同時很有趣的是，在這之前他的山水詩比較強調山水的本體，道的本體，所以它是黑白的色調，比較不會去強調它的色澤；但是像《紅葉的追尋》或者是《冰河的超越》[15]，雖然冰河基本上應該是白的，可是像《紅葉的追尋》，它對色彩的層次是非常講究的，甚至於他把那種被色彩所震撼的感動，很仔細地描述在他的詩歌和散文集中。而在《冰河的超越》中，冰的白色也有淺灰晶白等層次。可見，大概在1980年代以後，葉維廉的作品又展現出更新鮮的一個面貌，那就是色彩多了，變得更豐富了，以此描述他體驗到的歷程，更加的吸引人。這代表，他一直要追求的形式以及內容的呈現上，已經得到了和諧和統一。這使我們相信，他已經進入隨心所欲的，創作的新境界。

---

[13] 葉維廉，《野花的故事》，頁66-70。
[14] 葉維廉，《紅葉的追尋》（台北：東大出版社，1997年）。
[15] 葉維廉，《冰河的超越》（台北：三民出版社，2000年）。

也是1990年代以後，他推出了他的童詩集。他曾為三民書局策劃「小詩人系列」，在編輯者的序言裡他就說：他一直希望能為兒童寫詩，打破目前看到的童詩並不是那麼生動有趣的格局。[16] 除了希望提升童詩的格局之外，筆者認為還有兩個因素。首先，「大人者不失其赤子之心也」，詩人更該就是天地之間最純真的人類，因為他隨時保持最敏銳的感覺，他也有一種最純潔的心，沒有功名利祿、沒有是非、沒有善惡的干擾，他所看到的這個世界，就是最初的，也是最完美的世界。這樣的世界，到哪裡去找呢？只有從孩童清澈的眼眸裡面才找得到。而真正的詩人必須永遠保有兒童的純真。其次，在西洋文學似乎有一種傳統，就是每一位作家都會為他們的兒童寫一部作品，熟悉英美文學的葉維廉應該也有這種意念。實則，為兒童寫作，也就是在尋找自己心中的那個兒童。葉維廉的童詩集的確給我們這樣的期待。

三、葉維廉童詩的類型、語言與內涵

（一）葉維廉童詩的三個類型

葉維廉的童詩，究竟有哪些特別的地方？是不是能夠跟他自己的一些詩歌創作的理念做一個結合呢？以下，先做分類，然後給予探討。

1.再現童年——對母親／母愛與童年生活的書寫

以葉維廉的三本童詩集，《孩子的季節》[17]、《樹媽媽》[18] 及《網一把星》[19] 來看，第一個類型是「再現童年」，尤其是針對母

---

[16] 葉維廉，〈序〉，見其《樹媽媽》（台北：三民書局，1997年）。
[17] 葉維廉，《孩子的季節》（台北：台灣省政府教育廳兒童讀物出版部，1990年）。
[18] 葉維廉，《樹媽媽》（台北：三民書局，1997年）。
[19] 葉維廉，《網一把星》（台北：三民書局，1998年）。

親形象、母愛的書寫，或是童年生活的記趣等題材著力最多。

對母親／母愛的書寫，是很多作家在寫童詩或兒童文學時的現象。因為每一個人的童年都是最珍貴的，當人生受到挫折，或者想要回味什麼有趣的事的時候，他都是往後看、回頭看、去看自己所經過的童年。那麼在童年生活裡面，什麼事情、什麼人物一直縈繞在我們心中，永遠沒有辦法淡忘抹去的呢？從成長經驗和作家的描寫，可以推斷那就是每個人的母親。因此，在葉維廉的現代詩與童詩裡，我們可以看到他對母親和母愛都有著深深的眷戀，譬如〈比太陽早起的媽媽〉[20]、〈小小的睡眠〉[21]，都是形容孩子在母親的照顧下，怎麼樣開始一天的生活。「小小的睡眠」這個命題，就是指在母親的懷中熟睡，當孩子在母親懷抱中熟睡，他的小小心靈是非常安穩，非常寧靜的。這些作品，都讓我們感到葉維廉對母親非常的感念。除了童詩，在葉維廉《野花的故事》，這本詩集的前面就寫著是要獻給他苦難的母親。可見母愛的泉源不只是在童年的時候溫暖著我們，母愛已成為每一個人心中源源不絕的一個泉源，即使在後來長大，開始寫作的時候也都會一直回頭去看。

再者，一般作家描寫童年，當然會著重於家庭生活的描寫或是寫下有趣的休閒、遊戲經驗，葉維廉也不例外。他寫了孩子坐火車的興奮心情，去外婆家的美好回憶，或者是在晚上的時候偷偷的躲起來讓大人找不到，等到他們很焦急的時候再偷偷地跑出來嚇他們一跳；這些作品都充滿了天真的想像與情感。又如〈把書本放船〉[22]這首詩，係模擬兒童的心聲，放紙船是兒童的遊戲，此詩就從兒童的角度想要把什麼跟紙船一起放走呢——就是要把課本、參考書、考卷之類的，偷偷把它堆得像紙牌一樣，然後丟到河裡面，讓水流飄走，永遠不要再去念書，不要再考試；這幾乎是所有孩子們的心聲吧。葉維廉這首詩表現得很生動，很成功。

---

[20] 葉維廉，〈比太陽早起的媽媽〉，《樹媽媽》，頁8-9。
[21] 葉維廉，〈小小的睡眠〉，《網一把星》，頁18-19。
[22] 葉維廉，〈把書本放船〉，《樹媽媽》，頁46-47。

2.歌詠春天──繽紛的色彩和詩意的境界

在葉維廉的童詩作品中，有大量的歌詠春天和描寫大自然的題材。這是他童詩的第二種類型。首先看歌詠春天的部分，他筆下的春天具有繽紛的色彩，可說是最吸引讀者的地方。例如〈春天跟著弟弟醒來了〉以「春天跟著弟弟醒來了」開頭，然後是微風、鳥兒、花兒都跟著弟弟醒來了，使弟弟感受到「好涼啊／一浪一浪的微風／好好聽啊／一浪一浪的鳥聲／好香啊／一浪一浪的花兒」用觸覺、聽覺和嗅覺來打開弟弟（也是讀者）對春天的感受，最後還提議：

> 我們走吧，你和我
> 我們走到山頂上
> 撥開山雲
> 脫光衣服
> 坦臥在山峰上
> 讓陽光的手指
> 彈我們一根一根的肋骨
> 一浪一浪的天風
> 一浪一浪的快樂[23]

在山頂上裸裎曬太陽，做媽媽的可能非管不可，但「讓陽光的手指彈我們的肋骨」，卻是個奇妙而有趣的想像。而葉維廉不用「一陣一陣」，反而用「一浪一浪」來形容各種感覺的波動，也是極佳用詞；「浪」字更有動感，更能傳達風、鳥聲、花香和快樂一陣一陣傳送的感覺。又如〈草綠的水〉通篇用的是色彩意象，既形容春天的景象：

---

[23] 葉維廉，〈春天跟著弟弟醒來了〉，《樹媽媽》，頁14-15。

草綠的水

蘋果綠的水

薄荷酒綠的水

透明翠綠的水

閃閃生光藍中帶綠的水

來來來

讓穿紅裙的穿紅裙

穿紫衣的穿紫衣

穿黃褲的穿黃褲

戴花帽的戴花帽

披柳條絲巾的披柳條絲巾

來來來

讓我們站在水裡

把春水映成一道彩虹[24]

「草綠的水」等句，都是形容水光的變化，都是藍、綠、透明的色調；紅裙、紫衣、黃褲、花帽和披柳條絲巾等句，可說是形容岸邊百花盛開、柳條飄拂的樣子[25]，岸邊、水底；水上、水下，共同構成了一幅七彩的圖畫，這便是春天的面貌。

　　詩人每每以春天比喻兒童，兒童節在春天的四月四日，都是因為春回大地，春暖花開，春天給人的印象是一個五彩繽紛的世界，象徵新希望，就像跟兒童的特質——活潑，充滿了生氣。但葉維廉寫春天的童詩，還有另一個特點，除了把顏色——綠的紅的黃的藍的——呈現在我們眼前之外，他其實也試著把唐詩宋詞裡春天的意境，化入他的童詩作品。譬如上述〈草綠的水〉就蘊藏了古典詩詞的春天意境，如同白居易《憶江南》：「日出江花紅勝火，春來江水綠如藍」、韋莊《菩薩蠻》：「春水碧於天，畫船聽雨眠」的意

24　葉維廉，〈草綠的水〉，《樹媽媽》，頁24-25。
25　紅裙、紫衣、黃褲、花帽也可說是小朋友的代稱，用他們的衣裳來增添春天的色彩。

境。又如同一本詩集裡的〈春天的雨〉[26]、〈春天來了〉[27]，這兩首比較短的作品，在意境上都暗暗呼應杜甫詩〈水檻遣心二首之一〉所寫的「細雨魚兒出，微風燕子斜」的境界；也很像是王安石〈泊船瓜州〉中的名句「春風又綠江南岸」，把春天的江南，江南的水景用現代的語言翻譯、創造成童詩的語彙，讓兒童感受春天的氣息。這便構成葉維廉童詩的獨特性，一方面啟發孩子對於色彩、聲音等各種感官的靈敏感受，一方面也暗暗放進他自己對於中國詩詞的體會。

3.描寫大自然——奇妙的想像與寧靜的意境

除了春天，葉維廉的童詩也喜歡描述其他的自然現象，更確切地說，是呈現他對自然界的奇妙想像。在他很多作品裡面，他非常喜歡寫雲的變化、寫雨落下來時的那種情境以及描寫陽光。陽光所具有的金黃色調，或者是燦爛的光芒，都會讓他引發出不同的聯想，譬如金黃的色調非常的溫暖，所以在〈布匹〉[28]，葉維廉形容陽光像是一層一層的麥浪裹在我們身上一樣；陽光的燦爛耀眼，他在〈水晶峰〉[29]就把陽光想像成一把一把的利劍，就像武俠小說裡俠客在高山上比劍，互相比鬥的場景。

另外，他也喜歡寫夜景，像〈誰把天關起來啊？〉[30]，詩中以天黑了開始，藉由一個兒童的口吻來問，是誰把天關起來了，整個天空就黑漆漆一片；或者是想像夜的降臨，比如〈網星〉[31]，詩中想像當黑夜來臨的時候，萬籟俱寂，可是當我們可以發揮想像力，就可以坐上想像的小船，遨遊天際，把天上的星星一顆一顆打撈起來，放到我們的夢裡。

當然，葉維廉的童詩也少不了關於花朵的作品。其實他的詩

---

[26] 葉維廉，〈春天的雨〉，《樹媽媽》，頁16-17。
[27] 葉維廉，〈春天來了〉，《樹媽媽》，頁18-19。
[28] 葉維廉，〈布匹〉，《網一把星》，頁26-27。
[29] 葉維廉，〈水晶峰〉，《樹媽媽》，頁39-41。
[30] 葉維廉，〈誰把天關起來啊？〉，《樹媽媽》，頁48-49。
[31] 葉維廉，〈網星〉，《網一把星》，頁44-45。

集像《野花的故事》和《花開的聲音》，就都是以「花」為關注對象，可見他對於花有特別的賞愛之情。在童詩中，比如〈牽牛花把早晨打開〉[32]，就是描寫牽牛花在竹籬笆上攀爬，它努力地打開像小喇叭似的花朵，把早晨喚醒。

這裡就用〈雲大人〉為例，看葉維廉如何運用想像力描寫大自然。這首詩寫的是下大雨的景象，從天氣變化來看，這只是頃刻之間的風雲變化，從烏雲密布到下大雨，就像日常裡午後雷陣雨那樣的自然。但用一個孩童的眼光來看，就有不一樣的想像，好像是一個愛生氣的巨人，他恣意的在天空上面興雲作雨，孩子非常地擔心：「下雨了怎麼辦？」、「淹水了怎麼辦？」在趣味的想像當中，透露著孩童的杞人憂天，卻又是那麼純真可愛，也帶著悲天憫人的情懷。引述原文如下：

> 媽，你看
> 不知道雲大人在急什麼
> 這麼匆忙的亂穿衣
> 那袖子從東邊天
> 伸到西邊天
> 都沒有穿上
> 左手穿了又穿
> 都穿錯了
> 讓袖子拂得一山的黑色
> 媽，你看
> 他竟然發脾氣了
> 兩管鼻氣這麼猛
> 圍前的籬笆都吹倒了
> 怎麼，這還不夠
> 比弟弟還要窩囊

---

[32] 葉維廉，〈牽牛花把早晨打開〉，《孩子的季節》，頁10-11。

還要哭起來

不得了啦，淚水那麼多

湖杯都滿出來了

等一會兒流入田裡

流到屋裡

怎麼辦呀

媽

那該怎麼辦啊[33]

整首詩共23行，感覺像是一氣呵成，中間沒有空行或分段，但如果我們用念的，會發現因為情節的轉換、語氣的變換，自然就會形成幾個段落，而且有高低起伏。這個情緒是跟著詩中的主角——一個孩子的心情走，他發現天邊的雲層變厚了，顏色變暗了，而且東一堆、西一堆擁擠凌亂，他把它想像成是「雲大人」氣極敗壞，胡亂穿衣的樣子，又把狂風怒號比喻成從「雲大人」的兩管鼻孔中噴出來的氣流，搞得天下大亂。但接著「雲大人」還哭起來了，簡直是無理取鬧，比家中的小弟弟還要窩囊，只會用哭來解決。最後，他更擔心造成水災怎麼辦。前後兩聲「媽」，更襯托了這個孩子心中的困惑與焦慮。

可注意的是，這些自然景物的描寫，背後都有一個共通的主題，就是對於時間的變化非常敏感，所以當葉維廉在描述這些景物時會特別注意兩個地方，第一是掌握時間瞬間的變化，譬如夕陽，因為黃昏是一天裡面最短暫的時刻，當白晝進入黑夜的時間變化看起來像是漸進式的、緩慢的、一層一層的變化，但忽然你一回神，就已經夜幕低垂，已經進入黑夜的時候；這便是葉維廉最擅長也是可以發揮的地方，在童詩中，他往往抓住這個瞬間，透過兒童的眼光和口吻，引導讀者感受時間的瞬息萬變，也質疑是誰主導了這個變化的場景；第二是在描寫這些自然景物或場景時，不管是風雨或

---

33 葉維廉，〈雲大人〉，《樹媽媽》，頁50-51。

是陽光普照，葉維廉試圖要呈現的是一種和諧與寧靜的意境。也就是說在這些場景裡，葉維廉透過風、雨、陽光的意象，要捕捉的不是時間的快速流動，而是希望讀者放開心懷，像一個孩子一樣無所事事、無所為而為，那麼，人們在大自然的變化裡面所能感受到的，就是能夠呼應到大自然的呼吸，可以體會到寧靜和和諧的氣氛。

這一層體會可說是葉維廉對道家的自然之道的體會，但他並沒有用學術的語言說出來，而是用童詩的手法來表現。擅於運用想像，掌握文字的趣味變化，同時也要有戲劇性的轉折，才能夠讓讀者——假如我們設定他是一個兒童——讀了以後覺得有趣，然後在哈哈大笑之餘，慢慢地猜想「雲為什麼會這樣？」或者是說「為什麼他會把雲想像成是一把劍？把太陽想像成是一層暖暖的被子蓋在我們身上？」這就是在葉維廉在童趣和自然之道之間，做了一個很好的結合。

更進一步來看，葉維廉詩中對於自然景象的呈現，也很符合「以物觀物」的方式，也就是說，當我們觀賞自然的時候，應該要還給物本來的面貌，不必賦予太多主觀的思想，最主要是要能夠進入詩中的情境，去感受那種美。這點，也跟中國古典山水詩所刻畫的境界是非常接近的。譬如〈白鷺鷥夕陽〉，詩中描寫夕陽西下的景致，一開始就說：

> 一隻白鷺鷥
> 又一隻白鷺鷥
> 又一隻白鷺鷥
> 又一隻白鷺鷥
> 十隻白鷺鷥
> 一百隻白鷺鷥[34]

---

[34] 葉維廉，〈白鷺鷥夕陽〉，《網一把星》，頁12-13。

一千隻、一萬隻白鷺鷥、點點飛舞……，這使我們很容易想到杜甫〈絕句〉裡的名句「一行白鷺上青天」，可是為了要呈現層次感，甚至於帶著一種兒童數數兒的趣味，他說這裡一隻、然後又一隻、又一隻、又一隻、終於是成十成百成千成萬的白鷺鷥，點點的飛舞。這裡非常有畫面和動感。但我們也可推想，白鷺鷥可以說是海邊夕陽西下的時候，有許多鷗鳥在飛舞；但也可以說這是因為陽光穿透雲層散發出陣陣的光芒，然後慢慢地隨著雲層的變化，夕陽餘暉呈現忽上忽下，最後靜靜地、慢慢地、一分一秒、一寸一寸地沈入在這個海中，好像為觀眾表演出一幕夕陽西下的戲劇。換句話說，這首詩是寫夕陽的景致，但是他利用白鷺鷥這樣一個具體形象的呈現，告訴我們這是一幕夕陽西下的自動演出。他不必賦予夕陽任何的主體性，譬如李商隱〈登樂遊園〉所說的「夕陽無限好，只是近黃昏」的感嘆，他只要讀者去看夕陽怎麼樣地從光芒萬丈、西天的彩霞那麼絢爛，然後慢慢、一點一滴的收斂起光芒，最後整個大地歸於寧靜。

（二）葉維廉童詩的語言特色

1.注重冥想、直覺想像

　　葉維廉童詩的語言有一種獨特的氣質，那就是無所限制的想像，也可以說類似「冥想」的作用。他的某些作品，讀起來好像抓不到深刻的主題思想，好像就是要啟發讀者對某一種事物的想像，只要去想像，讓想像奔馳，不需加以規範，也不必要去問這個想像有沒有什麼作用，這個想像背後有沒有什麼象徵意義。在想像中獲得趣味，在想像中每個人有每個人的聯想，這似乎是葉維廉寫童詩時的一種心態。譬如〈先是一條蠻牛亂撞〉[35]，詩很短，寫得有點像「無厘頭」，因為他說先是一條蠻牛撞上那個教堂，然後教堂就

---

[35] 葉維廉，〈先是一條蠻牛亂撞〉，《樹媽媽》，頁26-27。

倒了，倒了以後就變成一條船，然後那條船就在海面上晃盪，晃盪晃了半天，原來就是一個閉目沉思的小姑娘，那個海就是她的頭髮、長頭髮的波浪，整首詩就寫這樣一個想像的過程。

　　喜歡探求詩的主題的人一定會問這首詩在寫什麼，甚至希望挖掘出這樣一個小女孩是不是象徵什麼形象。或者，誠實地指出這首詩根本沒寫出什麼。事實上，這些問題都很難回答，就像和孩子相處時，我們常常會和他們說些兒語，然後孩子可能把眼前的椅子想像成一條牛，跨上去騎，過一會兒他可能又把它搬到什麼地方去，再把它想像成火車，「嗚嗚嗚……七嗆七嗆」的開火車；再來，他又會把椅子翻過來，變成了一個花盆……兒童的想像力是無邊無際的，但他的樂趣也就是在這裡頭。葉維廉的〈先是一條蠻牛亂撞〉，其中的想像還是稍微有一點線索可循，那就是講一個顛簸搖動的、晃動的感覺。牛撞上這個教堂之後產生晃動，然後又掉到海裡變成一艘船，而船在起伏的波浪上面也產生搖動的畫面；那一條條的波浪，又跟小女孩的長頭髮曲線是相似的，整個的過程好像就回到這個小女孩腦中的一種冥想。所以說，這首詩透露的是一種冥想，就像我們閉起眼睛來聽音樂，腦海中浮現的畫面也許跟那個音樂有關或是無關，但只要我們放鬆，隨意想像，應可享受樂在其中的滋味。

　　又如〈陽光花雨中旋舞的小姑娘〉[36]，詩中那位閉目凝思的小姑娘，透過插畫者的描繪，形象甜美，表情也是樂在其中，真的是「美在其中矣」。而這首詩也沒有什麼特定的意涵，整首詩就是說花開了，蝴蝶滿天飛舞，青草在那裡搖搖頭，擺擺尾，然後雨滴也來湊熱鬧，最後，一跳一搖，搖出了一個撐著雨傘的小姑娘；這個小姑娘就是撐著她的雨傘，去享受大自然為她展演的這一場快樂的舞蹈。試看詩中的句子：

　　一萬隻青蝴蝶

---

[36] 葉維廉，〈陽光花雨中旋舞的小姑娘〉，《網一把星》，頁14-15。

圍著一朵黃花

飄過湖面

浮過草原

飛上山頭

飛下山腳

飛　飛　飛

追　追　追

追什麼呢

追什麼呢

追一個

在陽光花雨中旋轉的小姑娘[37]

這樣的一個畫面，這樣的一個時刻，真的是所謂的「偷得浮生半日閒」，在下雨的時候，如果我們撐著傘走在雨中的小花園，也可以複製出這樣一個童真的心境。這類冥想、想像的詩，葉維廉給我們的啟發是，要用一種直覺的方式，不必去想太多因果聯想，只要讓你的想像自由發揮，你看到什麼，你就直覺地引發出其他的聯想，不必太在意它有沒有意義，而是感受其中的趣味和美感。

2.形式的追求

　　葉維廉對現代詩的貢獻之一是語言的試驗，在童詩方面，他也在做一種形式上的追求。葉維廉對童詩語言的試驗有很多種，他有時候會用很短的句子，兩個字一句、兩個字一句，一行裡就只有四個字；有時候則故意用很長的句子做出規則的排列。這些試驗，到底有沒有跟內容做一個緊密的結合而產生特殊的效果呢？底下就用三首詩來分析。請先看〈水車〉：

　　水車　　水車

---

[37] 同上註，頁14-15。

一桶水起
　　　　一桶水落

水車　　水車
一桶星起
　　　　一桶星落

水車　　水車
一桶光起
　　　　一桶光落

看看看
一桶水起
　　　　一桶星落
一桶星起
　　　　一桶光落
一桶光起
　　　　一桶水落
水車起　　水車落……[38]

水車是打水的器具，它有一個像風車的扇葉，用腳踩，踩的時候一個扇葉下去，另外一個扇葉就起來，用這方法把水打上來，引到渠道去。水車的踩動，很有節奏感，形成上上下下，上上下下的循環。因此這首詩在形式上也就掌握了水車本身的特質，先用短句來排列，使視覺上好像看到水車的扇葉一上一下地轉動。而在內容上，水車本來是田裡面要引水灌溉的器具，具有實用目的，可是這裡頭卻做了一個詩意的轉換，這個水車踩的是水，但不是為了灌溉，只是要呈現流水的流動，讓天上的星光投映在水中，反射出閃

---

[38] 葉維廉，〈水車〉，《樹媽媽》，頁30-31。

亮的光芒。所以第一段是水車起、水車落，然後第二段是星光起、星光落，第三段則是一桶光起、一桶光落；水、星，還有它的光芒，這三個東西彼此在那裡輪流的轉動著。閱讀這一首詩不必追問它的深層大意，就是要享受出它所呈現出來的節奏感，還有在視覺上、聽覺上以及自己的想像上面，一起營造出來的悠然的意境。這首詩在形式、意境和詩意的轉換都有很密切的結合。

另外，看第二首〈上午小調〉，又是另外一種風格：

> 走著
> 　　一條小小小小的石子路
> 行過
> 　　一排彎彎彎彎的茅草屋
> 請看
> 　　這場一進一退的馬蹄舞
> 輕踏
> 　　那段一板一眼的碎花步
> 再看
> 　　一一打開開開的方窗戶
> 探出
> 　　一列列圓果果果的紅臉譜
> 奏著
> 　　一組組滴滴滴滴的烏眼珠
> 亮起
> 　　一個喜氣洋洋洋洋喜氣的上午[39]

這首詩，它故意安排一個形式上的試驗，每一段都都先用走著、行過、請看、輕踏、再看、探出、奏著、亮起，這樣的提稱詞來引導，然後接著是一條小小小小的石子路等等這樣的長串的句子，代

---

39 葉維廉，〈上午小調〉，《網一把星》，頁16-17。

表這個人在街上漫步的時候，所走過的一些道路。短長、短長的交錯，形成一個有次序的節奏感，而配合短長短長這樣的呈現，彷彿像圓舞曲那樣的曲風，跨兩步轉一個圈、跨兩步轉一個圈，顯現非常自由自在，隨意、隨性，甚至是非常浪漫的步伐。用這樣的步伐在街上散步，所看到的景象是，十字路、小茅屋、跳著馬蹄舞、跳著碎花步的景致，而方窗戶跟紅臉譜正是他透過窗戶所看到的屋內的景象；窗戶裡頭出現的人影，又慢慢的聚焦，投映在他滴溜溜的黑眼珠上面，它的滿心滿眼都是歡樂的景象；是這些東西構成了一個喜氣洋洋、歡樂洋洋的上午。也就是說，這是一場無所為而為的散步，無論是所看到的街景，腳下所踩出的輕快步伐，甚至想要隨意轉身跳個舞都可以，沒有人阻擋，只有你自己盡情享受。葉維廉利用這個短／長／短／長的形式，襯出隨意、自在的節奏感與韻律感覺。[40]

第三個例是〈童年是——〉，原文如下：

（一）

童年是

終日無所事事

在門口靜坐、發呆、望入透明的空氣裡、望入迷茫的

　　遠山

（二）

童年是

終日無所事事

走上大街小巷向形形色色黑暗的屋裡探頭張望、聽深

深的黑暗裡一扇木門兀兀作響

（三）
童年是
終日無所事事
在廢屋破瓦間尋找門環、鑰匙等等而裝了滿口袋大大
　　小小奇花怪紋的蝸牛殼

（四）
童年是
終日無所事事
靠在溪邊看蝴蝶蜂鳥無名的飛蟲湧向沿溪高高低低盛
　　開的野薑花

（五）
童年是
終日無所事事
把衣服脫精光在溪水裡濺水追逐，在溪瀑下任水沖打
　　肌膚然後閉目遠遊到他鄉

（六）
童年是
終日無所事事
不知哼什麼那樣哼不知唱什麼那樣唱自自在在一步一
　　步踏出來的滿心的快樂

（七）
童年是
無所事事
躺在野花紅似火的山坡上看藍天裡白雲追趕著白雲或

躺在晒穀場上夜的大傘下數一夜也數不完的星星[41]

這首詩跟前面的作品完全是不同的面貌，除了「童年是」提稱的一句是很短的，以及「終日無所事事」之外，後面的這一長串句子，幾乎長達二三十個字。這些長句到的是優點還是缺點？假設把一個長句裡的所有意象、片段都拆開的話，會發現句子變短了，但整首詩的篇幅也拉長了，因而節奏也變得很鬆散。因此葉維廉改用這樣的處理方式，就是把「童年是」後面的童年生活的片段，類似的一組就把它放進同一個句子；比如第一段的場景是靠在溪邊，而把看蝴蝶、蜂鳥、無名的飛蟲，湧向沿溪，高高低低盛開的野薑花，這些類同的意象與片段放在同一或二個句子裡；再讓這些短句搭配長句的內容，排成七個段落。經此安排，它的形式確實令人印象深刻──當我們回憶起「童年是」的時候，是有一串的事件、一組意象群同時浮現，而這些意象群有類別上的區分，那麼我們才能夠很明確的、很清晰的掌握到他所要表現的內涵；因此這個形式的安排雖然不見得討喜，但它是有作用的[42]。

（三）深刻的內涵──融入道家「齊物」思想

此外，葉維廉有些童詩作品在直覺的想像之外，更隱含哲理，近似莊子〈逍遙遊〉、〈齊物論〉的寓意。他企圖藉由童詩的語言，來彰顯道家之道。以〈什麼最大？〉為例來看：

什麼最大？
哥哥的頭最大
哥哥的頭哪比石頭大

---

[41] 葉維廉，〈童年是──〉，《樹媽媽》，頁54-59。
[42] 筆者和孩子共讀時，明顯感覺這首詩他們不太喜歡，因為句子太長，不易馬上理解。我也想過，有的分開為兩行，但可能是為了排版的問題，才把它拆開，所以它的長句有可能超過30個字以上。附記於此。

石頭哪比山頭大
山頭哪比地球大
地球哪比天空大
天空最大
天空怎樣大？
拿望遠鏡看看，拿尺量量
沒有邊緣
沒有尺寸
天空就是這樣大

什麼最小？
弟弟的腳最小
弟弟的腳哪比鳥兒的腳小
鳥兒的腳哪比蚱蜢的腳小
蚱蜢的腳哪比螞蟻的腳小
螞蟻的腳哪比微生物的腳小
微生物的腳最小
微生物的腳怎樣小？
拿顯微鏡看看，拿尺量量
沒有蹤影
沒有毫釐
微生物的腳就是那樣小

大大小小
小小大大
不能知的大
不能知的小
叫做沒有大沒有小
沒有大沒有小
就是我生下來時的世界

大大小小

小小大大

算過來算過去

量來量去

好麻煩啊

大大小小

小小大大

算不完

量不盡

好麻煩啊

都是你們大人惹的禍

都是你們大人惹的禍啊

大大小小

小小大大

什麼最大？

什麼最小？

……[43]

這首詩提出一個很簡單的問題，什麼是大？什麼是小？大小的標準
在哪裡？為什麼會有大會有小？但是這卻是最難回答的問題，因為
你覺得A最大，但是永遠有比A更大的東西出現；你覺得B最小，但
是顯微鏡下還有更小的東西。大小、長短、好壞，都是相對的，而
不是絕對的。這就像莊子在〈逍遙遊〉或〈齊物論〉裡頭所提出來
的道理。一般人以為彭祖活到七百歲八百歲是最長壽，可是上古時
代，還有以八千歲為春，八千歲為秋的大樹。同理可知，是非善惡
都是人制定的一個標準，我們經常受限於這樣的「唯一的」一個標
準，而產生許多紛爭和苦惱。因此這首詩雖是以兒童可以了解的具
體事物來做比喻，分出大與小，可是還有無形的是非善惡的標準，

---

[43] 葉維廉，〈什麼最大？〉，《網一把星》，頁34-37。

是更沒有絕對標準的；這正是葉維廉藉這首詩真正要呼籲的道理，也就是說不要一直灌輸孩子這個世界的絕對標準，相反的，應該要讓他去思考，什麼是大什麼是小，大有沒有更大，小有沒有更小？「不能知的大／　不能知的小／叫做／沒有大沒有小」當泯除大小、長短、是非、善惡的絕對標準，更能促進兒童對自我內在價值的探索和追求。

接著，看另一首〈把耳朵貼在鐵軌上〉，詩的主旨是希望我們擅於應用心靈的耳朵、你的內耳來傾聽這個世界的聲音，原文如下：

> 小孩子，把耳朵貼在鐵軌上
> 你可聽見
> 千里外火車隆隆的震響？
>
> 小孩子，把耳朵貼在樹幹上
> 你可聽見
> 樹液慢慢高升樹身慢慢增長
>
> 小孩子，把耳朵貼在地面上
> 你可聽見
> 地心裡滾沸不停的岩漿？
>
> 小孩子，把耳朵貼在天空上
> 你可聽見
> 中天裡大風起雲飛揚[44]

對讀者來說，火車的聲音容易聽見，岩漿的聲音也可以想像，但第三、四項的樹液生長、風起雲飛的聲音恐怕較能想像和體會。[45]但

---

[44] 葉維廉，〈把耳朵貼在鐵軌上〉，《樹媽媽》，頁52-53。
[45] 筆者曾與孩子共讀這首詩，當時十三歲的老大說，火車的聲音應該聽得見，岩漿的

葉維廉就是要我們去傾聽那細微的聲音，尤其是樹液生長跟地心裡頭的聲音，其實就是宇宙自然生長的聲音，而第四段，要聆聽「風飛雲起」的聲音，不折不扣是呼應了莊子〈齊物論〉所說的「有人籟有地籟有天籟」，「風吹孔竅，是為天籟」，而天籟就是一種道，自然之道的化身。據莊子說，人的聲音很容易聽見，自然發出的如蛙鳴蟲叫，我們也很容易聽見，可是這些東西都是後面有一個媒介才能夠發出聲音，像樂器一定要有人演奏。但是唯獨有天籟是不需要任何外力，能夠自然而然的發出聲音，那是什麼呢？那就是風吹過地上的山谷孔穴的時候，自然會有呼應，所以天籟可以作為一種道的呈顯。試問，我們是不是曾經聽見過風的聲音呢？我們聽見的也許只是風吹過牆壁，也許只是風吹動這個紙頁沙沙作響的聲音，可是風可以看得見嗎？看不見，也抓不到，只能感覺到它，但是你說不出來——這首詩最後就是有這樣的意涵。《莊子・人間世》更揭示另外一種道理：「無聽之以耳，而聽之以心」，意謂不要只是用耳朵去聽別人在講什麼話，要用心靈去貼近他的頻率，去了解他背後的意思；而且還要更進一步地（因為這還只是一個人為的世界）「無聽之以心，而聽之以氣」，因為這個天地之氣的氣，才能讓人真正破除人為的依賴，而真正感受到自然宇宙的道理。

上述的道理雖然深奧，但是藉由童詩恰恰可以拓展兒童讀者的想像力，也可以引導他們仔細揣摩哪些聲音是聽得見的，哪些是聽不見的，聽得見與聽不見，又可能代表什麼道理，讓他們自己學會思考，學會和世界溝通的方式。

自五四文學運動以後，有許多童詩作家，但筆者覺得葉維廉的

聲音因為他看過火山爆發的影片，也應該可以想像；但他也說，「可是樹裡面的汁液在慢慢的生長，好像很難聽見。」他也問我最後一句：「風在飛的時候有聲音嗎？」我就跟他說：「我也不知道，因為我也是很努力地想要聽見這四個聲音。」後來我跟他說：「那你就去聽聽風聲。你告訴我風是怎樣發出聲音，然後去想一想樹在生長的時候，他可能有一種什麼樣的狀態？」我跟他約定，以後我們兩個要先比賽，誰先察覺到我們沒有聽到的聲音。我想要孩子懂得老莊之道也許不容易，但若是藉由童詩的引導，用這四項事物用心地去聽，有層次的，節節推進，到最後懂得仔細聆聽風的聲音，再繼續想想人和自然的關係，如果有一天，他有機會讀到莊子，說不定會恍然大悟，噢，原來風的聲音就是道的化身。這是童詩、評論者和兒童讀者的交集與反應，附記於此。

童詩有非常獨特的地方，他的確能夠把他所體會的、他所要推展的對自然的體悟與道家的哲理融入童詩作品，這使得他的童詩作品非常具有思想性，和他的詩學理論、現代詩創作可以相得益彰。以下為更具體了解他詩中的自然之道和他對於道家美學的體現，將再選擇幾首他的山水詩作品加以論析。

四、葉維廉的山水詩及其反映的自然之道

前文說過，從1980年代末之後，葉維廉的山水詩開始有了色彩，不再是從前慣見的黑白色調，葉維廉近作《紅葉的追尋》[46]、《冰河的超越》[47]可為代表。

（一）紅葉、風與「道」

《紅葉的追尋》是詩文合輯，前兩篇文章是〈紅葉的追尋〉與〈北海道層雲峽的秋天〉，二文中都敘述了他怎麼樣從觀察、欣賞紅葉的風景、楓紅的景象，而試圖讓自然呈現在讀者面前，有助於我們了解他描寫紅葉秋景的動機。

〈紅葉的追尋〉裡說到，自古以來追求楓紅之景的人非常多，葉維廉說他是因為杜牧和王維的詩才發願：「無論如何，有機會的時候，我一定要去拜訪楓葉。」觸發他的作品就是杜牧的那首〈山行〉：「遠上寒山石徑斜，白雲生處有人家，停車坐愛楓林晚，霜葉紅於二月花」。葉維廉又提到，他曾經看過美東紅葉的風景，也看過歐洲杜當爾山谷的風景，也曾到日本欣賞楓葉；同是楓紅，但各自有所不同。美東的風景，楓葉的景致帶給他的是一種雄渾、雄壯的氣勢，因為遍山都是紅色，怵目驚心的紅色。而歐洲的景致讓他有一種孤絕、古遠的感覺，因為在山谷裡頭除了紅葉之外，還有

---

[46] 葉維廉，《紅葉的追尋》（台北：三民書局，1997年）。
[47] 葉維廉，《冰河的超越》（台北：三民書局，2000年）。

看起來非常亙古的巨石，紅葉與巨石讓他感覺彷彿置身於一個原始的世紀，他甚至問，在這個山谷裡面，在這個石頭上面，人類的始祖是不是也跟我一樣看過楓紅？聽過這個流水的聲音？而後到日本去看楓紅的時候，因為楓葉峽谷有怪石嶙峋，也有其他黃葉層層的引導，甚至於在石縫間也伸出了比較瘦小、細小的樹苗，再加上雲霧、風雲的掩映變化；這樣的楓紅，讓他覺得在飄渺之間有一種細緻的與寧靜的美感。[48]

這篇〈紅葉的追尋〉讓我們看見詩人在進行他的紅葉之旅時，是完全把他的心抽離商業、觀光的行為，真正地進入大自然，用他自己的話來講就是「去撫觸紅葉的肌理」[49]，去感覺樹林裡頭好像經過水份滲透的那種紅色，甚至於他還把紅分成黃紅、朱紅、霓紅、嫣紅、紫紅這麼多的層次。試問有幾個人在看楓葉的時候，會仔細地去辨別顏色的層次呢？甚至於他說還沒有到山頂之前，葉子慢慢轉黃了，那種黃是草黃、蛋黃、霓黃、紅黃，然後慢慢再接上一層，整個轉為紅色的楓葉。[50]像這樣一層層仔細地描繪色彩，加上細細的體悟，就是前文說的：他開始進入一個有色彩的世界。

其次，看〈北海道層雲峽的秋天〉，本篇收錄10首詩[51]。在這裡面我們可以稍微做一點區別：在童詩裡頭葉維廉所寫的自然呈現的是寧靜跟和諧，可是在一般作品裡面的自然，他所揭示的是自然的空寂，寂靜之道。〈北海道層雲峽的秋天〉的幾首詩，大部分都蘊含這樣的況味。首先看第1首，詩的一開始就是說：

極目的大空大寂裡
好一片閃爍的流麗

無人看見[52]

---

[48] 葉維廉，〈紅葉的追尋〉，《紅葉的追尋》，頁1-17。
[49] 葉維廉，〈紅葉的追尋〉，《紅葉的追尋》，頁3。
[50] 葉維廉，〈紅葉的追尋〉，《紅葉的追尋》，頁3、7。
[51] 葉維廉，〈北海道層雲峽的秋天〉，《紅葉的追尋》，頁19-30。
[52] 葉維廉，〈北海道層雲峽的秋天〉，《紅葉的追尋》，頁19。

明明是紅葉滿天的美景，但以整個天空來當做背景的時候，所透顯出來的卻是一種寂寥的境界，寂寥是道的最高顯現。而最重要的是，這一片燦爛的流麗，燦爛的楓紅景象，「無人看見」。因此詩接著說秋天楓紅是自然的一種轉換，它不會因為你的到來，或你的離去而改變了順序：

> 高山上　峽谷裡
> 霜霜　雨雨
> 成熟了
> 淋漓欲滴的秋紅[53]

換句話說，這邊所告訴我們的是，當人來到自然面前，你看到的是自然的變化，好像是一種變動，可是其實這種自然的變化，春花秋月，卻又是自然依循的一種道理。如果你體認到這一層，然後再看到眼前這一幅閃爍楓紅景象的時候，內心會湧起的是一種亙古何人，或者說是一種永恆的寂寥的感覺。

　　這裡必須提醒的是，前文對葉維廉作品的分析，經常強調他擅長把繽紛的色彩、活潑的氣息寫到詩裡頭，但這並不表示那只需要華麗的修辭技巧，或是只要有直覺、想像就可以了，以葉維廉的詩學理論來看，在美的直覺的背後，還是要有一些知覺的體會，也就是說必須有內在的底蘊，然後才可以跟外在的美景呼應；有這樣的深層底蘊，感知、感悟，才不會只是流於一種空洞的形式。所以說這些句子看起來很簡單，好像只要寫出大空大寂四個字即可，其實背後是有道家的哲理在支撐，或者是說對應。因此，我們更要注意，詩裡所透露的欣賞風景的歷程，也就是透過五官的刺激和感發，去體會自然的永恆之道。

　　其次，在這些詩裡，特別像第3首，葉維廉也是把風當做是道

---

[53] 同註52，頁19-20。

的化現，具有穿針引線的作用，使山谷裡的一切美景都串聯在一起，共同呈現秋天的美感。詩是這樣寫的：

> 山谷引
> 風
> 風引谷
> 一山一谷的紅葉
> 一山一谷
> 翻飛舞躍的
> 蝴蝶[54]

這裡，把紅葉的飛舞轉化成蝴蝶的意象，好像就是美麗的蝴蝶在飛舞一樣。可是不能忽視的是最先的兩句：「山谷引風，風引谷」，是山谷如同洞穴式的地形引來了風，又好像是風吹過了讓我們感覺到山谷的存在，所以這個風真的是無所不在、遍佈流行，是這個風，才使得自然界的景色，楓葉的搖動可以變成蝴蝶的飛舞。「風」在這裡成為「道」的化身，使這首詩具有活潑生動的氣息。

（二）火山、冰河、宇宙與「道」

　　《冰河的超越》收錄的作品都是到各地旅遊的紀錄，每到一處都有詩作產生，其中〈火山盟〉、〈去物造物〉與〈冰河興〉所描寫的景色最特別。這三首詩分別描述火山和冰河的景象，尤其後二首詩都很有創世紀般的氣勢與格局。火山爆發給這個世界一個毀滅性的改變，同樣的，冰河溶解也是人類原初的記憶，葉維廉不僅親臨這兩個地點去遊歷，他更抓住這兩種非常特殊的景致，把他對於萬物的生成、道的滋長，這樣的觀念都放在作品裡面。

　　〈火山盟〉以「在埋藏著萬年生命／由火山口一直伸到海邊／

---

[54] 同上，頁22。

彷彿猶在洶湧流動的黑壓壓的岩漿上」開頭，帶出「許多新的舊的羅密歐與茱麗葉／約翰與瑪莉梁山伯與祝英台」在海邊、夜空，用各種方式堆砌出代表山盟海誓的東西，以便「來抗拒／更悲壯更傷情的劫灰」[55]這裡顯示的是至死不渝，同時每個世代、每一對情人也不斷的在抵抗火山爆發帶來的毀滅。但所謂萬物的生成也絕對不是單向的發展，而是呈現一種循環的模式，就是生生死死、死死生生，不斷起起滅滅的循環過程。於是，在〈去物造物〉這首詩中，葉維廉就用「不斷的解、不斷的構」來描述火山爆發的情形，引述原詩如下，中間略有刪節：

轟！

萬年的積鬱
火
把地心
混沌的
沉潛的
岩石
金屬
憤然吐出
斑爛一片
……
見山破山
見谷破谷
嶺嶺湧動
谷谷橫流
不斷的解
不斷的構

---

[55] 葉維廉，〈火山盟〉，《冰河的超越》，頁35-37。

去形
　　賦形
去物
　　造物
焰液
如是
……
為地
為島
為山
為谷
為林木
為繁花
熱烈的爆放
熱烈的生長[56]

開頭的「轟！」代表火山爆發的一霎那，「見山破山」以下則是火山岩漿所到之處的破壞情形，但是經由「不斷的解、不斷的構」的過程，也重新塑造各個地形，如同「為地／為島」等句所表現的。而這一連串的過程，代表的是「熱烈的爆放」和「熱烈的生長」，火山爆發，不啻是一個新的宇宙的誕生，一切重構，打造新的世界。而解構本是一個詞，這裡卻很巧妙的把解、構分開來用，不斷的解就是不斷的破壞崩壞，而破壞之後是重生，不斷的構，就是不斷的重生、又重新構造了世界。這裡，彷彿也印證老子《道德經・四十二》所說的：「道生一，一生二，二生三，三生萬物」的道理。

　　〈冰河興〉是1997年9月，葉維廉與其夫人廖慈美女士、詩人洛夫同遊阿拉斯加之後的創作[57]，是一個組曲，共有三首詩。[58]第一

[56] 葉維廉，〈去物造物〉，《冰河的超越》，頁38-42。
[57] 葉維廉，〈冰河興・後記〉，《冰河的超越》，頁63。
[58] 葉維廉，〈冰河興〉，《冰河的超越》，頁44-63。

首〈冰河的超越〉，一開始就描繪冰河景象帶來震撼，那是無邊無際的白，「我們只能以相似的沉默／去抵住／億萬年晶白橫千里的大靜大寂」，而這片晶白，因為光線的折射，又形成「奪目盲目的一片晶藍」，這種景象確實非人間常有，而其所造成的衝擊，可說喚起我們人類原始的記憶，也觸動那亙古洪荒的寂寞情懷。但葉維廉仍然很冷靜的要我們等待，他要用「零度的呼吸」，用「寂寂的脈搏」去感覺、等待冰河怎樣超越時間[59]。

接著，第二首〈冰河灣〉的甦醒，即是接續前面的等待，開始想像冰清的空氣擴張，冰河開始融化，洪水成災，人類躲過世界性的大災難以後，怎樣形成一個嶄新的世界。這裡，一直訴說的是，冰河期蘊藏了人類千百年以來的記憶，同時，當冰河融化之後，大地開始生成，開啟人類清新的感受與希望。詩的中段是這麼寫的：

> 何其神秘的滌蕩啊
> 在微綠初發的坡谷間
> 尋找我們
> 億萬年來
> 同根相生同脈相動
> 披羽帶茸的兄弟姊妹[60]

當人類尋找到自己的同類，也要繼續以孩子好奇的眼睛去觀看周遭新奇的事物，於是接下來的詩句便是以「凝定」、「凝聽」這樣的「聽之以心，聽之以氣」的態度去體驗眼前新生的一切：

> 天藍裡
> 白雲片片無心出岫
> 鷹揚以滑行的律動
> 引領我們

---

[59] 同註58，頁45-47。
[60] 同註58，頁50。

飛越河灣環袖
　　如眾神默默佇立的冰峰
　　花苞初開的耳朵
　　凝定
　　凝聽
　　心耳如一地
　　凝
　　聽
　　透明無聲的水藍下
　　新生魚類的游躍
　　凝
　　聽
　　激盪我們內耳的大寂[61]

這一段把冰河初溶，宛若春回大地的新鮮和喜悅都寫了出來，專心
傾聽的耳朵就像花苞剛要綻放，必須屏氣凝神去聽，才能夠聽到整
個人類歷史對你的呼喊。這是一種聽起來陌生又似曾相似的感覺，
當冰河上的碎冰滾滾湧動而來的時候，就好像冰河在向我們召喚永
恆記憶中最原始最純粹的感覺。所以接下來就寫著：

　　我們搜索記憶
　　在記憶中搜索
　　那被遺忘了億萬年的某種純粹
　　我們必需除卻
　　感覺屯積多年錯誤的衣衫
　　重新學習那湖邊麋鹿的試步
　　一步一驚一步一喜地
　　去舔著

---

[61] 同註58，頁50-51。

綠玉冰心的水香
讓我們打開觸覺所有的花瓣
讓我們伸出觸覺所有的手指
迎向
跨踏兩岸劍峰的冰虹
航入冰河灣
潛藏天放天作奧秘的深谷裡[62]

這裡，詩人呼籲我們要學習湖邊的麋鹿，以小心翼翼但又滿含著好奇和驚喜的心情，重新探觸這個世界。冰河詩寫到這裡，拉開了創世紀的序幕，宇宙初啟，人類重新出發，詩人把這趟壯大的旅遊經驗，轉換成一種詩的體會，加深我們對冰河的深刻印象。

　　到第三首〈冰河的悲歌〉有急轉直下的改變[63]。葉維廉感嘆造物者把素樸的冰河灣一一解放，讓人類和萬物得以滋長，人類卻不知愛惜，反而處處破壞，辜負了冰河灣對人類的恩賜。在詩的前半，葉維廉極力描寫冰山崩裂、冰河初溶的景象，經過「陰陽互推／虛實成律」，宇宙終於完成，他重複了兩次類似的描寫：「當凝固的冰河／以最緩慢最緩慢的崩解退卻／千春萬秋／損之又損以至於無為無為無不為／如是把原野打開／人馬奔馳鷹鳥飛旋草木簌響」，最後河水奔騰，「新生的魚類／在流水間／在海草的舞動裡／悠悠自樂地游躍」[64]。接著，詩的後半就是個大逆轉，因為：

當冰河以最緩慢最緩慢的崩解退卻
創造四時得節萬物不傷群生不夭的天放
人類卻以最快的速度
屯積屯積再屯積
屯積目盲的五色

62　同註58，頁53。
63　葉維廉，〈冰河的悲歌〉，《冰河的超越》，頁54-60。
64　同註63，頁56-58。

126　孤獨與美

屯積亂耳的五音
屯積厲口的五味
如煙焚歷史血流不止的記憶
盡是掠奪、扼殺與埋葬[65]

這裡批評了人類的貪婪，而那「盡是掠奪、扼殺與埋葬」的記憶，
是因為後來都市興起，無論是在倫敦、巴黎、紐約、芝加哥……在
香港在台北，葉維廉在詩中把它形容為「一種突然崛起的僵直的生
長」，而且是節節生長，宛如無止盡的慾望和貪婪。是故，人造的
都市文明入侵青山綠原，工業、化學的汙染，排入河流，嚴重地傷
害了我們的環境。無論是泰唔士河、赫遜河、恆河、長江、淡水
……以至大西洋、太平洋、印度洋，都不能倖免，葉維廉感嘆：

飼養我們的魚類──變形、毒發、身亡
飆猛衝刺的拖拉機
和巨齒橫張的電鋸
相爭
把奧秘幽微的雨樹林──剖腹
四時失節
群生失侍
海洋沸騰
暴風四起
天燒
地裂
山崩
河缺
一骰子一骰子的貪婪和私慾
一箱一箱的人類

65　同註63，頁58-59。

黑沉沉的漂流

掩蓋了全部初生貞清冰潔的冰河灣[66]

「天燒／地裂／山崩／河缺」四個短句的運用，代表葉維廉氣憤鬱悶的心情，對人類傷害大自然痛心斥責。〈冰河興〉展現了葉維廉對於文明、自然與生態的關注。

此外，值得探討的是〈冰河興〉的思想根源。在這首詩中，損之又損、無為、無不為以及五音五色等詞彙，都是道家的觀念。老子《道德經・十二》：「五色令人目盲，五音令人耳聾，五味令人口爽，馳騁畋獵令人心發狂。」說的正是人類過度享樂，以致有喪失真心的危險；又，《道德經・四十八》：「為學日益，為道日損。損之又損，以至於無為。無為而無不為。」說的即是尋求至高無上的「道」的道理，應該逐日減少慾望、人為的作為，最好是能達到「無為而治」的境界，那麼萬物就能各得其所，彼此相安無事，「無為而無不為」。結合上文提出的，在〈冰河灣〉中，葉維廉指出須以「凝定」、「凝聽」這樣的「聽之以心，聽之以氣」的態度去體驗眼前新生的一切；以及〈去物造物〉中，對火山爆發，創造新世界的形容，呼應老子《道德經・四十二》所說的：「道生一，一生二，二生三，三生萬物」的道理來看，葉維廉山水詩的思想根源和道家思想確實有密不可分的關係。

（三）櫻花與「道」

葉維廉的山水詩是伴隨著旅行經驗而來，因此他到日本去賞櫻花時，也有兩首相關的作品收在《冰河的超越》。

首先談〈櫻花季節給孩子的詩〉，這是組詩，共有三首[67]。在第一首，葉維廉用「孩子問」、「我說」的形式來帶出話題，展開對櫻花盛開情景的描繪，也點出花景帶來好奇、驚喜以及美的感

---

[66] 同上，頁61-62。
[67] 葉維廉，〈櫻花季節給孩子的詩〉，《冰河的超越》，頁70-74。

受。第一段，他以「昨夜／是誰這樣輕心大意／一腳踩入白色的顏彩裡／一腳踩入粉紅色的顏彩裡」引起讀者的好奇，然後一一描繪櫻花樹上點點白色的星、粉紅色的星，映遍了所有的花園、所有的河岸，但這是誰做的呢？於是，這一段的末尾再補上一句「你們問。」這使得讀者也跟著進入懸疑的狀態。接著，第二段，他說「這必然是／春風的／貓足。／我說。」意謂是春風的腳印印到樹上，所以才有星星點點的粉紅色、白色的櫻花盛開。在這裡係用很童趣的語言說是春風像一隻貓，輕輕蓋下腳印，一夜之間就繁花滿樹。這個意象很美也很輕巧，襯托了不可言喻的櫻花的美。最令人注意的，他還是借用「風」這個意象，春風吹拂之後，花才盛開，「風」仍是那不折不扣的「自然之道」的體現。[68]

另一首是〈櫻花季節給城市人的詩〉，也是組詩，共有四首。[69]第一至三首分別記述在大阪、北國和金澤看櫻花的情景，但以第四首〈哲學之道與櫻花之思〉最富有詩思與哲思，因此這裡就集中來談這首詩。

〈哲學之道與櫻花之思〉一開始就是個問號：「在京都哲學之道上散步／沉吟思索些什麼呢？」這問句很有意思，在賞櫻季節，在京都最有名的賞櫻步道「哲學之道」的小徑上散步，我們應該思考什麼哲學問題呢？但，美景當前，誰又要去想哲學那種東西呢？所以葉維廉也說：「不要沉吟不要思考／讓我們靜靜的穿行／靜靜的欣賞／飛花片片的旋姿」，又說：「誰要在春天／春城無處不飛花的時刻／去想那些抽象的東西／吐絲自縛呢」[70]葉維廉希望城市人、所有的人都放下語言、思考和各種束縛，真正靜下心來欣賞櫻花：

　　看，這一片粉白
　　看，這一片粉紅
　　看，這一片

68　第二、三首則是描寫佑保川、長谷寺的櫻花美景，此不贅述。
69　葉維廉，〈櫻花季節給城市人的詩〉，《冰河的超越》，頁，頁75-86。
70　同註69，頁85。

啊該用什麼顏色描述呢
忘記語言
忘記詩
一片飛花一片情
讓我們輕輕按著花的呼息
一步步
感出花的生
　　花的開
　　花的落[71]

　　這真是「此中有真意，欲辯已忘言」（陶淵明〈飲酒詩〉），美景當前，葉維廉叫我們不要去沉思、不要去想哲學的問題，要得魚忘筌，忘記語言，甚至於連「詩」這個東西都要忘記。也就是說凡是一切人為的思維、感受，都要忘記，只要「聽之以心，聽之以氣」，用你的氣息去感受花的氣息，因為每一片櫻紅的飛舞，都代表著一種情感，也都代表著一次小小的宇宙的完成。櫻花嬌弱，花期又短，從生成、初綻、盛開到凋零，讓人欣賞，也讓人憐惜；尤其若是一瞬之間被風吹落，從枝頭到地面或水面，緩緩飄落也不過幾秒鐘，乍開乍謝，著實令人讚嘆復惆悵。

　　賞櫻樂事，人人流連忘返，也極力用相機、文字來捕捉櫻花之美。但葉維廉此詩卻要人放下所有有形、知性的東西，用直覺去欣賞櫻花之美。這就像《莊子・雜篇・外物》：「筌者所以在魚，得魚而忘筌；蹄者所以在兔，得兔而忘蹄；言者所以在意，得意而忘言。吾安得夫忘言之人而與之言哉！」面對美景，再多的形容都是累贅，更無須精雕細琢的詩句，只需專心欣賞、感受，以一顆純真的心去體驗自然的美、去體驗道家的「道」，這便是一種高貴的境界。

---

[71] 同註69，頁85-86。

五、結語

　　以上，針對葉維廉的童詩和山水詩作品加以探討，我們不僅看到葉維廉在語言、形式上的試驗，也看到他試圖把道家之道、直覺與美感等思想鎔鑄到他的很多作品裡。長久以來，葉維廉在詩學理論、創作持續不輟，即便是2000年出版《冰河的超越》之後，後續也出版了《幽悠細味普羅旺斯》[72]、《雨的味道》[73]等詩文集，2013年更精選其歷年佳作，出版《葉維廉五十年詩選》[74]。這些新出作品集與精選集，都有待後續更深入而全面的研究。[75]

——原載於《創世紀》詩雜誌135期（2015年12月），頁136-153。

---

[72] 葉維廉，《幽悠細味普羅旺斯》（台北：台大出版中心，2003年）。
[73] 葉維廉，《雨的味道》（台北：爾雅出版社，2006年）。
[74] 葉維廉，《葉維廉五十年詩選》（台北：台大出版中心，2013年）。
[75] 後記：本文根據2002年10月3日，本人在台大總圖書館舉辦「葉維廉教授手稿資料展」之專題演講內容，於2015年9月10日完成修訂稿。感謝當時擔任童詩朗誦錄音的剛兒與容兒，以及事後為我轉錄文字稿的助理玫汝和補查資料的建志同學。

論杜國清的譯介〈荒原〉、詩學與近期詩集

一、前言

　　詩人杜國清（1941－）出生於台中，台大外文系畢業，美國史丹佛大學文學博士，現任美國聖塔芭芭拉加州大學教授。他不只翻譯、研究詩學理論，本身也有詩的創作，他的詩集從第一本《蛙鳴集》到最近的《玉煙集：錦瑟無端五十絃》都顯現他的創作理念十分清晰，並且多有和其詩學理念相印之處。有關杜國清的研究，90年代有中國學者汪景壽等人的論著與賞析，這些著作之後也在台灣出版，包括汪景壽等人的《尋美的旅人——杜國清論》與《愛的秘圖——杜國清情詩論》[1]、王宗法的《昨夜星辰昨夜風——《玉煙集》綜論》[2]。台灣學界可見到的多是單篇的論文或書評，如李魁賢、洪淑苓、陳俊榮、林明理等的論著[3]；學位論文方面，則有朱天、蔡欣純、孫瑋騂三本碩士論文係以杜國清為主要研究對象[4]。有關其詩作，則以早期作品的評論或研究居多，近期在台灣出版的詩集《山河掠影》與《玉煙集：錦瑟無端五十絃》反而少人注意。因此，本文將重探其譯介〈荒原〉及其相關問題、近期常用「以詩

---

[1]　汪景壽、白舒榮、楊正犁，《尋美的旅人——杜國清論》（一）（二）（北京：北京大學出版社，1994年）；汪景壽、王宗法、計璧瑞，《愛的秘圖——杜國清情詩論》（哈爾濱：北方文藝出版社，1994年），兩書皆由台北桂冠出版社在1999年出版。

[2]　王宗法，《昨夜星辰昨夜風——《玉煙集》增訂版綜論》（合肥：安徽大學出版社，1998年），後增補為杜國清著、王宗法、計璧瑞解讀，《玉煙集》增訂版：錦瑟無端五十絃》（台北：台大出版中心，2009年）。

[3]　李魁賢，〈杜國清的「蜘蛛」〉，《笠詩刊》120期，1984年4月，頁125-128；洪淑苓，〈愛欲的救贖——杜國清《愛染五夢》評介〉，《文訊》168期，1999年10月，頁26-27；陳俊榮，〈杜國清的新即物主義論〉，《當代詩學》3期，2007年12月，頁48-67；林明理，〈杜國清詩歌的意象節奏〉，《笠詩刊》290期，2012年8月，頁84-89。

[4]　朱天，〈詩與美感的交輝：葉維廉、杜國清詩學理論研究〉（台北：台灣大學台文所碩士論文，2009年），後修改為專書出版，題名《真全與新幻——葉維廉和杜國清之美感詩學》（台北：秀威新銳文創，2013年）；蔡欣純，〈論杜國清現代詩創作、翻譯與詩論〉（台北：台灣師大台文系碩士論文，2009年）；孫瑋騂，〈杜國清及其《玉煙集》研究〉（高雄：高雄師大國文系碩士論文，2008年）；孫氏所研究的《玉煙集》為40首的版本。

論詩」呈現的詩學理念，以及析論《山河掠影》與《玉煙集：錦瑟無端五十絃》的藝術成就，以增進學界對杜國清的認識與研究成果。

二、重探杜國清譯介〈荒原〉及其相關問題

杜國清就讀台大外文系期間（1960-1963）[5]，已加入白先勇創立的《現代文學》雜誌社，擔任寫稿、譯稿和編輯的工作。而譯介〈荒原〉[6]的那段時間，他正在服兵役，也還是給雜誌寫稿。退伍之後（1964.8），他在中學教書一年，然後申請到日本留學，並在赴關西大學（1968）以前，將譯稿交給出版社。到1969年3月，田園出版社出版了他翻譯的《艾略特評論選集》，而1972年4月則由純文學出版社出版《詩的效用與批評的效用》。[7]這兩本文學理論的翻譯，已成為當時以及後來的學者從事文學批評的重要參考譯著。當然，這也為杜國清與艾略特的關係作了定位，凡是提到艾略特的文論，都會注意到杜國清。

回顧1950-60年代，台灣文學界對於艾略特（Thomas Stearns Eliot, 1888-1956）文學理論及其長詩〈荒原〉（*The Waste Land*）等作品深感興趣，也有杜國清等人加以翻譯和介紹。1966年5月，《現代文學》雜誌刊登杜國清翻譯的〈荒地〉，此後杜國清陸續翻譯多篇艾略特的文論，並出版《艾略特文學評論選集》與《詩的效用與批評的效用》。其後，杜國清亦翻譯、研究日本學者西脇順三郎的《詩學》、法國象徵主義詩人波特萊爾的巨著《惡之華》等。

進入90年代，艾略特〈荒原〉在華文界的傳播與接受，重新受

---

[5] 杜國清於1959年入台大哲學系，次（1960）年轉入外文系，1963年畢業。
[6] 杜國清最初發表時以〈荒地〉名之，後來也都沿用「荒原」的稱法，因此本文皆以〈荒原〉標示。
[7] 參見蔡欣純，〈論杜國清現代詩創作、翻譯與詩論〉，「第二章 杜國清的生平與創作歷程」及「附錄一 杜國清寫作年表」，（台北:台灣師大台文系碩士論文，2009年），頁14-23、146-168。

到重視，譬如孫玉石、張潔宇在研究中國現代主義新詩時，都特闢章節來討論艾略特〈荒原〉及其影響[8]，可見大陸學界對這個現象的關注。但他們顯然忽略了台灣學者的成就，因此像杜國清在1960年代業已譯介此詩，其貢獻也應該再次探討。

（一）華文界對〈荒原〉的譯介

　　艾略特於1922年發表的長詩〈荒原〉，以一次大戰以後的倫敦為世界的縮影，寫出了人類文明毀壞，心靈世界崩解的情形；在創作形式上，突破了以往浪漫主義的表現手法，強調知性的觀念，可說揭開了現代主義創作的旗幟，具有開創性與經典的位置，因此受到後人的注意，不僅震撼了西方世界，也很快地傳入華文世界。

　　最早的是1923年8月27日《文學週報》上茅盾發表的〈幾個消息〉，但對於艾略特僅有寥寥數語[9]。到1930年代，《現代》、《新月》等刊物都曾數次譯介艾略特的詩文評論和作品，徐志摩、何其芳、卞之琳、孫大雨、廢名等，都深受其影響[10]。而葉公超更是個關鍵性的人物，他早年留學英美，在英國時即與艾略特熟識。1932年，葉公超在〈施望尼評論四十週年〉一文（《新月》4卷3期）中第一次提到艾略特，隨後在〈美國〈詩刊〉之呼吁〉（《新月》4卷5期）又再次談起艾略特。1934年4月，葉公超在《清華學報》（9卷2期）發表〈愛略忒的詩〉，指出要了解艾略特的詩，也要了解艾略特對於詩的主張；葉公超並詳細分析了〈荒原〉的主題和創作技巧；當時卞之琳便說，葉公超是中國最早引進並完整闡釋〈荒原〉的人。在此前後，北平詩壇對艾略特的關注日漸強盛，有曹葆華、卞之琳等，零星譯介艾略特的詩論文論。1936年底，清

8　參見孫玉石，《中國現代主義思潮史論》（北京：北京大學出版社，1993年）、張潔宇，《荒原上的丁香》（北京：中國人民大學出版社，2003年）。
9　參見楊宗翰，〈艾略特，荒原與台灣文學場域〉，自由時報，2004年1月10日，副刊。此文為近年來重新關注艾略特〈荒原〉譯介問題之文章，除涉及台灣文學場域之外，有關早期學者對〈荒原〉的譯介，亦有述評。
10　孫玉石，《中國現代主義思潮史論》，第六章「現代派詩人群系的心態觀照・"荒原"的意識」，（北京：北京大學出版社，1993年），頁174-207。

華大學研究生趙蘿蕤動手翻譯〈荒原〉，葉公超也給予她很大的幫助，並為之作序。至1940年代，《詩創造》、《中國新詩》派下的「九葉」詩人，如鄭敏、陳敬容等，對於艾略特更是極為推崇[11]。

但這股「艾略特熱潮」隨著戰爭而消失殆盡，直到1960、70年代以後，台灣與大陸新詩界才有新的譯本出現。台灣的第一本譯本是1961年由葉維廉翻譯[12]，不久，1966年，杜國清也翻譯了〈荒原〉；而在大陸則是1970年代末期由穆旦翻譯。有關〈荒原〉的中譯本，杜國清〈從〈荒原〉的八種中譯本到文學翻譯人才的培養與合作〉曾說，艾略特的成名作〈荒原〉發表於1922年，而第一個中文譯本是在十五年後，由趙蘿蕤女士所完成，於1937年6月作為戴望舒主持的《新詩社叢書》第一種出版。第二個譯本是1961年在台灣推展現代詩運動時，由葉維廉翻譯，發表在《創世紀》詩刊。第三個譯本是由其本人所翻譯的，1966年發表在《現代文學》。第四個譯本是在70年代後半期，由「九葉詩人」之一穆旦（查良錚）所譯。其他的四個譯本於80年代，前後在台灣和大陸出版，譯者是李俊清、趙毅衡、裘小龍和劉象愚。[13]但因為1949年以後，台海兩岸分隔，所以趙蘿蕤的譯本並未在台灣流傳。杜國清說：

> 在台灣最早的〈荒原〉譯本，也是第二個中譯本，是在一九六一年正當台灣詩壇大力推展現代主義運動時，由詩人學者葉維廉所翻譯，發表在《創世紀》詩刊第十六期。第三個中譯本是我翻譯的，發表在一九六六年《現代文學》第二十八期。當時在台灣是看不到趙蘿蕤的譯本的。[14]

---

[11] 張潔宇，《荒原上的丁香》，第二章「荒原與古城」（北京：中國人民大學出版社，2003年），頁86-97。

[12] 本文以杜國清研究為主，有關葉維廉與艾略特的關係，當另文討論；亦可參見須文蔚，〈葉維廉與臺港現代主義詩論之跨區域傳播〉，《東華漢學》15期，2012年6月，頁249-273；有關葉維廉對艾略特及新批評的研究，見頁262-265。

[13] 杜國清，〈從〈荒原〉的八種中譯本到文學的翻譯人才的培養與合作〉，「外國文學中譯國際研討會」論文，文建會策畫，太平洋文化基金會、國立中央圖書館承辦，台北：國立中央圖書館，1984年7月8-10日。收入杜國清，《詩論·詩評·詩論詩》（台北：台大出版中心，2010年），頁282-296。

[14] 同上註，頁282。

也因此，葉維廉、杜國清兩人的譯本等於另起爐灶，呈現出戰後台灣現代詩壇的新成果。此外，除杜國清提到的八個中譯本外，1970年代有香港出版的李達三、談德義主編的《艾略特的荒原》[15]，台灣出版的杜若洲譯的《荒原：四重奏》[16]以及宋穎豪翻譯、刊載於藍星詩刊的譯文[17]。

（二）杜國清譯介〈荒原〉的理念

杜國清非常重視自己的翻譯理念和成果，在上述的論文中，他還以〈荒原〉開頭的句子（"April is the cruelest month"）來說明他的譯法有何根據與獨特性。大多數譯者將此譯為「四月是最殘酷的一個月」，但杜國清特別翻譯為「四月／最是／殘酷的／季節」，不僅將month譯為季節，也將此句翻成四小節，以突出其韻律。杜國清的說明與比較是：

> 〈荒原〉一開頭，詩人故作驚人之筆，說：四月最是殘酷的一個月（「April is the cruelest month」）。四月正是大地回春，草木復甦，欣欣向榮的時候，怎麼說是最殘酷的呢？對荒原外的人來說，這是有悖情理的；可是對荒原上的任何生命來說，正是如此。……這句原文，翻成「四月是最殘忍的一個月」（趙譯），或「四月是最殘酷的月份」（葉譯、衡譯），或「四月是最殘忍的月份」（裘譯、劉譯），都沒錯，「信」而且「達」，但是不夠「雅」，缺少詩的韻味。查譯翻成「四月最殘忍」，將「一個月」或「月份」略去了，不夠「信」的標準，但是有道理的——他一定也認為「一個月」或「月份」在中文的語感上太沒有詩意了。這正

---

[15] 李達三、談德義主編，《艾略特的荒原》（香港：新亞出版社，1976年）。
[16] 杜若洲譯，《荒原：四重奏》（台北：志文出版社，1985年）。
[17] 宋穎豪譯，〈荒原〉，《藍星》詩刊2期，1985年1月，台北：九歌出版社印行。

是杜譯認為四月代表春天，因此將它譯成「季節」的理由。此外，杜譯不將「is the cruelest」直翻成「是最殘酷的」，而翻成「最是殘酷的」，也是基於詩的感受性。有些讀者一定會聯想到徐志摩在《莎喲娜拉》那首詩中的名句：「最是那一低頭的溫柔」。徐志摩不愧是詩人，將「那一低頭是最溫柔的」這九個字的散文，鍛鍊成一字不差的優美詩句。尤其值得一提的是，杜譯「四月/最是/殘酷的/季節」在節奏上完全呼應英文原句「April/is the/cruelest/month」重輕相間的四個音步。[18]

文中的「杜譯」即是杜國清本人，由此可見他對翻譯所堅持的「信、達、雅」的理念，而且因為他也從事創作，故特別重視音節與韻律的問題。在內容的理解與詮釋上，杜國清亦展現了他深厚的西洋文學學識以及敏銳犀利的文學涵養：

> 從以上的解釋中，我們可以對〈荒原〉的主旨有了較明確的了解。在荒原的世界裡，春天是殘酷的，他們規避欲望，拒絕回憶，不願生命力的復甦，固然是逃避的心理，也是對現實的消極反抗；他們喜歡冬天半死不活的狀態，無為無欲，如果不能獲得救贖，是寧死勿活的。然而，這首詩的主題，並不在於讚揚或歌頌這種反常的生命觀。詩中涉指聖杯傳說的象徵意義……換句話說，生與死是〈荒原〉的兩大主題，其根本意義在於，漁王的傳說象徵由生到死的頹廢，而繁殖神的崇拜象徵由死到生，乃至由死達到生的救贖。〈荒原〉開篇這七行的主旨在於前者，極言荒原世界的頹廢心態。……這個題辭用來喻指荒原上的生命，奄奄一息，不死不活，其實是，這種生不如死，甚至可以說，生命荒廢到如此

---

[18] 杜國清，〈從〈荒原〉的八種中譯本到文學的翻譯人才的培養與合作〉，《詩論‧詩評‧詩論詩》，頁290。

地步無異於死，這題旨是相當明顯的。[19]

這雖只是針對開頭七行的詮釋，但已經通貫整個〈荒原〉的主題精神，讓我們充分感受到「四月」所代表的生與死的衝突性。而這樣的衝突不斷在〈荒原〉一詩中重複出現，更具體呈現了「文明毀壞、心靈崩解」的「荒原意識」。杜國清雖然僅以〈荒原〉的第一句譯文做比較，但已充分顯現他深諳信、雅、達的翻譯技巧與境界，以及身為詩人從事譯詩時的創造性。

（三）台灣文壇對艾略特的介紹與杜國清譯介的貢獻

　　台灣文壇對艾略特的介紹，除了〈荒原〉，也包括其他詩作與詩學理論。在1954年，紀弦主編的《現代詩》第8期即刊登了方思摘譯的艾略特詩論；詩作部分，《現代詩》也曾刊登一些節譯文章，如馬朗、葉冬、柏谷曾陸續選譯〈歇斯底里亞症〉、〈晨起憑窗〉、〈風景〉、〈灰燼禮拜三〉、〈荒原〉、〈普魯弗洛克戀歌〉、〈大教堂的謀殺〉與〈東方博士之旅〉。夏濟安主編的《文學雜誌》上則有余光中譯的艾略特論文〈論自由詩〉（1卷6期；1957.2）、李經〈倫敦市上訪艾略忒〉（4卷6期；1958.8）。[20]

　　這些現象顯示，1950-60年代，台灣文學界對艾略特又重新注意。除上述情形外，1961年1月，《創世紀》詩刊第16期刊載了葉維廉翻譯的全文；此後葉維廉有多篇相關的研究論文，今已收錄在他的《從現象到表現——葉維廉早期文集》[21]。篇目與著作年代如下：〈焚毀的諾燈之世界〉，1959年；〈艾略特方法論序說〉，1960年；〈艾略特的批評〉，1960年；〈靜止的中國花瓶——艾略特與中國詩的意象〉，1960年；〈荒原與神話的關係〉，1961年。

---

[19] 同上註，頁293-294。
[20] 參見楊宗翰，〈艾略特，荒原與台灣文學場域〉。
[21] 葉維廉，《從現象到表現——葉維廉早期文集》（臺北：東大圖書公司，1994年）。

可見，葉維廉與杜國清兩位教授都是艾略特專家，他們在1960年代都已經注意到艾略特的創作和理論，並且多次譯介相關作品。而白先勇等創辦的《現代文學》雜誌，也有多篇相關的譯介，試臚列於下：

期別	出版年月	原作者	譯者	篇名	類別
2	1960.5	Eliot, T. S.	伍希雅	〈焚毀的諾墩〉	翻譯
3	1960.7	Eliot, T. S.	鋼馬	〈四首序曲〉	翻譯
13	1962.4	Eliot, T. S.	余光中[22]	〈論葉慈〉	文學評論
22	1964.10	Eliot, T. S	杜國清	〈艾略特論文選輯〉	翻譯
24	1965.4	Eliot, T. S	泥雨	〈JA普魯洛克的戀歌〉	翻譯
24	1965.4	Eliot, T. S	李篤恭	〈宗教與文學〉	翻譯
27	1966.2	Eliot, T. S.	非馬	〈空心人〉	翻譯
27	1966.2	Eliot, T. S.	杜國清	〈普魯洛克與其他的觀察〉	翻譯
28	1966.5	Eliot, T. S.	杜國清	〈荒地〉	翻譯
28	1966.5	杜國清		〈關於荒地〉	文學評論
30	1966.12	Eliot, T. S.	杜國清	〈磐石底合唱〉	翻譯

從以上目錄看來，《現代文學》確實是譯介艾略特作品與詩論的一個重要園地，杜國清也因參與編撰工作，所以提供多篇譯稿與評論。而杜國清也是笠詩社發起人之一，所以在60年代，他也在笠詩刊發表多篇有關艾略特的譯作或評論，從最早的〈論聽覺的想像〉（《笠》2期，1964.6），到最後的〈小論詩的批評〉（28期，1968.12）刊登之後，《艾略特文學評論選集》也在翌年出版（1969.1）；期間總共刊登16篇艾略特的作品或評論翻譯[23]，可見60年代杜國清傾盡全力譯介艾略特的用心。

此外，1968年，顏元叔在《大學》雜誌發表〈歐立德與艾略特〉，其後又發表〈論歐立德的詩〉及〈歐立德的戲劇——音響

---

[22] 余光中也在1960年元月號的《文星》雜誌27期上發表〈創造二十世紀之新詩的大詩人艾略特〉。

[23] 參見蔡欣純，〈論杜國清現代詩創作、翻譯與詩論〉（台北:台灣師大台文系碩士論文，2009年），頁169。

與字質的研究〉[24]，他將艾略特改譯為歐立德，意欲凸顯艾略特的評論家身分；而顏元叔本人對艾略特的詮釋也展現了他新批評的功力。綜論1960年代末到70年代初期，對於艾略特有深入引介與評論的，當屬力倡新批評的顏元叔。[25]

1950-60年代這段期間對艾略特的詩歌理論、〈荒原〉及其他作品的譯介，無疑大大地推進了台灣現代詩進入現代主義的時期。陳芳明〈翻譯艾略特──余光中與顏元叔對新批評的接受〉一文中，對杜國清、余光中、顏元叔等人的翻譯與論述分別加以評點，同時也提出一個觀點：

> 台灣詩人對現代主義的整合，尤其是對艾略特技藝的吸收，並不是單方面的接受。艾略特的風貌，經過變貌的解釋，就不再屬於西方，而是屬於台灣現代主義的一環。[26]

是故，利用譯介，把艾略特「本地化」，從而建立起台灣的現代主義文學，陳芳明亦肯定杜國清的兩點貢獻，一是透過日文文學資源以及他自己的融會貫通，將艾略特〈荒原〉及其他重要文論，推進台灣現代文學的場域；二是，杜國清翻譯出版《艾略特文學評論選集》與《詩的效用與批評的效用》，也「開啟台灣文學對艾略特較為開闊的認識」，「確定台灣文學對艾略特的接受，在六〇年代已宣告成熟。」[27]

準此而言，無疑的，在當時無法一窺30年代學者的論著資料情

---

[24] 收入顏元叔，《文學批評散論》（台北：驚聲出版社，1970年）。

[25] 參見陳芳明，〈細讀顏元叔的詩評〉，《詩與現實》（台北：洪範書局，1977年），頁9-40。楊宗翰前揭文亦指出：「但台大外文系教授顏元叔才真正是六〇年代台灣文學場域中，影響力最大的艾略特詮釋者。這位英美『新批評』的引渡人，甚至還倡議要把文化界慣用的『艾略特』改譯為『歐立德』。」

[26] 陳芳明在國科會94年度研究計畫成果報告〈翻譯現代性的再思考：新批評在台灣現代主義文學中的引介與實踐〉中，已有相關論述，後發表為專文〈翻譯艾略特──余光中與顏元叔對新批評的接受〉，收入具《現代主義及其不滿》（台北‧聯經出版公司，2013年），頁145-174，引文見頁161。

[27] 參見陳芳明，〈翻譯艾略特──余光中與顏元叔對新批評的接受〉，同上註，頁152-154。

況下，杜國清個人對於艾略特〈荒原〉以及其他作品、詩論的譯介，確實提供給台灣讀者更清楚地認知艾略特之詩與詩論的成就。

（四）〈荒原〉對華文現代詩的影響

有關〈荒原〉對於現代派詩人的影響，孫玉石《中國現代主義詩潮史論》曾為「荒原」意識下定義：「所謂『荒原』意識，就是在T.S.艾略特〈荒原〉的影響下，一部份現代派詩人頭腦中產生的對於整體人類悲劇命運的現代性觀照，和對於充滿極荒謬與黑暗的現實社會的批判意識。」他認為1940年代現代派的詩人吸收艾略特〈荒原〉的內涵和創作技巧，而轉化為荒城、荒園、古鎮、古城和荒街等意象，並且以之為題，創作出許多作品。例如戴望舒〈深閉的園子〉、卞之琳〈古鎮的夢〉、何其芳〈古城〉等，都可看得出來受到艾略特〈荒原〉的影響。[28]

如是，依孫玉石之說，在1940年代的中國現代詩壇是將荒原意識轉換為古城、荒街，則在1960年代及其後的台灣現代詩壇是激發出什麼樣的作品呢？經筆者與杜國清討論，杜國清認為艾略特〈荒原〉對台灣現代詩的影響有兩個，一是影響了戰爭詩的出現，因為艾略特此詩是描寫一次大戰以後的倫敦，詩中對於戰爭帶來的災害與慘狀，有深刻的描寫；二是長詩，因〈荒原〉的篇幅長、結構謹嚴而繁複，對當時還在發展中的現代詩也很大的示範作用[29]。而筆者則初步認為，這應當與都市詩的出現有密切關係，因為倫敦是個都市，是都市的題材啟發了台灣現代詩人的創作。可以作為佐證的是，當《文學雜誌》與《現代文學》雜誌分別介紹艾略特之後，其刊物上往往都會出現仿作、與艾略特對話，或出現長篇詩作、以都市為題材的作品等，例如《文學雜誌》刊登余光中譯的艾略特論文

---

[28] 孫玉石，《中國現代主義思潮史論》，頁177－190。張潔宇亦持此說，見其《荒原上的丁香》，頁86－120。

[29] 筆者有機會多次聆聽杜國清教授演講，曾向杜國清教授請教與討論，此為其口頭表示之意見。

〈論自由詩〉（1卷6期；1957.2），不久即出現李經的〈倫敦市上訪艾略忒〉（4卷6期；1958.8），此詩乃以倫敦這個都市為背景；而楊宗翰亦發現「最特別的是，該刊4卷6期有一首夏濟安自己刻意仿效《荒原》的「試作」〈香港──一九五〇〉。」[30]此係以「香港」來仿效倫敦。而次年，《文學雜誌》則刊登了羅門〈都市〉（5卷5期，1959.1），都市詩的興起已經蓄勢待發。而余光中的長詩〈天狼星〉（《現代文學》第8期，1961.5），也有可能受到艾略特的啟發；這類現象都可以作為進一步研究的依據。

三、杜國清「以詩論詩」的詩學觀點

除翻譯的成果外[31]，杜國清對於所介紹的東西方詩學論著鑽研甚深，因此往往藉之抒發己見，融會貫通而終於自成一家之說。杜國清將歷來闡發這些詩學理念的篇章，整理、收錄在其《詩論・詩評・詩論詩》[32]。此書收錄詩論、詩評各十六篇，以及「以詩論詩」的詩作21首，呈現杜國清對詩歌創作的本質論、詩學理論、實際作品批評，以及對華文現代詩──特別是台灣現代詩發展歷史的縱深觀察，大體顯現其精準、獨到的眼光，達到掘發詩史的重要議題之作用。

---

[30] 同註29。
[31] 除艾略特外，杜國清另一個翻譯的成就是譯介法國象徵主義名作，波特萊爾（Charles Pierre Baudelaire, 1821-1867）的《惡之華》（Les Fleeurs du Mal）。杜國清在1970年代開始翻譯波特萊爾的詩集《惡之華》，曾出版譯本，共126首詩，而後持續翻譯波特萊爾的其他作品，包含《漂流詩篇》及其他增訂、補遺，共163首的全譯本，於2012年由台大出版中心出版全新的《惡之華》，可謂中文界最完整的譯本。參見劉千美，〈書評：波特萊爾著，杜國清譯，《惡之華》〉，《哲學與文化》41卷11期（總486期），2014年11月，頁145-148。
[32] 杜國清，《詩論・詩評・詩論詩》（台北：台大出版中心，2010年）。

（一）杜國清詩學的淵源與理念

就詩學的淵源來看，艾略特、波特萊爾、西脇順三郎的詩學理論都對杜國清有重大的影響；而李賀詩、中國古典文學理論也對他有不少啟發。[33]晚近，杜國清更以佛教華嚴宗思想和象徵主義思想結合，發展出他獨特的詩學理念。

1.艾略特的影響

杜國清翻譯艾略特的詩，也翻譯他的文學理論。艾略特在多篇著作中揭示了詩與傳統、自我的關係，情感的表達需透過「客觀對應物」等，這些觀念都深深影響杜國清。在〈艾略特的文學論〉，杜國清闡釋艾略特的「傳統」概念，認為「傳統」並不是一成不變，反而是不斷在發展；「傳統亦即是過去的產物而又活在現代的一種精神」，而具有「歷史意識」者才能掌握這樣的觀念，在「傳統」的根基上創新[34]。艾略特在〈傳統與個人才具〉有一段名言：「詩不是情緒的放鬆，而是情緒的逃避；詩不是個性的表現，而是個性的逃避。」這段話容易被人誤解為艾略特否認詩人本身的情感，其實不然。杜國清認為「艾略特所主張的是不論創作或欣賞，我們在作品中所能發現的必須是不具個性或超越個性的。……如果我們想將這種情感表現為藝術，我們必須借用能夠喚起同樣或是類似那種情緒的一群對象乃至一種情況；而這種喚起類似情緒的對象或情況，艾略特稱為『客觀的相應物』。」[35]

---

[33] 孫瑋騂曾根據杜國清〈艾略特與我〉一文指出：「杜國清於台大求學時，開始接觸了艾略特現代主義，而後赴日接收西脇順三郎超現實主義的薰陶，並意外撞進波特萊爾的象徵世界，隨後遠到美國尋求中國古典抒情的滋養，回歸最熟悉的語言領域，他的詩學與人生的軌跡彼此照映其中，呈現多面複雜的心跡。」孫瑋騂，〈杜國清及其《玉煙集》研究〉，同註4，頁67。

[34] 參見杜國清，〈艾略特的文學論〉，《詩論・詩評・詩論詩》，頁139-161。

[35] 同上註，頁157-158。

2.詩的四維與三昧

　　杜國清融合東西詩學觀念，建構他自己的「詩學三角形」學說。他在〈詩的三昧與四維〉提到，詩的外在構成有「四維」：情、理、事、物；詩的內在本質則在於「三昧」：驚訝、哀愁與譏諷。「四維」涵蓋詩的一切題材，詩是詩人心靈的產物，因此詩可以抒情、說理、敘事以及寫景詠物[36]；而「三昧」更是杜國清所服膺的詩的基本觀念，顯現詩的獨特性、批判性與抒情性。杜國清認為：

> 詩人突破日常性和習慣性的思考和感受，而使讀者感到「驚訝」的樂趣；詩人對無可奈何的現實給予譏諷和嘲弄，而令讀者感到報復的滿足；進而詩人面對無常的人生表現出人間的生哀死愁，莫不喚起讀者對生命的共鳴而感到靈魂的安慰。[37]

「驚訝」一說，係源自波特萊爾的「超越自然」觀念，這是波特萊爾對文學界定的第一個特質；而此說也和李賀「筆補造化天無功」的看法相通。於此，杜國清認為這兩位中西詩人所說的，都是強調詩人具有創造的本質，而詩不是自然的模仿，也不是現實的反映而已，而是有所增補和創發，「詩人的創造之所以超自然，是因詩人創造出自然所沒有的某種新關係、新現實、新的存在。」[38]這種新關係，讓讀者感到新奇與新的樂趣，因此杜國清將之定義為「驚訝」。「譏諷」亦是源自波特萊爾所說的文學的第二個特質「反諷」。波特萊爾本人對反諷的解釋是：「具有個性的見解，在作家眼前事物所形成的景觀，以及惡魔的精神的態度。」但杜國

---

[36] 杜國清，〈詩的三昧與四維〉，《詩論‧詩評‧詩論詩》，頁36-40。

[37] 杜國清，〈詩的「三昧」與「三昧」〉，《詩論‧詩評‧詩論詩》，頁39。原為在台大台文所演講時，對「三昧」詩觀的補充說明，2008年2月25日。

[38] 杜國清，〈詩與現實〉，《詩論‧詩評‧詩論詩》，頁44-45。

清將之補充、修正為「譏諷」：「反諷具有所謂『惡魔的精神的態度』，是指對現實的一種反逆的、反世俗的、反習常的、反一般道德規範的一種態度；這種態度，由於和現實、世俗及一般道德規範的要求正相反，而成為譏諷性的對照；這種譏諷，亦即對現實的批判。」[39]

　　至於「哀愁」，更是在驚訝、譏諷之外，不可或缺的重要因素。哀愁是日本文學的基本情調，杜國清的「哀愁」觀念，應有受到西脇順三郎詩學觀念的影響。杜國清在〈西脇順三郎的詩論──殉美的瀆神者〉撮舉西脇順三郎的詩論，其中一個重要觀念即是「美論」，而「西脇認為的優越的美中，一定含有哀愁。求美的心，亦即探求哀愁的心。哀愁是詩的本質。換言之，西脇的美，亦即哀愁」西脇也把哀愁和戀愛連結在一起，因此「詩的影子具有兩面，一面是哀愁，一面是戀心。要而言之，西脇的詩論是美論；美論是戀愛論；戀愛論是哀愁論；哀愁論是存在論。」[40]杜國清認同「哀愁是詩的本質」的說法，但他沒有限定在「戀愛論是哀愁論」，而把「哀愁」擴大為對人生處境的憂慮，以及對生命有限而興發的無窮盡的哀愁；是故，他在〈詩的三昧與四維〉說：「哀愁是一般抒情詩感動讀者的一大因素，人生中不如意事十常八九，而凡人必死，好景不常，人的生命永遠無法超越大限，永遠在無常的現實中哀嘆悲吟。哀愁是抒情的最強音，是抒情詩人在表現自我時，感性的弦上彈出的生命之歌。」[41]

　　此外，杜國清也曾爬梳中國傳統詩學的觀念，認為在藝術美的最高頂點下，古典的緣情、體物與言志構成三角形的三邊，共同締造詩歌藝術的金字塔，成為創作、品評詩歌的重要標準；此見於他的〈人間要好詩〉[42]。在他的觀念中，「詩言志」、「詩緣情」與

---

[39] 同上註，頁45-46。
[40] 以上兩段引文，見杜國清，〈西脇順三郎的詩論──殉美的瀆神者〉，《詩論‧詩評‧詩論詩》，頁136-137。原載杜國清，《西脇順三郎的詩與詩學》（高雄：春暉出版社，1980年）。
[41] 杜國清，〈詩的三昧與四維〉，《詩論‧詩評‧詩論詩》，頁38。
[42] 杜國清，〈人間要好詩〉，《詩論‧詩評‧詩論詩》，頁81-88。

「賦體物」是構成好詩的三個要件，也就是要具有批判性、抒情性與知性的精神。杜國清最後以三角形的三邊來解釋，並繪有一圖：

> 由中國傳統詩觀中，「詩言志」、「詩緣情」與「賦體物」這三個警句所代表的三個概念，在我看來，構成了一個三角形詩學體系，可以用來說明一首好詩在結構上的特性。「言志」——表現詩人心中的思想情感——是一切詩的創作基礎，構成者三角體系的底邊；「緣情」和「體物」是詩創作的兩大手法，表現出詩人的感性與知性，構成這個三角形體系的兩腰，而其交會的頂點標示知性和感性統合的高度，換句話說，這個三角形的高，是由兩腰的長短比例決定的，而以等腰三角形的高為最高，以正三角形為最典雅。一首好詩是一個金字塔，建立在詩人心志的感受性上，而在審美上以知性和感性的均衡發展，為藝術美的最高表現。圖示如下[43]：

詩的四維、三昧，是杜國清極力闡發的詩學架構，也獲得後來研究者的肯定。如孫瑋騂〈情智交織的美的世界——杜國清詩觀探析〉在結論時指出：

---

[43] 同上註，頁85。杜國清後來又用一個大圓包含此三角形，以表示和華嚴宗的「因陀羅網」相應。參考杜國清演講，主題：〈詩學理論與台灣現代詩的發展脈絡〉，2014年4月22日，台大台文所。

杜國清將對詩的基本看法歸結為外在構成和內在本質兩點，以外在「四維」和內在「三昧」的觀點來錘鍊語言，構築出不死的戀心，造就無限的詩情。[44]

而這個詩學三角形，也有研究者根據杜國清的知性、感性之說，加以擴充，如朱天《真全與新幻──葉維廉與杜國清之美感詩學》指出：

> 總體來說，知性與感性，皆為杜國清在獲得材料後所進行的內在加工中，用來二度錘鍊材料的重要力量……最後再以之表現出詩人的審美世界。……在杜氏看來，知性、感性的最佳狀態，該是均衡並重、互相圓滿：用知性的力量，使得由緣情而生的內在情感能夠節制的流露；以感性的影響，讓所體察之外在物象能夠沾染主體的獨特魅力。[45]

如是，感性與緣情配搭，知性與體物連結，感性、知性互相均衡，也就構成了穩定的張力，架構出三角形頂端的美感世界。

3.融合象徵主義美學與佛教華嚴宗思想的象徵詩理念

杜國清翻譯波特萊爾的《惡之華》，對於象徵主義的美感思想也十分贊同，因此他特別看重《惡之華》中的〈萬物照應〉詩，認為這首詩具體而微地表現出象徵主義詩觀。在〈萬物照應，東西交輝〉一文中他更仔細地詮釋這首詩的意義，指出「通感」是象徵主義最突出的審美方式，芳香，本來是一種感官經驗，透過「通感」，更能夠被轉化成「具有無限物的擴張力」，使得詩人的內部情緒與外界相應物密接混合，形成一個詩的宇宙。杜國清加以

---

[44] 孫瑋騂，〈情智交織的美的世界──杜國清詩觀探析〉，《當代詩學》，第4期，2008年12月，頁135-171；引文見頁169。
[45] 朱天，《真全與新幻──葉維廉與杜國清之美感詩學》，「第五章　詩之創作──美感的雕鑄」，頁228。

闡釋：

> 這個詩的宇宙，是主觀化的外界，也是客觀化的自我。自我
> 的內在經驗與外在世界的合一，也是中國傳統詩觀中，情與
> 景的合一；這是透過感官的類推所構成的想像世界。[46]

　　但是「通感」不僅是各種類同、譬喻與象徵技巧的展現，杜國
清進一步拿佛教華嚴宗的基本哲學觀念來對照，使得東西方的佛教
與詩學思想竟然可以互相參照。杜國清此文接下來詮釋了華嚴宗的
思想，認為華嚴哲學以「因陀羅網」為譬喻，說明「一即多，多即
一」以及「一多相即」的道理；因陀羅是天上最高的神，祂的宮殿
懸掛了無數寶珠做成的網，而其上的每一顆寶珠都光燦無比，互相
輝映；每一顆寶珠所投射的影像又重重相疊，遂形成無盡的映現，
「隱映互彰，重重無盡」之下，恰恰收納了世間一切的物象。而
「世界成立的根本原理，在於萬物相異而相即，這是一切存在的條
件。……一切存在相反相即，互為因果，這是華嚴哲學對萬物存在
的根本觀點。」[47]就波特萊爾的〈萬物照應〉詩來看，其中所使用
的「通感」手法，正是呼應了華嚴宗這種「一多相即」的概念。杜
國清說：

> 波特萊爾的「萬物照應」，與華嚴宗所闡釋的「一多相即」
> 的原理是相通的。從華嚴的世界觀看來，象徵之所以成立
> ……正是「一即多」的關係。在波特萊爾的詩中，人與「象
> 徵森林」之間的關係，代表一與多的關係。其間「熟識的凝
> 視」，正是「一多相即」的關係。反過來說，諸多森林的象
> 徵意義，凝聚在一個人身上，說明「多即一」的相對關係。[48]

---

46 杜國清，〈萬物照應，東西交輝〉，《詩論・詩評・詩論詩》，頁97。
47 同上註，頁98。
48 同上註。

換句話說，波特萊爾的象徵世界，建立在「萬物照應」，與
華嚴哲學的「重重無盡緣起」和「事事無礙法界」，互相輝
映，構成了東西交會的象徵世界。[49]

以上，可看到杜國清對波特萊爾象徵詩學的深入了解，並且試圖與
東方的詩學、佛學相對照。例如前文引述他的話，認為利用「通
感」，可以使「自我的內在經驗與外在世界的合一，也是中國傳統
詩觀中，情與景的合一」；這是從《文心雕龍》以降闡述的「情景
交融」之說。而象徵主義的「通感」又和華嚴宗的「一多相即」理
念相通，這個論點，更可說是杜國清再繼續探究的結果，而終於把
東西兩方的理念匯通，展現他豐厚的詩學涵養。

（二）獨具一格的「以詩論詩」

杜國清的詩學理念，除了以文論的方式表述外，也經常用「以
詩論詩」的方式呈現。在《詩論・詩評・詩論詩》的第三輯「以詩
論詩」部分，杜國清以自己的21篇詩作傳達他對詩歌創作的看法，
作品中對於中西詩歌旁徵博引，又以典雅緊密的文字勾勒詩學觀
念，在現代詩中，可說是相當獨特的表現。

「以詩論詩」宛如古代的「詩話」，係以抒情的筆調評點或
闡述詩學理念；例如杜甫〈戲為六絕句〉、元好問〈論詩絕句三十
首〉，都是以「詩」來評論前代詩人的成就，在詩律的架構下，
既達到評賞的作用，也展現了詩人本身的創作藝術。杜國清此輯
中，〈太湖石〉、〈不知迷路為花開〉、〈詩與美〉、〈寂寞的獵
者〉、〈詩人〉、〈煙花〉、〈萬法交徹〉、〈金獅子〉等，都是
優美動人、入木三分的佳篇，大大突破「以詩論詩」的困難度，既
符合詩題的表面含意，易讀、雋永，又有詩學的嚴謹思考，對於其
人所追求的愛與美，詩藝與創作心法的交會，都有生動的譬喻和敘

---

49 同上註，頁99-100。

述。若不是兼擅創作與理論，絕對無法掌握個中三昧。以下分三類評述這些作品。

1.以詩論詩學

首先看〈不知迷路為花開〉。這本是一首情詩，句出李商隱〈中元作〉：「曾醒驚眠聞雨過，不知迷路為花開。」[50]杜國清藉情詩來寫詩藝的歷練。詩中寫「我」為追尋「一切花中唯一的一朵花」、「一切花中唯有的一朵花」而恍惚迷離，尋訪「唯一／唯有的花」宛如尋訪在水一方的佳人一樣，流露對理想對象的渴慕，展開追尋之旅。全篇的氣氛神祕、朦朧，「我」在星月照耀下，穿越幽林小徑，不斷追尋，被周遭的聲響、色彩、香氣吸引，躊躇、佇立，又繼續前行，而後又被一團花香纏繞，遂踟躕不前：

> 途中　穿過星月下的森林
> 朦朧聽見　微妙的語言
> 在呢喃　散香
> 我心中　逐漸浮現出
> 一朵花　那是唯一的花
> 具有一切花的氣質
> 在通往幽園
> 百花殘落的小徑[51]

這段描繪，有波特萊爾講究象徵與「通感」的風格，杜國清在詩末的自注也引用波特萊爾的〈萬物照應〉：「『自然』是一座神殿，那兒活柱／不時地發出曖昧朦朧的語言；／人經過那兒穿越象徵的林間，／森林望著他，以熟識的凝視。」[52]而杜國清將此「象徵森

---

[50] 杜國清，〈不知迷路為花開〉，自注，《詩論・詩評・詩論詩》，頁397。
[51] 同上註，頁396。
[52] 杜國清，〈不知迷路為花開〉，自注，《詩論・詩評・詩論詩》，頁397。據其自注，又引《神曲》第一篇「但丁迷途在一個黑暗的森林……」

林」之旅，轉化為尋花之旅，而且借用李商隱的詩句來烘托為尋花而迷路的朦朧意境，更增添詩意與神秘。他所尋之花，據第二段所描述，有各種花的可能，但從抽象的層面看，是「是我愛我不愛我不能愛我不能不愛／我曾愛我將愛我永愛我曾將永愛的／一切花中唯一的一朵花／一切花中唯有的一朵花」，「我愛我不愛」等反覆辯證的話，代表創作過程中的種種取捨，也代表各種可能；「唯一」是客觀存在的，而「唯有」才是「我」所擁有。這一段可說是呈現了創作中各種考慮的面向，無論是主題、意象以及各種手法的選用，只有歷經創作者知性與感性的交互作用，才能真正尋訪到那朵花。試引其末段：

> 穿過月下的森林
> 在通往幽園的小徑
> 一團迷惘　在春風中
> 滾動……[53]

這樣的追尋並無終止的一刻，只能循著花香，不斷在花叢林間探尋；因為藝術的追求是永無止境的。末句的刪節號，正透露了這樣的訊息。這朵花、這份追尋，都可以當作是對愛情的追尋，但是更不容忽視的是，這樣的心路歷程和藝術創作的過程是如此相似，充分呼應了波特萊爾象徵主義的代表詩作〈萬物照應〉的表現手法和思想內涵。從這首詩也可說明，杜國清不僅鑽研象徵主義的創作理念，更運用實際的創作來實踐，發揮象徵主義注重意象通感，表現奧秘氣息的特質。

　　〈金獅子〉、〈萬法交徹〉二首是呈現杜國清對華嚴哲學的理解，同時也將它運用到詩學之中。〈金獅子〉一開始就破題：「一隻金獅子／在詩人唯心迴轉的靈宮／受胎　成形　誕生」[54]，金獅子就是詩人創作的詩；而「一隻獅子　同時是所有獅子／所有

---

[53] 同上註，頁397。
[54] 杜國清，〈金獅子〉，《詩論·詩評·詩論詩》，頁423。

獅子　相應於一隻獅子／猶如一滴海水　含天蓋地／具足百川之味」[55]因為華嚴哲學有「一即多，多即一」以及「一多相即」的道理，所以詩人用他的心去感受，用「六根交感　想像受胎／六塵相染　情意成形／六境照應　一首詩／吼然　誕生」[56]〈萬法交徹〉則以華嚴哲學的「因陀羅網」為譬喻，以因陀羅莊嚴華美的宮殿譬喻大自然，那裡懸掛的無數寶珠，形成羅網，也互相投射輝光；詩人的心也像一顆寶珠，因為他也能夠照射萬物、圓照萬象，觀照宇宙。茲引其首末二段以明：

> 自然是一座華嚴的宮殿
> 天穹的羅網　神明赫赫的星光
> 每一顆珠　互影交照一切珠影
> 傳映出其他珠影的珠影的珠影的珠影……[57]

又，末段：

> 詩人的心
> 塵世迴轉的一顆明珠
> 觀照宇宙　一念萬劫
> 一尺之鏡　見百里影
> 一夕之夢　縈繞千年[58]

2.以詩論美與愛

　　愛與美是杜國清詩作中常見的主題，他也在「詩論詩」的作品中表達此觀念。〈致阿佛洛狄忒〉即是以希臘愛與美的女神

---

[55] 同上註。
[56] 杜國清，〈金獅子〉，《詩論‧詩評‧詩論詩》，頁425。
[57] 杜國清，〈萬法交徹〉，《詩論‧詩評‧詩論詩》，頁426。
[58] 同上註，頁427。

Aphrodite為歌詠對象，傳達願意「將我的心　一生的歡愛悲哀／雕成一枚足色的戒指／在你那纖指上　燦耀著／我生命的神采」[59]〈詩與美〉則將「美」譬喻為理想的女人，說她是「知性與感性的優美結晶／世間最迷魂最耐讀的詩／永遠閃爍著　才智與熱情」[60]

　　至於愛的追求，在杜國清的理念中，不僅止於情感，也有欲望的糾纏。〈寂寞的獵者〉即是以獵者來代指詩人，獵者所追尋狩獵的，就是詩人眼中、筆下的愛與欲。詩分為兩節，第一節以狼為喻：

　　　　我的左眸裡有一隻狼
　　　　在多變的海原上　追尋
　　　　那海原　日夜以波光千影
　　　　流湧著　愛浪與慾潮[61]

第二節以鳥為喻：

　　　　我的右眸裡有一隻鳥
　　　　在無垠的天空中　飛尋
　　　　那天空　懸著一座七情的虹橋
　　　　橋下　流滾著多幻的雲濤[62]

可注意的是，無論是對愛欲或是情感的追求，終免不了受挫、幻滅，於是其間也產生了哀愁之感，所以這首詩的題目底下也有兩句引自《詩經・王風・黍離》的話：「知我者謂我心憂／不知我者謂我何求」這代表詩人的心恆常是寂寞的，因為他的追求永無止境。

---

[59]　杜國清，〈致阿佛洛狄忒〉，《詩論・詩評・詩論詩》，頁379。
[60]　杜國清，〈詩與美〉，《詩論・詩評・詩論詩》，頁381。
[61]　杜國清，〈寂寞的獵者〉，《詩論・詩評・詩論詩》，頁382。
[62]　同上註，頁383。

3.以詩論詩人與現實

　　杜國清談到「詩的三昧」時曾說：「在知性表現上，詩以批判為主。……譏諷是詩人基於良知、不平則鳴，向現實突擊，批判社會，宣示抗議，報復現實的一個手段。譏諷是批判詩的主要技法，是憤怒詩人反擊現實時閃出的知性的火花」[63]這個觀念充分展現在〈詩人〉這首詩。詩的開頭說「社會是製造歷史的機器」[64]，每一階層都有一組齒輪，每一個齒輪也代表一個生命。機器看似順利運轉，但背後是被一隻看不見的手所操縱。因此，詩人便要扮演一個重要的角色：

> 詩人是齒輪間的砂礫
> 時時發出不快的噪音[65]

齒輪間的砂礫，是要阻擋齒輪過於快速順暢地轉動，發出噪音，更意味著要發出不平之鳴。但我們也必須承認，齒輪間的砂礫，也可能被齒輪排斥出去或是輾碎，下場堪憂。在詩的第三段，杜國清也藉著一件現實的兇案說出感慨[66]，經此震撼，有的齒輪已經失落、腐敗、謀判或是沉默，屈服於那看不見的手，這使得他更要急切地呼籲，詩人必須做齒輪間的砂礫，擔負起諷諫、批判社會的職責，這才對得起詩人自我的良心。詩的最後說：

> 時代的證詞　發自
> 齒輪間的砂礫
> 詩人不昧的良心

---

[63] 杜國清，〈詩的三昧與四維〉，《詩論・詩評・詩論詩》，頁48。
[64] 杜國清，〈詩人〉，《詩論・詩評・詩論詩》，頁416。
[65] 同上註。
[66] 從「竟有一把匕首　於中午／刺死老嫗　又刺入／幼女的心臟」等句看，應指1980年2月28日發生的林宅血案，當時省議員林義雄因美麗島事件入獄，林母與其雙胞胎幼女在家中被人刺殺。詩句見〈詩人〉，《詩論・詩評・詩論詩》，頁417。

每當自我刑求

　　發出不快的噪音[67]

可見詩人必須勇敢面對社會的黑暗與不公不義之事，也要真誠面對
自己，以砂礫為榜樣，發出不平之音。

4.以詩論詩的語言與審美

　　〈煙花〉詩第一段就是獨立的一行「語言的慶典」[68]，係以施
放煙火的勝景，譬喻寫詩、讀詩時的愉悅感受。當創作／閱讀那
「最佳字句的排列」，而字裡行間盡是飽滿的情緒和思維，就像是
進入煙火爆破的一刻：

　　在那神聖的瞬間

　　靈機一閃　節奏走火

　　想像的夜空　爆發出

　　詩的異彩

而在這場璀璨繁華的煙火秀中，欣賞一次又一次光芒四射、五彩繽
紛、竄升綻放的火花，就像參與一次華麗的慶典。詩的最後也說：

　　美的世界　情智交織

　　讀一首詩　參與一次慶典

　　那經驗　的確是

　　起於喜悅　終於智慧[69]

　　深入來看，這首詩不只是借用煙火意象而已。詩中的許多句
子，都有典故，也可以說是歐美日詩人的經典名句的「集句」。譬

---

[67] 杜國清，〈詩人〉，《詩論·詩評·詩論詩》，頁418。

[68] 杜國清，〈煙花〉，《詩論·詩評·詩論詩》，頁420。

[69] 同上註，頁421。

如「語言的慶典」係來自法國象徵主義詩人梵樂希的句子「詩是知性的慶典」;「最佳字句的行列」是源自英國詩人柯律治:「詩是最佳字句的最佳秩序」[70]可見杜國清以詩論詩的功力所在。

　　除了運用詩學典故,杜國清也有自鑄的審美說。〈太湖石〉透過對太湖石的賞玩,產生「此生之後／我願是一塊太湖石／坐落在我最後完成的／詩境的園林裡」[71]的願景。這園林有樓台映水,垂柳拂堤的景致,也有精雕細琢的窗花、石壁書帖與假山造景;一景一物都代表「我」的情思與詩篇。而最終要揭示的是:

> 瘦　悠悠天地間　身骨嶙峋的過客
> 陋　佝僂的背影　負荷歲月　仍在現世尋美探幽
> 皺　感情的漣漪　終於流逝的沙丘
> 透　吹過了人生　了無夢痕的　風之流[72]

這瘦、陋、皺、透的美感,原是欣賞太湖石的標準,但杜國清將之轉化為對詩的風格審美,又隱含此身將以詩為依歸的宏願,可說具有詩藝純熟、渾成的意味。也就是說,這裡的「美」當然不局限於字面的華麗或是情感的靈通俊美,而是一種更為厚實的生命力量。

　　杜國清兼擅中西詩學,又能建構自己的「緣情、體物、言志」三角形詩學,更會通象徵主義與華嚴哲學,提出〈萬法交徹〉、〈金獅子〉這樣「以詩論詩」的作品。相較於文論的形式,「以詩論詩」看似感性隨意,但如何兼顧形式、內容,並凸顯詩學上的主題思想,則是更大的挑戰。這些「以詩論詩」,有的出於對詩學理念的思考,例如〈萬法交徹〉、〈金獅子〉,基本上即是為了解釋詩學而創作;有的則是旅遊經驗的折射,而把它導向對詩學的揣摩,如〈太湖石〉;也有出於對古典名句的創發,如〈不知迷路為花開〉,〈煙花〉更是西洋詩人名句的集句詩;至如〈詩人〉,顯

---

[70]　參見杜國清此詩的自註。同上註。此詩共十七行,運用典故達十個之多。
[71]　杜國清,〈太湖石〉,《詩論・詩評・詩論詩》,頁406。
[72]　同上註,頁407。

示的是由現實事件發想而提升至抽象普遍的層次，以此來透視、界定詩人的良知與本質。不同的表現方式，使我們認識了杜國清「以詩論詩」的精采成就。

四、杜國清近期詩作的思維與美感

杜國清著有詩集《蛙鳴集》、《島與湖》、《雪崩》、《望月》、《心雲集》、《殉美的憂魂》、《情劫集》、《勿忘草》、《愛染五夢》、《玉煙集》等；近期在台灣出版的《山河掠影》、《玉煙集：錦瑟無端五十絃》，可說是其詩藝成熟期的代表作。前者是到中國大陸旅遊而寫的作品，除了描繪山水景色，往往蘊藏深義；後者係以李商隱的「無題詩」為發想，借用義山詩句而別有懷抱，顯現杜國清詩歌獨特的美感。以下先討論《山河掠影》。

（一）《山河掠影》中的山水詩美學

《山河掠影》[73]以中國山水為題材，呈現杜國清到中國各地旅遊的見聞與感思。全書分為山水、景物、感懷與抒情四輯，總共106首詩，作品份量可觀，內容上更展現了杜國清理性與感性兼具的創作思維與獨特的山水詩美學。

山水詩是中國古典詩的一大類型，古代詩人在模山範水之外，往往也寄情於山水，或者寓道於山水，藉詩篇以表露自我的情致與襟抱。而現代詩人也有山水之作，但往往是零篇散帙，少有專輯出版者；像杜國清這樣前後花了二十多年的時間，走訪中國，寫下眾

---

[73] 杜國清，《山河掠影》（台北：台大出版中心，2009年）。據其〈序〉，從1985年8月參加「旅美台灣作家訪問團」起，到2002年10月出席在上海召開的「第十二屆世界華文文學國際學術會議」，斷斷續續到中國各地去旅遊，寫下的「山河掠影」，超過百首。而早期作品48首，曾在《笠》詩刊連載（154-159期，1988年12月－1990年10月），也曾收入詩集《情劫》（北京：中國文聯出版社，1991年8月）。此後的作品一直未發表，直到此次才重新整理出106首，出版《山河掠影》。

多詩篇，並彙集成冊的，可謂創舉，難能可貴。

《山河掠影》在寫作的題材與類型上，固然可以對應古典的山水詩美學，但更重要的是掌握歷史文化、當下時空和個人心境的錯綜情愫，而以恰當的語言表述。在序言中，杜國清自陳與中國山水乍遇時的驚愕、矛盾與迷惑的心情，而後他歸結這種心理為一種既熟悉又陌生，既親近又疏離的「驚識」。然而就像艾略特所說的，「二十五歲以後，如果還想繼續寫詩，詩人不能沒有歷史意識，亦即對文化傳統的認識。」大陸的山河，正像中國文學史上的古典作品，對使用中文創作的詩人來說，都是可以與之對話的寫作資源、文化傳統；而「根據艾略特對傳統與個人才華的看法，傳統不是一成不變的，而是隨時等待著後代詩人以其個人的才華加以挑戰，以創新作品的出現，使得對過去的詩人必須加以重新評價，對過去傳統的次序和定位，必須加以重新調整」他正是抱持著這種「面對傳統、試圖創新」的角度展開書寫[74]。

進一步看，這種「文化鄉愁」情結，正是中國境外的華人作家都可能產生的情懷，在許多的文學作品中，都可看到作家對這種文化鄉愁的傾慕、疏離或質疑的表現。而杜國清在《山河掠影》中表現的，也就是以詩為主體，從不同的側面切入對自然山水與歷史文化的摹寫，其中，有對山水的驚艷，對景物的流連，也有對歷史的諷諭，更超脫的，則是注入哲理的思考。整體來說，這些表現方式，幾乎匯集了古今山水詩的寫作模式，由此也可見杜國清在下筆時的整體考量，他對每一首詩都仔細思考切入角度、創作手法，以及如何展現內容深度。換言之，並不是找到「以景寄情」、「借景抒懷」這類的書寫模式就一再重覆，而是試圖有更大的開展。這使得我們一再體會到他作品中慎重的思慮，以及精采的表現。

譬如本集開頭的兩首詩〈桂林山水〉[75]和〈長白山瀑布〉[76]，寫的都是大家耳熟能詳的風景名勝，但杜國清並不想重覆前人「桂

---

[74] 杜國清，〈序〉，《山河掠影》，頁3-15。引述文字見頁11、15。
[75] 杜國清，〈桂林山水〉，《山河掠影》，頁33-36。
[76] 杜國清，〈長白山瀑布〉，《山河掠影》，頁37-40。

林山水甲天下」的頌讚，也無意誇張長白山的險峻，他反而掌握
「水」與「聲音」的關係，從水的流轉、水勢的大小，寫出水聲的
婉轉流暢、淺唱低吟、奔騰怒吼……詩中說：

　　桂林的水　無形　有聲
　　從山嵐瀰漫中　蜿蜒成歌
　　那歌聲　以山峰為音符
　　沿江曲流　隨波迴環
　　那變化無窮的音階
　　或高或低　呼風喚雨
　　（中略）
　　那崖岸的飛瀑　奔自天外
　　──攫住所有驚訝的目光傾洩下來[77]

而長白山瀑布發出的聲音，是澎湃的大自然語言：

　　啊啊　那聲音
　　原是來自地心　滾滾洞洞
　　傳向無邊的宇宙
　　那聲音　劈地穿山　滔滔而來
　　那聲音　來自萬水之源
　　含有一切水的波瀾
　　一切水的清澄[78]

這些形容和比喻，活潑鮮明，對於山水的想像具有獨到之處。而
〈遊武夷山九曲溪〉[79]寫的也是「水」，詩中所用的語言和節奏，
宛轉流暢、輕巧秀麗，在在和九曲溪的景色、情調呼應。又如〈黃

---

[77] 杜國清，〈桂林山水〉，《山河掠影》，頁34。
[78] 杜國清，〈長白山瀑布〉，《山河掠影》，頁39。
[79] 杜國清，〈遊武夷山九曲溪〉，《山河掠影》，頁126-132。

山〉[80]，以整齊的句法、段落呈現黃山的巍峨高聳，但句子中的空白、斷裂，則有如山中小徑交錯，或者山中松林與奇石羅列的景致，在意象與形象的展現上，都相當有視覺效果。類似這樣的手法，在本詩集中比比皆是，顯現杜國清深厚的創作功力。

在面對故國山水時，杜國清常常聯想歷史文化的記憶，也因而表露他對歷史文化的諷諭；景物詩、感懷詩二輯有不少這類的作品。〈長城〉[81]點出古中國與現代世界的矛盾，〈大雁塔〉[82]、〈金陵懷古〉[83]、〈南京夜景〉[84]也夾雜著思古幽情和現代觀光人潮的落差；這些詩大多寫於1980年代，反映了一個旅人對開放後的中國的觀感，這中間的落差來自於文化鄉愁遇上現實社會，因此古文明的城牆上會有當地百姓和觀光客摩肩擦踵而過，登高望遠失去思古幽情，古都夜景妝點的是現代霓虹燈……這顯示現代的山水詩已無法完全取法於古典山水詩，因為所見不同，感知的模式，心靈的層次也已大異其趣；而杜國清這些作品也正當其時，恰如其分地捕捉這些自然景觀與人文圖像。

譬如到西安旅遊，大雁塔是必去的景點。大雁塔在唐代稱為慈恩寺，唐代天寶七年（西元752年），詩人杜甫、岑參、高適、薛據、儲光曦等五人同遊慈恩寺，分別題詩，吟詠其高聳巍峨、氣象壯闊。因此杜國清的〈大雁塔〉一開始即指出這個典故，而且觸動他一定要登塔賦詩。但他無疑是詫異與失望：

> 塔內已無磴道　木板的梯級
> 盤旋而上　既非龍蛇窟　亦無枝撐幽
> 除了遊人　只是七層的空樓
> 只見羅列的遊覽車　洶湧的遊客
> 馳道兩旁　已無樓臺堆繡

80　杜國清，〈黃山〉，《山河掠影》，頁51-54。
81　杜國清，〈長城〉，《山河掠影》，頁143-144。
82　杜國清，〈大雁塔〉，《山河掠影》，頁189-192。
83　杜國清，〈金陵懷古〉，《山河掠影》，頁209-211。
84　杜國清，〈南京夜景〉，《山河掠影》，頁157-160。

更無玲瓏的宮觀

屋頂那些天線　突兀高標

又怎能壓神州　跨蒼穹?

遠處清濛濛　看不見連山若波濤

遑論破碎的秦山!

如今塔內　無經　無佛

每層窗口都擠滿人頭

無法眺望　也不能沉思

方知象教無力　冥搜難追

唯一可以了悟的淨理是:

如今在西安　若要登臨出世界

只有坐電梯　到二十層

觀光賓館的樓頂上[85]

從以上段落可知,寄情山水是古代文人的心靈依歸,但現代詩人卻面臨了現實與想像的衝突,杜國清寫下這層層的矛盾與無奈。此外,在《山河掠影》也可看到身為華文現代詩人在旅遊中國時,必然會和國族、政治認同問題互相碰撞。〈絲綢之路〉[86]描寫絲路上不同族群的旅客的形貌,包括一群日本人、一群華僑少婦與猶太丈夫、一群歐美遊客、一群香港大小姐、一群台灣人,這五個群體,各有所好,有的為尋找出土古物而來,有的有「東方熱」,遇到寺廟寶塔,辛勤拍照;他們此起彼落的鼓掌叫囂、喳呼聲,形成這趟絲路之路的熱鬧氣氛。而杜國清也用整齊的段落形式,搭配長短參差的句型,營造了活潑生動的沙漠行旅圖。可注意的是「一群台灣人」這一段:

85　杜國清,〈大雁塔〉,《山河掠影》,頁190-192。

86　杜國清,〈絲綢之路〉,《山河掠影》,頁238-241。

一群台灣人　美國籍　政治學教授
一路上大宴小酌之後　猶在辯論　到底
應該祖國統一　認識祖國　還是自強獨立[87]

　　這裡藉由美籍台裔、政治學教授的群體身分，烘托出面對「祖國山水」時的弔詭意識，各持己見，辯論不休。而詩的最後利用沙漠特有的海市蜃樓幻象，暗喻這一趟絲路之旅，無論為何而來，終究會煙消雲散，一路上的笑語、喝斥聲與高談闊論，也都會隨風沙遠颺。從這首詩可略窺杜國清善於運用虛實交錯的手法，帶出現實政治的問題，也利用意象美感，使自己與詩中的世界保持距離，避免作品落入寫實主義、意識形態的模式。從這本詩集來看，杜國清幾乎遊遍中國著名景點，但他也不迴避現實上、兩岸政治立場上可能的衝突。如〈中山陵〉一詩[88]，詩一開始簡要勾勒出中山陵的空間布置，但也藉由「紫銅棺內　國父的呼聲／早已遙不可聞」暗示革命雖已完成，但「國父」的尊稱卻被時代所阻隔、淡忘。最後他肯定孫中山先生是「偉大的民主革命先行者」：

每天　讓萬民　民主法治的後覺者
三民主義的信徒也好
共產黨的信徒也好
前來瞻仰　沿著墓道　拾級而上……[89]

由此可看出，杜國清係以民主法治為標竿，「民主法治的後覺者」可能是三民主義的信徒，也可能是共產黨的信徒，但若無法洞悉孫先生提倡的民主法治精神，就都是「後知後覺者」，有必要更清醒、積極推動民主法治。此詩寓意深遠，和常見的山水詩、旅遊詩旨趣大相逕庭，也可證明杜國清在這方面的開拓。

---

[87] 同上註，頁240-241。
[88] 杜國清，〈中山陵〉，《山河掠影》，頁265-267。
[89] 同上註，頁266-267。

若論及山水與個人心靈的交會，我們可以看到杜國清在〈黃河〉[90]的末段寫道，黃河比他想像的更黃，是接近紅銅的顏色，而他那瘦長的影子投映在黃河的浪濤上，「暫時隨波／漂而不流　傾耳諦聽／生命的濁音……」[91]這生命的濁音代表現實世界的各種雜音，但他加以傾聽、包容，卻是隨波而不逐流。而他對於人生的終極關懷則藉〈太湖石〉[92]一詩表白，亦即希望自己是詩境的園林中一塊瑰麗俊奇的太湖石，人們將從石頭的紋理發現他的精神風標，在詩的最後一段，杜國清選用瘦、陋、皺、透四字當代表，寫出他從內而外，精神與肉體，情感與思想的體悟，最後終是「透」字，「吹過了人生　了無夢痕的　風之流」。

　　總括來說，《山河掠影》是一本相當出色的山水詩集，也是少數以中國山水景物為主題的現代詩集，既具有充實豐富的內容，也有靈巧多變的取材角度與寫作手法。而杜國清藉此與文化傳統對話的效用是，在現實的反應上，他表現了感喟與茫然，在美感與詩學的建構上，他從秀麗的山水捕捉靈動飛躍的情思，形塑美的意象與審美歷程，而也在景物中投射自我對詩學的理念。

（二）《玉煙集：錦瑟無端五十絃》中的古典與創新

　　《玉煙集：錦瑟無端五十絃》（以下簡稱「《玉煙集》增訂版」）總共收錄五十二首詩作（包含兩首序詩）以及評論二篇[93]。「玉煙集」之名取自中國唐代詩人李商隱的詩句「藍田日暖玉生煙」，整本詩集的主題與情調，不僅在於呼應李商隱詩歌的美感風格，也運用現代的語言和結構方式使作品呈現創新的意義。

---

[90] 杜國清，〈黃河〉，《山河掠影》，頁183-185。
[91] 同上註，頁185。
[92] 杜國清，〈太湖石〉，《山河掠影》，頁163-164。有關〈太湖石〉的分析詳見上文。
[93] 杜國清原著、王宗法、計璧瑞解讀，《玉煙集：錦瑟無端五十絃》（台北：台大出版中心，2009年）。按，杜國清原有《玉煙集》40首，由王宗法賞析及評論，著成《昨夜星辰昨夜風——玉煙集綜論》（合肥：安徽大學出版社，1998年）；而後增補12首，由計璧瑞賞析及評論，匯集前書，於2009年在台灣出版增訂本，即《玉煙集：錦瑟無端五十絃》。此書上篇含序詩2首、正文50首，下篇為《玉煙集》評論二篇。

套用古典詩歌與文化意象，是新古典主義的創作手法，杜國清的這本《玉煙集》每一首詩的題目都借自李商隱的詩句，而後在作品中加以敷衍、發揮，一方面重現古典的情境，超越時空，和千年以前的古典詩人李商隱的情感思想交會，另方面則是融合古典與現代，塑造嶄新的感知模式，可謂塑造了華文現代詩的新美典。尤其經過卷次編輯，以序幕、夢幻之情、夢幻之欲、夢幻之別、尾聲串聯，更具體地展現審美、情感的歷程。

　　譬如本詩集中的〈芙蓉塘外響輕雷〉、〈一春夢雨常飄瓦〉二詩，詩中的蓮花、雲雨，在中國古典詩中本就是與情愛有關的意象，在杜國清筆下更具有寫物兼寫人的雙重性，使得詩中蘊藏婉轉纏綿的情意，也充滿蓮花飄香、雲雨行走的靈動氣息，先看〈芙蓉塘外響輕雷〉：

　　　　池塘外　輕雷
　　　　怦然　扣緊著心扉

　　　　池畔　蓮花撩亂
　　　　那雷聲落處
　　　　蕩漾的波圈
　　　　向四周　不斷擴延

　　　　荒野外　浪雲
　　　　捲起地平線
　　　　颯颯然　欲淹而來

　　　　終日　蓮花搖盪
　　　　等待著　東風
　　　　渴望　細雨[94]

---

[94] 杜國清，〈芙蓉塘外響輕雷〉，《玉煙集》增訂版，頁37。

池塘外的雷聲作響，扣緊的是「伊人」的心扉，也是蓮花的「心扉」；而以下則用蓮花的心神搖盪，暗指「伊人」墜入殷殷想望的心境，「盪漾的波圈」尤其傳達了細膩的感受。而末兩段蓮花對雲、東風、細雨的期盼，正代表「伊人」對情愛的渴慕與期盼。和李商隱原詩對照，李詩是「颯颯東風細雨來，芙蓉塘外響輕雷」（〈無題──颯颯東風細雨來〉）[95]，杜國清改變了詩句的順序，先寫輕雷後寫東風細雨，王宗法認為這更符合自然界的現象，而經過次序的改動，也使得此詩「止於戀情期待，並未涉及幻滅」，因此王宗法稱讚這是「緣情而作的藝術上一個頗富深意的安排，雖別具用心，卻渾然天成、不露痕跡，其妙想巧思之功，確有值得稱道之處。」[96]又，〈一春夢雨常飄瓦〉：

雲　在山間
飄忽　舒勃　漫延

裙裾窈窕　裊娜　縹緲
曳著彩虹的珮帶
縈繞　空濛的山腰

惝恍中　朝氣
觸石　凝為露滴
沿著谷岸 片片暮雲
膚合　仰浮　化成行雨

一春　細雨　飄灑
我的心　荒山的古廟

---

95 同上註。杜國清在《玉煙集》增訂版均注出李商隱詩原作，故本文以下省略此類出處註解。

96 王宗法，〈芙蓉塘外響輕雷・詩文解讀〉，《玉煙集》增訂版，頁40。

那甍瓦　竟迸出玉芽[97]

第一至三段都是描寫雲的姿態，從第二段的裙裾、窈窕、裊娜、佩帶等詞，可知是把雲擬人化，以一個女子的曼妙身影來凸顯雲的舒捲、飄盪。第三段的朝氣、暮雲，從雲化為雨的形成過程來看，是符合自然的，但因為觸石、膚合的描寫，加上前述擬人化的角度，便形成了雲／女子、雨／情欲幻化的雙重想像。而朝雲暮雨，也和神女賦中對巫山神女、巫山雲雨的構思是相合的。然使此詩產生新意的是末段第二句出現「我的心」，這個「我的心」，可以是「荒山的古廟」的同位語，如同王宗法的解讀，古廟因春雨滋潤因而從屋瓦的縫隙中迸發新芽，既是合理、易見的現象，也是「對詩題旨趣合乎邏輯的一點開拓，也是對生活和感情合乎規律的一點開展，是意蘊的豐富，也是情趣的昇華，非創新的手筆不能為也。」[98]但筆者更認為，這裡也揭露了敘述者「我」的視角，使我們恍然有所悟，前三段對於雲、雨、女子、或說巫山神女的想像與描繪，都是有個「我」在觀看。「我」可以是個詩人、創作者，「我的心」為什麼像「荒山的古廟」？因為詩人自覺心靈枯竭，而經由對古典詩詞、文化傳統的重新浸潤、詮釋，終於產生改造，喚起一點點嶄新的創作靈感，就像這一苗新綠的玉芽。

　　從上例，也像艾略特「傳統與個人才華」的觀點，杜國清《玉煙集》的重要理念就是在他對於李商隱詩的改造、創新，例如〈直道相思了無益〉、〈春心莫共花爭發〉二詩，具有更大的創發性。李商隱〈無題——重幃深下莫愁堂〉：「直道相思了無益，未妨惆悵是輕狂」，旨在述說明知相思成空，所求幻滅，但仍不妨癡情以終。杜國清的〈直道相思了無益〉深化這樣的主題，但卻有另一番表現。他以蝸牛為主角，開頭第一段即云「潛伏在花葉下／挫傷的觸角　萎然縮斂／驚覺於　愛與罪／罪與罰的　輪迴」[99]，以蝸牛

---

[97] 杜國清，〈一春夢雨常飄瓦〉，《玉煙集》增訂版，頁125-126。
[98] 王宗法，〈一春夢雨常飄瓦・詩文解讀〉，《玉煙集》增訂版，頁132。
[99] 杜國清，〈直道相思了無益〉，《玉煙集》增訂版，頁321。

卑微低下的處境，寫出情癡者為愛受罪，執著不悔的情感；而第二段「肌膚廝磨未盡的喜憂／仍在體內伏」[100]一語道破蝸牛對往日情懷與愛欲仍然眷戀不已，這無悔且狂熱的心情並且是不可抑扼的，是看其詩句：

> 肉身　縱情　無悔
> 背負薄義的殼
> 在人生的奧路　匍匐　苦行
> 每遭絞殺的欲念
> 滲泌出　銀泥的哀矜
>
> 且以銀泥　在野地
> 日夜緣情　盤篆
> 到處塗寫　無益的
> 狂詩[101]

蝸牛負殼，一步一濡，踽踽而行，步履維艱的樣子，本就引人垂憐。而杜國清用匍匐、苦行來形容，更顯得其艱苦。「每遭絞殺的欲念／滲泌出　銀泥的哀矜」說的正是情欲蠢動，又被扼煞，只能吐露為詩。可嘆的是，這一篇篇的相思苦情之作，隨蝸跡在野地蜿蜒，仍然是「無益的」狂詩。杜國清在此詩末自注「蝸牛緣壁，其涎亦如篆文」，毛滂〈玉樓春〉：「泥銀四壁盤蝸篆，明月一庭秋滿月」[102]，可知他從毛滂的詞得到發想，但運用之妙，卻是極大的突破。蝸牛爬行分泌的唾液，古人視為捲曲難解的篆文，但杜國清更把它詮釋為「無益的狂詩」，既呼應原詩——直道相思「了無益」，未妨惆悵是輕「狂」，也產生新意——「無益的狂詩」實兼具嘲諷與感嘆。

---

100 杜國清，〈直道相思了無益〉，《玉煙集》增訂版，頁321。
101 杜國清，〈直道相思了無益〉，《玉煙集》增訂版，頁321-322。
102 杜國清，〈直道相思了無益〉詩末自注，《玉煙集》增訂版，頁322。

〈春心莫共花爭發〉句出李商隱〈無題——颯颯東風細雨來〉：「春心莫共花爭發，一寸相思一寸灰。」在李詩中，「春心」本是伊人所有，詩人勸伊人莫在春天時萌發情愫，因為無望的愛情，終究落得「一寸相思一寸灰」這般幻滅的苦痛。而在杜國清筆下，他捨棄原來的視角，改以擬人法，拿一棵老樹當主角。當大地回春，萬紫千紅相互爭豔，「荒嶺上　一棵老樹／伸出枯瘦的枝椏／摟不住　流麗的風／思念當年的芳香／迸出的欲望／曝曬在烈日下」[103]它的記憶、思念化作片片落葉，隨風飄逝，只有「絕望」的雙翼還在老樹的領空飛翔。到詩的最後兩段，「絕望」化身的烏鴉，還棲息在老樹的枯枝上，春心不死的老樹，有這樣激烈的反應：

　　為趕走枯枝上　那隻
　　久棲的烏鴉　老樹
　　竟在欲情擊碎之後
　　引火　自焚

　　終於成灰的心
　　寸寸　任春風
　　撒遍　大地[104]

　　由是可了解，杜國清寫活了「枯木逢春」，也寫活了老樹渴望春天的內在欲望。老樹無視於詩人「春心莫共花爭發」的勸戒，反而與百花一齊綻放內心的情花，而最後拚死一搏，寸心寸灰，反而成為不死的春心種子，撒遍大地。完全扭轉了原作頹唐傷感的氛圍，創造詩的生機。杜國清主張詩有三昧：驚訝、哀愁、譏諷，這些詩源自李商隱詩的啟迪，哀愁之感是必然的因素，而〈直道相思了無益〉也有譏諷的意味；但我們更可看杜國清屢次使用「驚訝」

---

[103] 杜國清，〈春心莫共花爭發〉，《玉煙集》增訂版，頁328。
[104] 同上註，頁329。

的技巧，對於原作進行創新改寫，突破了古典詩的感知模式，具有新奇的藝術效果。

　　再看一例。〈他生未卜此生休〉，句出自李商隱〈馬嵬‧其二〉：「海外徒聞更九州，他生未卜此生休。」詩中藉由「有一天　她突然說出心願：『我要跟你到沙漠旅行』」觸動「我」靈魂深處一段似幻似真的「幻憶」場景[105]。「突然說出心願」、「幻憶」，在構思上都屬突發奇想，但杜國清把「幻憶」的場景和沙漠的想像疊合在一起，營造了彷彿是穿越前世與今生的錯覺，而詩中的兩人也在此「幻憶」情境中，達到身心相契，情與欲融合的境界：

　　　　在那廣袤無垠的沙漠
　　　　那相伴相偕的舞姿　永恆的
　　　　形象　一一化成仙人掌
　　　　聳立在人生的荒原上[106]

仙人掌外形奇特，從它的命名就可想像它歧出的枝枒如人的手臂或是向上翻的手掌，這本是常理可以推想的，但把它想像成如人跳舞的姿態，並且相偕相伴在人生的荒原上，的確是詩人特有的想像。而從幻憶、沙漠、人生的荒原等諸多場景中，可以理解詩中的「我」對於這段感情愈加堅定的信念。於是，到詩的末段，「我」承諾也預言真正到沙漠旅行時，「我」將會印證心眼遙見的秘密，亦即是那如幻似真的仙人掌的舞姿，並且和「她」分享這個幸福的時刻：

　　　　有一天　當我帶她到沙漠去旅行
　　　　我將告訴她　我心眼遙見的秘密：
　　　　那些仙人掌　千姿萬態的幸福

---

[105] 杜國清自注此場景乃「以日本能樂夢幻劇舞臺為背景」。見杜國清，〈他生未卜此生休〉，《玉煙集》增訂版，頁106。
[106] 同上註，頁106。

原是我們靈魂的舞姿

　　那因緣　不在他生

　　必是前世[107]

結尾的「那因緣／不在他生／必是前世」重新詮釋了「他生未卜此
生休」的含意，在原有的頹唐、譏諷之外，增添對情感的展望與寄
託。比起李商隱，杜國清對感情充滿希望與向上的力量。

　　《玉煙集》有的作品也展現杜國清取於法國象徵主義的手法，
注重感官的描寫，而且具有通感的表現，使詩的意境、主題更加豐
富。例如〈昨夜星辰昨夜風〉，細膩地鋪寫情與欲的交纏，生動地
捕捉了情侶幽會的歡愉之情，也試圖寫下這芬芳的回憶，可說大大
翻轉了李商隱原作中的悵惘心情，別具新意。詩中反覆出現的星
空、回憶的海、水晶宮、蓮、呢喃細語、芬芳的氣息等意象，以及
盪漾、摟擁、晃動、波動等動詞，一一觸動了詩人以及讀者的視
覺、聽覺、嗅覺和觸覺，例如第二段：

　　你我　呢喃的靈魂

　　徜徉在繁星點綴的水晶宮[108]

輕聲細語的呢喃，如繁星閃爍的水晶宮，是結合聽覺、視覺，增添
了想像之美。又如第五、六段：

　　昨夜　回憶的海喲

　　漂流著　芬芳的氣息

　　你我　沉湎的靈魂

　　縱身在芳香涌動的波浪中[109]

---

[107] 同上註。
[108] 杜國清，〈昨夜星辰昨夜風〉，《玉煙集》增訂版，頁306。
[109] 同上註，頁307。

在這裡，嗅覺——芳香的氣息的運用，頻添回憶之海的馨香氣味，更使人流連忘返，沉湎在這樣的回憶中。

王宗法賞析此詩，認為寫的是情侶幽會，且享受兩人的「秘愛的宇宙」，許多場景都是以含蓄的手法描寫欲望的奔騰與交纏，「實是秘愛宇宙中一次情欲奔放的生命之潮，一朵靈肉合一的愛情之花，艷而不俗，堪稱奇葩。」[110]而王宗法也肯定整首詩的創新之處：

> 考察原著[111]，此句只是作為傷別的一個形象比喻，屬於全詩的比興，點到為止後面並無具體情事的描繪。杜國清拿來作為詩題，憑藉奇特的想像，緊扣其象徵性旨趣，具體而微、意興盎然地創造出一個溫馨纏綿、激情洋溢的秘愛宇宙。……於靜靜的回味中獲得了陶然欲醉的人生情味與精神愉悅，使秘愛的宇宙歡情之美化做人生的習習春風。這種美與力的統一與轉化，正是情詩的一個崇高境界。[112]

誠然。從以上諸例都可以看到杜國清在追摹李商隱的美感風格之外，更處處別出心裁，表現自己獨到的創作藝術。

整體而言，本詩集中的各篇作品，語言優美，情思動人，表現深刻蘊藉的情境，稱它是一部唯愛唯美的情詩集並不為過。前行研究者也肯定《玉煙集》具有優美而哀愁的特質，如劉雲認為《玉煙集》在表現感傷美的過程中很少表現出灰色絕望的氣息，相反的，卻往往在悲哀中透露出對生活乃至愛情的執著追求，「而這種無望中的追求又反過來強化了作品的悲劇色彩，使讀者對詩作的體驗也變得更為深沈」[113]孫瑋騂也說，「在古詩新唱的創作路上，杜國清

---

[110] 王宗法，〈昨夜星辰昨夜風・詩文解讀〉，《玉煙集》增訂版，頁311。
[111] 此詩原出李商隱〈無題——昨夜星辰昨夜風〉：「昨夜星辰昨夜風，畫樓西畔桂堂東」。
[112] 王宗法，〈昨夜星辰昨夜風・詩文解讀〉，《玉煙集》增訂版，頁312-313。
[113] 劉雲，〈論李商隱詩歌對杜國清《玉煙集》的影響〉，笠詩刊242期（2003年8

詩所構成的是一連串『無常』和『寂寞』的純美哀歌。……杜國清努力將其捕捉到的現代意象和古典意象相互結合在一起,展現豐富的情感曲線,只為盛演一場人生的悲戀,是故《玉煙集》雖以李商隱詩句為題,不僅沒有牽強彆扭之感,而在題旨發揮和詩情發展上,都是一次再創造」[114]。

然而更使我們注意的是,在這些華美的辭藻與細緻的情思底下,杜國清其實更想藉此表現他對詩歌藝術的嚴密思考。尤其是〈不知迷路為花開〉[115],恰恰可以代表杜國清藉情詩論詩的代表作,從這首詩也可說明,杜國清不僅鑽研象徵主義的創作理念,更運用實際的創作來實踐,發揮象徵主義注重意象通感,表現奧秘氣息的特質。

綜上可知,《山河掠影》為少數整本以中國山水為主題的詩集,這本詩集在山水詩的成就上,突破古典山水詩的範式,具有新創的語言,且能夠呼應時代社會的面貌,成為現代山水詩的傑出作品。《玉煙集》則取法於晚唐李商隱詩風,但又超越典範,以現代的手法塑造新的感知模式,也在追求愛與美的主題之外,對詩學進行探討,可說是一部新的詩歌美典。

五、結語

本文目的有三,一是重探杜國清譯介艾略特〈荒原〉的相關問題,二是爬梳杜國清「以詩論詩」的詩學觀念,三是評介其近期兩本詩集。1966年5月,杜國清發表艾略特〈荒原〉的譯詩,隨後也陸續翻譯艾略特其他詩作與文論,由此來看,杜國清可說是中文學界的艾略特專家。他對艾略特〈荒原〉的譯介,掌握了詩歌特有的

月),頁69-80。
[114] 孫瑋騂,〈杜國清及其《玉煙集》研究〉,頁248。
[115] 杜國清,〈不知迷路為花開〉,《玉煙集》增訂版,頁93-94。有關此詩的探討,詳見前文。

節奏和韻律，充分展現詩人譯詩的精準與華彩。他的翻譯成就，不僅是60年代的成果，也具有深遠的影響。而他的「以詩論詩」，亦展現詩人獨特的視角，藉由「詩」的語言與體裁，以不同的手法，勾勒他對詩學的看法。和他的文論比較，「以詩論詩」別具詩的興味與美感。杜國清創作不輟，近期兩本詩集，《玉煙集：錦瑟無端五十絃》是他出入於古典與現代之間的精心傑作，《山河掠影》則是現代山水詩的新範式。

總結而言，杜國清從翻譯、介紹東西方的詩學與文學理論入手，而後融會貫通，對於詩學的建立以及促進華文現代詩的理論研究，都相當具有啟發性。這方面的貢獻，除早期譯著與論著外，近期在台出版的《詩論‧詩評‧詩論詩》，可說是其文論代表作的集成。另可期待的是，他在《山河掠影》序文中提到將對台灣山水景物多做描寫[116]，出版另一本嶄新的台灣／現代山水詩集。

——本文根據本人執行國科會第47屆國外短期研究成果報告增訂，計畫編號982918I002022。2016年3月30日修訂稿。
——部分文稿曾發表於期刊，包含〈重探杜國清譯介荒原及相關問題〉，《華文現代詩》9期，2016年5月，頁84-92；〈杜國清以詩論詩的類型與詩學理念〉，《笠詩刊》313期，2016年6月，頁84-92以及〈杜國清《玉煙集》、《山河掠影》評介〉，《文學台灣》100期，2016年10月（預定刊登）。

---

[116] 杜國清，〈序〉：「近來卻深以過去未能在台灣到處旅遊為一大憾事。……今後，只要有機會，我會樂山樂水地繼續探訪。以我有限的生命，探尋孕育我生命的地方：我知道，旅人的詩魂縈繞的故鄉千山萬水，具有無限詩情，頻頻在向我召喚。」，《山河掠影》，頁15。

席慕蓉詩中的
時間與抒情美學

一、前言

在現代詩壇，席慕蓉（1943—）彷彿一則傳奇。最初，她以《七里香》輕輕出擊，卻引起詩壇莫大的震撼與回響[1]，但她不辯解，只繼續寫下去，至今已有詩集、散文集、畫冊達50多部，近年更致力於對原鄉——蒙古文化的關懷與書寫。這在在顯示，讀者對她的喜好、評論家對她的批評與研究，都不曾改變她創作的意志與熱情，使人看到了她的自信與堅持。

席慕蓉的詩為什麼迷人？她的作品〈一棵開花的樹〉幾乎成為「國民歌曲」般，受到普世的歡迎。究其意境，如同詩的開端「如何讓你遇見我／在我最美麗的時刻　為這／我已在佛前　求了五百年／求祂讓我們結一段塵緣」五百年、輪迴的時間意象，正是此詩令人著迷的地方。而後續的詩集《時光九篇》逕自以「時光」命題，透露的正是她對於「時間」的慎重思考。

時間，可以是生命的框限，也可以是突破。凡抒情詩人莫不經常在詩中展現他對於時間的思索，席慕蓉詩中的「時間」與美感，正是她作品中的重要元素，以下將從幾方面來探討。

---

[1] 席慕蓉的第一本詩集《七里香》一出版，就受到廣大讀者的歡迎，變成暢銷書，這對詩壇來說，簡直是個異數，難以合理解釋。歷經80年代到2000年以後的各家言說，無論是批評還是肯定，席慕蓉以持續出版詩集來回應。有關各家言說，詳參陳政彥，《戰後台灣現代詩論戰史研究》）第四章第三節「席慕蓉現象論戰」，（台中：中興大學中文所博士論文，2007年6月，頁221-234。筆者亦曾撰寫〈我們去看煙火好嗎——席慕蓉《席慕蓉世紀詩選》評介〉，中央日報，2000年11月27日，副刊。

二、追憶、斷片的時間美學

（一）撫今追昔的恀動

　　月光、山徑是席慕蓉詩中經常出現的意象與情境，夏日、夏夜、16歲、20歲，亦是她經常使用的時間記號。在這些意象與記號之間流轉的正是「時間」，並且經常是以「追憶」的方式來撫今思昔，泛溢出對生命的輕嘆。例如第一本詩集《七里香》中的〈暮色〉：

> 在一個年輕的夜裡
> 聽過一首歌
> 清洌纏綿
> 如山風拂過百合
>
> 再渴望時卻聲息寂滅
> 不見蹤跡　亦無來處
> 空留那月光沁人肌膚
>
> 而在二十年後的一個黃昏裡
> 有什麼是與那夜相似
> 竟爾使那旋律翩然來臨
> 山鳴谷應　直逼我心
>
> 回顧所來徑啊
> 蒼蒼橫著翠微
> 這半生的坎坷啊

在暮色中淨化為甜蜜的熱淚[2]

　　〈暮色〉一詩，看似順著時間敘述，但內在的紋理卻應是從「二十年後的一個黃昏裡」、「有什麼是與那夜相似」才觸動了回憶，因此透過第一段提出「在一個年輕的夜裡／聽過一首歌」，揭開了深藏在腦海裡的一段秘密回憶和始終難忘的旋律。「回顧所來徑啊／蒼蒼橫著翠微」轉用李白的詩句[3]，加上白話感嘆的「啊」、語助詞「著」，使語氣變得悠緩，平添惆悵氣息。究竟是怎樣的歌曲，又是什麼相似的情境，似乎都不是重點，而是「我」在二十年後的當下，驟然回到年輕時的那夜，山鳴谷應、怦然心動。當回顧所走過的路，縱使已歷經半生的坎坷，敘述者因為這樣的觸動與「追憶」情境，彷彿所有的遺憾都已昇華，「淨化為甜蜜的熱淚。」
　　又如〈青春之二〉：

> 在四十五歲的夜裡
> 忽然想起她年輕的眼睛
> 想起她十六歲時的那個夏日
> 從山坡上朝他緩緩走來
> 林外陽光眩目
> 而她衣裙如此潔白
> 還記得那滿是浮雲的天空
> 還有那滿耳的蟬聲
> 在寂靜的寂靜的林中[4]

　　這裡，「四十五歲的夜裡」是當下，因著某種原因觸動心扉，

---

2 席慕蓉，〈暮色〉，《七里香》（台北：大地出版社，1980年7月初版），頁62-63。詩末註「——六八年」，殆指寫作時間（民國紀元）。
3 語出李白〈下終南山過斛斯山人宿置酒〉：「卻顧所來徑，蒼蒼橫翠微。」
4 席慕蓉，〈青春之二〉，《七里香》，頁78-79。詩末註「——六八‧六」。

而憶起「十六歲時的那個夏日」，那時是年輕的，年輕的眼睛看著他，朝著他慢慢走去。林外耀眼的陽光、天際浮雲、滿耳的蟬聲、潔白的衣裙……在追憶之中，這些場景紛紛浮現眼前、耳邊，再現往日情境與年少情懷。

類似這樣的追憶手法，亦可見於〈夏日午後〉[5]、〈銅版畫〉[6]等作品，都是對於多年以前某個情景的觸動與追撫，而夏日、山間、林間、水邊等場景，一再出現這些作品當中。「我」的情感也總是相知、疼惜、不捨，甚至有悔，就像〈銅版畫〉末段：「若我早知無法把你忘記／我將不再大意　我要盡力鏤刻／那個初識的古老夏日／深沉而緩慢　刻出一張／繁複精緻的銅版／每一劃刻痕我將珍惜／若我早知就此終生都無法忘記」。[7]

使讀者好奇的是，這裡面的「你」，是作者個人的私密情感、獨特的記憶，還是放諸四海皆準的少年情懷？抑或是一種對美的追尋與嘆惋？〈暮色〉、〈青春之二〉所傾訴的對象「你」，彷彿其中有人，甚至可以對號入座；而〈夏日午後〉、〈銅版畫〉中的「你」，則可能是「出水的蓮」或是山中的景物，甚至是一切美的意象，恨不得可以將之入畫、入心。但無論如何，這也都使讀者在感動之餘，進入自己的想像世界，甚至也召喚起自己內心的年少情懷——每個人總有那個難忘的16歲夏日，難忘的20歲時聽到的動人歌曲……席慕蓉的詩正帶給讀者這種朦朧、迷惘與嘆息的感受。

（二）回憶的「斷片」

值得注意的是，席慕蓉的追憶描寫，並不注重細節或是獨特的情境，她使用的是夏日、月光、山徑這類普遍的詞彙，抓住的也只是16歲、20歲、20年前的某個片刻，而這類記憶又反覆在其筆下出現，時時撩動其人與讀者的情思。這些時間、情景的「斷片」，恰

5　席慕蓉，〈夏日午後〉，《七里香》，頁82-83。詩末註「——六七‧九‧十五」。
6　席慕蓉，〈銅版畫〉，《七里香》，頁96-97。詩末註「——六七年」。
7　同上註，頁97。

恰是追憶手法的重要關鍵。如同宇文所安〈斷片〉一文指出：

> 在我們與過去相逢時，通常有某些斷片存在於其間，它們是
> 過去與現在之間的媒介，是布滿裂紋的透鏡，既揭示所要觀
> 察的東西，也掩蓋它們。這些斷片以多種形式出現：片斷的
> 文章、零星的記憶、某些殘存於世的人工製品的碎片。[8]

由是可知，「斷片」勾起作者對於往日時光的記憶，可說是開啟追
憶的「觸媒」，當然也是重要的關鍵事物，所以才會一再反覆出現
在其詩中。因此宇文所安也提示：

> 凡是回憶觸及的地方，我們都發現有一種隱秘的要求復現的
> 衝動。當我們回過頭來考察復現自身的時候，我們發現，只
> 有通過回憶，復現才有可能。……我們所復現的是某些不完
> 滿的，未盡完善的東西，是某些在我們的生活中言猶未盡的
> 東西所留下的瘢痕。這是某種不滿足於僅僅如此，或者僅僅
> 已經如此。而非要一次又一次地嘗試：並且從未獲得成功，
> 從未能有個結局的東西。[9]

「隱秘的」、「要求復現」的衝動，也就是作者之所以一再重覆書
寫某些吉光片羽的強烈動機；而復現即再現之意，意即作者試圖透
過寫作來再現他回憶中重要的片段，那些不完滿、不完善，遺憾、
無法割捨的往事，更進一步說是「言猶未盡」、永遠訴說不完的，

---

[8] 參見宇文所安著、鄭學勤譯，《追憶：中國古典文學中的往事再現》（台北：聯經
文化出版公司，2006年），頁93-113。宇文所安係以「追憶」來研究中國古典文學
的敘事結構，他認為「記憶的文學是追溯既往的文學，它目不轉睛地凝視往事，盡
力要拓展自身，填補圍繞在殘存碎片四周的空白。中國古典詩歌始終對往事這個更
廣闊的世界敞開懷抱：這個世界為詩歌提供養料，作為報答，已經物故的過去像幽靈
似的通過藝術回到眼前。」（頁3）而「斷片」更是他提出的獨特見解。這本書雖是
以中國古典文學為研究主體，但就創作理論而言，亦可通達於現代詩，故此處藉以
申論席慕蓉的創作藝術。

[9] 同上註，頁139。

生命中重要的印記、斑痕。

就席慕蓉的詩來看，夏日、月光、山徑等等，這些「斷片」彷彿已沉澱於記憶的底層，但又會隨著記憶被觸動而重新組構，再次浮現眼前。席慕蓉沒有細說不圓滿、遺憾、不捨的情感，那也許是年少的戀情，也許是一段知心的偶遇，也許是畫家與靜物的神祕感通；她之所以不細說，恰可留給讀者更多的想像空間，用自己的聯想、共鳴去填補。而什麼是她「言猶未盡」的生命印記呢？〈夏日午後〉的句子或許是個可供參考的答案：「是我　最最溫柔／最易疼痛的那一部分／是我　聖潔遙遠／最不可碰觸的年華」[10]。

席慕蓉對於這生命中溫柔、敏感、聖潔、青春的印記是「耿耿於懷」的，因此也就一再訴說，像宇文所安說的「言猶未盡」，不斷在各階段的創作中出現。例如第二本詩集《無怨的青春》收錄的〈十六歲的花季〉，詩中構設了一個戲劇化的場景，敘述者在陌生的城市宿醉後醒來，不禁開始追憶往日舊夢，詩的末段點出了這個因由：「愛原來就是一種酒／飲了就化作思念／而在陌生的城市裡／我夜夜舉杯／遙向著十六歲的那一年」[11]「十六歲的花季」是讓敘述者最為銘心刻骨的往事，也是年少時即已烙下的生命印記。

追憶的情緒，往往帶著追尋的動力與奢望。如〈山路〉的開端：「我好像答應過／要和你　一起／走上那條美麗的山路」，為何無端想起這樣的承諾呢？詩的第三段顯示激起這舊事的係因「而今夜　在燈下／梳我初白的髮／忽然記起了一些沒能／實現的諾言

一些／無法解釋的悲傷」白髮觸動了心弦，所以才會有貫串全篇的懊悔心情。而如何慰解這般遺憾的心情？詩最後熱切地問：「在那條山路上／少年的你　是不是／還在等我／還在急切地向來處張望」[12]雖然這可能是白問了，但至少可以紓解內心的糾結。

10　席慕蓉，〈夏日午後〉，《七里香》，頁82-83。
11　席慕蓉，〈十六歲的花季〉，《無怨的青春》（台北：大地出版社，1983年2月初版）；本文使用台北：圓神出版社，2000年9月四刷版，頁40-41。詩末註「——一九七八」。
12　以上引文見席慕蓉，〈山路〉《無怨的青春》，頁158-159。詩末註「——一九八一·十·五」。

有時，追憶也以夢的形式呈現。譬如〈婦人的夢〉，描述婦人在夢境中回到過去的那條小路，月色、樹色都相仿；而春回大地，綠樹抽芽，一切都好像有了新的開始，但婦人警覺地、矜持地了解，這是不可能的，一切都已太遲。詩的開頭寫出一切如昔的景象：

> 春回　而我已經回不去了
> 儘管仍是那夜的月　那年的路
> 和那同一樣顏色的行道樹[13]

詩的結尾透露婦人的無奈和心痛：

> 不如就在這裡與你握別
> （是和那年相同的一處嗎）
> 請從我矜持的笑容裡
> 領會我的無奈
> 年年春回時　我心中的
> 微微疼痛的悲哀[14]

這裡，「春日」取代了以往慣用的「夏日」，但追憶當年的心情是相同的，而在無法挽回過去的遺憾下，婦人仍舊和「你」握手道別。這個離別的地方，詩人特別用括弧寫下「是和那年相同的一處嗎」的問句，括弧暗示這是輕輕的一問或是悄悄的——自問，也不無可能。終歸，這是在夢境裡的追憶與追尋，只能自問自答，自我釋懷。

---

[13]　席慕蓉，〈婦人的夢〉，《無怨的青春》，頁166。詩末註「——一九八二·四·十八」。
[14]　同上註，頁167。

（三）永恆的「夏夜的傳說」

縱覽席慕蓉各階段的詩集，她其實一直在回應夏日、月夜等的回憶斷片，這使得「追憶」固然是再現往日情景，但也不斷修改主體對於記憶的感覺和反應，翻閱第三本詩集《時光九篇》的〈夏夜的傳說〉[15]、第四本詩集《邊緣光影》的〈秋來之夜〉[16]、〈月光曲〉[17]、〈去夏五則〉[18]等，第五本詩集《迷途詩冊》的〈四月梔子〉[19]等，都可以看到席慕蓉對上述題材的回應與修改，而呈現了詩人隨著年歲、閱歷增長，對時間的反覆思索，對生命的印記也有了不同的詮釋。

這個轉變，最有代表性的是《時光九篇》中的〈夏夜的傳說〉。此詩屬長篇敘事，以序曲、本事、迴聲三個部分組成，正文共245行[20]。這首長詩結構謹嚴、篇中處處可見互文式的呼應，可說完整陳述席慕蓉對於夏夜、16歲、時間與美的思考。在「序曲」中，以「如果有人一定要追問我結果如何」提綱，展開後面的梳理和回答。「本事」是作品的主體，從五十億年前宇宙的形成開始說起，藉著銀河星系、太陽的形成，來反思「你」與「我」的相遇，究竟是得自於什麼樣的助力，又是經過多少年歲的累積。當宇宙遵循著「據說／要用五十億年才能等到一場相遇　一種秩序」的原則運行，人類的生活也依此而進行日夜與季節的交替。直到宇宙的秩序穩定，「我們的故事」才剛剛開始，而這故事又和《但丁》神曲

---

[15] 席慕蓉，〈夏夜的傳說〉，《時光九篇》（台北：爾雅出版社，1987年1月初版），頁170-191。詩末註「──七五・九・十四」。

[16] 席慕蓉，〈秋來之葉〉，《邊緣光影》（台北：爾雅出版社，1999年4月初版），頁116-119。詩末註「一九八七年十一月八日」。

[17] 席慕蓉，〈月光曲〉，《邊緣光影》，頁108-109。詩末註「一九九一年五月二十二日」。

[18] 席慕蓉，〈去夏五則〉，《邊緣光影》，頁110-112。詩末註「一九八七年七月二十七日」。

[19] 席慕蓉，〈四月梔子〉，《迷途詩冊》（台北：圓神出版社，2002年7月初版），頁30-32。詩末附註「──二〇〇〇・十二・二十二」。

[20] 全篇句數之計算，係扣除空行和標題。

有若干相似性，因為「我」和「你」的相遇若只是一時的偶然，但
卻變成我生命中不可抹滅的印記，我將如但丁不斷歌詠貝德麗采一
樣吟詠、書寫我們的故事。茲引其中的詩句如下：

> 太陽系裡所有的行星都進入位置
> 我們的故事剛剛開始　戲正上演
> 而星空閃爍　時空無限
> （匍匐於泥濘之間
> 我含淚問你
> 一生中到底能有幾次的相遇
> 想但丁初見貝德麗采
> 並不知道她從此是他詩中
> 千年的話題　並不知道
> 從此只能遙遙相望
> 隔著幽暗的地獄也隔著天堂）[21]

在全篇中，括弧內的詩句是用來作為「我」內心的補白，語氣相當
溫柔委婉，但卻是敘述者心中最最溫柔、最不可碰觸的部分。這首
詩以宇宙生成為大背景，又以但丁故事來連結，使得「我們的故
事」具有更深沉、廣闊的時空視野。此外，再添加特洛伊城海倫的
故事，「夏天」這個斷片的意義，也昭然若揭：

> 整個夏天的夜晚　星空無限燦爛
> 特洛伊城惜別了海倫
> 深海的珍珠懸在她耳垂之上有淚滴
> 龐貝城裡十六歲的女子
> 在髮間細細插上鮮花
> 就在鏡前　就在一瞬間

---

[21] 席慕蓉，〈夏夜的傳說〉，《時光九篇》，頁178-179。原作字體為細明體，而括弧
內則用楷體。

灰飛煙滅千年堆砌而成的繁華[22]

海倫的故事、16歲的少女形象，都只是譬喻、聯想或是代稱，其背後的主體是「美」，詩人所心心念念的是追求「美」的感動與永恆。就像接下來的詩句說：

　　整個夏天的夜晚　星空無限燦爛
　　一樣的劇本不斷重複變換
　　與時光相對
　　美　彷彿永遠是一種浪費
　　而生命裡能夠真正得到的
　　好像也不過
　　就只是這一場可以盡心裝扮的機會[23]

或者用另外的譬喻：

　　為什麼天空中不斷有流星劃過
　　然後殞滅　為什麼
　　一朵曇花只能在夏夜靜靜綻放然後凋謝[24]

而面對時光的流逝，詩人是不甘心的，所以她繼續問：

　　匍匐於泥濘之間
　　我含淚問你　為什麼
　　為什麼時光祂永遠立於不敗之地
　　為什麼我們要不斷前來　然後退下
　　為什麼只有祂可以

22　同上註，頁182。
23　同上註，頁183。
24　同上註，頁187-188。

席慕蓉詩中的時間與抒情美學　　187

浪擲著一切的美　一切的愛
一切對我們曾經是那樣珍貴難求的
溫柔的記憶

匍匐於泥濘之間
我含淚問你
到了最後的最後　是不是
不會留下任何痕跡
不能傳達任何的
訊息　我們的世界逐漸冷卻
然後熄滅　而時空依然無限　星雲連綿[25]

這裡，前文以括弧帶出的「匍匐於泥濘之間」以轉為正文，可見席
慕蓉對此的精心安排。而頻頻叩問的，正是對時間之神的詢問、乞
求，但美終究還是敵不過時間的摧折。

　　到最後的「迴聲」部分，呼應第一部分「序曲」的設問，但代
表青春、熱情與美的「夏天的夜晚」還是蘊藏著希望：

如果有人一定要追問我結果如何
我恐怕就無法回答

我只知道
所有的線索　也許就此斷落
也許還會
在星座與星座之間延伸漂泊

在夏天的夜晚　也許
總會有生命重新前來

---

[25] 同上註，頁188-189。

和我們此刻一樣

靜靜聆聽

那從星空中傳來的

極輕極遙遠的　回音[26]

在這裡，我們看到更清楚的訴求，這記憶中、經常追憶、摹寫的「斷片」——「夏天的夜晚」已經是另外的況味了，不再是早期《七里香》、《無怨的青春》裡那種宛如年少情懷或是少女心事，而是嚴肅且有關生命的思索，從宇宙洪荒到宇宙秩序的生成，無數的世界輪轉，個體的「我」的生命歷程雖然會有由盛而衰的一日，但那清新、令人悸動的「夏天的夜晚」仍然會不斷湧現，世世代代有其知音與回響。

三、日常時間中的「詩」與「抵抗」

（一）時日推移下的歲月痕跡

文學家E.M.福斯特將日常生活分為時間生活和價值生活，前者是有順序的線性時間，後者則不用時或分來計算，而是用強度來度量；[27]參照此說，在日常生活的圖像中，亦可區分為日常時間與價值時間。日常時間是日復一日的食衣住行，價值時間則是人生的大事，例如出生、結婚、死亡，或是個人最重視的某段歲月，例如童年、青春期等。前文爬梳席慕蓉對回憶「斷片」的眷戀與書寫，那些「斷片」近似價值時間，但又不是那麼的吻合，缺少明顯的時間

---

[26] 同上註，頁190-191。

[27] 福斯特著、李文彬譯：「所以，當我們回顧過去時，過去並非平坦地向後延伸，而是堆成一些些醒目的山嶺。未來也是如此；瞻仰前程，不是高牆擋道，就是愁雲逼目，再不就是陽光燦爛，但絕不是一張按年代順序排列的圖表。」，《小說面面觀》（台北：志文出版社，1984年），頁23—24。

期限與事件。但放寬視野來檢視，席慕蓉對時間的感發，可說無時不在，在她筆下，日常生活中的片刻、剎那，往往也都能夠引發對時間的感喟。然而日常生活大多是瑣碎無聊、單調重複的公式化生活，怎樣可以成為書寫的題材，而且達到心靈上的超越呢？席慕蓉展現給我們的是，企圖用「詩」來抵抗日常的平庸與時光的流逝。

《時光九篇》收有〈中年的短詩　四則〉，這是席慕蓉詩中少見的，清楚地標示自己的年齡狀態。這四首詩寫了自己步入中年以後，感到迷失、記憶壅塞、茫然，但卻又有遺世而獨立的況味；「之四」裡「我說　我棄權了好嗎？」又說「請容我獨行」，最後一段更明確地說：「獨自相信我那從來沒有懷疑過的／極微極弱極靜默的／夢與理想」[28]以席慕蓉在詩中反覆述說的主題，這裡的「夢與理想」應該就是對詩與美的追求。也正是因為這樣微弱、靜默但卻十分堅毅的信念，所以儘管時間流逝，席慕蓉仍然對詩深信不疑。

〈中年的短詩　四則〉表現的是面對外在的喧囂時，內心的堅持。但若是內省地去看時間，也可看到譬如《邊緣光影》的〈詩的蹉跎〉有這樣的開頭：

消失了的是時間
累積起來的　也是
時間[29]

這一小段顯示對於時光荏苒，詩句不成的嗟嘆，有相當直率的憂懼。但唯一可以抵抗這種消逝感的，仍是對於寫作、寫詩的熱切渴望。同集〈歲月三篇〉有更為細膩的鋪陳。

〈歲月三篇〉以「時日推移」四字來貫穿三首詩，第一首〈面具〉的開頭：「我是照著我自己的願望生活的／照著自己的願望定

---

[28] 席慕蓉，〈中年的短詩 四則〉，《時光九篇》，頁84-87。詩末註「——七三‧十‧十七」。
[29] 席慕蓉，〈詩的蹉跎〉，《邊緣光影》，頁4。詩末註「一九九八年六月六日」。

做面具」寫出人到某一個年紀，出於保護自己也受制於外界，所以不僅戴著「面具」，連「面具」都是按照自己的意願訂做的；這樣的生活其實是痛苦，但誰來揭穿呢？或是自己何時會醒覺呢？末尾二句說了：「而時日推移　孤獨的定義就是——／角落裡那面猝不及防的鏡子」「鏡子」照出了內心的虛假和痛苦。[30]接下來第二首〈春分〉係借春分的到來，觸動自己對詩的感悟。昔日被深深觸動的痛楚與狂喜，靈感來時泉湧的詩句，如今安在？此時的春分和彼時的春分又有何異同？詩人並沒有給出答案，只是用霧氣彌漫來替代回答。但第一段的詩句所散發的對詩的執著，已經相當懾人：

> 時日推移　記憶剝落毀損
> 不禁會遲疑自問　從前是這樣的嗎
> 在春分剛至的田野間
> 在明亮的窗前　我真的有過
> 許多如針刺如匕首穿胸的痛楚？
> 許多如鼓面般緊緊繃起的狂喜？
> 許多一閃而過的詩句？[31]

而後第三首的題目就是叫〈詩〉；前段總結前面兩首的內容，仍然以「時日推移」穿插其間。但前兩首的遲疑、恍惚，到這裡已逐漸沉澱下來，呈現靜謐、舒緩的情緒，認清了自己，認清了歲月賜予的禮物，對生命有這樣的反思：

> 曾經熱烈擁抱過我的那個世界
> 如今匆匆起身向我含糊道別
> 時日推移　應該是漸行漸遠
> 為什麼卻給我留下了
> 這樣安靜而又沉緩的喜悅

30　席慕蓉，〈歲月三篇　面具〉，《邊緣光影》，頁14-15。詩末註「一九九六年」。
31　席慕蓉，〈春分〉，《邊緣光影》，頁15。

重擔卸下　再無悔恨與掙扎

彷彿才開始看見了那個完整的自己

我的心如栗子的果實在暗中

日漸豐腴飽滿　從來沒有

像此刻這般強烈地渴望　在石壁上

刻出任何與生命與歲月有關的痕跡[32]

在這裡，「我」擁有沉穩的步調、自信的姿態，歷經歲月洗禮而完整的自我，有如飽滿豐腴的核果，也正熱切鼓動，躍躍欲試，希望刻下「任何與生命與歲月有關的痕跡」。

（二）滿足於用光陰來寫詩

　　當然，這首詩並不能完全代表席慕蓉在時間與詩之間的徘徊已經停止，因為有些短詩仍然吐露對於時間的悵嘆，畢竟人力不敵永恆的時間。《邊緣光影》的〈控訴〉[33]、〈創作者〉[34]，都帶有這種味道。而之後的《迷途詩冊》的〈詩成〉也問：「我們的一生　究竟能完成些什麼？」，「如熾熱的火炭投身於寒夜之湖／這絕無勝算的爭奪與對峙啊／窗外　時光正橫掃一切萬物寂滅／窗內外的我　為什麼還又寫詩？」[35]當詩人行走於人生路上，當詩人努力以筆書寫，他深刻感受到的還是時間的威力、無情與無垠，因此才會一再叩問自己。但也因為這樣的擺盪，才促成之後更為悠然、沉著的態度；同集的〈光陰幾行〉便展現這樣的從容[36]。

---

[32] 席慕蓉，〈詩〉，《邊緣光影》，頁16-17。

[33] 席慕蓉，〈控訴〉《邊緣光影》，頁54。詩末附注「一九八八年十二月十日」。

[34] 席慕蓉，〈創作者〉，《邊緣光影》，頁52-53。詩末附注「一九八八年十一月十五日」。

[35] 席慕蓉，〈詩成〉，《迷途詩冊》，頁22-23。詩末附注「──二〇〇〇·二·二十三」。

[36] 席慕蓉，〈光陰幾行〉，《迷途詩冊》，頁72-75。詩末附注「──二〇〇一·六·二十三」。

〈光陰幾行〉共9節，短則一行，長則五行；各小節行數依序是2、2、2、2、1、5、5、5、2，可見是有安排的：前半部的2行，短語而警醒；而居中的第五節僅1行，卻有主軸的作用與意義：後半三節的5行，則是企圖用較多的句子來描述歷經的人生百態；最後又以2行的形式收尾，點出主題，回應前半的節奏。短語警醒之例，試看第一、二節：

> 1.
> 無從橫渡的時光之河啊
> 詩　是唯一的舟船
>
> 2.
> 那不可克服的昨日
> 成就我今夜長久的凝視[37]

第一節直接指陳「詩」是唯一可以擺渡兩岸的舟船，亦即透過「詩」才能連結起過去與現在。第二節之意在於昨日已逝，但我在今夜凝視往昔，代表心中已有蘊藉。而第五節是：

> 無法打撈的靈魂的重量全在記憶之上[38]

用「無法打撈」來形容一個人的靈魂破碎、如沉船般無可挽救，確實有震撼的效果。而後半三節的5行，即用較多的句子來描述這些「無法打撈的靈魂的重量」，昨日已遠，「沒有任何場景可以完全還原一如當年」（第6節），於是逐漸醒悟到凡事都需要「一段表演和展示的距離」，往昔的一切榮辱悲喜，當時是無法察覺的，只有經過時間的距離、記憶的沉澱，才能真正咀嚼其中滋味。如同第八節所述：

---

[37] 同上註，頁72。
[38] 同上註，頁73。

在半生之後　才發現
那些曾經執意經營的歲月都成空白
能夠再三回想的
似乎都是像此刻這般徜徉著的
無所事事的時光[39]

至此，席慕蓉告訴我們：在摒棄一切的繁文縟節之後，無所事事的
閒靜時光，才是文思泉湧，最好的寫詩的時光。就像最後一節：

我無所事事
並且滿足於只用光陰來寫詩[40]

這兩句話，席慕蓉說得多麼灑脫啊！有一擲千金的豪氣。以往的詩
中，「時間」一直是牽動詩人情愫的主要力量，而且面對時間的流
變，詩人有著莫可奈何的悵動；但在這首詩中，明白顯露的卻是悠
遊自在，並且對寫詩這件事感到滿足、喜悅與驕傲。
　　以上，可以看到席慕蓉對日常生活中時間流逝的感嘆，她選擇
「詩」來抵抗這種流失，但漸漸的，這樣的抵抗也變得和緩，甚至
和時間取得共生的方式，如同〈光陰幾行〉的最後結語「滿足於只
用光陰來寫詩」，至此，時間不是寫作者的敵人，而是他擁有的最
大資本，可以專心寫詩，抵抗日常生活的繁冗庸俗。

---

[39] 同上註，頁74-75。
[40] 同上註，頁75。

四、從時間中探索「死亡」與「生命」

（一）與時間直面交手

　　人生在世，攸攸忽忽，一晃而過。當一般人順時承受生、老、病、死的歷程，哲學家海德格對於時間與死亡問題的討論，很值得我們借鏡。海德格在《存在與時間》點出人的存在本身就是時間性的，人不斷向未來開展，因此死亡乃是人必須隨時面對的事實，坦然接受這種「朝向死亡的自由」，把生活創造成僅屬於唯一的、個人的、有意義的生活，人才超越人的有限性，真正獲得自由[41]。身為文字藝術家的詩人，也是不斷地回顧生命走過的足跡，經常凝視「時間」，進入對「生命」與「死亡」的思索。

　　回觀席慕蓉，席慕蓉對時間的敏感，不只是和詩歌創作連結在一起，希望「用光陰來寫詩」。愈到近期的作品，她愈是和「時間」直面交手，既談論生命的經驗，也不避諱死亡的話，譬如《時光九篇》的〈時光的復仇〉[42]、《邊緣光影》的〈留言〉都試圖處理「死亡」的問題。

　　〈時光的復仇〉以三首詩組成，前二首〈山芙蓉〉、〈海邊〉，都是對年少時光的嘆惋，海潮與月光可以重複盛裝登場，但為何我們的盛年無法重來，於是詩人輕唱：「這無法盡興的一生啊！」[43]無法逆轉的人生、無可複沓的青春，和自然界的日夜循環、四季更迭相比，的確是令人傷感。於是在第三首〈骸骨之歌〉，詩人便進入對死後世界的凝想：

---

[41] 海德格著、王慶節、陳嘉映譯，《存在與時間》第二篇第一章「此在之可能的整體存在與向死亡存在」（台北：桂冠圖書公司，1990年），頁336-357。同時亦參見威廉‧白瑞德著、彭鏡禧譯，《非理性的人》對海德格《存在與時間》的評介，（台北：志文出版社，1979年），頁215-229。

[42] 席慕蓉，〈時光的復仇〉《時光九篇》，頁90-94。詩末附注「——七四‧一‧七」。

[43] 同上註，頁93。

死
也許並不等於
生命的終極　也許
只是如尺蠖
從這一葉到另一葉的遷移
我所知道的是多麼的少啊

骸骨的世界裡有沒有風呢
有沒有一些
在清晨的微光裡
還模糊記得的夢[44]

這裡，沒有透露對死的恐懼，也沒有過度的樂觀，只是用「知道得很少」來帶出輕微的疑慮。而最終，「我」所在意的，還是那年少的夢境是否會留存在骸骨的世界裡，那怕僅僅只是一點點的、模糊的記憶。這首詩讓我們看到席慕蓉猶是「努力愛春華」的心態，所以對死後世界的想像，還是希望它保有這些東西。

〈留言〉則是長篇，共四節，第一節以「在驚詫與追懷中走過的我們／卻沒察覺出那微微的嘆息已成留言」揭開序幕，而關鍵句子「這就是最後最溫柔的片段了嗎？當想及／人類正在同時以怎樣的速度奔向死亡」在四節中分別出現於第2、1、1、2段[45]，具有穿插呼應的效果。[46]整首詩是對時間驟逝的驚覺與感嘆，「留言」顯示的正是錯過，卻又希望時間延宕的心態。但時間並不會因此停滯，也不會因任何原因而靜止或是倒退，所以「二月過後又是六月的芬芳／在紙上我慢慢追溯設法挽留時光」，詩人能做的就是

---

[44] 同上註，頁93-94。
[45] 第四節作「這就是最後最溫柔的辰光了嗎？當想及／人類正在同時以怎樣的速度奔向死亡」。
[46] 席慕蓉，〈留言〉，《邊緣光影》，頁40-45。詩末附注「一九八八年十二月二十四日」。

用紙、筆寫下昔日所見所聞、心中所思所感，書寫的意圖和行為，以及「詩篇」這個詞彙經常出現在此詩中，甚至可說這組意念是充塞在整首詩的。反覆出現的還有對美好事物或悲劇事物已然流逝的驚覺，而「我」只能相信細細寫就的詩篇，也就是「想要讓世界知道並且相信的語言」，「要深深相信啊　不然／還能有什麼意義」[47]。但這樣的信仰還是令人有所遲疑，因此第三節峰迴路轉，質問「為什麼即使已經結伴同行／而每個人依然不肯說出自己真正的姓名」等問題，但「我」仍決心橫渡那深不可測的海洋，因為躍過巨浪的狂喜、登上絕美的彼岸的屏息，都令「我」奮不顧身，勇往直前。詩的最後一節更展現了這樣的決心：

> 「啊！給我們語言到底是為了
> 禁錮還是釋放」
>
> 這就是最後最溫柔的辰光了嗎？當想及
> 人類正在同時以怎樣的速度奔向死亡
>
> 波濤不斷向我湧來
> 我是螻蟻決心要橫過這汪洋的海
> 最初雖是你誘使我酩酊誘使我瘋狂
> 讓尼采作證
> 最後是我微笑著含淚
> 　　　　沒頂於
> 　　　　　去探訪
> 　　　　　　你的路上[48]

顯然，當人類正趨向死亡，「我」卻懷抱著對語言、對詩的高度熱忱，往海洋深處去探險，甚至不惜「沒頂於去探訪你的路上」，此

---

[47] 同上註，頁42。
[48] 同上註，頁44。

處的「你」也仍然是「詩」，是「詩」、文字、語言的魅惑，才能誘使人酩酊、瘋狂。這首長詩讓我們理解席慕蓉以「詩」的熱情來擱置死亡的威脅。

《邊緣光影》的〈謝函〉、〈晚餐〉、〈生命之歌〉對生命的思考則展現了不一樣的風情。〈謝函〉是散文詩，共五段。詩中的「你」無疑是時間、生命之神或是藝術之神，因為在「我」耽美於月光與各種誘惑，甚至不顧危險，為慾望驅使而進入濕暗的叢林，而「你」總是一直在暗示，或者及時出手搭救，以冰霜、洪水摧毀叢林，阻斷即將發生的危險。直到「課程到此結束」，「你」也知道「我已經學會了一切規則並且終於相信生命只能在詩篇中盡興」[49]詩中用「時間的長廊」來形容人生過處所見的風景，而美的誘惑也就隨處可見，因此若不是有「你」的睿智與包容，「我」怎能躲開那些招惹來的試煉與危險。這段課程，是人生也是藝術的課程，經過時間的歷練，席慕蓉展現對自己創作心靈的省視，而確認自己將徜徉在「詩」的世界裡，這也就是在「詩」的國度安頓了自我。

（二）疼痛又優雅的生命之歌

但席慕蓉對生命與自我的安頓不盡然完全如此理性，〈生命之歌〉就流瀉了一種莫名的傷痛。詩的一開始就說：「如今　必須是在夜裡／當黑暗佔據了最大的位置」等種種情境下，就會突然湧現「一種無法抵擋的內裡的疼痛／如此尖銳又如此甘美／才會讓在黑夜裡急著趕路的我／慢慢地流下淚來」於是「我」不禁反思「生命裡到底還有什麼不肯消失的渴求／明知徒然卻依舊如此徘徊不捨地一再稽留」，接下來的結尾便是：

時光其實已成汪洋淹沒了所有的痕跡

---

[49] 席慕蓉，〈謝函〉，《邊緣光影》，頁120-122。詩末附注「一九八八年三月三十一日」。

今夕何夕　我是何人為何在此哭泣？[50]

最後一段，僅此兩句；先是給了答案，又提出了無解的問題──是時間的無情，淹沒、毀滅了一切的過往；而「我」又為何還有痛感，還在哭泣。

但更進一步說，「今夕何夕　我是何人為何在此哭泣？」不只是私密情感的痛楚，未嘗不是在扣問人的處境與存在問題。連同上一段的兩句「生命裡到底還有什麼不肯消失的渴求／明知徒然卻依舊如此徘徊不捨地一再稽留」揭露的正是普遍的人生問題，難以割捨、午夜夢迴的心痛感，甚至產生迷惘、迷失自我的感覺，因此才會扣問今夕何夕、我是何人。

另一首〈晚餐〉，表現的卻是從容優雅，等待、接受生命之神的造訪。詩的前半部細述今晚精心布置的餐桌，燈燭點亮了，有去年夏天從遠方帶回的碗盤，更有貯存了半生的佳釀；更重要的是，有「微笑微醺的他頻頻向我舉杯」，兩人在共同回味往事，「年少時的淺淡和青澀／在回味的杯底　都成了無限甘美的話題」。而那個已經在我心裡窺伺、徘徊和盤踞著的陌生人，正在打量這一幕幕恬靜的情景，於是詩的最後，席慕蓉說：

> 我當然知道窗外暮色正逐漸逼近
> 黑暗即將來臨　但是
> 已經在我心裡盤踞著的陌生人啊
> 可不可以請你稍遲　稍遲再來敲門
> 此刻這屋內是多麼明亮又溫暖
> 我正在和我的時間共進晚餐[51]

由此可推知，「陌生人」應該就是生命之神，甚至可以說是死神，

---

50 席慕蓉，〈生命之歌〉，《邊緣光影》，頁170-171。
[51] 席慕蓉，〈晚餐〉，《邊緣光影》，頁166-167。詩末附注「一九九四年五月二十一日」。

晚餐、黑夜，暗示的正是人生之旅的末端，此際的「我」也是歷經人事而成熟穩重，所以才能從容不迫地享受美酒佳餚，和「你」對飲暢談。無論這個「你」是某個人物，或是「我的時間」的代稱，都顯現席慕蓉好整以暇地度過這寧靜而豐美的夜晚，和生命之神有著溫和、沉穩的商榷和抗衡。

　　人生在世，要追求的是成功、完美或是適意地度過一生？席慕蓉在《迷途詩冊》的〈迷途〉詩中給我們很好的提示。[52]詩劈頭即問：「誰又比誰更強悍與堅持呢」以下鋪展開來的是屢屢因為尋奇而使人蹉跎、迷途的風景，極地的冰河綠、曠野的夜藍、霧中暗丁香紫以及薄暮時分旅途中的茶金秋褐與鏽紅──這別緻俊秀的景色，若只是一心要趕路是看不見的。所以在第四段又再問一次：「誰又比誰更強悍與堅持呢／是那些一心要趕路的人／還是　百般蹉跎的我們」答案昭然若揭。而接下來的兩段，席慕蓉再用一些情感經驗與情境來說明，成功、完美的人生，未必是最佳的結局，因為生命中的種種細節，才是使我們的生命更豐富的元素，請看詩的最後兩段：

　　　　是光影在軀殼內外的流轉和停滯
　　　　是許多徒然和惘然的舊事
　　　　是每一步的踟躕每一念的失誤
　　　　是在每一個岔口前的稽延和反覆
　　　　是在每一分秒裡累積的微小細節啊
　　　　讓生命有了如此巨大的差別

　　　　可是誰又比誰更強悍與堅持呢
　　　　是那些一心要達到完成的人
　　　　還是　終於迷失了路途的我們[53]

---

[52] 席慕蓉，〈迷途〉，《迷途詩冊》，頁56-58。詩末附注「二○○二・五・四」。
[53] 同上註，頁57-58。

針對詩最後的問句，答案不難猜到。為詩意的失誤、細節而迷失路途，才是一種具有美的意涵的人生，非為功利或任何世俗的價值而生。

五、結語

席慕蓉在第四本詩集《我摺疊著我的愛》的代序〈關於揮霍〉中引述齊邦媛教授的話：「對於我最有吸引力的是時間和文字。時間深邃難測，用有限的文字去描繪時間真貌，簡直是悲壯之舉。」但她接著寫：「可是，每當新的觸動來臨，我們還是會放下一切，不聽任何勸告，只想用自身全部的熱情再去寫成一首詩。所謂的『揮霍』，是否就是這樣？回答我，錦媛。」[54]可見她認同「時間」是個不可忽視的基本元素，但仍然要把握住生命悸動的時刻，去「揮霍」時間、去悸動、去書寫。

這也就像她在〈回函──給錦媛〉對錦媛解釋甚麼叫「揮霍」：「生命是一場不得不如此的揮霍／確實有些什麼在累積著悲傷的厚度」、「暮色裡已成灰燼的玫瑰／曠野中正待舒放的金盞花蕊」[55]而〈燈下 之二〉「生命中的場景正在互相召喚」、「時光與美／巨大到只能無奈地去 浪費」[56]這些「揮霍」、「浪費」，都是因生命的悸動而使然，「不得不」、「無奈地」，都是內在強大的驅動力不斷推動的結果。

又如在最近期的詩集《迷途詩冊》，席慕蓉以〈初老〉為題寫了序文。這篇序文讓我們看到詩人如何迎接人生的「初老」階段，仍然為四月的相思花而悸動，一次又一次感受「恍惚若有所失落又恍如有所追尋」的迷惘。但除了惆悵，詩人又有更深刻的感受：

---

[54] 席慕蓉，〈關於揮霍〉，《我摺疊這我的愛》（台北：圓神出版社，2005年3月初版），頁14。

[55] 席慕蓉，〈回函──給錦媛〉，《我摺疊著我的愛》，頁32。詩末附注「──二○○三・十一・三十」。

[56] 席慕蓉，〈燈下 之二〉，《我摺疊著我的愛》，頁44。

真正刺痛我的，卻是自身那些在變動的時光裡依舊沒有絲毫改變，並且和初春的山林中每一種生命都能歡然契合的所有的感覺。

是何等全然而又華美的甦醒！

……

惆悵由此而生，無關於漸入老境，華年不再，反倒是驚詫憐惜於這寄寓在魂魄深處從不氣餒從不改變也從不曾棄我而去的渴望與憧憬。[57]

這些敘述，使我們深刻地體會，時間、自然、詩與自我，四者恆常在席慕蓉的心中纏繞盤旋，由此而激發出美的感悟。

綜合本文所述，席慕蓉對時間的書寫，擅長以「追憶」手法捕捉、重現回憶的「斷片」，反覆歌詠的是夏日、夏夜、四月、月光、山徑等景象與情境，對這些生命印記，常有「言猶未盡」的述說欲望。而對於日常時間的感受，則轉化為對於詩的高度掌握，以詩的超越性來抵抗日常對生命的耗能。面對嚴肅的生死課題，席慕蓉試圖以詩的熱情來延宕死亡帶來的威脅，展現從容與優雅的姿態。雖然，面對時光流逝，她也曾徘徊躊躇，但她其實已經在詩裡找到生命的安頓之處。尤可注意的是，席慕蓉的超越不是棄世遁逃，而是仍然在這世間流連往返，就像〈迷途〉詩指出「迷途」經驗的珍貴，認為應該為每一個剎那間的詩意與美而感動，這樣的人生才是別具意義。

席慕蓉對於時間的敏銳感受、一再書寫，正好構成她作品中非常突出的抒情性與美感特質，值得我們細細品味。

——收入蕭蕭、羅文玲、陳靜容主編，《草原的迴響——席慕蓉詩學論集》（台北：萬卷樓圖書公司，2015年9月），頁79-108。
——2015年11月3日修訂稿。

---

[57] 席慕蓉，〈初老〉，《迷途詩冊》，頁8-10。

莫渝詩中的現代世界

一、前言

莫渝（本名林良雅，1948生，台灣苗栗縣人）為笠詩社的一員，創作之外，也從事詩歌的翻譯與評論，並擔任《笠》詩刊主編，文學成果豐碩，除歷年出版的著作外，2005年4月也由苗栗縣文化局出版《莫渝詩文集》五大冊[1]。

莫渝在1966年開始向《笠》詩刊投稿，並於1970年代開始為《笠》詩刊譯介法國詩人作品，獲得李魁賢、趙天儀等人的肯定[2]。而後在1990年，主掌《笠》詩刊編務；其間曾多次選編介紹笠詩社的詩人與作品，例如1996年為笠詩社30週年而編寫的《笠下的一群——笠詩人作品選讀》，總共介紹83位詩人、90首作品[3]，陳千武在序中十分讚賞莫渝的苦心與成果[4]。就笠詩社而言，莫渝由詩友而至同仁，擔任主編，努力推介笠詩人與作品，在笠詩社中壯輩一代，相信應有其一定的貢獻與位置。

就詩歌創作來看，莫渝自1979年出版第一本詩集《無語的春天》，到1998年已出版第六本詩集《水鏡》，20年內出版六本，平均三至四年出版一本，速度中等，但也不算慢；難得的是，至今仍

---

[1] 莫渝，《莫渝詩文集》共五冊，一、二冊為詩集，第三冊為漫漫隨筆錄，第四冊為前言後語集，第五冊為莫渝研究資料彙編；2005年4月，苗栗縣文化局出版。本文所引資料多出於此集，以下正文中若有引用時，將簡要注明出處。

[2] 趙天儀和李魁賢肯定莫渝加入笠詩社，在《笠》詩刊上譯介法國詩人作品，使得《笠》詩刊更具有國際性，因為早期《笠》詩刊介紹的，偏重在日、美、英等國。《莫渝詩文集V・莫渝研究資料匯編》，頁656。

[3] 莫渝，《笠下的一群》（台北：河童出版社，1999年），輯一「散論」，包含〈笠下的一群〉、〈笠詩人小傳〉等文章，介紹笠詩社的發展歷史與詩人傳記；輯二「笠詩人作品選讀」，介紹83位詩人、凡90首詩；而除正文外，附錄〈莫渝評介笠詩人文章篇目索引〉也評介了22位笠詩人、共45首作品，可見莫渝致力於推介笠詩人的用心。

[4] 陳千武：「莫渝的苦心，把《笠》詩誌（按：或應作「社」）從其出現，成長，同仁動態以及其創作風格，詩運動力量的擴張與成果等，詳細地撰述，並整頓《笠》詩誌為中心的各種詩文學活動，報導得一目了然。」、「莫渝的努力，不但為勤勉的詩創作者，詮釋其作品在詩藝術的價值，同時也做了詩欣賞導讀的功效，令人欽佩。」見莫渝，《笠下的一群・序》，頁3。

持續創作。有關莫渝詩作的研究與評論，例如許俊雅〈文學夜空中的一盞星光——談莫渝的詩學國度〉、解昆樺〈現代化的層層逼進——《後浪詩雙月刊》中莫渝詩作所反映的鄉土現實〉[5]，都相當肯定莫渝作品在反映都市化、工業化的主題上，所達到的成就；這可說是在譯注、評介現代詩之外，對莫渝本身創作才華的肯定。同時，這也可以代表，若有更多的笠詩人受到評論與研究，對於笠詩社的發展應也有積極的意義，使更多人認識笠詩社。

以本次會議主題「笠與70、80年代台灣詩壇關係」來看，70、80年代，莫渝持續在笠詩刊上譯介法國詩人作品，到1983年正式加入笠詩社，和笠詩社的關係相當密切；而這個階段也正是莫渝詩歌創作的起始和開展的時期，作為笠詩社的一員，莫渝這時期的作品有何特色，若與70、80年代台灣文壇風潮互相對照，又是怎樣的情形？這都是本文有興趣觀察的地方。

其次，如果我們概略地說70年代是鄉土文學運動的年代，80年代新興的是都市文學，則70、80年代的莫渝作品，除了有描寫鄉土的作品外，更明顯的是對於都市生活的的批判。根據「現代性」的理論研究，都市的興起，有便利的現代設備與生活機能，但也造成人與自我的疏離；都市所具有的現代文明與精神，在某個層面上，又與被視為傳統的鄉土形成對比；就台灣社會而言，都市現代文明來自於西方，鄉村傳統文化則源於本土，因此形成一個對比的系統：現代／西方／都市：傳統／本土／鄉村[6]，莫渝這個階段的作

---

[5] 許俊雅，〈文學夜空中的一盞星光——談莫渝的詩學國度〉，第一屆苗栗縣文學會議論文，2003年7月29、30日，收入《莫渝詩文集Ⅴ・莫渝研究資料匯編》，頁536－571；解昆樺，〈現代化的層層逼進——《後浪詩雙月刊》中莫渝詩作所反映的鄉土現實〉，原載《笠》詩刊246期，2005年4月15日，收入《莫渝詩文集Ⅴ・莫渝研究資料匯編》，頁445－459。

[6] 金耀基70年代出版的《從傳統到現代》一書中指出，追求現代化是台灣社會當時的時代精神，所謂現代化包括工業化、都市化、普遍參與、世俗化、高度的分殊性、高度的普遍成就取向等；然而這六個目的，也反映了當時社會追求「西化」的現象，而現代化也就等同於西化；凡無法符合這些標準的，都被歸屬於「傳統」，因此形成了傳統／現代的對比概念。金耀基，《從傳統到現代》（台北：時報文化公司，1977年）。但顧忠華認為在今天「全球化／在地化」的思維下，「繼受」了某種程度西方「現代性」的非西方社會，也有可能將自己的獨特性與異質文化的結合，產生新的「混種文化」，甚至可能轉回頭去影響到文化的輸出國。顧忠華，

品,似乎比較接近現代/西方/都市的這個面向。這個面向的外在形式(對物質環境的描述與批判)與內在意含(情感與思想的表露)恰恰構成一個有別於傳統農業生活的「現代世界」;莫渝如何建構他的「現代世界」,也將是本文的討論重點。

二、公寓與都市生活

從鄉村進入都市生活的指標,居住環境的改變是相當明顯的,尤其從老式的平房,進住四、五層樓高的公寓,空間經驗由平面進入垂直,人際關係也由傳統富有人情味的左鄰右舍轉為陌生疏離、「老死不相往來」的相處模式。關於這一點,莫渝有幾首詩描繪了都市居住環境與經驗,例如〈公寓〉:

新的工地
擋住歸途

我在左右逢源的
街道上
找尋熟悉的門牌[7]

這是莫渝放在1970年最後的一首詩,詩末注明「已發表,刊物待查」。從另一首作於1972年10月27日且於次年一月發表的〈沒有窗的房間〉看,莫渝70年代的作品的確已經展開了對都市生活的刻畫。〈公寓〉詩的第一段點出了此地將有新建的公寓,「擋住歸途」說自己被這新興的都市景象阻撓,努力尋找熟悉的門牌以便回到自己的家,也暗示著尋找自我內心的安頓,希望不會被都市的景

〈台灣的現代性:誰的現代性?哪種現代性?〉,《當代》221期,2006年1月1日,頁66−89。筆者以金耀基的觀念擬出「現代/西方/都市:傳統/本土/鄉村」的對照系統,希望比較能夠對應70年代的創作時空。
[7] 莫渝,〈公寓〉,《莫渝詩文集Ⅰ·莫渝詩集一》,頁98。

觀迷惑、圍困；「左右逢源的街道」形容都市的道路四通八達，也有宛如走迷宮的感覺，因此更能呼應這種在都市中的慌亂心理。

〈沒有窗的房間〉更能印證這種內心的感受：

> 公寓像有腳的野草
> 到處蔓衍
> 到處人進人出
>
> 除了隨身一盞小太陽
> 我看不見我自己[8]

這首詩題目叫「沒有窗的房間」，已經點出公寓房子的空間侷促，宛如暗無天日。全篇只有兩段，描寫都市新興時期公寓林立，人口聚集，而「我」卻在這種氛圍下感到自己的渺小，「隨身一盞小太陽」應指寫作時書桌上的檯燈，靠著這盞燈，詩人才能證明自己的存在。這首詩篇幅雖短，但也透露了莫渝用來對抗都市的，就是他自己的寫作。

除了公寓房子，莫渝對於都市生活的描寫面向頗多，例如作於1972年的〈搭公車的困擾〉，形容老舊的公車是「老爺車」，車內乘客擁擠，抓不到橫槓的「我」好像「一葉飄萍」，「任人潮推擠」；那還是有車掌小姐的年代，因此詩中有「我」與車掌小姐的對話，傳達過站無法下車的抱怨和無奈。詩中的「重慶北路」一詞，無疑落實了詩中所寫即是70年代的台北（《莫渝詩文集・詩集一》，頁119）。此外，他還寫了街樹、月亮、電視等，但筆調也都是灰色的，流露對都市生活的失望。例如作於1972年的〈城中樹〉：

8　莫渝，〈沒有窗的房間〉，《後浪詩刊》3期，1973年1月15日，《莫渝詩文集Ｉ・莫渝詩集一》，頁132。

我想
這些樹一定頂煩悶的
每天，承受過量的塵埃
以至飛揚不起來

我想
這些樹一定頂悲哀的
每天，來不及盥洗
跟這裡的居民同樣
一臉的灰

我想，或許
這些樹是快活的
它們有到處有家的快感
（今天在安全島上，明兒在路邊）

只有你是
最最不快活的
一株不長葉的
禿樹[9]

詩的前兩段為街樹感到悲哀，其實也為這裡的居民感到悲哀；第三段明顯是個反諷，諷刺那些盲目喜愛都市，可以到處遷移的人，和第四段的「你」形成對比，「你」這棵最最不快活、不長葉的禿樹，一定是另有心事，想念泥土，想念鄉村田野，想念自然新鮮的空氣……所以才會悶悶不樂，難以蓬勃生長。〈看電視聽流行歌〉則更深入寫出都市生活的無聊枯燥：

9　莫渝，〈城中樹〉，未發表，收進《臺灣兒童詩選集》（台灣兒童文學協會，1991
　　年11月20日出版），《莫渝詩文集Ⅰ‧莫渝詩集一》，頁142頁。

其實
談不上喜歡到怎樣的地步
就這麼回事
無聊
加上無聊

反正不上哪兒
不想做功課
不想玩橋牌
又怕一個人靜靜的被無聲絞死

扭開電視吧！
看看那些人們愁眉苦臉的擠出幾句打破寂靜的
聲音[10]

「又怕一個人靜靜的被無聲絞死」句相當警醒，一針見血地寫出都
市人不甘寂寞的心理，百無聊賴下只好打開電視來打破沉寂。都市
生活的寂寥感，來自於自我與外在環境的疏離，因此就連尋常的景
物，譬如月亮，在都市人眼中也可能變得遙遠而陌生。莫渝的〈都
市的月亮〉，即以高樓頂乍現的月亮為描寫對象，但這枚月亮並沒
有帶給人們溫柔的慰藉，反而因為難得一見，竟給人不真實的感
覺，好像「有人惡作劇的／圈上金亮的一個圓」，「陌生得像兒童
畫」，像一枚被剪貼在天空中的紙月亮（1976年作，《莫渝詩文集
・詩集一》，頁194）。

　　莫渝對都市生活的批判，最集中表現在一系列以「沒有」開頭
當做題目的作品[11]，例如前文列舉的〈沒有窗的房間〉即是一例，

---

[10] 莫渝，〈看電視聽流行歌〉，《笠》詩刊63期，1974年10月15日，《莫渝詩文集
　　Ⅰ・莫渝詩集一》，頁162。
[11] 莫渝的第一本詩集《無語的春天》卷三「在我們的土地上」，收入八首「沒有」為
　　題的詩，除此處引述之外，尚有〈沒有魚的河流〉、〈沒有鳥的天空〉、〈沒有
　　草的操場〉、〈沒有鄉愁的人們〉、〈沒有砲火的戰線〉，這些作品都反應了工業

〈沒有神的廟〉、〈沒有音樂的哀歌〉與〈沒有人要的星空〉，也都是很好的例子。

　　〈沒有神的廟〉批判神明從鄉村移位到都市，受人頂禮膜拜，但一切已經流於商業經營，甚至是淪為神棍斂財的工具，詩的最後有云：「午夜／人神悄悄分贓」，「人　拿走金錢／神／不！木頭／只要花枝招展的金裝」（1972年作，《莫渝詩文集Ⅰ・詩集一》，頁131）「木頭」一詞揭發神像的本質，木頭怎懂得「分贓」？說穿了都是人的惡行。而木頭神像可以擄獲都市人虔誠信仰的心，也反襯了都市人的心靈空虛，不得不將一切需求訴諸神明[12]。類似的，反應都市人空虛的心靈並加以批評、抗議的，也見諸〈沒有音樂的哀歌〉，這首詩把電視節目中的流行歌曲、歌廳裡熱鬧與頹廢的歌樂舞曲，稱為「只有聲音／沒有音樂」，這粗俗的、機械式的聲音把代表渾然天成的行吟詩人的歌詠逼迫到天涯海角；最後還有透過電唱機不斷放送的貝多芬命運交響曲，這些「聲音」帶給人們的，已經不是欣賞音樂的快樂，而是刑罰般的難受，因此作者不禁吶喊抗議：「把耳朵剃下／跟上帝再要雙眼球吧！」「咱們還得聽多久？／貝多芬的命運交響曲」（《莫渝詩文集Ⅰ・詩集一》，頁147）而詩中列舉的電視機、歌廳、電唱機，以及透過它們而傳送的流行歌曲、歌樂舞曲、交響曲，在在都是都市生活的寫照，電音產品的發明，傳播與娛樂事業的發達，看起來好像是增進人們的生活便利與幸福，其實卻是對性靈的最大迫害。作於1972年的〈沒有人要的星空〉就表現了「眾人皆醉，唯我獨醒」的了然，都市生活太過忙亂，連星空這樣美的景象，都沒有人懂得欣賞珍惜，只有「我」仰望星空，觸動了溫柔的心意：

化、現代化以後，人們生活與心靈的改變。

[12] 按莫渝曾表示，當時寫這首詩用意是在反對迷信，但現在觀念已經改了，肯定民俗的意義。見莊紫蓉採訪整理，〈陌巷・水邊・溫情〉，《莫渝詩文集Ⅴ・莫渝研究資料匯編》：652。但筆者以為放在都市生活的脈絡下也可獲得另一種詮釋。

轎車駛過

坐車的人，不曉得有星空

公車駛過

搭車的人，比星星還密

摩托車駛過

騎士只顧後座有星眸的女伴

腳踏車騎過

看看天上，也只是看看而已

走路的我

望望星星

想想家裡媽媽捻亮的燈

真真實實的

溫溫柔柔的

麻臉星空　都市的星空

沒有人理睬

一急

眼淚擠掉數顆[13]

這首詩和〈城中樹〉一樣，都是未發表而直接收進《台灣兒童詩選集》，雖然都被歸類為童詩，語言淺白明朗，但在主題思想上仍然是發人深省的。詩中出現的轎車、公車等車水馬龍的景象，正是都市人下班時間的交通狀況：轎車、公車上的乘客，被車頂車廂遮蔽視線，因此無意也無緣欣賞星空夜景；摩托車、腳踏車騎士的視線雖然開闊一些，但也各有所思，因此對星空視若無睹。「搭車的人，比星星還密」，一語道破都市人口擁擠的現象；而這些腳步匆忙的都市人，和大自然疏遠，即使眼前繁星滿天也無人青睞。如果說美景無價，「沒有人要的星空」真是令人扼腕啊。

[13] 莫渝，〈沒有人要的星空〉，未發表，收進《台灣兒童詩選集》，《莫渝詩文集Ⅰ‧莫渝詩集一》，頁143頁。

莫渝對於都市生活的觀察，也已指出在這樣的環境氛圍下，個
體生命面臨的是本質上的空虛，那是揮也揮不走的寂寞情緒。如同
〈寂寞男子〉寫著：

　　　　有時候是一株尤加利樹
　　　　有時候是一座六角亭
　　　　有時候是一條走不完的長街
　　　　有時候卻是西門町的走馬燈

　　　　每次晚餐後
　　　　總得連帶的把坐也不是站也不是的煩躁
　　　　統統
　　　　甩到窗外去
　　　　任它們碎成夜空中的點點繁星[14]

詩的第一段分別描繪了孤獨與茫然的心情：「一棵尤加利樹」與
「一座六角亭」想必是獨自矗立在原地，沒有友伴與訪客，因此可
說是代表孤獨；「一條走不完的長街」與「西門町的走馬燈」代表
茫然，因為走馬燈的布幕不斷循環轉動，就像走不完的長街一樣，
沒有盡頭，找不到心靈的停靠站。西門町一詞，無疑更落實了都市
經驗。而和題目「寂寞男子」聯結在一起，這四句詩也可能就是指
這個寂寞男子徘徊留連的地方，但都充塞著寂寞無聊的氣氛。第二
段「坐也不是站也不是」的舉動更形容出男子因寂寞無聊而引起的
煩躁。孤獨、寂寞、煩躁、茫然，這些都反映現代都市人的空虛心
靈，另一首〈屬於夜市的‧3高樓窗口〉也說：「佇立窗口／我是
一粒孤獨的瞳人／無法肯定景物的正確位置」（《莫渝詩文集Ⅰ‧
詩集一》，頁139），「瞳人」本當作「瞳仁」，指眼瞳，人必須
同時運用雙眼才能準確掌握視線，如果只剩下一隻眼睛，當然是比

---

[14] 莫渝，〈寂寞男子〉，《笠》詩刊77期，1977年2月15日，（《莫渝詩文集Ⅰ‧莫
渝詩集一》，頁203。

較費力的。這裡很巧妙的是把人站在窗口,比喻為如瞳仁在眼眶裡一樣,因此用「人」代「仁」,一語雙關,寫出人內心深處的孤獨,看世間的一切都充滿不確定性,茫茫然無所棲止。

三、國際時事與異國風情

現代都市生活的另一個特點是與國際同步,人們透過廣電、報刊媒體得知了千里以外的訊息,國際局勢、世界新聞,都彷彿近在眼前,激盪了人們的見聞。在莫渝筆下,也曾針對70、80年代國際的重大事件加以批評,例如〈回憶錄──詩記《尼克森回憶錄》〉即是對因為水門案而下台的美國總統尼克森出版回憶錄的諷刺,詩云:

> 早該改行了
> 寫寫七扭八扭的回憶錄
> 也比總統年薪高
> 風險穩
>
> 說家醜不外揚
> 那是手工業時代的落伍觀念
> 現在是超工業時代
> 誰懂的內幕消息
> 誰就財源滾滾
> 更何況我就是主角
> 當然有傻子付我巨款
> 有人讀我的記錄
> 更有人瞠目讚歎:
> 我膽大包天
> ──能人所不能

至於風　至於雨

只要我輕輕塞住耳朵

都將一掠而過

隔一任

我計畫再度上台

以便製造更多的資料

動筆第二回合的

回憶錄[15]

　　按，1974年尼克森涉及水門案而黯然下台，在美國政治史上留下污點，他圖利權謀的行為，也遭到世人嚴厲批評[16]。莫渝在這首詩中諷刺他自書內幕，連最起碼的人格自尊都沒有，骨子裡還是想著大撈一筆的功利想法。這首詩附記：「前美國總統尼克森撰述『回憶錄』，獲版稅兩百萬美金。5月4日聯合報第3版，陳弓一幅漫畫，題詞『他為了賺錢，賣自己的瘡疤。』極盡諷刺。」由此也可明白莫渝寫作此詩的用意。

　　1975年美軍自越南撤退，越戰結束，越南從此轉為共產黨國家，引起國際間一陣騷動[17]。有許多的戰地報導，指出戰爭對百姓的戕

<hr>

[15] 莫渝，〈回憶錄──詩記《尼克森回憶錄》〉，刊登《葡萄園》詩刊65期（1978年12月1日），《莫渝詩義集I‧莫渝詩集一》，頁233－234。

[16] 1972年6月，當理查‧尼克森積極謀求連任統時，華盛頓市水門大廈的一名警衛偶然發現一起針對民主黨全國總部的竊盜案。警察當場逮捕五個人（均攜有竊聽裝置），另兩人──前聯邦調查局雇員戈登‧利迪和前中央情報局顧員霍華德‧韓特隨後被捕。之後警方很快發現利迪、韓特及竊賊詹姆斯‧麥科德與白宮、總統改選委員會有關。事件發生後，尼克森曾一度竭力掩蓋開脫，並於11月當選連任。但經過一連串調查，證實尼克森本人也有重大嫌疑，在1973年7月底，美國司法委員會陸續通過了三項彈劾尼克森的條款。尼克森於8月8日宣佈將於次日辭職，成為美國歷史上第一位辭職下台的總統。這個案件被稱為「水門事件」，是美國歷史上最不光彩的政治醜聞之一。參見郭崇興總策畫，《20世紀史》「水門事件」條（台北：貓頭鷹出版社，1992年），頁531。

[17] 1954年日內瓦協議簽訂後，法國被迫撤出越南和印度支那其他地區，美國的勢力隨即取代法國。1955年10月，在西方國家支持下，吳廷琰成立南越政府。但美國和南越政府的統治引起越南南方人民的不滿，於1960年12月宣告成立「越南南方民族解放戰線」，並於次年起，掀起武裝游擊，和美國及南越軍隊展開衝突戰爭。這場戰爭從1961年－1975年，世稱越戰，又稱第二次印度支那戰爭；希望統一越南的北越

害，造成逃亡與難民潮，深深打動人心。當時曾流傳「南海血書」，道盡越南百姓受苦受難的心聲[18]。莫渝也有〈哭泣的珊瑚礁——詩記《南海血書》〉，以代言的方式，為越南百姓高喊：「向誰，向何處／投遞我們淒厲的吶喊？」、「我們的喊聲／引來路過的死神／猙獰地立在酷熱的高空／逼視／要我們一分一秒／目睹無言的自／己飲恨頹倒」（《莫渝詩文集Ⅰ‧莫渝詩集一》，頁267－268）。

有關戰爭的題材，尚有1984年作的〈貝魯特‧1984年2月〉：

> 老美拍拍屁股，說聲：
> 船就在港口隨時待命
> 多餘的人請先上船。
> 那些外國人跟著就摸摸鼻子離開
> 把槍砲聲
> 留給有耳朵的人聽
>
> 城裡
> 被遺棄的百姓慌慌張張

領導人胡志明支持南方的游擊隊「民族解放陣線」，美國則出兵幫助南越。在尼克森執政時期，美國因國內的反戰浪潮，逐步將軍隊撤出越南，直到1973年3月29日完全撤離。1975年5月1日，北越軍和南越叛軍終於打敗南越政府軍隊，攻佔了全越南。越戰是二戰以後美國參戰人數最多、耗資最大、損失最重的一場戰爭。參考王捷、楊玉文主編，《第二次世界大戰大詞典》（北京：華夏出版社，2004年），頁696。

[18] 1978年12月19日，《中央日報》副刊刊登《南海血書》，署名為譯者朱桂。據其所述，此篇長文是朱桂的弟弟在出海打漁時，於南中國海的一個珊瑚礁上撿到一個名叫「阮天仇」的越南難民的遺書。文中極力刻畫南越人民遭共產黨欺凌的慘狀；也控訴南越被北越所併吞與越戰的失敗，是「偉大盟邦」與「民主鬥士」的過錯。由於當時美國與台灣斷交，《南海血書》的內容強烈震撼台灣讀者，因此中央日報社將之印製成書，廣為銷售，最後還拍成電影。書中一句話：『今日不為自由鬥士，明天將為海上難民』，更為傳頌一時。但此書內容矛盾處極多，林濁水曾提出質疑，而2001年9月3日民視「異言堂」節目曾製作專題報導，記者高人傑、李惠仁指出，原著作者朱桂承認「阮天仇」為虛構的人物，《南海血書》是虛構的情節。參見朱桂譯，《南海血書》（台北：中央日報社編印，1979年1月）；民視異言堂第184集，2001年9月3日播出，參考網址http://view.ftv.com.tw/history.aspx?page=1&year=2016，2016年3月20日修訂稿查詢。但越戰帶給越南百姓的痛苦記憶卻是深刻的，不是虛構的，可參看具有越南華僑身分的詩人尹玲，《一隻白鴿飛過》（台北：九歌出版社，1999年）等詩集。

持槍的回教徒躲躲閃閃
尋找任何掩蔽體或牆堵
伺機發他零星幾響

偶而
兩三隻貓或狗的動物
無動於衷地
出現這座舉世注目的舞台
聊表阿拉仍然眷顧

還是寒冬
相信阿拉的回教徒
深深相信槍砲可以解凍
可以呼喚春暖早日到來[19]

按，貝魯特是黎巴嫩首都，自1975年黎巴嫩內戰以來，貝魯特遭戰火侵襲，市容頹敗，民不聊生；這場戰爭主要係因宗教信仰衝突而起，連帶牽涉政權的分配以及周遭阿拉伯國家的國際關係。貝城西部的回教徒與東部的基督徒互相攻戰，鄰近的敘利亞軍隊也進駐黎國，扶助真主黨，而以色列也曾在1982年發動戰爭，佔領黎巴嫩南部。以色列和阿拉伯國家的戰爭，背後有美國、蘇聯兩大國支撐，因此戰火難熄。黎巴嫩內戰直到1990年才結束，戰爭的最後並沒有贏家，受苦的是無辜的百姓[20]。莫渝這首詩寫1984年2月的貝魯特，

---

[19] 莫渝，〈貝魯特‧1984年2月〉，收進詩集《浮雲集》，《莫渝詩文集 II‧莫渝詩集二》，頁30－31頁。

[20] 第二次世界大戰後，黎巴嫩獨立，貝魯特成為首都。貝魯特向來是阿拉伯世界的文明都市，重要商業中心以及旅遊中心的地位，直至黎巴嫩在1975年爆發了內戰，貝魯特分裂為由大部分穆斯林控制的西部和基督徒掌握的東部，戰火連綿，居民紛紛逃亡至其他國家。敘利亞自1976年10月起在黎巴嫩駐軍，並扶植國內的真主黨游擊隊；而以色列亦控制過南黎巴嫩一段時期作報復。1982年6月6日，以色列藉口其駐英國大使被巴勒斯坦武裝暗殺，出動陸海空軍10萬多部隊，對黎巴嫩境內的巴勒斯坦解放組織和敘利亞軍隊發動了大規模進攻戰，幾天時間就佔領了黎巴嫩的南半部，世稱「黎巴嫩戰爭」（第五次中東戰爭）。1989年10月，伊、基兩派議員達成

仍是烽火連天的景象，詩的開頭，點出了美軍拍拍屁股走人的情形，到底為何而戰，恐怕一般老百姓也感茫然；最後一段則是諷刺，也是同情那些相信阿拉的回教徒。同年另一首作品〈戰爭孤兒〉應與此相關，莫渝以悲憫的文字刻畫了這些孤兒的身世遭遇：「被戰爭遺棄的孤兒／在戰火長大的孤兒／年歲是夢魘的堆累／永遠抹不掉：／震耳的砲聲　密布的濃煙／驚悸的人群　橫陳的血屍／從地獄湧現的呼號與悲啼」（《莫渝詩文集 II・莫渝詩集二》，頁32）。從這兩首有關當代戰爭的詩，可以看出莫渝對世界的關注角度是極廣的，但也有敏銳的眼光。

在現代都市生活中，「旅行」無疑也是個相當重要的主題。特別是異國之旅，使人們脫離日常生活軌道，接受異國文化的洗禮，進而反思自我，可說別具意義。1982、83年，莫渝有法國之行，這趟異國之旅除了飽覽巴黎風光、印證所學之外，也牽動他個人的思鄉情懷，《浮雲集》輯三「羅亞河畔的思念」，即是收錄了這方面的詩作。首先看〈供祭女郎──羅浮宮埃及館所見之一〉，這首詩係以埃及館的展覽品「供祭女郎」為題材，以代言的方式，說出女郎必須獻身祭壇的悲楚。詩中寫著，秋收之後，人們正興高采烈地準備祭神，但供祭女郎卻早已面色蒼白、內心打顫，而又不得不強自鎮定的走向祀神的河岸。詩的第一、二段分別以「我是注定失去歲月的少女」、「我是青春不起來的女郎」表現對女郎的憐惜，第三段描寫祭祀時的情景：

> 神諭時刻鳴響
> 他們把我妝扮成先前姐妹的
> 同一模樣
> 手持水瓶

「塔伊夫協議」，重新分配政治權力。1990年，黎巴嫩內戰始告結束。2005年4月26日，敘利亞遵照聯合國決議，自黎巴嫩撤軍，結束29年的直接干預。但「基於安全理由」，現時南黎巴嫩依然由以色列所控制，並成立了「南黎巴嫩共和國」。參見李建旺：《黎巴嫩內戰：社會、地區關係、國際關係》（台北：政治大學外交所碩士論文，1993年6月），頁39－43。

> 頭頂籃簍　內放牛腿
> 我不能悸顫　抖寒
> 我是死神的新娘
> 必須凜然走向呼喚聲的水邊

這裡對畫中的人事物有著仔細的觀察，女郎的表情與心境的表白，則是詩人莫渝的揣摩，「我是死神的新娘」一句，更鮮明地表現了供祭女郎的宿命。到最後第四段則以「驚歎號」來代表女郎投水後的餘波盪漾：

> 水面上的驚歎號
> 是我留給族人睹物思情的紀念品[21]

這兩行充滿弔詭，因為一旁的族人應該是為祭典完成而欣喜，女郎投水後的漣漪很快就會消失，又有誰會記得她呢？明年，又是另一次祭典，又是另一個供祭女郎上場獻祭！能夠遺留人間的，也許只有這幅畫以及莫渝的這首詩吧。

　　巴黎號稱世界之都，羅浮宮本身的歷史與館藏更是豐富。但收入《浮雲集》的，似乎只有〈供祭女郎──羅浮宮埃及館所見之一〉，其他旅遊巴黎的作品，大多在描寫景物之外，流露鄉愁之思。換言之，是比較抒情而個人的。例如〈花市〉，寫路過花市，因而引發對「吾愛」的思念；詩的首段寫著為自己買一盆小花，讓自己快樂，「也讓遠方的你知道我快樂」，在最後一段則是：「路過異國花市／吾愛　我忍不住地／逗留又逗留／想在花群當中／找尋一張熟悉的面孔」（《莫渝詩文集 II・詩集二》，頁9），從「也讓遠方的你知道我快樂」到「找尋一張熟悉的面孔」，情感的蓄積、流洩，可說含蓄有度，恬淡溫馨。〈在無垠的河口相望〉則篇幅較長，多了成雙成對、交頸密談的譬喻，使得感情的濃度較

21　莫渝，〈供祭女郎──羅浮宮埃及館所見之一〉，收進詩集《浮雲集》，《莫渝詩文集 II・莫渝詩集二》，頁21。

濃，如同第二段：

> 對岸，夜霧增濃
> 出航的漁船小舟微亮朦朧燈盞
> 這樣，夠我揣度
> 你手植的鬱金香
> 正頻頻交頸細語於寒風中

而這份相思之情最終的想望如末段所言：

> 最末一首了
> 下次，吾愛
> 我們將依偎木屋的竹椅
> 用你熟稔的鉤針
> 編結永恆
> 讓世界在兩人的相望中
> 輕輕淪陷[22]

在這裡，我們看到詩人希望這是他吟唱的最後一首相思曲，下次再見面，就是兩人團聚，永不分離的世界。

　　除了以「吾愛」為傾訴對象，身處異國的寂寥，莫渝也將它表現在對家鄉土地與親人的思念。例如〈小毛驢〉藉公園內一匹灰色小毛驢引發鄉愁，當小毛驢蹄踢路上的黃土，詩人不禁問：「黃土讓有勁的腳力踢揚／浮雲般的我／被踢揚的鄉愁／也同樣落回跟地面相連的故鄉？」（《莫渝詩文集II・詩集二》，頁17）這裡轉化了古詩「浮雲遊子意，落日故人情」（李白〈送友人〉）的意境，以黃土回歸大地為喻，帶出了歸鄉的願望，相當小巧。類似的，〈站在城牆上〉則以古堡鐘聲激起異國遊子的鄉愁，比較特別的

---

[22] 莫渝，〈在無垠的河口相望〉，《笠》詩刊115期，1983年6月15日，收入《浮雲集》，《莫渝詩文集II・莫渝詩集二》，頁15－16。

是，在一、二段的寫景之後，第三段先聯想起「古中國荒漠的堡砦／是否無損於歲月的毀坍」，最後第四段才是：「我站在城牆上／遙想家鄉的親人好友／一股折騰的惦記／不由浮泛胸際」（《莫渝詩文集Ⅱ‧莫渝詩集二》，頁13）。這裡想必是歐洲古堡的古老氣息使詩人聯想起古中國的城垛，但這份鄉愁最後還是要落實於詩人生長的家鄉。這份牽掛在〈情願讓雨淋著〉一詩表現得可謂淋漓盡致，詩以散文詩的形式呈現：

> 家鄉，該落著溫柔的雨吧！
>
> 走在異國沒有騎樓的街道，情願讓雨淋著。一把傘能撐住我多少憂愁？想到異國字典上Taiwan（FORMOSE）解釋為：西太平洋的島嶼和國家，首都臺北；不禁悽悽然。情願讓雨淋著。
>
> 走在異國寬敞的林蔭路，情願讓雨淋著。一把傘能代替我多少思念？隔著遙遙遠遠的鄉愁，即使夢裡，猶覺身是客；不禁悽悽然。情願讓雨淋著。
>
> 走在異國寧靜的墓園，情願讓雨淋著。一把傘能網住我多少心情？野草正滋長蔓生於無法憑弔追思的墳頭；不禁悽悽然。情願讓雨淋著。
>
> 家鄉，該落著溫柔的雨吧！[23]

迴環反覆的形式，重沓的句型與句式，形成了節奏感，和淅瀝瀝、綿綿不斷的雨聲有互相呼應的效果。從騎樓街道、林蔭大道到寧靜的墓園，一步步鋪陳心中的感觸；從對異國新奇的感受，到陌生隔

23　莫渝，〈情願讓雨淋著〉，《笠》詩刊115期，1983年6月15日，收進《浮雲集》，《莫渝詩文集Ⅱ‧莫渝詩集二》，頁14。

閡以至於失落惆悵，整首詩的情感表現飽滿，令人低迴不已。這首
詩可謂有關異國行旅中最佳的一首。

四、為西方詩人塑像

除了對外在環境與世界的關注，莫渝的內在心靈是否也有一個
現代世界的投影，也值得一探究竟。這個問題的答案，最具代表性
的，當屬對於一些西方詩人的歌詠。

莫渝1968年師專畢業後任教於小學，至1998年退休。期間，
1972年在淡江大學夜間部法文系進修，這時也開始法國詩的翻譯；
他對西方詩人的景仰，也藉由詩歌創作來表現。1975年起發表的
〈懷杜伯雷〉、〈維尼〉、〈波特萊爾〉、〈魏崙〉與〈賈穆〉等
五首詩寫的都是法國著名詩人，在這些詩作中，莫渝大抵先描述該
位詩人的作品特色，最後強調的是詩人對於詩歌創作永恆的追求。
例如〈懷杜伯雷〉，寫杜伯雷（Joachim Du Bellay, 1522-1560）和擔
任紅衣主教的表叔進駐羅馬，得以親近他喜愛羅馬文學，本該是喜
悅的，但因他憂鬱的性格，加上目睹宮廷權利鬥爭，使他心生反
抗，「我生來是服侍繆思的，他們卻要我做管家婆。」因而加專心
寫作，旅居羅馬的五年內完成三部詩集兩百多首詩，成為法國憂鬱
詩人的代表[24]。這首詩也試圖營造憂鬱的氣息，加深杜伯雷給人的
印象詩。詩最後兩段說：

> 真想歸去
> 而歸去的千條路
> 沒有一條通往繆斯

---

[24] 詩末附註：杜伯雷（1522－1560），係法國七星詩社詩人。又，參見莫渝，〈我來
到杜伯雷的家鄉〉，《莫渝詩文集Ⅲ：漫漫隨筆集》，64－67頁。

不如仍蹲踞廢墟上

讓風讓雨讓沒有太陽的羅馬

精雕細鏤那頭憂鬱[25]

　　此外，〈維尼〉寫維尼（Alfred de Virgny, 1797－1863）[26]從政壇
隱退，也從繁華的巴黎隱居到寧靜的阿爾卑斯山下，但他仍然寫作
不輟，表現「春蠶到死絲方盡」的堅持。詩的最後以「塵埃落定」
形容維尼死後，眾人乃為他鍥而不捨的精神與作品感到讚歎：「塵
埃落定後／眾人驚訝／入定的山峰猙獰突兀」，「猙獰突兀」用
以形容維尼的崇高雄偉。〈魏崙〉寫的是魏崙（Paul Verlaine,1844－
1896）[27]自布魯塞爾逃回巴黎，魏崙因為小衝突開槍打傷親密愛人
韓波[28]，因此他遁回「自言自語的詩世界」，從此失去知音；詩的
最後說：「落單的我／不再想逃亡／可憐／我的妻子呢？」道盡魏
崙的滄桑。凡此描繪，都可看出莫渝對這些詩人的熟悉、敬佩與同
情，也代表著他對西方文學的研習成果。

　　歌詠法國詩人，當然不能遺漏波特萊爾（Charles Baudelaire,
1867－1921）[29]。比較之下，莫渝的〈波特萊爾〉詩比起其他四首

[25] 莫渝，〈懷杜伯雷〉，《詩人季刊》2期，1975年2月，收入詩集《無語的春天》，
　　《莫渝詩文集Ｉ‧莫渝詩集一》，頁176。

[26] 維尼為法國十九世紀前半期浪漫主義代表詩人之一，作品風格如山，充滿哲人般的
　　凝思。參見莫渝，〈法國20世紀詩選‧前言：瑰麗奇朵的法蘭西詩園〉，《莫渝詩
　　文集IV：前言後語集》，174頁。

[27] 魏崙與韓波、馬拉美（Stephane Mallarme, 1842－1898）為法國象徵主義詩人三
　　大家，魏崙強調詩的音樂性，他的抒情詩堪稱一絕，對中國詩人田漢、王獨清、李
　　金髮等都有深刻的影響。參見莫渝，〈《魏崙抒情詩選一百首》譯後記〉、〈法國
　　20世紀詩選‧前言：瑰麗奇朵的法蘭西詩園〉，《莫渝詩文集IV：前言後語集》，
　　123、175頁。

[28] 韓波（Arthur Rimbaud, 1854－1891），法國天才型的早慧詩人，他16歲到21歲
　　寫的詩、散文詩，到現在都還被人閱讀，〈醉舟〉為其代表作。1870年普法戰爭
　　之後，他從法國北部的家鄉來到巴黎，結識魏崙，魏崙非常愛他，兩人成為同志伴
　　侶，離開巴黎到英國。當他們回到比利時，兩人發生小衝突，魏崙開槍打傷了韓
　　波，因此下獄。參見莫渝，〈法國近代文學欣賞〉，《莫渝詩文集III：浪漫隨筆
　　集》，頁532－535。

[29] 波特萊爾為法國象徵派先趨，才華洋溢，除了詩歌創作，對繪畫也有獨到見解，對
　　現代主義觀念也有所啟發。其代表作《惡之華》，收錄詩作一百首，以病態、黑
　　暗、不完美、頹廢、醜陋為其風格特色，卻有特殊成就，對現代詩影響鉅大。參見
　　莫渝，〈法國近代文學欣賞〉，《莫渝詩文集III：浪漫隨筆集》，頁524－528。

更加深入地刻畫了巴黎文化和波特萊爾詩作之間的關係，在在掌握了波特萊爾筆下的罪惡之美：

> 天色逐漸灰暗
> 街燈亮了
> 您的貓眼跟著亮了
> 整座巴黎跟著亮了
>
> 陰暗角隅許多的影子
> 一一映現
> 鄙棄　齷齪　醜陋
> 眾所不顧的
> 全都納入您開朗的胸懷
> 撫摸後
> 幻成一串串的美
>
> 天堂與您絕緣
> 順著阿克倫河般的塞納河堤岸
> 您用醉態惺忪的雙眸
> 點化不夜城的巴黎
> 讓舉世更清楚的注目
> 同時
> 注目您的《罪惡之花》[30]

這首詩先指出波特萊爾的眼睛可以點亮整個巴黎，因他獨具的慧眼，一切的醜惡，「撫摸後／幻一串串的美」，這個「美」才是波特萊爾要提供給世人的心靈感受。莫渝對波特萊爾是情有獨鍾的，曾翻譯波氏詩集《惡之華》，其後記云：「一九八二年秋，我抵達

---

[30] 莫渝，〈波特萊爾〉，《笠》詩刊92期，1979年8月15日，收入詩集《長城》，《莫渝詩文集Ⅰ‧莫渝詩集一》，頁271。

法國進修，安頓之後，第一冊購買的書是袖珍版《惡之華》，……可以說我對《惡之華》有份甜美的喜愛，這種感受，係基於波特萊爾纖細、敏銳的觀察體驗，對醜陋世界的親近關懷，對都會生活所產生的病態頹廢之淒迷特殊美，更重要的是他深厚的文學基礎與涵養。」[31]可見莫渝極力想要發揮這份「甜美的喜愛」，使更多讀者產生共鳴。

相對於杜伯雷的憂鬱風格，維尼的堅定若是，魏崙的慘澹，波特萊爾的罪惡美學，賈穆（Francis Jammes, 1868－1938）[32]的和諧自然，則給人不同的感受。在〈賈穆〉詩中，莫渝稱讚賈穆具有中國山水畫中人物的風采：

> 您是中國山水畫裡
> 慢條斯理的拄杖者
> 走遍鄉間小路
> 欲求人間真實語言
>
> 紅塵是他們的紅塵
> 您在大自然裡
> 吟哦純樸歌謠
> 散佈和諧
> 傳播寧靜
>
> 只要您走過的路
> 詩人！
> 兩旁的花草動物
> 格外欣然生氣

---

[31] 莫渝，〈《惡之華》譯後記〉，《莫渝詩文集IV：前言後語集》，頁69。
[32] 賈穆為後期象徵派詩人之一，詩風田園風格濃厚，宗教氣氛也重，一生全力寫詩，作品量多。參見莫渝〈《法國情詩選》前言：法國情詩漫談〉，《莫渝詩文集IV：前言後語集》，頁286。

在這首詩中，賈穆給人的印象其實很接近中國道家的風格，也和一些擅長山水田園詩的詩人如陶淵明、謝靈運、王維等人的形象有若干相通之處。莫渝在描繪西方詩人之際，以中國山水畫作為背景，點染出其人的自然恬淡；這種中國式的觀照，似乎也提醒我們：在莫渝的筆下，對中國文學與文人的刻繪也是個值得注意的主題（詳下文的討論）。

在中文寫作的脈絡下，莫渝接觸法國文學，的確為他開啟另一扇文學之窗。他對這些詩人的描摹，可說代表一個東方心靈對西方文學的感思與烙印，他既看到巴黎的美與醜，領受16—19世紀，以至於20世紀初歐洲的文壇風雅，也感悟到其中與東方世界相通之處。雖然這些詩人生存的年代有遠有近，但對於「西方／現代」這樣的印象，莫渝的詩也為讀者勾勒出西方，特別是法國文壇重要詩人的形象，這對讀者是新鮮的，充滿異文化的吸引力。而巴黎、羅馬這樣的都市與文化，在一般人心中，更代表著具有深厚的藝術人文氣息，和現實生活裡的環境氣氛有如天壤之別，令人嚮往。莫渝的這些作品，不但可以反映他自己的學思歷程，也可滿足一般人對「西方／現代」的嚮往之情。

五、現代世界的啟悟：重返鄉土

莫渝筆下的現代世界，並不是只有都市、異國的表述。莫渝80年代的作品，逐漸浮現土地的召喚之聲，這個聲音促使他在描繪、批判公寓大樓、快速便利的生活之外，也回過頭來重新省視「鄉土」，從不同的人與事，去觸摸土地的脈動，回歸自己的心靈原鄉。

80年代的台灣社會有著重大的轉變，政治解嚴（1987年7月15

---

[33] 莫渝，〈賈穆〉，《笠》詩刊92期，1979年8月15日，收入詩集《長城》，（《莫渝詩文集Ⅰ・莫渝詩集一》，頁275頁。

日)之後,各種論述風起雲湧。這個階段莫渝的創作流露對腳下這塊土地的孺慕與眷戀,而觸發這份情思的原因,應是莫渝父親逝世後帶來的衝擊。作於1981年、發表於1983年的「父親靈前的焚稿」共七首,流露風木之思,引人傷感。這組詩作以父親逐漸年老力衰、終至辭世為感歎,怨恨自己不曾體諒父親一輩子的辛勞,但父親嚴謹守份的一生,卻已成為兒孫們的典範。值得注意的是,莫渝描寫兩代之間的隔閡,除了老人家獨居南部老家、住不慣北部水泥公寓,還有「語言」帶來的阻隔,試看其〈語言〉:

> 父親只能用閩南語同我交談
> 我習慣用國語跟孩子說話
>
> 已退休的父親
> 甚少主動對我開口
> 上了學會說簡單而正確國語的孩子
> 有事沒事就找我問東問西
>
> 火柴般的語言
> 輕輕一擦
> 有時會產生溫馨的暖流
> 有時卻造成意外的傷害[34]

詩中兩組兩代間的對比,使用閩南語兩代之間,逐漸沉默疏遠;使用國語的兩代之間,卻可以經常談話,享受天倫樂趣。「我」顯然是站在父親(閩南語世代)和孩子(國語世代)的中間,「我」既能和父親交談,也可以和孩子談話,但「我」對於父親的沉默其實是深感痛心的,所以詩的最後才會有「火柴般的語言」的比喻。莫渝所描繪的這種情形,在台灣社會是常見的,因為政策的導向,因

---

[34] 莫渝,〈語言〉,「父親靈前的焚稿」之2,收進《浮雲詩集》。《莫渝詩文集Ⅰ‧莫渝詩集一》,頁324。

為時代的轉變，使得家庭中年輕一輩已經不諳母語，只能說國語（或稱普通話、中文、北京話），兩代之間的溝通還可以，到祖孫之間，就產生了隔閡。莫渝的父親沉默寡言，或許出於個性使然，但語言的阻隔，特別是無法和子孫輩溝通，恐怕也是促使其父愈加沉默的原因。以今天加強母語教學、鄉土教學、台語文學的教育政策和呼聲看，莫渝80年代寫成的這首詩，無疑是一種對時代政策的軟性反省，由個人的親情經驗出發，深刻體會到「語言」的功與過。莫渝沒有說出的，應該是希望維持這塊土地上的語言多元化，讓各個世代、族群的人都能享受到「語言」帶來的溫暖和樂趣吧！

莫渝對鄉土的關愛，還表現在對土地的疼惜之情。例如〈夜寒聽簷滴〉，寫寒夜中聆聽雨聲的心情與聯想，最後浮現在心頭的是，感知上天眷顧這塊土地的喜悅之情：「憑倚廊柱／冥冥中，欣然感知／有隻巨大手掌／正用無限的情懷／按捺這塊土地」（《莫渝詩文集Ⅰ・莫渝詩集一》，頁320）又如〈南方的陽光〉，可視為一首敘事長詩，序曲外，凡五個樂章，描寫車隊開到台灣南方的恆春車城[35]，一路上車隊浩蕩，追隨太陽的身影，個個歡欣雀躍。詩中的時間是三月，相對於北部的陰霾，南方已是晴朗明媚，在「一、出發」中，「南方，晴朗華豔的南方／南方，濃蔭掩蔽的南方／南方，柔媚海灘的南方／南方，熊熊火燄的南方」一連串的排比句，已道出心中的熱情；最後「五、永恆的太陽」，結尾部份尤其可以感受詩人和陽光融為一體，南方的太陽和風土，深深激發潛在的生命力和美感，詩云：「這就是太陽／永恆的太陽／它的力量充斥我們體內／容我們也把生命融入／塑造力和美／我如是冀望／我如是讚歌」（《莫渝詩文集Ⅰ・莫渝詩集一》，頁342）。

有關鄉土之情的描繪，莫渝最具代表性的作品是1981年作的

---

[35] 莫渝接受莊紫蓉訪問時表示，〈南方的陽光〉寫作背景源於服役時，部隊派駐車城，一路上防風林、海灘、陽光都留給他深刻的印象，也使他想起法國詩人佩斯的〈遠征〉詩，因此有此詩作：「我追記這段軍旅生活的感受，主要是把它當作一種嚮往南方豔陽的經驗，背後動機跟佩斯的〈遠征〉有關。」莫渝自言這首詩的主題是「讚美陽光，生命歷程當中，對陽光的接納。佩斯有一個詩句用叉戟來形容陽光，真切地形容陽光的刺眼和灼傷。那種感覺我在南部真正體會到。」《莫渝詩文集Ⅴ・莫渝研究資料匯編》，頁651。

〈土地的戀歌〉，這首詩獲得當年度中華民國新詩學會詩創作第一名與教育部七十年文藝創作獎新詩創作第一名；而後又作為書名，在1986年由笠詩社出版詩集《土地的戀歌》。〈土地的戀歌〉為一長詩，共八節七十七行，第一、二節已明白揭示主題：把故鄉當做「永恆的戀人」，表現「善加珍愛」、「至死珍愛」的情感與意志，詩句如下：

> 一、
>
> 土地是我們的
> 需要善加珍愛
>
> 即使風暴來襲
> 惡水驚魂
> 傷痕累累，仍然是
> 我們至死珍愛的土地
>
> 二、
>
> 掬一把故鄉的泥土
> 故鄉啊！永恆的戀人
> 請聆聽我歌聲
> 一如當年
> 您用期盼的雙耳聆聽我的誕生[36]

接下來第三至六節，分別以春、夏、秋、冬的景致，描繪土地蘊藏生機，萬物欣欣向榮，連秋冬兩季都如此可愛動人，藉此述說對土地的感恩。在這四節中，除了抽象式的描寫，第五節對於秋景的歌頌，白色的菅芒與金黃的稻田可說最能透顯台灣的風土特色：

---

[36] 莫渝，〈土地的戀歌〉，《土地的戀歌》（台北：笠詩社，1986年），頁66。

不曾想過

秋竟在這土地上

拓展如此耐看的景色

頭白的菅芒

恆是搖首或點頭

金黃的田畝

萬頃波浪傲示豐饒

原野上

依舊一片欣悅的生機[37]

到最後兩節，回應一二節的主題，感謝土地的呵護，希望土地這永
恆的戀人接受我的歌詠，流露了愛戀土地的深情。

〈土地的戀歌〉前後段落都提到受傷、挫折的經驗，這究竟是
純粹的藝術手法經營，還是暗喻台灣處境？回顧台灣的社會背景，
這首詩寫作的年代（1981年）是台灣宣布與美國斷交（1978年12月
16日美國與中共建交，次年台灣宣布與美國斷交），以及黨外民主
運動美麗島事件（1979年12月10日）後的第二年，這兩個事件都對
台灣社會產生很大的衝擊，莫渝有感而發的是針對哪個事件？無論
如何，莫渝採用土地一詞來替代國家、政府、乃至台灣，已經表現
了他的立場，也就是以更廣闊而溫和的角度看待台灣這塊土地，也
更貼切地表達他對這塊土地的情感。

六、莫渝作品與七〇、八〇年代台灣詩壇風潮 的關係

70年代的台灣詩壇，向陽認為係由民族的、現實的轉向本土的
論述，其中笠詩刊自然是不可忽視的一個社團。在當年的現代詩論

---

[37] 莫渝，〈土地的戀歌〉，《土地的戀歌》（台北：笠詩社，1986年），頁72。

述中，「本土」這個符號仍然隱身在「中國」的符號下，因此當時新生代的龍族、大地、主流、草根等詩社大都以復興、鍛接「中國的詩」、「肯定地把握住此時此地的中國」、「和他的時代他的民族攜手共進」為論述主張[38]；唯有笠詩社以「鄉土愛」的論調，堅持和實踐其本土化的理念：

> 笠詩刊在70年代台灣詩壇扮演的，毋寧是一個本土論述意識形態堅持者的角色，他們寧戴斗笠、不戴皇冠的持續抗爭，正如同陳明台對二十二位「笠下台灣詩人作品的解讀，都「意謂著對本土精神、台灣人共同體之主體性與歸屬、認同意識的界、定肯定與再發現」。這樣的堅持，隨著台灣社會的巨幅改變，終於在80年代開始受到台灣社會的呼應與肯定，台灣詩壇不再以「中國現代詩」的符號自我命名，台灣詩人在認同上終於找到共同的定位。[39]

如上所引，進入80年代，本土論述已經受到肯定；但這不表示現代詩壇的趨向已經大致底定，相反的，伴隨著政治解嚴前後的氣氛，80年代的前半，林燿德認為台灣現代詩壇呈現的是各種思想模式與意識型態的的交互激盪，宛如「不安海域」[40]，即便是80年代後半，也未能安歇，舉凡都市、環保、性別等議題，都成為詩人競技的場域，這其中也牽涉到詩人世代交替的問題，以及逐漸浮現的後現代書寫現象[41]；簡言之，在80年代，本土論述取得了正式的發

---

[38] 但這些新生代詩刊的同仁，在80年代末往往也有著這樣的認同轉變，譬如陳芳明說：「在千迴百折的終端，發現自己所追尋的答案，竟然就在自己的土地上」；見向陽，〈微弱但有力的堅持——七〇年代台灣現代詩壇本土論述初探〉，文訊雜誌主編，《台灣現代詩史論》（台北：文訊雜誌社，1995年），頁367。

[39] 向陽，〈微弱但有力的堅持——七〇年代台灣現代詩壇本土論述初探〉，文訊雜誌主編，《台灣現代詩史論》，頁373；所引陳明台之言見陳明台，〈論鄉愁：台灣現代詩人的故鄉憧憬與歷史意識後記〉，鄭炯明編，《台灣精神的崛起：「笠」詩論選集》（高雄：文學界雜誌社，1989年）。

[40] 林燿德，〈不安海域——台灣地區八〇年代前葉現代詩風潮試論〉，《文訊》25期，1986年8月，頁94-123。

[41] 參見張錯，〈抒情繼承：八十年代詩歌的延續與丕變〉、簡政珍，〈八〇年代詩美學——詩和現實的辯證〉、鍾玲，《現代中國繆司——台灣女詩人作品析論·第八

言權，但詩人的作品表現卻是更加多元，具有國際取向、宏觀政治取向、都市取向、未知／未來取向、多語混雜以及多元議題[42]的發展，也可說已經超越了本土的疆界，與世界各地的文學潮流有所呼應，並且擦撞出火花，為90年代的詩壇打下深厚的基礎。

以時代風潮來看莫渝70、80年代的作品，在本土論述與認同台灣的這個脈絡裡，莫渝1976年出版的第一本詩集《無語的春天》輯三「在我們的土地上」，也是以「土地」作為他愛鄉土的表示[43]，而不涉及政治認同的辯證。這如同鄉土文學不向政治抗議轉而以批判現實的手法表現，莫渝係以詩歌反映生活環境受到工業污染，林燿德、許俊雅、解昆樺[44]等人的評論都肯定這一點。莫渝詩中的台灣意象逐漸豐富起來是在80進入90年代以後，但更具體的表現，應該是90年代以後，例如〈水稻之歌〉、〈河流〉[45]等作品，以清新的筆調畫出台灣的自然之美；〈台灣俳句〉、〈榕樹種籽〉[46]二組詩，更可以顯現莫渝從詩的形式試驗入手，學習「俳句」的寫作形式與思考方式，在內容上則鎖定台灣，有「烏魚湧進　漁郎笑開

章八十年代的都市雙重奏》（台北：聯經出版公司，1989，頁349－393）、林燿德，〈八〇年代現代詩世代交替現象〉、廖咸浩，〈離散與聚焦之間——八十年代後現代與本土詩〉。除鍾文外，餘皆見文訊雜誌主編，《台灣現代詩史論》（台北：文訊雜誌社，1995年），頁40－498。

[42] 譬如女性議題與後現代書寫，就有突破性的創新表現，夏宇就是個很不錯的例子。廖咸浩在〈離散與聚焦之間——八十年代後現代與本土詩〉對台灣的後現代主義詩指出幾點特色：（一）反寫實主義（二）國際取向（三）宏觀政治取向（四）都市取向（五）未知／未來取向（六）多語混雜（七）多元議題，筆者認為除第一點比較針對後現代主義詩之外，其餘六點，都可適用於80年代詩壇的現象。廖文，同上註，頁443。

[43] 莫渝，〈《無語的春天》前言：行吟〉：「大約1972或1973年初，看了《大江東去》的對白『土地是我們的，我們必須留在土地上，或者埋在地下。』這句話著實醒悟我必須擁抱住自己的生活圈與生存環境，因而以『在我們的土地上』為總題，撰寫一系列詩作，……這些詩篇裡，對於現實環境我也連帶作了批判。」見《莫渝詩文集IV・前言後語集》，頁23。

[44] 林燿德，〈不安海域——台灣地區八〇年代前葉現代詩風潮試論〉，收入《不安海域》（台北：師大書苑，1988年），見頁32；許俊雅，〈文學夜空中的一盞星光——談莫渝的詩學國度〉，第一屆苗栗縣文學會議論文，2003年7月29、30日，收入《莫渝詩文集V・莫渝研究資料匯編》，頁536－571；解昆樺，〈現代化的層層逼進——《後浪詩雙刊》中莫渝詩作所反映的鄉土現實〉，原載《笠》詩刊246期，2005年4月15日，收入《莫渝詩文集V・莫渝研究資料匯編》，頁445－459。

[45] 見《莫渝詩文集II・莫渝詩集二》，頁59－61，69－72。

[46] 見《莫渝詩文集II・莫渝詩集二》，頁167－19，195－202。

口」、「多吃冬至圓　急著長大」、「吃尾牙　雞頭嚇走壞伙計」這類的短章，刻畫台灣民俗風情；而「榕樹種籽」的篇名，靈感來自美國詩人克拉克‧史川德的詩集《由一顆樺樹的種子》，但易以臺灣常見的「榕樹」，本身就充滿了台灣味道。又如2004年2月20日所作〈手鍊〉，記敘「二二八牽手護台灣」的活動，詩中要大家在二二八這天大聲說出「台灣，母親節快樂」，要大家記得這是紀念台灣屢受挫折苦難的「母難日」，請大家手牽手圍成一條美麗的手鍊，送給我們的母親「綠色台灣」[47]；顯現了對本土深刻的認同。

其次，從莫渝作品看台灣現代詩的淵源與演繹關係。70年代的本土論述中，笠詩社的陳千武提出台灣現代詩的「兩個球根」的說法，亦即在台灣現代詩中，除中國外，日本現代文學的影響也不容忽視[48]。而笠詩社也一直持續介紹日、美及第三世界國家的詩人作品，塑造既本土又國際化的風格。

在莫渝的學思歷程中，中國文學的啟迪與影響是顯而易見的。莫渝所受的學校教育，以中華民族歷史、文化為主軸，曾說：「四五年級時，記憶力較強，看了不少中國民族英雄的故事，對於歷史漸漸發生濃厚興趣」、「中學讀了中國近代史，心中產生一股報國的熱血」；自己接觸的課外知識，則有《當代中國作家選集》、《飲冰室全集》、《野風》雜誌，李辰冬的《文學與生活》也給他很大的啟示[49]；他對大陸來台、大力倡導新詩創作的詩人覃子豪也相當仰慕[50]；他的一個筆名「藍羽」則借自余光中的詩集《藍色的羽毛》；當他詮釋文中的「愁」時，他說：「像李白所謂的『與爾同銷萬古愁』，這是他個人的愁，但是這『愁』是存在於天地之間的。」[51]

---

[47] 見《莫渝詩文集Ⅱ‧莫渝詩集二》，頁149－150。

[48] 陳千武，〈台灣現代詩的歷史和詩人們：華麗島詩集後記〉，鄭炯明編：《台灣精神的崛起：「笠」詩論選集》（高雄：文學界，1989年），頁451-457。

[49] 莊紫蓉採訪整理，〈陌巷‧水邊‧溫情〉，《莫渝詩文集Ⅴ‧莫渝研究資料匯編》，頁639、647。

[50] 見莫渝，〈覃子豪與我〉四篇，《莫渝詩文集Ⅲ‧漫漫隨筆集》，頁314－321。

[51] 莊紫蓉採訪整理，〈陌巷‧水邊‧溫情〉，《莫渝詩文集Ⅴ‧莫渝研究資料匯

除了這些零散的例子，從莫渝題詠中國詩人的作品，也可以印證莫渝詩中的中國文學的養分，如〈懷李白〉、〈懷李賀〉與〈懷杜甫〉等[52]。〈懷李白〉一詩以李白飄然離去的背影為焦點，謂李白留給後人無限的遐思；〈懷李賀〉極力寫出李賀騎驢覓佳句，苦思詩句嘔心瀝血的形象，襯以母親的關懷，更加凸顯這位白玉樓苦吟詩人的特色；〈懷杜甫〉第一段拆解杜甫詩〈春望〉的句意與意境，第二段以杜詩「日暮倚修竹」的意境形容杜甫佇立道旁的孤獨形象，最後第三段則以蘆花漫天搖蕩，秋風蕭瑟的景象，透顯詩人獨立蒼茫的心境；這些細膩的刻畫，可以看出莫渝對這三位中國古典詩人的熟悉，因此可以涵泳在他們的詩風。

　　此外，也有取自古典詩文意境的篇題，如〈易水寒〉、〈輯楫渡江〉、〈仰天長嘯〉與〈古道照顏色〉等，分別是吟詠荊軻、祖逖、岳飛與文天祥；這些作品都作於1979年，收入詩集《長城》；該詩集也收入〈長城‧長城〉、〈北平之春〉與〈敲鐘的人——致魏京生〉等篇，第一篇分別歌詠歷史上的長城——包括孟姜女傳說、古詩「飲馬長城窟行」、明代長城守將袁崇煥與1933年喜峰口對日抗戰之役等，後二篇則是描寫當時的北京城，異議分子魏京生遭逮捕，透露爭取人權自由的呼聲。這些詩寫於台灣未開放大陸探親觀光之前，因此都是透過文學歷史的閱讀，描繪古代中國；也透過報章媒體，知悉大陸現況。1980年發表的作品，也有歌詠現代作家巴金、沈從文、艾青、蕭乾、徐訏、流沙河等[53]。這些詩作莫不反應了莫渝心靈世界的顯影，除了西方文學與文化，也包含對古代中國[54]與現代大陸的關注，這些詩作在在顯現莫渝詩作和中國文學

編》，頁，頁642。

[52] 三首詩皆作於1974年，發表於《詩人季刊》第2期，1975年2月，收入《無語的春天》。分別見於《莫渝詩文集Ⅰ‧莫渝詩集一》，頁177－180。

[53] 這些作品是〈風寒方知情深——巴金〉、〈生鏽的筆——沈從文〉、〈雪——艾青〉、〈探訪——蕭乾〉、〈草木常綠——流沙河〉及〈紀念徐訏〉等，見《莫渝詩文集Ⅰ：莫渝詩集一》，頁301－307。

[54] 莫渝對中國古典詩歌的運用，還包括借用詩詞的詞牌名或句子，例如〈夜吟十首〉，小標題如青燈引、斜陽暮、更漏子、相思令、風乍起、鵲橋等，都有這層意味；或是引用相關詩句當做序言或註腳，例如前述〈夜吟十首〉的序言便是引李商隱〈無題詩〉：「曉鏡但愁雲鬢改，夜吟應覺月光寒。」，又如〈春心莫共花爭

與文化的淵源關係。

　　莫渝作品中的西方文學淵源，當屬法國文學的影響。他譯介法國文學的成績是有目共睹的[55]，但他對法國詩人的摹寫，則較少被提起。筆者認為這些題詠波特萊爾等人的作品，出於對法國文學的熟悉與喜愛，以自己的體會加以印證、詮釋，產生了對話的效用，也比較能夠凸顯自己創作成果。

　　值得注意的是，莫渝的法國之行表現在創作上，雖以鄉愁為主軸，流露遊子思鄉之情，依循的仍是傳統的書寫模式，在創作藝術上並無太大突破。但可能的影響卻是在日後的創作觀念上，根據莫渝在接受採訪時表示，法國之行使他感受到法國文化的深厚，而且深入民間，已經變成日常生活的一部份。對於河川維護，尤其令人佩服，使法國城市兼具人文與水文的美。這異文化的體驗，使他想寫兩個系列的詩：「羅亞河畔的思念」與「浮雲集」。法國之行最重要的是，帶給他三個觀念與心情上的改變：

　　　　會想到文學的功用或價值。對個人而言，好像不能從文學得到什麼好處，可是又為什麼持續在做？有一點既猶豫又踟躕。對文學反思是我在法國時期的第一個思考點。

　　　　其次是對鄉土的更加認識。在法國，即使是個小鄉鎮，也有他們的文學作品，有的用他們的方言來表現，當地人都相當重視當地作家。……

　　　　第三點是他們的遊行示威動令我印象深刻。……我看到法國的遊行示威很有秩序……後來我把這個事件寫成〈稚子何辜〉這篇文章。我深深體會到這只是弱者的一種抗議手段，也沒有引起衝突。……[56]

發〉，也是借李商隱詩句為題目，題贈周夢蝶；〈征人〉詩末附註李賀〈秋來〉詩句：「秋墳鬼唱鮑家詩，恨血千年土中碧。」見《莫渝詩文集Ｉ：莫渝詩集一》，頁196、202、207。

[55] 趙天儀和李魁賢肯定莫渝加入笠詩社，在《笠》詩刊上譯介法國詩人作品，使得《笠》詩刊更具有國際性，因為早期《笠》詩刊介紹的，偏重在日、美、英等國。同上註，頁656。

[56] 同上註，頁661－662。

這三個思考點，第一個涉及自我的反思，經過猶豫徘徊，現在可以證明莫渝是堅持的走下去；第二個應是文學觀念上的一大觸發，藉由遙遠的外國文學經驗，反而提醒莫渝開始重視最親近的在地文學，這應是日後莫渝努力推介本土作家的重要動力，90年代末以後參與苗栗縣文學史編撰、文學選集編選導讀，更是一大貢獻；第三個觀察心得，影響莫渝對解嚴後台灣社會的示威遊行的看法，「黨外活動變成政黨活動，遊行抗爭相當激烈，幾乎每一次的遊行示威都會有衝突發生，表示我們太過於情緒化了。[57]」但莫渝對現實政治一直保持距離，以溫和的筆觸表達對現實的關懷[58]。

莫渝出生於戰後，非「跨語言的一代」，他和日本文學的淵源關係，除了近期習寫俳句，大概只能從一些引述看到日本作家的影子。例如〈《無語的春天》前言〉提到春日悵惘的感覺，除了引用李商隱「春心莫共花爭發」的句子，也說日人永井荷更深得其心[59]；散文〈歸鄉者〉，記隨身攜帶的小書《歸鄉者》，作者為日本詩人萩原朔太郎，因為是隨身小冊子，故推測自己曾經非常喜愛這位日本詩人，而後在1960年代中期，藉由閱讀陳千武在《笠》詩刊上的譯文，對萩原的作品留下淺淺的印象；莫渝說「我個人在一九七〇年代初寫的〈泥鰍之死〉和〈青蛙之死〉等系列，是否受其影響，不甚了了」[60]；但這段接觸經驗，卻是真實的。又，〈《莫渝詩文集Ⅲ·漫漫隨筆集》·後記〉也記載閱讀日人吉田絃的文章〈思母〉的印象[61]。

由於莫渝經常記錄他自己的閱讀經驗，我們不難看到中國文

57　同上註，頁626。
58　例如莫渝〈選戰之後的愛與死之歌〉的前言提到，1983年4月5日，他在法國從《世界報》中得知匈牙利詩人伊利斯耶斯的死訊，因而找尋到該詩人的一首作品〈愛與死之歌〉；2004年3月的台灣總統大選後，又閱讀了林濁水發表一篇短評，因此「在〈愛與死之歌〉與林濁水短評，及種種憂慮中，我寫下這場選戰後的『愛與死之歌』。」見《莫渝詩文集Ⅱ·莫渝詩集二》，頁153。
59　見《莫渝詩文集Ⅳ·前言後語集》，頁27。
60　見《莫渝詩文集Ⅲ·漫漫隨筆集》，頁206。
61　同上，頁576。

學、西方文學及日本文學對他的影響。莫渝的詩接受多重養分，恐怕不只是兩個「球根」，而是一而二，二而多元的匯集。這也是台灣現代詩或文學走向開放的必然趨勢。

七、結語

莫渝70年代的作品受到肯定的是對現實的批判，但筆者認為莫渝有更細膩的表現是在於對生活事物的感受與描繪，公寓、公車、電視機、路樹、月亮等，〈寂寞男子〉尤其道盡都會生活中的空虛與寂寞。

在與異國文化接觸的部份，對國際時事的關心與評論，充分顯現莫渝具備世界觀，這也是都會生活的特點，與世界同步，融入全球化的氛圍之中；尚可注意的是，莫渝對國際戰爭的書寫，也顯露其悲天憫人的胸懷。

莫渝的學思歷程、閱讀經驗與創作面向的多元，更是值得肯定。做為一個現代人，開放與多元的價值觀是必要的；文學養分的多重來源，無疑是一個作家的寶貴資產；創作題材與主題的多樣化，也是一個作家可以努力耕耘的地方。莫渝詩作的傾向抒情，題材涉及愛情、親情、鄉土、自然、異國、時事、文學人物等，相當多樣化，這在其70、80年代的作品已可看到成果；90年代之後的創作，對本土文化的刻畫更有鮮明的手法。希望經由本文的討論，在笠詩社的集體光芒之下，使我們不僅看到翻譯者莫渝、編詩選注者莫渝，更可以看到詩人莫渝以及他的成就。

——原載笠詩社、東海大學中文系編，《笠與七、八〇年代台灣詩壇關係研討會論文集》，高雄：春暉出版社，2008年8月，頁49-86。

陳義芝詩作語言與風格
的新變及其意義

一、前言

　　陳義芝，1953年生於台灣花蓮，祖籍四川。台中師專、台灣師大國文系畢業，香港新亞研究所碩士，高雄師大國文所博士。曾任聯合報副刊主任，現任台灣師大國文系教授。著有詩集《落日長煙》、《青衫》、《新婚別》、《不能遺忘的遠方》，新近出版《不安的居住》，詩選集《遙遠之歌》，新詩評介集《不盡長江滾滾來──中國新詩選注》，散文集《在溫暖的土地上》。

　　陳義芝為現代詩壇中堅代著名詩人，以古典風格見長，但自第四本詩集《不能遺忘的遠方》（以下簡稱《遠方》）若干作品後，卻展現求新求變的意圖。因此本文將首先概述其寫作歷程與詩觀，了解其古典風格與成就，然後觀察《遠方》及《不安的居住》，與前期作品對照，指出其新變的意義。

二、寫作歷程及其詩觀

　　陳義芝的詩作，一向被認為傳統而古典。雖然這極可能是出身國文學系，受傳統文學薰陶所致，但更重要的是他自己樂於承傳薪火，乃有此成就。其第一本詩集《落日長煙》（1977年，詩人季刊社發行），即具備這樣的特質；而後張默也以「抒情傳統的維護者」稱論其文學懷抱[1]。從其求學歷程看，此時的創作熱力，還應上推到師專時期的勤勉閱讀與習作，同時「以文會友」，開展了現代文學，特別是現代詩的創作旅程[2]。

　　1985年4月，陳義芝第二本詩集《青衫》由爾雅出版社出版。

---

[1] 參見陳義芝，「陳義芝寫作年表」，見《青衫》（台北：爾雅出版社，1985年），頁196。

[2] 「陳義芝寫作年表」有相當詳盡的記述，《青衫》，頁193-196。

嚴格說來，這本詩集的問世，才算引起詩壇的注意；《落日長煙》應比較近似大多數詩人的「自印本」，流通不廣，有「投石問路」的意味。在《青衫》裡，陳義芝的古典風格已見成熟，因此書前楊牧的序特別推許他能肯定古典傳統並且面對現代社會，是一種堅實純粹的抒情主義，尤其植根於傳統中國詩的理想[3]。

概略而論，陳義芝所展現的「古典」，乃是藉由修辭、語調及主題意識等表現，而構成其寫作風格。前述楊牧的序文已多處觸及這些方面的討論，筆者也曾撰寫〈詩的鈕扣，情的瘡痂──讀陳義芝《青衫》詩集〉，肯定陳義芝的詩兼具古典與新意的優點，「溫柔敦厚」是其內涵，「新穎高華」是其外衣。筆者的觀察是：在修辭上，用典、諧音、虛字、四字成詞等技巧的見用，顯示其語彙、句型、句法都是古典的風範；在語調上，則多是溫婉的、淡遠的、哀傷的，或如楊牧所說的「蘊藉」，均是傳統抒情的方式；至於主題意識上，無論是對戀情的執著與惋惜，或是自道身為編輯者、詩人的襟抱等，也都透露傳統士人儒道的精神。因為《青衫》所展現的傳統與古典風格，所以拙作以《文心雕龍》諸語論證之，竟恰恰與其寫作精神扣合：「宗聖徵經」為其主體，「情深而不詭，理直而不迂」（《文心雕龍・宗聖》），「取熔經典，自鑄偉詞」（《文心雕龍・辨騷》）則是其表現的成績[4]。

1989年9月，大雁書店出版陳義芝的《新婚別》，這是他第三本詩集。這本集子，有返鄉（探親）的筆記，也有對台灣鄉土的關愛等，但仍不出古典的風格。余光中為他所做的序，也肯定他喜愛古典意象與詞藻等所構成的古典風格，又指出鄉土為其詩藝另一支柱；但其鄉土詩雖少用典，較為質樸，可是表現手法，如陳黎序云「是那般宛轉內斂地把熾熱的感情傳遞出」，基調還是古典的情懷[5]；李元洛則以為寫四川的這些作品，「將敘事與抒情交融在

---

[3] 楊牧，〈雪滿前川──我讀陳義芝詩集〉，《青衫》，頁1-11。

[4] 洪淑苓，〈詩的鈕扣，情的瘡痂──讀陳義芝《青衫》詩集〉，《文訊》18期，1985年6月，頁141-145。

[5] 余光中，〈從媽祖到媽祖──讀陳義芝的《新婚別》〉、陳黎，〈迴漩的聲音，抽象的波濤──讀陳義芝詩集《新婚別》〉；參見陳義芝，《新婚別》（台北：大雁

一起」，「從中可以聽到古典詩歌的回聲，然而它卻是現代的新曲。」[6]可見其古典與新意的交融，最為評論者所肯定。

就陳義芝本身的創作觀來看，這樣的觀察大體與之相符。在《青衫》的後紀〈第一個十三年——《青衫》小記〉，陳義芝回顧了與古典詩結緣、對自我及創作的期許與堅持：「為中國詩的抒情傳統，提出更有創發性的見證」、「我想，唯有成為一個真正的詩人，能心契中國的人情、秩序、美，體貼文學的深廣，才能報答關愛我的師長及親友！」

然而，沒有一個詩人不曾歷經「典範的焦慮」、「影響的焦慮」。當陳義芝以古典新意為己任，欣然接受抒情傳統的冠冕時，典範、影響，不是負數而是正數，是他汲取養分的根源；他反而認為「自己」才是焦慮的對象，在《新婚別》的後記〈一九八九年六月隨想〉，他的思考有三點：（一）對「中生代」詩人「原地踏轉」的焦慮，期待衝破自己立下的「典型」；（二）寫詩如練劍，宜習正道大法，願不斷與現代詩的內涵、從前的自己交手，尋找新的聲音；（三）自省創作上的障礙，覺得書還要多讀[7]。這樣的思索，到了1993年3月出版的《不能遺忘的遠方》（以下簡稱《遠方》），似乎找尋到對應的方法與成果。這是陳義芝的第四本詩集，也是他寫詩二十年的豐收季。因為他與自我的對話、交鋒，找到合宜的速度，而且也捨棄從前苦行僧式的創作法，開始感受清新而雋永的意境。自序云：

> 對使用文字的人來講，不僅思維方式改變不易，習用字彙的捨棄、翻新，也十分困緩。但近年來，我同時努力作這兩項改變，盡量放鬆語氣，選擇一種快速、不遲疑的筆調，⋯⋯寫詩，我已厭倦文縐縐苦行僧式的遲重表現，更厭惡故作詩

書店，1989年），頁10-27、28-37。

6　李元洛，〈傳統與現代的交融——略論陳義芝的詩〉，《文訊》104期，1994年6月，頁7-10。

7　陳義芝，〈一九八九年六月隨想〉，《新婚別》，頁180-187。

語的膏藥把式。在「以清通可解的句法，創造雖不可解而可意會」的情境，和「以彆扭不易解的字詞結構，表現雖可解而實無趣的意思」之間，如何選擇，其理至明。[8]

這份自覺十分可貴。若謂寫詩如練劍，則應力學之後，忘卻師法，見招拆招，方能臻於行雲流水、人劍合一的極境。《遠方》實為陳義芝詩作的里程碑。除了部分作品與前集《新婚別》重出之外，1990年以後發表的詩作，在語言與風格上，已逐漸顯出新的樣貌，例如卷四「夢的穀粒」收錄21首短詩，多有新奇的想像、奇詭的意象、嘲諷的語調等，這些嘗試與改變，可見其跨出古典的國度，向現代、乃至後現代的範疇趨近。

1993年以後，陳義芝陸續發表的作品，有許多令人驚艷之作，除了記述父母親生存的困苦年代、描寫花蓮、彰化的童年家鄉，更有「身體詩」數首，和90年代的身體、情慾論述的熱潮相呼應。這些作品已結集為《不安的居住》，在1998年2月，由九歌出版社出版。這本詩集透露其創作上最重要的轉變是思考方式的改變，寫作態度從「放鬆語氣」，一躍而至「戲耍精神」。如同在李瑞騰的訪談中，陳義芝表示：

> 我寫詩的缺點是，寫了二十幾年，還是面目模糊，優點是覺得自己還有反省能力，我不太留戀自己所嘗試過的，譬如「古典的迷戀」等，在今天，我會增加一些思想的嘲諷和批判能力。此外我也會將所謂的象徵符號、戲耍精神應用到自己的詩裡，同時在情慾解放的呼聲中，我也寫了二十幾首「身體詩」。我有心在題材的領域上加以開拓[9]。

為了與整體大環境、新思潮同步，陳義芝的反省與蛻變，不僅是在

---

[8]　陳義芝，〈自序〉，《不能遺忘的遠方》（台北：九歌出版社，1993年），頁2。
[9]　李瑞騰專訪、楊光記錄整理，〈在詩外求詩，在知識界尋找作家〉，《文訊》138期，1997年4月，頁88。

創作上的，他還從創作者的身分轉出研究評論：〈現代詩中的「故國」母題──以瘂弦作品為例〉，啼聲初試，但分析歸納較多（見彰化師大國文系編印，《第二屆現代詩學會議論文集》）；〈各人住在各人的衣服裡──台灣戰後世代女詩人的服裝心理學〉一文則益見功力，有歷史的觀照，也企圖結合理論與批評（見《台灣詩學》季刊第十七、十八、十九期）。這或許和陳義芝赴香港新亞研究所攻取碩士有關，學院的訓練，恰可開拓其視野，理論、主義的援用，也算是「詩外求詩」（前引訪談，陳義芝語）的一法。

如上所述，我們看到一個「嚴肅」的詩人怎樣探索自我、面對自我的挑戰。他這種自我的焦慮，看似個人典型的問題，其實來自龐大的中國古典詩傳統，所給予的巨大包袱和甩不掉的陰影。無一字無來歷，實是創作者最大的驕傲與痛苦。假設陳義芝的位置被放在前行代，他必然成為一種典型、典範，如鄭愁予之於宋詞，古典甜美，並且為人傳誦不已。但陳義芝崛起於70年代，他所依歸的古典又與當時的鄉土精神不甚相契，以致他雖被定位為中生代，仍必須往下移位，與新生代詩人競寫，企思在90年代展現新的風格。這種求新求變的精神相當值得肯定，但成績如何，則有待進一步的觀察與討論。請先從詩的語言談起。

三、語言、遊戲與「寫作的零度」

羅蘭‧巴特（Roland Barthes）在其〈寫作的零度〉一文中指出，語言有其社會功能與歷史意義，作家通常只是藉用一套制度化的語言，以傳達出意旨。但這種語言是牢籠，沒有創造性，為達到寫作的「零度」，也就是「中性」的寫作，必須使用透明化的語言，才能達到完全創新的境界。因此，作家不得不挖空心思去破壞成規，揚棄熟詞爛套，從而使語言只是語言，不負載任何「語言」以外的意義與價值。換言之，作家重複使用制度化、系統化的語言，以建立自我的風格，即已落入語言的窠臼。唯有「字詞不再受一種社會

性話語的一般意向引導向前，詩的消費者被剝奪了選擇性關係的引導，而直接和字詞相對，並把它看作一種伴隨有它的一切可能性的絕對量值」時，這樣的語言才是開放的，無可範限的，如同「百科全書式的，同時包含著一切意義」這便是創造式的語言[10]。

準此，「寫作的零度」一方面意味對語言的歷史傳統作改革，另方面也是對自我的語言模式作修正。借此觀念來探測陳義芝的作品，可以約略了解《遠方》的部分作品，以及《不安的居住》的大部分作品，在句型、語彙及語調上的蛻變情形。

（一）句型

陳義芝詩作的語言，基本上是傾向傳統中文的形貌，雖然不免有西化的痕跡，但影響不大，總體來說，他的語言明淨、有情，是屬於中國式的，也是古典式的[11]。但在《不安的居住》中，已可以看到他企圖使用後現代語言，如〈陸上交通〉，以這樣的方式排列：

（身體是交通工具）
腳踏車　單戀
火　車　性呼喚
摩托車　私奔
…………
（無阻的交通是你我的身體）[12]

全詩首末兩句以（）顯示，中間共十行，上層為各種車輛名稱，下層則以情慾、性愛的語彙對應。但整齊的排列，卻未必是

---

[10] 參考羅蘭・巴特（Roland Barthes）著，李幼蒸譯〈寫作的零度〉，收於《寫作的零度──結構主義文學理論文選》（台北：桂冠圖書公司，1993年），頁75-128。

[11] 陳健民，〈九〇年代詩美學〉，收於《台灣現代詩史論》（台北：文訊雜誌社，1996年），頁489、536。

[12] 陳義芝，〈陸上交通〉，《不安的居住》（台北：九歌出版社，1998年），頁192-193。

整齊的對應，因為欠缺動詞、副詞的連繫，這些名詞可以互換，互相勾連。換言之，因為捨棄自然的語法，這些名詞已然可以自由配對，構成各種意義。因此這是一個開放式的文本，而不是封閉式的作品。讀者在閱讀過程中可以有不同的選擇與詮釋。〈政治事件〉的第一段，從「白牙，開罐器……　血」的排列，也是類似效果[13]。這都令人想起夏宇在《備忘錄》中的一些作品，如〈連連看〉[14]。又如〈肉體符號七帖〉，分別以Y、E、218、674、510、93等字母與數字，構成意象上的聯想；〈Y〉中的「Y」是女體的線條；〈E〉由三個女子的代號S、E、X塑造了性感女郎與純情少女的三面夏娃形象，並為此而困惑、惋惜；〈93〉中，9可以是高傲的男人，也不妨是站在家門口的竹竿嫂，3也可以做不同性別的人物聯想[15]。這些作品的題目設定，本身即具有文字遊戲的色彩，打破我們對作品寓意的期待。而在推究語言的意符與意旨之關係時，作者只不過是舉例示範而已。於是讀者在閱讀過程中，彷彿也在猜謎，答案並非唯一，也可能無解。這是一種文字遊戲，提供了趣味、愉悅，使讀者和作者一同墜入夢囈的語言想像。

　　語言的本身就是思考，當作家捨棄慣見的語言形式，是破壞，也是創新。然而像上述的現象，在陳義芝的近作中，仍為少數，或許是出於遊戲筆墨，在寫作的技巧上，牛刀小試。但筆者更希望這是一種節制，當後現代現象白熱化，作家勇於以破壞為建設，非將（傳統）中文置於死地決不善罷甘休時，應該有人加以反省[16]。反省不是反抗、圍堵，以歷史的權威阻嚇新興的現象，而是一齊沈潛，共謀幸福。

　　如前所言，作家對語言的實驗，一則針對語言的歷史傳統作改革，一則也是針對自我的語言模式作修正。在《青衫》集中，

---

[13]　陳義芝，〈政治事件〉，《不安的居住》，頁179。

[14]　夏宇，《備忘錄》（1986年自印本），頁27。

[15]　陳義芝，〈肉體符號七帖〉，《不安的居住》，頁194-198。

[16]　後現代創作對語言的破壞與建設，可說毀譽參半。例如白靈在〈詩的夢幻隊伍──《八十四年詩選》上場〉即說到：編審委員對夏宇作品的甄選意見，負面居多，故不錄其詩，但這並不妨礙她的光輝與讀者的喜好。見辛鬱、白靈主編，《八十四年詩選》（台北：現代詩季刊社，1996年）

陳義芝常用「最初的思念」（〈思君如滿月〉，《青衫》，頁19）、「最美的話」（〈最美的話〉，《青衫》，頁44）這樣的思考模式述說內心執著不悔、不疑不懼的情感。再加上「如何你竟不抬眼」、「把今生的歌哭／全還給你」（〈思君如滿月〉，《青衫》，頁21）等，堅決、肯定的語氣，透露的正是一種確定、必然性的思考模式，以為在天地間必然有所謂的真情真理、正義公道。似此定於一尊，尋求唯一的人生態度，也正是古典而保守的思想，然而在《遠方》開始出現這樣的句型：例如〈我要一個旅程〉：「一張流浪的唱片不停地轉啊轉／一本天涯的相簿不停地翻啊翻／一卷和一生等長的錄影帶不停地放啊放」、「永遠就是──永遠／不要固定的家」（《遠方》，頁25）；〈旅程〉：「沒有盡頭的河叫不叫流浪／沒有回程的票叫不叫遠方」（《遠方》，頁82）；〈遙遙之歌〉：「啊，今年的雨從春下到夏／會不會從生下到死」（《遠方》，頁86）在這些句子的背後，潛藏著猶疑、迴旋的眼光與姿勢，靈魂不再是勇往直前了，甚至於根本沒有固定的家，終極的目標可以追尋。「沒有……叫不叫」這樣的思考，是否定式的，代表了不確定與不必然的人生觀。

筆者認為，因為有這類句子的出現，才可以證明陳義芝開始放鬆語氣，並且尋找到合宜的節奏與速度寫詩；他從前的作品，太像苦吟詩人，為求理念的完整、情感的飽滿，就必須使用古典的語言，藉其豐厚的歷史傳統與內涵，以達到再現的目的。也由於這樣的鬆動，《不安的居住》中，〈雅座七〇年代〉[17]的「因為……所以」句型最令人驚艷：「去作薜荔／因為有一座高牆可以攀附／覺得窒息／因為緊挨的水壩進行壓迫／所以暈眩／因為沒有光／所以不安／因為貓叫而不知要幹什麼」（《不安的居住》，頁73）這八句兩兩一組，將原因置於後，形成倒裝句；但第五、七句加上「所以」一詞，使得原來的邏輯大亂，以致前後句互相糾纏，因果循環，耐人尋味，也增加了詮釋的空間。

更進一步看，作家在句型上的實驗，一方面突破成規，一方面又能形成多樣的解釋義涵，這才達到了「開放」的文本之意味。誠如羅蘭·巴特的觀念，「文本是一符號遊戲的載體空間，它可無止境的玩下去，因為它沒有定義的規則，來裁決遊戲的終止點」，而讀者也在這不同於往昔閱讀習慣的嶄新經驗中，獲得極樂、狂喜[18]。這種遊戲精神的追尋與努力，應是陳義芝表現新風格的動力來源。

（二）語彙

　　語彙的取用，代表作家的某些選擇，早期陳義芝所用的語彙多源自古典文學，但近作中的語彙，則出現大量的身體語彙，著重感官印象，且不只是意象的使用而已，更進一步的，把性愛當作隱喻，廣泛運用在各類題材中。

　　中文的語言是心觀式的語言，我們對於「身體」的感覺不如西方人那般重視。在古典詩中，除了六朝的宮體詩，以身體感官為語彙的，畢竟不多。在現代詩，雖然有「意象」的運用，但以視覺、聽覺運用較廣泛，二者也是傾向於觀想，而非身體的感受。在陳義芝的《遠方》，我們看到這樣的詞彙與表現手法，例如〈桂花〉：「失去了那陣不經意的風／留下吻在我鼻尖上的一星唾沫。」（《遠方》，頁105）用「一星唾沫」暗示桂花香氣，但「吻」字所傳達的「肌膚之親」與「唾沫」黏搭在皮膚上的「切身」之感，顯然遠勝於鼻子嗅到的香味，也就是說身體觸感的，勝過了嗅覺上的意象，也更能激起讀者的「感應」。〈靜夜思〉：「一百根釘子／釘上我的股節神經」（《遠方》，頁103）　「釘」字的使用，令人有直入骨髓的痛感；〈崖上〉：「長髮吃風一撩撥／化作她胸前的一條蛇」（《遠方》，頁107）「吃」有被動意味，但若還原本意，則是舌、齒以及整個口腔咀嚼吞嚥的綜合，相當具有身體感受，使柔順飄飛的髮，彷彿因此有內在的活力，乃至魔力，終化為

---

[18] 參見孫小玉，〈解鈴？繫鈴？——羅蘭巴特〉，收於呂正惠主編，《文學的後設思考：當代文學理論家》（台北：正中書局，1991年），頁92。

詭譎誘人駭人的蛇。

　　身體的論述是當代的熱門思潮之一，身體可以用來驗證自我的
存在，也可以用來透視權力的運作、性別的政治，或者是與情慾解
放結合；就末項而言，以情慾的角度看待世界人生，則一切都在情
慾的指涉之內，因之身體的語彙、身體的感受，也就被窄化為「性
愛」的字詞，不只描寫男女情感事件使用性愛相關語，任何事物，
都可以如法炮製，例如陳義芝《不安的居住》收兩首觀舞之作：
〈黑洞〉[19]與〈春之祭〉[20]，對象既然是舞蹈，自然有許多描寫比
喻是取自於舞者的舞姿——手、腳、肩膀的躍動，肌肉、骨骼的牽
引，乃至於皮膚和氣流的擦塞，篇中詩句可以說是「取之於身體，
用之於身體」，有相當貼切巧妙的譬喻。不過，〈黑洞〉所用手法
較含蓄，在其「太陽的彈簧每一鬆脫，／藍色小星就在連綿的山上
奔跑；／亞當的行星每一撞毀，／夏娃的裙裾就升起一片發光的
雲。」（《不安的居住》，頁116）這一段中，亞當、夏娃二行，
頗見奇想，但仍屬暗示，點出人類始祖熱情燃燒的愛；在〈春之
祭〉中，則逕用「勾引」、「媾和」這樣的字眼：「用腳尖去勾引
腳尖吧／用肚臍去覆蓋肚臍吧」、「沉沉的敲擊是粗暴的雨／高高
的鑼鈸是男與女」「胸乳為聖禱拉出新的土坏來／鼠與鼠蹊間的捕
鼠器在戰鬥中／媾和了」（《不安的居住》，頁170、171）此類句
子，就具備比較明顯強烈的性愛意味了。

　　以此說彼，意在言外，實是詩歌的重要特徵。上述二首以性
愛語彙說舞蹈，當然也是這樣的技巧運用。另一首〈高崖之歌〉[21]
技巧更高明，因為就全篇讀來，給人直覺是以大自然的水土保持比
喻男女關係，因而有此類詩句：「其實，春雨曾和根莖在地底交
歡」、「黑夜轉成／暗香豐盈的胴體」；然而讀至詩末所附：「原
載行政院農委會一九九三・七編印《水和土的對話》」（《不安的
居住》，頁164）沒錯！它就是在說水土保持，讀者為何多慮呢？

---

[19]　陳義芝，〈黑洞〉，《不安的居住》，頁115-118。
[20]　陳義芝，〈春之祭〉，《不安的居住》，頁169-171。
[21]　陳義芝，〈高崖之歌〉，《不安的居住》，頁162-164。

由此也可知，表象與隱喻之間相互的糾纏，又是一種「文本」。

又如〈沒有停車的地方〉[22]寫都市停車位難求，但將之提至象徵的層次，以指刺人的自私與慾望。詩分二段，末段云：「沒有停車的地方，／那裡會有燈下的愛？／在警察拖吊車與公然竊車者橫行的城市，／我們流浪，野合／生下更多自私與慾望的私生子⋯⋯。」（《不安的居住》，頁149-150）在這裡，因為最後一句的接續，使「野合」一詞，更見諷喻。這首詩的性愛語彙與隱喻結合緊密，同時具有延展性，啟人深思。這也是《不安的居住》相當引人注目的語言現象之一。

從以上諸例可知，身體、性愛語彙的使用，的確使陳義芝的作品呈現新樣貌，已非古典一詞可以涵蓋。而這些語彙，無論做為描述或隱喻，都是一種符號的搬演，足以產生繽紛耀眼的效果。讀者在追索意符與意旨之間的脈絡時，也常有意外的驚喜；這不也是遊戲精神的顯現——以新奇的態度，進行創作與閱讀的實驗，並因此而獲得嶄新的趣味。

（三）語調

由於解構的思想，後現代文學的敘事模式，往往由抒情轉為戲劇，也就是由整體的、連續性的敘述轉變為情節、片段的描述，美學風格也由追求崇高轉為失落與卑下，其內在世界也由神聖轉為世俗，所看到的不是精神心靈，而是肉體欲望，這些元素甚至可能同時並存，形成多元的聲調，造成拼貼的效果[23]。在陳義芝的作品裡，敘述語調由崇高轉為卑下，就連帶觸動作品的風貌。首先，看他怎樣描繪父親與自我。

---

[22] 陳義芝，〈沒有停車的地方〉，《不安的居住》，頁149-150。

[23] 有關後現代的介紹，參考蔡源煌，〈後現代主義的省思〉、〈什麼是後現代文學〉，收於氏著《從浪漫主義到後現代主義》（台北：雅典出版社，1987年）。此外，孟樊：〈台灣後現代詩的理論與實際〉，也曾界定後現代詩的七項特徵，收於林燿德主編，《台灣當代文學評論大系・新詩批評卷》（台北：正中書局，1993年）。

在陳義芝筆下，並沒有過份誇大「父親」的形象，他一直以諒解的眼光看待父親及其同輩人的無奈與辛酸。但這份眼光，仍謹慎地維護著父親的尊嚴，例如《不安的居住》中，〈鑄幣術——側寫改行務農的父親〉[24]便是。而〈操場——陪父親散步有感〉則在諒解同情之外，以悲憫的眼光看到「八十八歲的父親益發顯得老邁／遲重，沒有能力用語言描述現在／除了痰多／還頻於小解」（《不安的居住》，頁38-39），痰多、頻尿的描述，使傳統偉大的嚴父形象染上卑微的色調。

陳義芝對自我的期許則相當崇高、典正，東坡、陸游、胡適都曾出現詩中，並與之對話，稱兄道弟；這一份傳統文人、知識分子的風骨幾乎不曾動搖，並且時常散發出金色耀眼的光芒，如《遠方》的〈翠鳥〉所云：「三十五隻翠鳥停在一棵金色的樹上／像三十五歲的你擁有／一條太陽染金的河」（《遠方》，頁101），正是志得意滿、黃金歲月的人生。然而也可看到〈四十自述〉裡「貧窮的知識壓住慾望的小腹」（《遠方》，頁115）等對人生及自我多方的嘆息；又如，〈在時間中旅行〉雖然是夜讀何其芳《畫夢錄》有感，但「環顧到處都是填不完的空格／中年亂夢如試場鐘聲響前慌張」之句（《不安的居住》，頁133），未嘗不是一個中年男子的卑微反省；甚至於〈神鳥—— 四十四歲自寫〉[25]，儘管此鳥有如大鵬展翅、白鶴飛舞那般壯闊神氣，卻免不了也有「深心灼痛」的陡然心驚，並且藏諸深處，不欲人知的平凡。[26]

不過，陳義芝在父親與自我形象的升降上，畢竟鬆動的不多。最易察覺這種改變的，還是他的愛情詩。

《青衫》中的〈蓮霧〉[27]，屢被提及，因為它散發出晶瑩溫馨的光輝，古典婉麗，令人愛不釋手。《新婚別》中，〈夢荷花三

24　陳義芝，〈鑄幣術——側寫改行務農的父親〉，《不安的居住》，頁31-32。
25　陳義芝，〈神鳥——四十四歲自寫〉，《不安的居住》，頁127-128。
26　陳義芝，〈神鳥——四十四歲自寫〉：「除了深心灼痛像是天譴／飛行的鳥無不敬地唯一／如神」同上註，頁128。
27　陳義芝，〈蓮霧〉，《青衫》，頁17-18。

娘子〉[28]，取自聊齋，有水墨氤氲的氣氛，淒迷之美，以「人在枕上釵橫鬢亂」（《新婚別》，頁146）句寫其情愛；〈天體行〉則云：「女子幽微之心／是宇宙最奇奧的天體」、「那眉眼啊，何等皎潔」[29]，其著眼處是聖潔的靈魂、心之所在，因此只點出眉眼之美，而不遑述及其他。其早期的情詩大抵如此，有昇華的情感，崇高而神聖的嚮往。

到了《遠方》，〈外星人日誌〉[30]、〈遙遠之歌〉[31]、〈潛情書〉[32]等，仍是精采萬分的佳作。這些情詩，背後彷彿都有一個哀怨動人的故事，但呈現給讀者的，卻都是片段的情節，離別的剎那，或是急急追趕，沒有盡頭的旅程。整個事件，沒有前因，欠缺後果，失去連綴，只剩下語言和行動，以此導出「不得不愛」又「不得愛」的痛苦，讀者為其焦慮，也在閱讀的同時，獲得痛苦的愉悅。這就是戲劇化的演出，極為成功。然而〈遙遠之歌〉，「在閃電拓印的碑帖裡互尋前身」（《遠方》，頁85）猶是古典的情語，「數裸背上的痣合計彼此背負的情債／轉身，看到臉上細密的汗毛／一步步走向天涯的草色」（《遠方》，頁85）等句，「痣」、「汗毛」的出現，實令人忍俊不禁，猥瑣的親密，真實平凡，這樣的愛情究竟是神聖或低卑？〈潛情書〉，依李瑞騰之見：「這顯然有『不得不愛』又『不得愛』的矛盾痛苦。……依我看，這是偷情。」[33]準此，不為禮教道德所容許的「偷情」，自然是卑下的，不能光明正人而頌揚之，只能隱含同情。

對於愛情所展現的卑微面，《遠方》的〈中年之愛〉[34]有著相當準確而尖刻的諷喻：「野餐時掉在地上的飯粒／招來了一長溜螞蟻／延伸至相思樹腐葉堆裡」（《遠方》，頁114）野餐非正餐，飯粒瑣屑，隨時可能踩黏腳底，就算招來螞蟻哄抬，也不過是鑽進

---

[28] 陳義芝，〈荷花三娘子〉，《新婚別》，頁144-147。
[29] 陳義芝，〈天體行〉，《新婚別》，頁148-149。
[30] 陳義芝，〈外星人日誌〉，《遠方》，頁70-74。
[31] 陳義芝，〈遙遠之歌〉，《遠方》，頁83-86。
[32] 陳義芝，〈潛情書〉，《遠方》，頁87-89。
[33] 見其詩末附爾雅版《〈七十九年詩選〉‧導讀》，《遠方》，頁90-91。
[34] 陳義芝，〈中年之愛〉，《遠方》，頁114。

腐爛的相思樹葉裡——步入中年以後，愛情的面貌正是如此庸俗不堪啊！如同《不安的居住》所收的〈太白前身〉[35]，假託一個卅五歲男子對廿歲少女的觀望，終於明白「你像初綻的詩行／而我只能是——夢中沉沉的一窪水（《不安的居住》，頁99），男子中年對青春少女，這份錯過的愛慕，終究是霄壤之別，呈現「神聖高潔的詩句與低汙穢的泥水」的對比。

最能代表這種世俗卑瑣語調的，是《不安的居住》所收〈我是你病人〉這首：「我是你病人／你餵我甜藥／撫摸我胸乳／使我產生痊癒的信仰」在看似正經的醫病關係下，其實相當滑稽，良藥苦口，世間焉有甜藥？第二段「撫摸我臍下／搜尋隱形的慾望／讓黃體激素為柔軟的平沙／建立青草無涯的親密關係」一出，便知所指為男女情愛；由末段「開刀，取走我發炎的心」更知我所害者，乃相思病也，卻無意以古典抒情的筆調述說，而採用如此裝腔作勢、聖俗相混的滑稽語調。第三段「到南方開墾，種植絲瓜／到北方開墾，種植番茄／在東方，撿桃花／在西方，養金魚」無疑是「採蓮謠」：「魚戲蓮葉東／魚戲蓮葉南／魚戲蓮葉西／魚戲蓮葉北」的戲仿，而接在前段「青草無涯」句下，瓜果的豐收，代指情欲的豐收，但其語彙又如此不倫不類，突梯無端，諧謔效果十足[36]。

歸結而言，語調的放鬆轉換，可視為陳義芝突破「心防」之後的作為。當創作者不再自我矜持，以無可無不可的態度來看愛情與人生，筆下自然也能無所顧忌，游刃有餘。再出以諧謔口吻，更是遊戲精神的高度表現。

四、女性、情欲與男性觀看

經由上節的探討可知，陳義芝近作頗符合後現代的若干現象。後現代是解構的，對傳統一元化的價值鬆動、顛覆，而其基調則是

---

[35] 陳義芝，〈太白前身〉，《不安的居住》，頁97-99。
[36] 陳義芝，〈我是你病人〉，《不安的居住》，頁190-191。

遊戲的精神，並從語言遊戲中獲取愉悅，快感。而相對於對自我理想的堅持，陳義芝寫女性、情詩，以及情欲的拓展，顯然有較大幅度的鬆動，值得特立一節討論。

（一）女性與女性主義

　　女性人物一直是文學作品書寫的對象。在陳義芝筆下，描寫了母親的堅毅、初戀情人的清純，也曾為四川家鄉的老婦代言〈新婚別〉[37]；刻畫出女性溫柔、典雅、如水般的韌性，使其形象既有地母的原型，也有高唐神女的聖潔。《新婚別》所收〈女性主義怎麼說〉更用一種共相：「空房一生，用燭淚和如髮細的心刺繡夜」，烘托古代女子獨自守節，幽怨黯然的一生。這古老荒遠的女性形象，應該是女性主義者想要重新探索的對象，特別是它形成的社會背景、文化因素、性別政治等，但其詩又云：「紅顏凋盡後不分妻妾」、「貞節牌坊，是一冊沈重得教人不敢翻讀的婦德誡命啊／女性主義怎麼說——」[38]，誠如其言，妻妾成群、苦守寒窯的女性塑像，已不是單薄的××主義可以釐清的，可以解放、解救的了，從「主義」回歸到「女性」本身，這才是人本精神的探討。

　　其實，「女性主義怎麼說」這樣的標題，是很聳動，彷彿有所挑釁。於此，不得不說陳義芝是很勇敢的，也是很誠懇的，願意（敢）以男性的身份點名女性主義的論說。在《不安的居住》收錄〈裸夜〉[39]，也是和女性主義的對話。

　　〈裸夜〉製作了矛盾的情境，使女主角輾轉難眠。因為昨天計畫許久的秘密約會取消了，按推測是與老情人的約會；而明天又安排好和丈夫去拍攝結婚廿五周年的紀念照。她不敢面對內心層層湧起的波濤。她的肌膚暴露在夜寒之中，內心卻熾熱無比。她不敢面對情感與情欲的掙扎，反諷的是，「她是國內知名的女性主義者

---

[37] 陳義芝，〈新婚別〉，《新婚別》，頁62-69。
[38] 陳義芝，〈女性主義怎麼說〉，《新婚別》，頁138-136。
[39] 陳義芝，〈裸夜〉，《不安的居住》，頁82-85。

哪，」家庭幸福美滿，而「手頭正在趕寫一篇談女性情慾的論文／題目叫〈從半裸到全開〉」！（《不安的居住》，頁84）本詩發表於1997年1月，距〈女性主義怎麼說〉（1986年12月）恰滿十年，這十年國內女性主義運動與理論，正熱烈地展開。那麼，一個女性主義學者，而且是國內知名的，她怎樣看待自己情欲？陳義芝抓住了這個可議的「賣點」，但是否準確地擊中其要害呢？當女主角聽到自己在黑夜中起落的呼吸聲，「為一個禁閉的軀體終於感到了一絲絲酸楚，無助」這般的洞察與體諒，基本上仍是很傳統、保守的，以為女性受制於外在因素，不敢表露內在的情感，因而酸楚、無奈——屬於女主角的，也屬於一個男性作者同情式的觀感。

一般而言，這樣的觀察是沒錯的。男性可以不斷炫耀從前的戀愛史，甚至眼前的艷遇；但大多數的女性，仍必須掩飾婚前的愛情故事——然而，我們也逐漸可以在女性作家的作品中找到反證，她們真誠書寫（每一次）戀愛中的悲喜，即使是欲望的表露也無可忌憚。而女性主義者在情慾論述上的開放，有的新潮前衛，令保守派不敢正視（或不屑一顧）；這些現象，顯然比較能夠凸顯當代女性主義者的特性，放入詩中更具有引爆力量。故筆者以為，〈裸夜〉看似聳動，其實仍是保守的看法，也許陳義芝想要點出女性主義者的矛盾，但衡諸現實，以這樣的女性人物為代表，仍不足以凸顯女性主義者的成績。[40]

再看另一首〈觀音〉[41]。由包蔥白的荷葉餅與坐在身旁的「妳」寫起，「你坐在我旁邊／像一尊瓷白的觀音」，「蔥白一樣的手指啊／應該捲進荷葉裡／還是棉被裡」，觀音與荷葉，乃成為欲想的對象。按以觀音為愛慕的對象，羅青有〈觀音〉詩，表面上描寫實體的觀音山，實則虛擬觀音菩薩，並且還主動向詩人表達深

---

[40] 〈裸夜〉的末句寫著，女主角寫的論文「題目叫〈從半裸到全開〉」，這篇名恰恰和陳義芝自己的一篇論文同名（收入其學術論著《從半裸到全開》，台北：學生書局，1999年），可推測此詩也可能是陳義芝模擬女性身分來發聲，有陰性書寫的意味。但女詩人的情慾書寫，仍有相當開放、前衛的作品，例如利玉芳、曾淑美等，參見鍾玲，《現代中國繆思——台灣女詩人作品析論》（台北：聯經出版公司，1989年），頁317、324。因此筆者認為陳義芝採取的是同情式的觀點。修訂稿補誌。
[41] 陳義芝，〈觀音〉，《不安的居住》，頁74-76。

情，也象徵一切美的事物[42]。而陳義芝此詩的突破，就是更明白陳述其愛欲。在其詩第一段寫「妳」的鼻、唇，充滿誘人的力量，第二段則由睫毛、酒窩而寫到「像月球的乳頭」，一步步由心靈指向肉體，表達了似有若無，若現若隱的欲望，末段有言「頭髮是慾望衣服是摩擦」（《不安的居住》，頁76），更足資證明。雖然全篇仍多方譬喻，又有「你不知道我已抱住觀音不敢下滑⋯⋯」（同前）等含蓄語言，但其中的情欲仍是昭然若揭的。

能夠看到愛情裡的靈與肉，的確是陳義芝近作的一大改變。因此《新婚別》中〈爆炸——為鹽水鎮元宵蜂炮而寫〉，已經有「爆炸是孕生的行動／夜的子宮吞吐赤煉的蛇信」、「痙攣使一顆星與一顆星／撞毀，在大氣中完成交媾／不能回頭的那一瞬啊／拖曳著長長的發光的尾巴／人稱愛情」、「其實每個人的慾裡也都藏有一座不死的火山／不斷噴嘶出夸言和贊語」這樣的理念描述[43]，但畢竟「點到為止」，在暗喻、象徵的技巧上徘徊。而《不安的居住》中，寫男女二人結婚十周年的前夕，詩的第一段，猶自難忘妻少女時愛穿的紅T恤，但末三行：「猛然挪了挪身子，靠近床邊／她用顫顫的肌膚，一雙溫馴發燙的胸乳／逼他落下淚來⋯⋯」（〈冬夜〉，《不安的居住》，頁81）則帶領讀者正視女體，並點出這十年來的婚姻生活，精神的戀慕與肉體的歡愉，同等重要。

（二）女體與情欲

再進一步看，「女體」這個符號，也開始成為其筆下搬演的戲碼。試看《不安的居住》所收〈住在衣服裡的女人〉[44]，從貼身的皮膚寫起，牛仔褲、開叉裙等——對應著不同的文學形式，乃至於「蹙眉思考如聖經紙印的字典」（《不安的居住》，頁68）；在這

---

[42] 羅智成，〈觀音〉：「柔美的觀音已沉睡稀落的燭群裡／她的睡姿是夢的黑屏風：／我偷偷到她髮下垂釣，／每顆遠方的星上都大雪紛飛。」見其《光之書》（台北：聯文出版社，2012年），頁195。

[43] 陳義芝，〈爆炸——為鹽水鎮元宵蜂炮而寫〉，《新婚別》，頁131-133。

[44] 陳義芝，〈住在衣服裡的女人〉，《不安的居住》，頁67-70。

首詩中，可說企圖實踐書寫／欲望的論述。但是在第五段，用狐、遺失的肋骨來形容「妳」，這是傳統的女性譬喻；又自比為「黏附妳身上的一塊肉」、「天譴的蛇」（同前），為什麼不用亞當，以與夏娃（肋骨）對應呢？蛇，一則是陳義芝的生肖，一則更能代表誘惑、欲望的意象。第六段，「我渴望穿你，當披肩滑落勢如閃電」（《不安的居住》，頁69）、「我渴望套頭的圓領衫埋入你胸脯，陷身桃花源」（同前）等語，則已經把欲想明說，全篇彷彿即將進入一個欲望糾纏的世界，但隨後的第七、八段，則宕開而寫，有諧謔的口吻，如最末二句：「我深信你打開的皮包中永遠藏有我／──一堆親暱而俚俗的話」（《不安的居住》，頁69-70）就是這一堆親暱而俚俗的話，把前面所累聚的欲望強度，完全瓦解，彷彿歷經一場書寫與欲望的辯論，一場男人觀看女人的虛擬實境，鈴聲一響、按鍵一按，一切歸於空無。

〈自畫像〉[45]也是描摹女體的作品。分別用溫馴的馬、壯碩的牛、害羞的羊形容「她」、「我的安琪兒」，這位「我」所愛的女性，彷若一幅油彩未乾的自畫像，「一會兒是馬一會兒是牛──一會兒又是羊──霜淇淋的女獸啊，是流動／又是伸手可觸摸的」、「食我／且為我所食」（《不安的居住》，頁173-174）油彩未乾、霜淇淋等詞，相當能夠說明女性的善變、媚惑，而最後以互相嚙食為喻，更襯托出飲食／男女的意旨。

有關情欲的拓展，還應該看看陳義芝對男性本身的描繪。〈海中哺乳〉[46]，暗寫男性埋入女性胸脯，吸吮女性氣息，並且充滿征服與挑戰的意志，由此得到「緊張，而無限愉悅」的感受。而且這記憶源自哺乳時代，顯示恆久以來，男性對女性的依戀，有戀母情結的意味。〈瓶花〉[47]以男人是花為主題，由此展開許多辯證：「為什麼插入瓶中受供養／便有了一夜間的生死之謎」（《不安的

---

[45] 陳義芝，〈自畫像〉，《不安的居住》，頁172-174。筆者記得在某次演講中，陳義芝表示他有意藉此詩來試驗陰性書寫，則他的這一系列作品，也可以從其他的觀點來探討。修訂稿補誌。

[46] 陳義芝，〈海中哺乳〉，《不安的居住》，頁186-187。

[47] 陳義芝，〈瓶花〉，《不安的居住》，頁182-183。

居住》，頁182）以及「使花期長一點，是男人的精神嗎」（《不安的居住》，頁183）等句，表面上寫供養瓶花的要訣，實則暗寫男性的「性」特徵、迷思等；全篇以「妳」為首尾，加以詰問，形成男性作者／女性讀者的對話。

陳義芝原本以「身體詩」之題，發表了十多首作品，每首都有順序編號，結集為《不安的居住》，則入於卷四，冠以「身體櫥窗」的標題，取消其編號。這些身體詩應可代表陳義芝這幾年來將學術思潮與創作結合的成果，也讓我們不敢輕忽其背後的意圖。換言之，這些身體詩，應可構成陳義芝對身體、情欲的論述，如何看女人、看男人，甚至於兩性關係的探討。而〈自體說〉[48]，更是一則關於雌雄同體與同志情欲的陳述。其以蘋果、香蕉為意象，「剖成兩半都還是蘋果」（《不安的居住》，頁175）、「剝了皮還是香蕉」（《不安的居住》，頁176），暗示了自體欲望的滿足；在末段諸句，更點名這種思想，在男人的身上可以找到、塑造另一個女人；反之亦然，由此而達到雌雄同體的境況，甚至可以男男、女女，同性相愛。

回顧陳義芝早期作品中，對女性的描摹，大多在於其眉眼、雙睫，以及輕盈的體態、飄逸出塵的形象，由此而觸發的愛情，也是不食人間煙火，浪漫多情，充滿無限的追憶、遐思。這時期的若干作品，彷彿其中有人，呼之欲出；換言之，是比較貼近自傳式的敘述，有「我」的主體存在，相當具有個人的色彩。而《遠方》之後，開始出現外星人之戀（〈外星人日誌〉）、出軌的戀情（〈潛情書〉）、中年男子的痛惜（〈太白前身〉）、老年失愛的心情（〈當我老時〉[49]）等作品，除〈摯愛〉特別標明「送紅媛」係給其妻的情詩之外，其餘的作品，都是莫可追究其因的情詩，只能說是虛構與想像，如其本人所言：「詩可說是一個江湖，可以讓你去悠遊、放縱、浪跡、棲止，你可以在這個江湖和好友狂歌對飲、和

---

[48] 陳義芝，〈自體說〉，《不安的居住》，頁175-176。
[49] 陳義芝，〈當我老時〉，《不安的居住》，頁106-109。

260 孤獨與美

紅粉知己談心」[50]，所以這些作品中的「我」，事實上已不等於現實中的我，「作者已死」，這個「我」已經脫離傳記考索的範圍，而走向無「我」的視角，馳騁於藝術創作的天地。

（三）男性觀看

然而這種無「我」的視角，是否具有嶄新的意義？從前文的分析，我們已看到其主要的精神：一是陳義芝在語言上的實驗，隱含遊戲意味；二是以學術思潮為基礎，在題材上擴充，並去除個人色彩，以觀照到更多層面的寫作。這種求新求變的精神，對創作者個人來說，是值得鼓勵肯定的。但是再進一步探討，這種無「我」的視角，卻似乎並未完全超越既有的價值體系，提供一個絕對創新的觀點。相反地，它更傾像於陳陳相因的「男性觀看」。

依據巴赫汀（Mikhail Bakthin）的「觀看」理論，「文學作品中的角色形象，並非來自角色的內在，而是作者以觀看者的立場，給予其角色美學上的詮釋與組織。作品中的每一個字都包含了美學活動的兩個層次：作者自我投射到角色身上，並給予角色一個時空的形式。」[51]而何謂男性觀看？即是以男性眼光觀看人物、特別是女性人物的方式，以及價值觀[52]。在男性作家筆下，女性人物往往被化約為兩種形象：聖女是男性心目中真善美的結合體，不為世俗污染，永恆的慕求對象。妖婦則是致命的吸引力，屬於肉感的、肉慾的，使男人媚惑，卻又可能導致毀滅的「禍國妖姬」[53]。

---

50 見前引李瑞騰的訪談，同註9。
51 馬耀民，〈作者、正文、讀者——巴赫汀的《對話論》〉，《文學的後設思考》，見註18，頁59。
52 例如克莉絲·維登（Chris Weedon）曾指出，在色情業和廣告業，「提供給我們女性特質的模式，……在其中女性完全將自身導向男性視覺、男性幻覺與男性慾望之滿足，並從中獲得一種被虐待式的快樂」，克莉絲·維登著、白曉紅譯，《女性主義實踐與後結構主義理論》（台北：桂冠圖書公司，1994年），頁26、27。這種觀看，即是男性觀看的代表。
53 60年代，萊斯利·菲德勒（Leslie Fiedler）的《美國小說中的愛與死》首先指出，文學中的女性形象，往往被塑造為好女人（仙女）與壞女人（妖婦）兩種極端的類型。見王逢振，《女性主義·第八章婦女形象》（台北：揚智出版社，1995年），頁71-82。在中國文學裡，我們也不難發現「窈窕淑女」與「禍國妖姬」這兩種對比

以此看陳義芝筆下的女性形象，早期作品中多是婉約柔美，為其人所羨慕追憶；後來開始描寫的女體，《不安的居住》的〈自畫像〉，以「霜淇淋的女獸」喻之，很像畢卡索筆下的女形，誇張變異，有超現實的味道，但所投射的意識，不為妖婦者為何？像馬、似牛、又如羊，莫不是男性觀看下善變的女性，又指出它有這三種動物，溫馴、壯碩、害羞的混合，而且繼續不斷在交換變化，「油彩未乾」，動態式的變幻，令人目眩，也相當可畏。而不以「女人」，以「女獸」呼之，更顯示其對女體的困惑與著迷，摻雜著畏懼，又潛藏深沈的男性慾望。〈住在衣服裡的女人〉，更給予女體滿溢的風情魅力，使遠觀的「我」，也能藉此神遊冥合，但又可不必擔負任何責任。這是把女性人物當做是慾望的客體，加以投射，獲得替代式的滿足。詩中將女體客觀化為各種衣飾與文學的書寫，即使到詩末女人「打開皮包」的動作，也沒有還給女性一個主體位置，皮包內猶是一堆男性的話語──那親暱而俚俗的話，猶可代表男性語言對女性生命的宰制。

〈肉體符號七帖〉中的〈E〉[54]、〈A〉[55]遊戲意味十足，卻也頗能代表男性的觀看。〈E〉、〈A〉的「坐在教室裡的女生E」和「側身而去的少女F」（《不安的居住》，頁195），都是男性觀看下，青春純潔的少女形象，而夢中妖嬈的黑衣女S、小電影海報女郎X、廁所春宮畫女主角W則是肉慾化身的妖婦形象。〈A〉末二行云：「原來都是少年 i 心中／嚴妝拭淚的皇后A」（《不安的居住》，頁196）i 雖然是小寫，卻就是「我」的意思，而皇后A，正是其早期作品中溫婉多情、端莊的女性（聖女）形象。但因已揭露了妖嬈性感的形象，便不得不嚴妝「拭淚」，此淚，是作者為她，也為自己惋惜，失去一個美的象徵。這樣的男性觀看代表著，既期許女性永遠聖潔高貴，柔情似水；另方面又不禁洩漏男性對女性人物的愛慾想像。

的類型。

[54] 陳義芝，〈E〉，《不安的居住》，頁195。

[55] 陳義芝，〈A〉，《不安的居住》，頁195-196。

再者，我們也想問，男性怎樣觀看自己？〈外星人日誌〉的確是一首上乘的情詩，氣勢雄渾，卻又婉轉纏綿，相當扣人心弦。然而詩中的男性（外星人）可有什麼特別的地方？他的深情，毋庸多言，但他的愛情模式，仍如千古以來，負心離去的良人，雖有不得不然的痛苦，以及幾度徘徊山頭的留戀，但終究是離去了。就像古詩中浪子與思婦的組合，這裡的外星（男）人，仍是那個「永遠在離開」的男人，所不同者，詩以此男人為主角重心，述說其愛戀。若和鄭愁予的〈情婦〉相比，這個外星浪子，的確更多溫情，這是此詩在男性本位主義之外，所流露出的體貼與溫馨。

　　此外，〈海中哺乳〉、〈野馬〉[56]與〈瓶花〉等詩，也可代表男性自我的觀看。〈海中哺乳〉坦言依偎女性胸脯的「愉悅」，如同〈自畫像〉末言「食我／且為我所食」（《不安的居住》，頁174）那般的快感；〈野馬〉可說是情色詩在剃刀邊緣的演出，對於性愛有太過顯眼的喻說，由第三行云「獨自一人」之感及末云：「一晃眼，那野馬竟已無蹤／只剩下滯留在體內的風」（《不安的居住》，頁185），可知主題是性愛之後的孤獨與空虛，色即是空。而〈瓶花〉，如前文所探討，扣問（男）性的迷思，在撥弄文字，受詞互換的技巧下，瓶、花彷若不固定的男女關係，或不定於一的相處模式，但問於「妳」，卻相當詭異，為什麼不是男性自我的扣問，卻推給女性？

　　概括而言，陳義芝詩中對女性的描摹仍然比對男性多，他所塑造的女性，已由精神轉向肉體，這是他在寫作歷程上的突破，但卻沒有超越男性欲望的觀看。對男性的塑造，則偏於傳統的陽剛、本位主義，但隱約流露自我的反省，有幾分細膩與溫情。從女性主義的觀點而言，後者頗為可喜，若能正視男性欲望，且加以反省批判，更見用心。

---

[56] 陳義芝，〈野馬〉，《不安的居住》，頁184-185。

五、不可兒戲的自我與鄉土

其實，陳義芝仍繼續在寫與社會現實有關的詩。對社會的關懷，對人類命運的思索，一直是他不曾放棄的主題。早期有《青衫》內的〈海上之傷──一九七八年南中國海紀事〉[57]，寫越南淪亡事；〈巨變〉[58]寫隱居在印尼叢林的台籍老兵李光輝，返回文明世界，三年而罹患癌症致死；〈龍城飛將──聞趙士強揮出再見全壘打即作〉[59]、〈陰寒──參觀台中靜和精神病院〉[60]；《新婚別》中有〈蜂螫之愛恨──為佳里鎮捨身餵蜂以護學童的陳益興老師而寫〉[61]，其內容皆如標題所示；近期《不安的居住》亦有〈透明的胸膛──空難誌哀〉[62]、〈選戰〉[63]等與現實事件相呼應的作品。

這些現實的關懷，並非不能夠以情欲的角度來寫，在其他詩人的作品裡，幾乎只要詩人願意，就可以出以情色或是器官名詞的搬弄，作另一種思考與表現。尤其《不安的居住》亦有〈選戰〉詩，出現「性醜聞」一詞，但也無關情色，而是對於選舉時的紛亂現象加以反思[64]。

雖然這類作品為數不多，但至少顯示陳義芝在題材與語言的配合是有所顧慮的，不因時髦新潮的語言，譁眾取寵，一以貫之。另一方面，這也代表著這類作品，由於現實關懷的基礎較穩固，因此在語言上比較不容易鬆動。前文已指出，陳義芝詩中常見自我期許與自我形象的塑造，或上友古人、師法時賢，或自許為針砭時文的

---

[57] 陳義芝，〈海上之傷──一九七八年南中國海紀事〉，《青衫》，頁161-188。

[58] 陳義芝，〈巨變〉，《青衫》，頁180-110。

[59] 陳義芝，〈龍城飛將──聞趙士強揮出再見全壘打即作〉，《青衫》，頁122-123。

[60] 陳義芝，〈陰寒──參觀台中靜和精神病院〉，《青衫》，頁120-121。

[61] 陳義芝，〈蜂螫之愛恨──為佳里鎮捨身餵蜂以護學童的陳益興老師而寫〉，《新婚別》，頁126-130。

[62] 陳義芝，〈透明的胸膛──空難誌哀〉，《不安的居住》，頁137-139。

[63] 陳義芝，〈選戰〉，《不安的居住》，頁146-148。

[64] 陳義芝，〈選戰〉：「老師怎能為面子作答？／ 他聽到四面八方都是曖昧的言詞求救的話／ 社會上又生了一樁樁新的性醜聞」同上註，頁147。

編輯人、文化人等，都是相當謹嚴，雅正的人格典型，也是不容鬆動的，因此只能看到〈神鳥──四十四歲自寫〉中，偶然洩漏的一句「除了深心灼痛像是天譴」（《不安的居住》，頁128），全篇字句仍然飽含光輝，隱約有著自信與自傲。由此可見，其自我形象亦建築在現實人生的基礎，有其應當扮演的角色，理性大於感性，不可兒戲；那些夢幻囈語，完全交給情詩、身體詩去發音。

此外，更不能忽視的是陳義芝對鄉土的關懷。陳義芝的鄉土，一是祖籍四川的故國人情，一是台灣農村的成長記憶。前者其實還沉澱著出身國文系、沈潛古典文學的文化鄉愁，此由其返四川探親作品，題「新婚別」師法杜甫之意可知。這類作品，維持其濃郁的抒情風格，關注的焦點在於人物的命運，顯露其溫柔敦厚，悲天憫人的情性；其中也觀察了時代的軌跡，但對於政治局勢的思考，「我才終於了解／家變不是因為你變／是老天的臉變了」（〈新婚別〉，《新婚別》，頁68）、「長江，是母親剖腹生我的臍帶／還是一條時常作痛的刀疤？」（「川行即事──返鄉十首」〈長江之痛〉，《新婚別》，頁90）、「江山信美而不能為家／田園廣大仍有許多待決的課題」……「飛機繼續爬高／穿破雲層……」（〈待決的課題〉，《新婚別》，頁96-98）都化為隱微的文字，以弦外之音來表現，少見直斥的語言，更少見反諷，嘲解，絲毫沒有笑看人生、戲耍的空間。

描寫台灣的鄉土方面，《青衫》的〈難忘的話〉[65]已見端倪，寫的是對童年玩伴一句「肉餅，卡撐（屁股）開店嘛！」（《青衫》，頁150）玩笑話的追憶；其後《新婚別》卷二「綠色的光」，又有〈雨水台灣〉[66]、〈甕之夢〉[67]等佳作；《遠方》卷五「渴望看到從前」，也寫了花蓮與彰化鄉村，這一系列的作品，看得出並非隨意偶得，而是有意以詩寫史，由個人記憶串起那個時代的鄉居歷史：困苦的年代、大水侵襲的災害、失落的過去、草莽的

---

[65] 陳義芝，〈難忘的話〉，《青衫》，頁150-153。
[66] 陳義芝，〈雨水台灣〉，《新婚別》，頁106-109。
[67] 陳義芝，〈甕之夢〉，《新婚別》，頁123-192。

氣息……交織出50、60年代台灣農村的影像。

70年代，鄉土文學一度是台灣文壇的潮流，也因此引起論戰。但陳義芝的詩並未趕上這股熱潮，他寫於80、90年代的這些台灣鄉土詩究竟該如何看待？在一切以「後」字當頭的新潮思想中，後殖民思想或許是評論者最佳的工具，可用以檢證其作品中的族群認同問題。從日常語言看，〈難忘的話〉曾經企圖以一句台灣話來記載童年的回憶，其事本末，可參見陳著散文集《在溫暖的土地上・魚的故事》的「屁股開店」一則[68]。但這句戲謔的童言童語，當時是尷尬，此時卻是溫馨。《遠方》所收〈保安林——大肚溪流域之二〉末二段云：「風是蒙蔽人心的一面黑網／我夢見閩南語『阿山仔——豬』的詈罵／……」、「『阿山仔——』娶同村河洛妻／建草寮，闢地，養豬，生孩子／在無知的海濱他們終歸於隱」[69]於此，是更成熟的眼光收錄了當代大陸老兵在台灣落地安戶的情景，一句「阿山仔——豬」透露當時衝突頗為激烈的省籍情結。但末句「無知」之詞，暗指世人不解，老兵被歷史遺忘；終歸於「隱」之言則點出，既是歸隱，也是歸於無，一切煙消雲散，令人不勝感慨。這首詩寫外省老兵的共相，比前例個人童年之憶，情感上更加圓熟深刻。

然而從整體來考量，在詩篇中安插若干台灣話，並不一定代表就是對族群問題的質疑與解答。欲由此繼續挖掘論述，恐將空手而回。試看其〈居住在花蓮〉[70]寫出了父親與母親的失落、哥哥與姊姊的青澀尷尬，以及自己的童騃迷惘，無一不是記憶中不可或缺的寶藏，經過時間的隧道，更值得去尋憶、珍藏。因此不妨說，陳義芝的台灣鄉土詩，基本上是屬於鄉愁與童年的回歸，〈重探——大肚溪流域之六〉[71]不斷呼喊「童年，我回來了」，即可證明。這個現象，反而比較接近張漢良所謂的「八〇年代現代詩人的田園模

---

[68] 陳義芝，《在溫暖的土地上》（台北：洪範出版社，1987年），頁23-24。

[69] 陳義芝，〈保安林——大肚溪流域之二〉，《遠方》，頁146-149，末二段見頁148-149。

[70] 陳義芝，〈居住在花蓮〉，《遠方》，頁123-129。

[71] 陳義芝，〈重探——大肚溪流域之六〉，《遠方》，頁160-164。

式」[72]，如同其他由南而北，由鄉村而都市，由幼年而成年，由無知而事業有成的精英分子，回顧他們的童年生活，帶著嚮往而留戀的情感。

因此我們也可發現，在《遠方》一系列的敘事片段之後，《不安的居住》卷二「家族相簿」就比較側重對人物的緬懷。其中三首寫父親的，對父親落拓的一生，有更寬諒的觀照。最主要的，是藉由花蓮老厝被大火燒毀，以及夢中重返時，體會到「父親、我，我和我的兒子」三代之間的薪火相傳。至於母親，則由抽象化、概念化的「母愛」觀念與感受，更加具體化，有了形影、聲音，如〈遲學——寫就讀補校的母親〉[73]所描繪的，母親終於在遲來的學習中，找尋失去多年的青春律動，非常艱辛，卻擁有自己想要的生活。

身為外省籍第二代的陳義芝，其本身必然已對這樣的問題思考過：中國與台灣、文化與鄉土等等，只是調解的過程必然在詩前、詩外，到了詩中，只看到調和並置。他比外省籍第一代作家更有利的是，台灣就是他的童年，只要他據此穩定，不會有錯置的尷尬。而實際上也不見他搖旗吶喊，或特意凸顯某一方面的色彩；他以個人的成長經驗為主，記述地理空間與其中的人物事件，確實能夠達到建構歷史的目的，似乎這是傾向於後現代的表現手法，但「建構歷史」，卻絕非僅是政治史，或只企圖把個人成長和歷史（政治）事件掛勾，以為這就是以詩證史、以詩述史。就這點看來，陳義芝的鄉土詩，畢竟和後現代解構思想下，對政治大歷史的反思不同，它還是應該歸於寫實的鄉土，有深刻的「意義」可以追究，也可以探索作品背後的「作者本意」。

相對於前兩節的討論，自我與鄉土呈現了穩固的寫作態勢，

---

[72] 張漢良，〈現代詩的田園模式——《八十年代詩選》序〉，收於李瑞騰主編，《中華現代文學大系·評論卷貳》（台北：九歌出版社，1989年）。張文指出，田園模式可略分為二：一是心理的、形而上的，此稱之為第一主題；二是現實的或文化的，此稱之為第二主題。懷念童年者為第一主題，田園生活的描寫與懷念、鄉愁、文化傳統的回歸，則屬於第二主題。以此觀之，陳義芝的鄉土詩常有二者混合或並見的情形。

[73] 陳義芝，〈遲學——寫就讀補校的母親〉，《不安的居住》，頁40-43。

陳義芝除了在題材細部的開拓之外，在語言上，幾乎很少放縱感官印象，鬆動與解構的成分比較淡薄。筆者認為，這一方面和題材有關，一方面也和其人本身的堅持有關。由此也可了解，題材的開拓與深耕，仍然有其必要，若完全倚賴語言的創新，很可能最後也將落入窠臼，重覆而單調。

六、結語

　　楊牧在陳義芝《青衫》序言中指出：「然而偏激的異國情調，都市的喧囂、靈魂的擺盪，以及歐化艱澀的語法，終於產生許多可惋惜的末流作品，不旋踵而為時間所淘汰，便不復我們所記憶了。」然而似乎這十多年來，上述異端現象，正在詩壇大放奇葩，並且各領風騷，令人震撼，也令人困惑。當諸多主義蔚起，並狹持深厚的理論而來時，敏感的詩人又何能坐視不顧？否則便落入保守的貶抑。以身體與情欲論述而言，六朝宮體詩的香膩艷麗、民歌的率直大膽，乃至於中晚唐詩人都有豔情詩作，但這都不如西方思潮所帶來的刺激，反而因此促使我們再回過頭去檢視這些作品的意義。

　　所以古典派如陳義芝者，他的一些遊戲之作，其觸發便不再是來自中國古典文學，而是引自西方思潮。這一點對他卻是良性的作用，促使他卸下有「我」的矜持，以無「我」行諸詩中，更得悠遊湖海之樂。尚須警醒者，則是其中男性意識的存在、介入；既是無「我」，更應進入無性別，使寫作的寬度，不僅是拋卻個人創作語言的歷史包袱，更可以完全瓦解傳統（男性）文化的包袱。

　　其次，陳義芝的自我形象與故國鄉土這部分作品，為什麼沒有被後現代解構掉呢？這麼強烈的有「我」，理應隨著上述無「我」的鬆動而從非正面的角度，切入自我與鄉土的整體結構，使之崩解、碎裂，然後再重新予以拼貼裝置，如同一幅不可辨認，卻自以為是新經典的畫作！從創作的功夫看，陳義芝的實驗精神仍不夠徹底，才會留下這一片尚未革命的空間。但筆者寧可贊同東坡之言：

「行於所當行，止於不可不止。」理論不應該也不可能影響、指導創作者，作家有權利保有如何創作的自由，只要他可以交出好的作品。

　　遊戲開始了，後現代主義如是說。當十九世紀的學者提出「遊戲衝動說」，以辨明藝術創作與遊戲的關係，廿世紀末的當今社會，更顯現「遊戲化」的傾向，將遊戲精神滲入生活的各個層面[74]。是故，以「遊戲」的態度來寫詩，或將是新詩創作的趨勢。而據約翰·赫伊津哈（Johan Huizinga）在《遊戲的人》所提出「遊戲」的幾點特質來看，真正的遊戲精神指的是，高度自由、非功利、深具創造力的理想境界，它使人愉快，感到趣味與驚奇，是超乎道德層面的[75]。由此可知，就詩的創作而言，「遊戲開始了」，不僅把詩視為語言的遊戲，最重要的是要能日新又新，永保創作的活力。這是本文對陳義芝近期創作精神的補充說明，也是對詩壇後現代現象的一點思考。

——原題〈遊戲開始了——陳義芝詩作的新變及其意義〉，載於《第一屆花蓮文學研討會論文集》，花蓮：花蓮縣立文化中心，1998年6月，頁164—179。
——2016年5月2日修訂稿。

---

[74] 「遊戲衝動說」由康德、席勒、斯賓賽等學者提出與補正。參見洪炎秋，《文學概論》（台北：中華文化出版事業委員會，1957年），頁69-72。而當代學者探討社會現象，也多指出「遊戲」的現象，例如加藤秀俊著，彭德中譯的《餘暇社會學》；高田公理著，李永清譯的《遊戲化社會》（皆遠流出版社）。

[75] 約翰·赫伊津哈（Johan Huizinga）著，多人譯，《遊戲的人》（杭州：中國美術學院出版社，1996年），頁30，作者給「遊戲」的定義是：「遊戲是在某一個固定時空中進行的自願活動或事業，依照自覺接受並完全遵從的規則，有其自身的目標，並使以緊張、愉悅的感受和有別於『平常生活』的意識。」

泰雅族詩人
瓦歷斯・諾幹的
族群書寫與文化關懷

一、前言

　　在台灣原住民作家中，泰雅族詩人瓦歷斯・諾幹出版的作品集非常多，包括詩集、散文集、評論集、報導文學集與部落田野調查紀錄等；他既從事創作，又具社會運動的精神，以返回部落擔任教職、創辦雜誌為原住民發聲等實際行動，來落實他對族群文化的關懷。瓦歷斯曾獲「一九九二年年度詩獎」、教育部創作獎、時報文學獎、台灣省文學獎等，是一位非常值得注意和肯定的作家。他的新詩創作語言流暢，內容深刻，充分反映一個原住民作家對自身部落文化的關懷，也旁及對所有原住民命運和歷史的關注，因此本文將探討他新詩作品中所呈現的原鄉風貌，並分析在現代社會的衝擊下，瓦歷斯對原住民文化有著怎樣的反省和期許。

二、創作歷程與轉折

　　瓦歷斯・諾幹（瓦歷斯・尤幹），漢名吳俊傑，曾取筆名柳翱，後以原名發表作品[1]。1961年出生於台灣中部和平鄉的泰雅族部落Mihuo，這個部落在清朝稱之為「埋伏坪」。瓦歷斯從小接受漢人教育，中文書寫能力極佳，中學畢業後考上台中師專，也開始他的創作之路。1980年，瓦歷斯自師專畢業，服役兩年，1982年分發到花蓮富里國小任教，為了更接近家鄉，1984年、1989年分別請調至台中縣梧南國小、豐原市富春國小，而終於在1994年回到母校

---

[1] 瓦歷斯的名字也反映了他身分認同的歷程。他原本以漢名行世，後來恢復泰雅族的名字，起初被寫成瓦歷斯・尤幹，或作瓦里斯・尤幹；後來根據正確的母語發音，又再更正為瓦歷斯・諾幹。而柳翱這樣文謅謅的筆名，也就捨棄不用了。如吳晟說：「從他的漢名吳俊傑，到『文藝氣息』的筆名柳翱，改為瓦歷斯・尤幹，再確定為瓦歷斯・諾幹，這期間轉變，已大致說明了追尋部落原鄉的軌跡。」吳晟，〈超越哀歌〉，見瓦歷斯・諾幹，《伊能再踏查》（台中：晨星出版社，1999年），序文，頁7。又，為行文方便，以下皆逕稱他為「瓦歷斯」。

台中縣自由國小任教，落實他關懷部落人民與土地的理想。

瓦歷斯的教師身分，使他對學童在生活上、課業上的問題非常關心，也為他們寫下一系列的新詩作品，藉此表達他對原住民學童未來命運的關懷。而瓦歷斯本身對原／漢文化衝突的省思，來自於他成長過程中，逐漸發現漢人對原住民的歧視，以及意識到自己是個原住民的身分與責任，加上父親和部落老人對他的呼喚，因此決定回到家鄉教書[2]。原本瓦歷斯以為持續發表文學作品可以引起社會對原住民的關心，進而提高原住民在現代社會的地位，但後來發現這樣的效果有限，可以說幾乎沒有太大作用，因此他另外尋求更有效的作法。1984年起，瓦歷斯接觸了社會主義和閱讀「夏潮」雜誌，開始更廣泛地認識台灣原住民社會的現況，也開始發表議論的文章[3]；1990年，創辦《獵人文化》雜誌，企圖以雜誌報導來提醒社會大眾關心原住民的處境與權益問題[4]；另一方面，也更積極地展開對各部落文化的調查和報告，希望從神話、傳說、祭典、生活等文化層面建立族人的自尊心與信心，以身為泰雅族為榮，並且找到更好的生活方式來適應現代社會。[5]

由以上歷程可知，是身分認同的問題促使瓦歷斯決定了自己寫作的方向，因此他不寫風花雪月的愛情故事，而是用各種體裁，詩、散文、評論、報導文學，來書寫與部落相關的題材。最重要的是，他也因此跳脫漢人的價值觀，擺脫漢人作家形塑的現代文學風格，而以質樸自然的筆觸，真實地挖掘原住民的歷史文化，剖析原住民在當前的社會問題。在新詩創作上，瓦歷斯曾說自己剛開始寫詩，以周夢蝶、洛夫、張默、楊牧等名家為模仿對象，期許自己寫出和他們一樣好的作品，但這些作品其實自己也未必看得懂。直到有一天聽鄉土詩人吳晟演講，才知道詩也可以用淺白的語言書寫家

---

[2]　參見瓦里斯‧尤幹，《山是一座學校》的〈序〉（台中：晨星出版社，1994年）。
[3]　這些文章結集為《番刀出鞘》（台北：稻鄉出版社，1992年）。
[4]　魏貽君，〈從埋伏坪部落出發──專訪瓦歷斯‧尤幹〉，收入瓦歷斯‧尤幹，《想念族人》（台中：晨星出版社，1994年），頁206-221。
[5]　瓦歷斯在1990年起，開始到各部落進行部落社會觀察報告，這些成果結集為《荒野的呼喚》（台中：晨星出版社，1992年）。

鄉的土地，因此改變了他的寫作風格，擺脫現代主義的束縛，真正掌握自己的語言特色。瓦歷斯在接受訪問時曾說：「詩社曾經邀請吳晟到學校演講，我對他印象很深⋯⋯，最重要的是，他的詩我看得懂，沒有詩貴族的台北觀點。」因此可知：

> 從接觸吳晟的人與詩之後，瓦歷斯憶起部落老人的祭典對吟，事實上就是詩意的絕對表現；自此開始，泰雅族的人民歷史記憶、俗民日常生活的思維字彙，在瓦歷斯捕捉詩意象之時即不請自來地活潑躍舞。[6]

　　是故，當瓦歷斯感到寫作的靈感枯竭時，原住民題材也是他重新出發的契機。這一點，他認為是受到小說家林輝熊的啟發。林輝熊對他說：「你本身是山地人，你怎麼不寫你山地的東西？可以寫你從小成長的部落故事。」[7]也就在這樣的提醒下，瓦歷斯開始回過頭來尋找自身的族群文化，找到書寫的泉源，成為他畢生努力的方向。

　　瓦歷斯目前已出版五本詩集，包括《泰雅孩子，台灣心》（台中：台灣原住民人文研究中心，1993年）、《想念族人》（台中：晨星出版社，1994年）、《山是一座學校》（台中縣立文化中心出版，1994年）、《伊能再踏查》（台中：晨星出版社，1999年）與《當世界留下兩行詩》（台北：布拉格文化出版社，2011年）都是圍繞泰雅族或其他原住民的題材而書寫，忠實呈現一個原住民詩人的所思所感。以下更進一步分析其詩作中的內容與反映的現象。

---

[6] 同註4，頁208。
[7] 同註4，頁212。

三、反映原住民在都市生活的困境

　　瓦歷斯的新詩作品中最常見的題材是反映原住民在都市生活的
困境。自1960年代起，台灣社會由於工商業的發展，大批年輕人從
鄉村湧向工業區、都市，以便求取工作機會，賺錢養家。而居住於
山區或城市邊緣的原住民學童，有很多人在小學一畢業，就被仲介
到都市工作。男孩大都從事搬運、建築等勞力工作，也有的踏上遠
洋漁船去工作；而女孩則被帶往加工區充當廉價女工，更不幸者，
可能被賣往風化區，變成雛妓，從事出賣肉體的工作。

　　面對這些不公不義的事，有許多社運分子都曾發起抗議活動，
但問題仍然層出不窮。瓦歷斯在他的作品中也曾為此類問題憂心忡
忡，他試圖藉由文字對這些現象表示憤怒，也表達他對這些青少年
的關愛。例如〈軌道〉，以第一人稱代言手法，寫一個名叫「洛
克」的泰雅族青年進入都市後的情形，他曾經做過搭鷹架的建築工
人，也當過遠洋漁船的船員，但現在顯然在城市的邊緣廝混，沒有
朋友，「我學台語，講三字經[8]/和許多人稱兄道弟/最後他們都
離我遠去」；他偶爾回部落，但前年雙親已經因哀傷而逝世，家中
只剩一個弟弟，而去年他回部落敘舊，才發現戶口名簿上已經劃去
他的名字，換句話說，他已經被家人和族人視為脫離部落，永遠寄
身在都市了。因此這首詩的最後說：

　　　我只能順著鐵軌滑下去
　　　下班後恆常躲入賓館
　　　定時向老人買愛國獎券
　　　假如中獎，打算環遊世界各地
　　　我已沒有名字和鄉愁

8　「講三字經」，指說一些罵人的粗話。

只能朝向死亡的終點出發[9]

從前文推測,「我」大概是打零工維生,居在廉價的小公寓,透過
鋁窗,可以看到火車鐵軌,因此「順著軌道滑下去」指的是隨波逐
流,日復一日過下去,是百無聊賴的人生樣態。詩中的「我」失去
親人,也遠離家鄉,只是在都市討生活,人生已經失去意義,因此
才說「只能向死亡的終點出發」。全篇充塞蕭颯、悲哀的氣氛,以
第一人稱來寫,更可以令人感受到其中的無奈和辛酸。

　　對於女孩落入火坑的命運,瓦歷斯更有沉痛的控訴。例如〈在
大同〉[10],寫的即是宜蘭大同鄉泰雅族女孩的悲慘遭遇,詩中的
「我」自學校畢業後,即被賣到當時台北的風化區華西街充當妓
女,詩末透過「我」的口中感歎:「進入社會,我不再捧書朗誦／
被賣斷的青春課本從不解答／在華西街陰冷的房間一角／偶爾,
我還會想起故鄉／賭博醉酒的母親,死於／斷崖的父親,荒廢的
田園／和尚在讀書的弟妹」(《想念族人》,頁71)。另一首〈紅
花〉[11],筆觸更加沉痛,詩中透過敘述者我,對名叫紅花的女孩的
人生加以描述,紅花被父親賣到妓女戶,因此她開始濃妝豔抹,擦
上低劣的香水,改名叫瑪利亞,出入豪華飯店賣淫——「當然有人
偷偷在廊柱背後監視」,這句詩的補充說明,使人意識到紅花的命
運是十分可悲的。這首詩以散文詩的形式構成,第一段寫敘述者和
紅花在多霧的G港相遇,想像紅花的皮肉生涯;第二段寫紅花生病
回到家鄉,卻遭到父親的鄙棄;第三段又回到多霧的G港的場景:

　　　今日我在多霧的G港遇見紅花,塗滿蔻丹的手指在喑啞的窗
　　櫺背後猶如展翼的蝙蝠,無所謂恥辱的面龐招引街道的行
　　人。五年後,也許我們淡忘,五年後我們都遺忘了紅花。[12]

9　瓦歷斯,〈軌道〉,《山是一座學校》,頁93-95。
10　瓦歷斯,〈在大同〉,《想念族人》,頁69-72。
11　瓦歷斯,〈在大同〉,《想念族人》,頁140-141。
12　同上註。

敘述者雖然頗為同情紅花，但他也無法改變紅花的命運；在人人各自為求溫飽而奔波時，紅花可能不久後就會被人遺忘。泰雅族少女墮入風塵，是族群的悲劇，但似乎也莫可奈何；透過詩作，瓦歷斯表達了同情與悲歎。

類似這樣的問題：原住民離開部落到都市求職，遭遇不公平的待遇，以致戕害他們身心的情形，在1980年代的台灣文學作品屢見反映，而由同是原住民的作家寫來，更是充滿「感同身受」的痛楚[13]。以瓦歷斯來看，除了上述作品，他還寫過〈刺痛的感覺〉、〈娼妓籲天錄〉、〈礦工‧淚〉與〈漁人‧淚〉等[14]，詩中可說是斑斑血淚，令人感慨萬千。更深入來看，不只是這些廉價勞工、妓女的問題，原住民青年進入都市以後，最堪憂慮的是面臨「失根」的問題，因為他們離開部落文化的薰陶，受到不同的價值觀衝擊，往往迷失了自己，只好隨波逐流，渡過徬徨迷惘的人生。這點也是瓦歷斯相當關心的問題，他曾在〈蜘蛛〉中，這麼形容都市：「都市叢林是龐大的蜘蛛族／灰白的絲綢猶如八陣圖／誰也不許——輕易逃離。」（《想念族人》，頁136），而這一張龐大糾結的蜘蛛網因為載滿各種物質享樂，反而吸引了族人不斷撲上去，如〈下山〉[15]所說的，在巴士站等車的孩子臉上盡是喜悅的神情，因為他們要到山下的市鎮去採買日用品，他們很天真，一點兒也不知道自己往後的歲月會如何。但是詩中的「我」，一個剛從城市裡回鄉的人，卻很清楚都市中的生活是不自由、痛苦的，因為：

　　在城市，我已不說泰雅母語
　　儘量粉刷黧黑的膚色
　　儘量掩飾蠻強的血液
　　甚至深埋童年的記憶

---

[13] 例如布農族作家拓拔斯的小說集《最後的獵人》、《情人與妓女》等。
[14] 瓦歷斯，《想念族人》，頁153-155；156-160；161-164；165-168。
[15] 瓦歷斯，〈下山〉，《想念族人》，頁107-109。

學習與眾人愉快地交談

打蝴蝶結領帶，喝咖啡[16]

詩中的「我」努力掩飾自己是原住民的身分，學習都市人的裝扮和言談，但顯然的，他的內心一點都不快樂，只是隱忍矛盾和痛苦苟活下去。另一首〈來到都會〉的主角是一個工人，他也有類似的感受：「我想說的話都被打斷／黧黑的膚色並不代表什麼／我的血液和你一樣是紅色／高興時會笑傷心時會哭／……／只要你嘗試著了解我／我會學著海洋讓你進入我的胸膛／但不要給我廉價的同情」（《想念族人》，頁188－189）這裡指出，原住民要求的是了解和接納，不是歧視或廉價的同情。

　　瓦歷斯以真誠的心、樸實的筆，寫出原住民進入都市以後的處境；而慶幸的是，這些問題也因原住民意識的覺醒、設立原住民委員會及制定原住民政策等，逐漸獲得改善。[17]回觀瓦歷斯的這類作品，在原住民文化發展的歷程中，恰恰留下了時代的見證。

四、記敘家族與族群歷史

　　瓦歷斯返回部落之前，已經展開對部落歷史、神話、傳說的調查工作，這些成果除了彙集成書之外，在他的新詩作中，也可以看到大量相關的思考與書寫。由於原住民的歷史文化以口傳為主，瓦歷斯努力從事的，有兩個方向與成果，一是記述其父祖輩的口述歷史，而以文學的筆法來記載、建構其家族的歷史；二是藉由探訪部落耆老，挖掘泰雅族的集體記憶，試圖在漢人主流文化的論述之

---

[16] 同上註，頁108。

[17] 面對原住民在現代社會中的不平等待遇，許多原住民青年與關心原住民的社會人士曾多次呼籲與抗爭；至1984年，由原住民青年發起成立「原住民權利促進會」，對於各原住民族正名、身分、母語、就業、經濟立法保障等，以及原住民保留地等問題，不斷提出建言與訴求。1996年，終於成立行政院原住民（族）委員會，進行憲法增修條款，改善相關問題。參見田哲益，《台灣原住民社會運動》（台北：台灣書房，2010年）。

外，建構具有主體意識的泰雅族歷史。

　　瓦歷斯曾透過祖母的口中，知道了祖父和其他叔公曾經到南洋充當軍伕。這應是二次大戰末期的事，太平洋戰爭（1941年）爆發後，日本為南進之需，征調殖民地的台灣人民到南洋出征。這些士兵有漢人也有原住民，他們被迫加入軍隊，卻只能充當低階的軍伕，負責勞役工作，戰事吃緊時又成為第一線的砲灰。二次大戰結束後，日本戰敗，這些士兵大都下落不明，少數幸運者才能夠返回台灣；他們犧牲了青春或生命，但在戰場上的經歷與重要性，卻往往被歷史忽略。瓦歷斯的〈家族第四〉[18]與〈家族第五〉[19]二首詩寫的就是祖父的故事，然而因為祖父死於戰場，詳情無人知曉，因此只能透過祖母的眼光去回憶祖父，而唯一的憑藉是一張發黃的祖父的照片；這張照片，直到臨終前，祖母都還緊握在手上。兩首詩裡的相關片段是這樣寫的：

> 某個秋日黃昏，祖母牽著我的右手
> 忽然感到莫名的不安。當我們越過
> 無人的樹林，抬著頭試圖微笑著卻
> 突然僵住的我，聽到祖母凝望一棵
> 野生的半枯的棕樹輕輕呼喚祖父的
> 小名，忽然一張悲戚的容顏像天空
> 一角湧動的烏雲不斷地不斷地撲來[20]
>
> 在祖母斷氣的剎那，那雙眼睛適時地
> 幽滅無蹤。一如手上緊握的發黃破敗
> 一張遠至南洋充當炮灰的祖父的照片
> 黯淡[21]

---

[18] 瓦歷斯，〈家族第四〉，《想念族人》，頁30-31。
[19] 瓦歷斯，〈家族第五〉，《想念族人》，頁32-33。
[20] 同註18，頁30。
[21] 同註19，頁33。

另一位也曾充當軍伕的么叔公，他雖然幸運返回家鄉，但從此卻變得蒼老沉默。他的軍裝照片，顯現無助與悲痛的神情，而終於他也離開人世，有關戰爭的一切，似乎只能交付給墓旁的風去追問。透過對那張照片的描寫，更襯托出么叔公悲慘而無奈的人生：

> 牆上一幀背負屈辱的發黃照片，依稀是軍刀
> 直指叉指布鞋，太陽旗幟軍帽底下那雙倉皇
> 無助的眼神，彷彿是被歷史嘲弄的小丑，在
> 歲月的舞台塗著白色的妝底，誰看到那悲痛
> 而扭曲的五官？[22]

就寫作策略而言，在《想念族人》這本詩集中，以「家族」為題的作品共十三首，且列為書中的第一輯，可見瓦歷斯對它的重視。而從〈家族第一〉到〈家族第十三〉，書寫的正是其家族從遠古時代流傳下來，歷代親人的生活縮影。但因為無信史可考，瓦歷斯書寫的家族史也就以祖母這代為起點，一直寫到他這一代人所歷經的1980年的生活與社會氛圍。在〈家族第十一──新生代〉他寫著：「八〇年代，新生代的我／帶領理想重回部落／鋪柏油的產業道路外／老人依舊醉臥草叢／小孩守著電視守著黑夜／至於我早年的同伴／男的當船員鷹架工／女的躲在都市一角／工作相異，卻一同／撕下臉譜，抹掉／喜怒哀樂」（《想念族人》，頁44-45），說的即是現代化社會下，原住民進入都市工作所產生的問題。瓦歷斯之所以致力於家族書寫，其實內心是非常沉痛的，因為在台灣四百年的開發史上，原住民是被忽略，甚至是被遺忘的。如何重建自己的家族史與泰雅族歷史？從瓦歷斯的「家族」詩輯，不難窺見其苦心。

就族群歷史的書寫來看，瓦歷斯著墨最多的是1930年的「霧社事件」。在日據時期，台灣人民時有反抗日人統治的抗暴事件，與

---

[22] 瓦歷斯，〈家族第七──最後的日本軍伕〉，《想念族人》，頁35-36。從第六首起，到最後的第十三首，都有副標題。

泰雅族有關的「霧社事件」即是非常慘烈的事件之一。霧社位於台中，為泰雅族聚居的部落。日本政府對於原住民採高壓統治，因此泰雅族人心中逐漸累積不滿的情緒。1930年10月27日，日本「台灣總督府」政府為紀念北白川宮能久親王喪命於台灣而舉行「台灣神社祭」，霧社地區照例舉行聯合運動會，泰雅族賽德克霧社群的族人即欲趁此機會發難。首先由泰雅族頭目莫那魯道帶領族人起來反抗，趁天未亮時襲擊日警，殺掉日本警察，於是爆發嚴重的衝突。日人為了鎮壓暴動，派出大批軍警，征召勞役，同時調派飛機施放毒氣殺害泰雅族人，企圖以此逼迫他們就範。然而莫那魯道等人堅持抵抗，直到12月初，大部分的人都犧牲性命，抗暴、鎮壓才告停歇[23]。這段可歌可泣的歷史，瓦歷斯一再書寫，〈櫻花〉[24]、〈關於1930年，霧社〉[25]、〈霧社青年〉[26]、〈庚午霧社行〉[27]與〈觀光事業〉[28]等詩都是相關的作品。

在這些詩中，最常出現的意象是櫻花。櫻花在這裡並不是日本的象徵，而是因為霧社一帶廣植櫻花林，豔紅的櫻花和泰雅族勇士的鮮血互相輝映，每當櫻花盛開燦爛時，也就一再映現當年泰雅族人的英勇事蹟，令人感動又感傷。例如〈櫻花〉，以簡煉的筆法描寫霧社事件，焦點放在莫那魯道等人和日軍對抗的過程，而以櫻花來烘托熱血沸騰的氣氛，「在櫻花之都——霧社／所有的花都燦爛過，／所有的花都泣血過；／在莫那努道退入山谷，／親信四十八名掩面疾走。」、「泣血的花燦爛的花，／使泰雅的血液迅速沸騰，／每一條鞭笞在肌膚的傷痕，／返身咬住帝國主義的眼睛；／每一雙受辱過的雙眼／噴出一團火焚燒大日本的腳掌」（《想念族人》，頁73－74），櫻花彷彿成了歷史的見證人。〈關於1930年，霧社〉則有這樣的形容：「你看不見那赭紅的櫻花／它的眼睛熱烈

<hr />

23　參見鄧相揚，《霧社事件》（台北：玉山社，1998年）。
24　瓦歷斯，〈櫻花〉，《想念族人》，頁73-75。
25　瓦歷斯，〈關於1930年，霧社〉，《想念族人》，頁81-86。
26　瓦歷斯，〈霧社青年〉，《想念族人》，頁100-102。
27　瓦歷斯，〈庚午霧社行〉，《想念族人》，頁86-88。
28　瓦歷斯，〈觀光事業〉，《想念族人》，頁119-120。

地燃燒著／每一次綻放正是逼視逐漸沉淪的歷史」，（《想念族人》，頁81－82），在詩的第四節更想像當時的激烈戰況：

> 時間依舊隨地球轉動
>
> 陸軍部隊的槍枝推動時間
>
> 埔里警察隊像嗜血的狼群
>
> 飛機撒下熱淚的瓦斯
>
> 這秋天混合煙硝與輕霧
>
> 生與死貼得好近
>
> 每一株斷裂的櫻樹
>
> 多年後都哭著一張臉[29]

「斷裂的櫻樹」是用來形容被摧折的族群命脈，在多年以後，還是「哭著一張臉」，無法平復創傷。這首詩的最後說：「霧社的霧依然升起／白茫茫的視野／突兀著幾株憤怒的櫻花／歷史如夢，有沉重的黑夜」（《想念族人》，頁85）語氣確實沉痛！

　　但瓦歷斯也指出，大多數人是健忘的，甚至只把霧社當作是觀光景點，雖然公路旁樹立著莫那魯道等人的紀念碑，人們看見的只是美麗的櫻花或是原住民歌舞表演，「霧社事件」與泰雅族勇士似乎被人淡忘。例如〈觀光事業〉：「我是你們觀光的內容／站在眼睛的前面／道地的原住民──泰雅族／你該記得秋天的霧社事件／莫那魯道與我同族／三〇年代初的櫻花／族人用鮮血擦亮歷史／八〇年代的新生代／我用衣飾滿足你的好奇」（《想念族人》，頁119）這裡把30年代和80年代兩個世代的泰雅族人做對照，祖先流血抵抗，具有英勇的事蹟；今人卻只能以服飾來滿足觀光客的好奇，令人相當感慨。就像他自己也曾到霧社、廬山一帶旅遊，但卻是觸景傷情，〈庚午霧社行〉寫道：「霧色瀰漫灼我眼／一早，誰施放催淚的煙霧／從山谷施施然升起／灼痛賞景的泰雅子弟」、

---

[29] 同註25，頁84。

82　孤獨與美

「我遂斷定：泰雅子弟／不宜在祖先殉難之處／觀光、玩賞、嬉遊／雖然廬山是個好地方」（《想念族人》，頁87－88）。由此，我們可以了解，霧社一帶因為是泰雅族祖先抗日的歷史之地，因而詩人也無心賞景，心中、眼前浮現的都是「霧社事件」的陰霾，使詩人心情抑鬱難安。

瓦歷斯對家族與歷史的追溯和描寫，使我們看到泰雅族詩人對自我族群的關心，而泰雅族的形象在現代文學上也將更加清晰。

五、以原民家園意識喚起對國家體制的抗議

在書寫歷史之外，原住民所面臨的社會現實仍然是必須重視的。在這一點，瓦歷斯以辦雜誌等行動，實際投入原住民權益的活動之中。而在《伊能再踏查》這本詩集中，瓦歷斯的作品也有更多面向的表現。首先，我們看到他為原住民發出抗議之聲，不僅是為了泰雅族，而是關乎全體原住民的權益，他在詩中抗議：不能歧視原住民、把土地還給原住民、不要把核廢料倒在原住民的家園、禁止砍伐山林、禁止官商勾結炒地皮、還給原住民說母語的權利……等等，請先看〈獵人獨語〉的部分內容：

> 這是祖先留下的獵場
> 希望子孫肚子裡有食物
> ……
> 這裡已經成為我們的獵場
> 不論生養或者死滅
> 山上都寬容地接納我們
> 現在，為什麼沒收了獵槍？
> 為什麼沒有所有權？[30]

---

30 這句意謂因為政府徵收森林土地為國有地的政策，原住民就無法在祖先的獵場自由打獵。

（憑什麼土地是你的？）
為什麼觀光飯店開進來？[31]
（我們是觀光的動物嗎？）
為什麼傾倒核廢料？[32]
（如果安全，放你家好了……）
為什麼砍伐森林？[33]
（不怕洪水沖進你鼻孔裡嗎？）
為何太多的「為什麼」
總像盤據在山頭的烏雲？
你能告訴我嗎？
文明人！[34]

這裡的情緒是憤怒的，括號內的話是原住民心裡的真實感受，但面對強大的「文明人」與漢人國家體制，也只能括號夾注的方式表達弱勢者的心聲。又如〈開放〉詩所寫的，也是類似的意思，詩的第四段有言：

開放的定義是什麼？
是背棄母語朗讀國語？
是拋棄傳統典當傳統？
還是肚臍以下開放人間？[35]

這裡使用的言語都相當憤慨，因為唯有發出怒吼，才能抒發心中

---

[31] 這句意謂財團以「開發」的名義，配合政府推動觀光的政策，引進觀光飯店等設施，但原住民並未因此獲利，反而身受其害。

[32] 這句指台電公司將核廢料運往蘭嶼掩埋，卻隱藏實情。

[33] 這句意謂為了「開發」等藉口，大量砍伐森林，卻無視於水土保持的生態問題，最後在颱風季節引發土石流等災害，受害的卻是當地的原住民。

[34] 瓦歷斯，〈獵人獨語〉，《伊能再踏查》（台中：晨星出版社，1999年），頁74-76。

[35] 這句意謂原住民女子被迫到都市賣淫。瓦歷斯，〈開放〉，《伊能再踏查》，頁100－103。

怨氣，或者也能稍微提醒有良知者的同情與支持[36]。其他詩例，如
〈百分之二〉、〈不再相信〉與〈回答〉等詩[37]，都是例證；這些
作品大都用語淺白，情感激切，但這是可以理解的，可以感受瓦歷
斯內心的憤怒與深刻的族群意識。

其次，瓦歷斯也嘗試用溫和而堅定的語氣告訴世人，山是原
住民的好朋友，更是祖靈賜與他們的獵場和家園。他更呼籲原住民
回到山裡，回到自己的部落，重新體會祖靈的照拂，遠離都市、平
地的生活，跳脫都市人的價值標準；〈山與原住民〉、〈土地〉、
〈走進生活〉、〈家園〉與〈回部落了〉等詩[38]，都是例證。

除了回歸山林的呼喚，瓦歷斯也有更為積極的意念，那就是
把希望建立在充滿愛與溫暖的夢想上。例如〈在想像的部落〉，以
「那時我們又回到歷史的起點」、「那時我們又回到島嶼的起點」
和「我們又重回到愛的起點」來提示詩中許多美好的景象，例如回
復到耕獵的生活，部落裡人氣旺盛，氣氛和諧；不會因為欲望而傷
害彼此，懂得愛人、自愛，也懂得尊敬大自然，形成「族人敬重典
律與祭儀／夫婦嚴守親愛的真義／長輩當如沉穩的山脈」（《伊能
再踏查》，頁62－64），而孩童則興高采烈地學習獵人的行止，整
個部落詳和安康的太平圖像。這不啻是桃花源一樣的理想境界！而
〈雨落在部落的屋頂上〉更進一步期盼部落也將和漢人的世界和平
共處，藉著雨的潤澤，真正達到充滿愛的理想生活：「我聽見雨聲
探足在新耕的玉米田，／我聽見雨聲躡步在憂傷的窗口旁，／……
／我看到雨落在部落的屋頂上，／小學生將要背著書包上學，／和
所有的台灣孩子做好朋友；／新生代露出結實的臂膀，／和所有的
島嶼青年握手；／中年人流露孺慕的眼神，／和所有島嶼的父母親
一樣，／以熱烈的血汗愛護子女。」詩的後半部繼續加強這樣的
意念：

---

36 這類不公現象，已引起相關的社會運動，例如拯救雛妓運動、原住民正名運動、反
  核運動等，參與者包含漢人與原住民，學者、學生與社會人士，涵蓋層面極廣。
37 瓦歷斯，《伊能再踏查》，頁74-76；38-43；92-95；100-103。
38 瓦歷斯，《伊能再踏查》，頁66-67；44-49；82-83；96-99；144-149。

我知道這雨正快速地通過部落，

攜帶沉穩與滋潤的色澤，

越過每一座部落，

每一座城鎮，

越過每一張島嶼的臉上，

越過每一座光明的心靈上。

……

我看到雨落在部落的屋頂上，

通過城鎮，人群……

在島嶼的土地上匯成壯大的

最純淨最古老的，我們叫它

愛[39]

這些作品，讓我們看到瓦歷斯心中的終極關懷，不是一直吶喊、抗議下去，而是要能找到心中的愛，超越族群的隔閡，互相尊重，平等對待。

六、漢語／母語創作的試驗與實踐

緣於泰雅族的身分，瓦歷斯對自己身為原住民、漢語寫作的作家，如何寫出具有泰雅族精神與特色的作品，是瓦歷斯不斷在努力的方向。然而強調原住民特色的寫作，當然不只是使用母語而已，也包括把泰雅族世代相傳的神話、儀式、生活智慧以及獨特的感知模式運用在作品中，使自己的作品可以與眾不同，讓人一眼就感受到泰雅族作家的獨特風格。這方面，瓦歷斯已經撰寫、出版多本著

---

[39] 瓦歷斯，〈雨落在部落的屋頂上〉，《伊能再踏查》，頁28-31。

作，包括《番人之眼》[40]、《迷霧之旅》[41]等。前者有個副標題「部落觀點泰雅獵人說故事」，後者則是「記錄部落故事的泰雅田野書」，都是強調「泰雅族」的書寫觀點。

　　就創作藝術而言，原住民作家面臨的兩難問題是，究竟應該維持漢語書寫的成績，還是回歸母語的創作？這個問題瓦歷斯也一直在思考，1990年代開始，瓦歷斯嘗試在作品中用英文字母拼音的方式寫下人名、部落用語，也引用泰雅族諺語來描述一些情境，例如〈Na Dahan Rutux祖靈在環顧〉（《伊能再踏查》，頁110－113），從題目到內文即大量運用拼音方式來代表地名、專稱等[42]；而〈回部落囉〉[43]這首詩中的幾個人物，都用原住民語言發音的方式來命名，並在註解中譯出漢名。而詩中回鄉教書的Bihau，無疑是瓦歷斯的化身，久居都市的Bihau不能流暢地說母語，被形容成「就像撒謊的狗」，「撒謊的狗」係來自泰雅族的神話，故事中的狗因撒謊而失去說話的能力[44]，可見喪失母語能力在瓦歷斯心中是多麼痛苦的事，如同詩的第一段：

> 發現自己一寸一寸地消失，
> 在都市當國小老師的Bihau就決定要回部落了。
> 這一天清晨，Bihau接到部落的電話
> 伊伊呀呀地他，不再發出YaYa[45]聽懂的聲音
> Bihau的喉嚨就像撒了謊的狗
> 消失在安靜的都市清晨啦！
> 他只好讓淚水的聲音流進聽筒

---

[40] 瓦歷斯，《番人之眼》（台中：晨星出版社，1999年）。
[41] 瓦歷斯，《迷霧之旅》（台北：晨星出版社，2003年）。
[42] 這些泰雅族語，瓦歷斯都在詩末附注，例如Rutux是祖靈，Papak-wagu是大霸尖山，Gava是長輩。《伊能再踏查》，頁112。
[43] 瓦歷斯，〈回部落囉〉，《伊能再踏查》，頁144-149。
[44] 瓦歷斯在詩末附注，Bihau，泰雅族男子名，漢譯畢號；「撒謊的狗」，泰雅族神話傳說中，狗原來是會說話的，但因為喜歡對族人撒謊，族人便割其喉嚨，使其不能說話，只能吠叫狗的語言。《伊能再踏查》，頁148。
[45] YaYa，母親。

> 彷彿電話一端是接受告解的神父。
>
> 族人問他回來幹什麼？
>
> Bihau病厭厭地發聲：「治喉嚨痛。」
>
> 但沒有人聽懂他的阿美里嘎話。[46]

根據原注，阿美里嘎話指族人聽不懂的外來語。當Bihau自我解嘲地說是回來「治喉嚨痛」，族人仍然聽不懂他的「阿美里嘎話」，可說幽默又辛酸。也因此，〈回部落囉〉詩中回到部落的人們，不只是為了找回母語，也有為了「找回一張臉」，一張屬於泰雅族的臉；還有人是為了尋找昔日的獵場和果園，瓦歷斯形容他們「像疲倦而遍體鱗傷的鮭魚」，「他們一同突破洶湧的海洋／閃避暗礁與鯊魚的突擊／直抵初生的溪流。／沒有人知道他們將找回什麼／我們只是高興流浪的族人終於回家囉！／流浪的族人終於回家囉！」（《伊能再踏查》，頁148）瓦歷斯在33歲那年（1994年）回到家鄉——台中東勢的埋伏坪，擔任自由國小的教師，迄今已過20年，成為回歸原鄉最好的例證。在瓦歷斯任教的自由國小，全校共有學生30多人，瓦歷斯教導學生作文、寫詩，希望他們打好漢語基礎，也告訴他們漢人世界的競爭情形，期許學生不要自滿，「讓他們知道真相，學會武裝，才有力氣拼鬥。」[47]詩人作家、國小老師的雙重身分，是瓦歷斯安頓自我的方式。其他的族人不一定回得來，但總是有瓦歷斯帶頭發出這樣的呼喚和具體實踐，相信可以成為年輕族人心中的最佳範例。

　　然而可注意的是，瓦歷斯在2012年推出的新詩集卻叫做《當世界留下兩行詩》（台北：布拉格文化出版社，2012年），該詩集不強調母語的創作，反而強調的是形式的試驗——以「兩行」來挑戰新詩的創作。為何出現這樣的轉變？首先看這本詩集的起因。

　　這是瓦歷斯在教學過程中，無意間啟發的靈感，進而成為他訓

---

[46] 同註43，頁144。

[47] 瞿欣怡，〈當風吹過部落的髮——瓦歷斯‧諾幹在他的故鄉Mihu〉，收入瓦歷斯‧諾幹，《當世界留下兩行詩》（台北：布拉格文化出版社，2012年），頁251。

練學生寫作的示範。有一天的課間休息時間，瓦歷斯隨手寫下「寒流南下部落小學／學童北上韓流取暖」，覺得很有意思，於是往下寫出第二首、第三首……「二行詩」逐漸成形。[48]又有一次，他先將2009年發生的12條國際新聞，以大事記的形式貼在黑板上，讓學生說說其中詳細的內容，然後再用兩行詩的形式提綱挈領，和大事記的內容互相參照。如此一來，學生既學習了國際大事，又學習了簡要的寫詩方法；這一輯詩，瓦歷斯命名為「社會課」，可見其勤於教學、又有創意的做法。[49]而瀏覽詩集內容，也有不少作品寓含身為原住民的認同問題與思考，例如〈母語教學〉：「母語老師尋思發音教學／方塊結晶的嘴型如何放軟？」（《當世界留下兩行詩》，頁36）；〈身分〉：「我們的歷史是違禁品／流離失所也不許書寫」（《當世界留下兩行詩》，頁176）；〈祖父的地契〉：「紀念品。近看，可見到／一無所有的記憶」（《當世界留下兩行詩》，頁178）因此，這本詩集雖不強調母語創作，但仍然和瓦歷斯關心的教育事業、族群文化有密切的關聯。

「二行詩」的出現，代表瓦歷斯在新詩創作上創意的試驗，他不僅用「二行詩」來教導自己的學生寫詩，也到處演講，推動「二行詩運動」，引起中小學熱烈的迴響[50]。瓦歷斯轉向創作藝術的追求，那麼他對母語、族群文化的看法呢？

在2012年新詩集出版後的一次座談會中[51]，瓦歷斯表示，他對於母語的流失仍然是憂慮的，但他的態度改變了，「因為我越來越覺得每一代的人，他會有方法適應當下的社會」，他強調的是族群

---

48 瓦歷斯‧諾幹，《當世界留下兩行詩》，頁33，「小詩學堂」輯的序言。詩中的「韓流」指的是學生愛聽韓國的流行音樂。
49 同上註，頁49。
50 多所中、小學，甚至也有大學、縣市圖書館邀請瓦歷斯演講，並示範如何寫「二行詩」。這些演講與現場觀眾的即席寫作，後來選錄、編輯為《2012：自由寫作的年代》（台北：原民會台灣原住民族圖書中心，2012年）。
51 這個座談會由行政院原委會、台灣原住民圖書資訊中心主辦，瓦歷斯‧諾幹與向陽對談，2012年6月8日下午13:30起，地點：台大總圖書館B1國際會議廳。演講紀實「當兩行詩遇到十行詩——瓦歷斯‧諾幹與向陽（林淇瀁）兩位詩人對話錄」，收於瓦歷斯‧諾幹著、曾湘綾主編，《2012：自由寫作的年代》（台北：原民會台灣原住民族圖資中心，2012年），頁227-278。

意識、自我意識的覺醒，「當你意識到全球化衝擊，就會意識到自己的身分、自己的文化在喪失，這個時候，你就會採取行動！你會開始和你的爸媽、祖父母聊天，用母語來聊，你會開始在社區裡面，比如透過社區發展協會去護漁，把自己家鄉的產業搞起來！你開始有這樣的覺醒，你更會想要培育人才，加強傳遞自己的文化！」[52]

　　回到家鄉、回到自己的部落社區，是瓦歷斯一再提出的呼籲，他又說：「我經常講，特別是母語的部分，我不認為在學校安排一節母語課就可以把母語學好；但是不能因為一節課不夠，就不要有母語課。我們要回過頭來，回復到你語言的環境，更應該到社區的每一個家庭去鼓勵這個東西。因為日常生活不使用，這個語言就會跑掉。」可知瓦歷斯強調的是「怎樣讓部落活下去，所謂的『生活』是去『使用』這些東西」[53]，這些東西包括生活中的各種有關山林、原野的知識，也包括語言。而強化原住民的教育，培訓原住民人才方面，瓦歷斯認為：「語文能力是最基本的，以後你要基測、要學測。或是多元入學，再往後還有任職、考試，或是什麼東西，第一個要求的就是中文要好！並不因為你是泰雅族，你是布農族，所以你的國語文可以不好。學好了，接著你再多增一個英語能力，這就是你加分的部分。到目前為止，我感覺原住民人才培育的部分，還是太狹隘了，大概都發展體育、音樂、舞蹈。我其實更希望看到更多的人才培育面向，不管是律師也好，醫生也好，這個面向要更多、更廣，對原住民社會幫助會更大。」[54]從這些意見來看，瓦歷斯仍然沒有忘卻他身為泰雅族詩人的身分與使命，他從來不是一個閉門造車、關起門來寫作的詩人。

---

[52] 同上註，頁259-261。
[53] 同上註，頁273、275。
[54] 同上註，頁270。

七、結語

　　瓦歷斯以流暢的漢語、中文書寫族群歷史，挖掘當代社會中原住民的問題，他的創作成果值得肯定。他從追尋當代知名漢語詩人的創作腳步到建立自己書寫的方向，以泰雅族和全體原住民的口傳文化、歷史經驗為題材，從中建立起自我認同和族群意識，可說具體實踐了身為原住民的歷史責任，也樹立了原住民詩人書寫的典範。

　　原住民詩人的創作，應該以漢語為準，還是恢復母語的寫作，或是有折衷的辦法？瓦歷斯提供給我們的是，歷經長期的抗爭與運動，他回歸寫作的本位，試圖在創作藝術上求新求變，同時又積極推動他的「二行詩運動」。他沒有特別強調母語與族群文化，其實是認為內在的意識覺醒比外在的母語教學、母語寫作來得更重要，因為那才是根本的力量。[55]

　　瓦歷斯向來以泰雅族的視角來審視漢人的歷史觀與文學史觀，他所要凸顯的是原住民作家的主體性，以期建構原住民自身的文學史觀。[56]這是瓦歷斯早期提出的觀點，仍具有與漢人抗爭的色彩，但《當世界留下兩行詩》出版後，他提出「加法」的概念：「我經常跟很多朋友分享一個概念，那就是『把異文化當成一個加法，而不是減法。』」他希望可以從不同的族群（包括漢人與其他原住民族）身上去學習對方的優點，以創造個人以及族群的優勢，這才是面對全球化、資本化社會的有效方法。當然，這並不是說要順從潮

---

[55] 這當然不是一蹴可幾，而是他長久以來的努力，並且也加上社會集體觀念的推展，才能促使族群意識的覺醒。

[56] 參見魏貽君，〈從埋伏坪部落出發——專訪瓦歷斯‧尤幹〉，瓦歷斯對於台中縣志中記載的台中開發史，即指出其中並未真實顯現原住民因為漢人的開發而不斷後退的歷史；對於某些研究者「認為原住民文學是台灣文學的一個新興支派，我認為這樣的評論是沒有必要的。」又說：「現在的原住民文學是由誰來定義的，基本上是由漢人來定義，所以口傳文學部分不會被納入原住民文學」見瓦歷斯‧尤幹，《想念族人》，頁223-224；227。

流，這裡面還是有個基本面，就是加強原住民學生對於知識與文化的吸收和傳承，才能以自己的族群文化為基底，投入這個浪潮中。[57]

如是，透過瓦歷斯的創作與實踐，我們看到一個原住民詩人對於自己多重身分的思考，無論是創作者、原住民社會運動者、國教第一線上的教師，瓦歷斯都扮演了重要的角色，是一位非常有代表性的詩人。

——原載《華文文學》2015年第4期（總129），2015年8月，頁95-104。廣州：汕頭大學編印。

---

[57] 「當兩行詩遇到十行詩——瓦歷斯‧諾幹與向陽（林淇瀁）兩位詩人對話錄」，瓦歷斯‧諾幹著、曾湘綾主編，《2012：自由寫作的年代》，頁260-262。

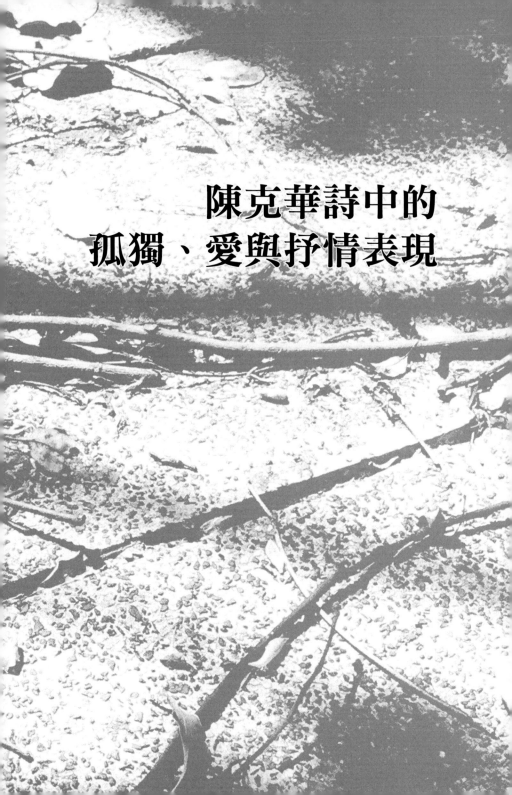

陳克華詩中的
孤獨、愛與抒情表現

近來陳克華受到注目的是他的情色書寫、同志文學的創作，這些研究因為當代各種文學理論及同志文化研究的興盛，使得陳克華的文學創作重新受到肯定[1]，擺脫他自《欠砍頭詩》[2]、〈肛交之必要〉[3]以後所受到的質疑。但本文關注焦點是想要回到抒情自我的問題上。因為身為一個詩人，無論他寫什麼，用什麼意象與材料來寫，他終究有他生命的終極關懷。以下，將從孤獨、愛與美的主題來探討陳克華詩中的抒情表現。

一、永恆的孤獨

　　陳克華（1961-）是醫生詩人，也是1960世代詩人中的佼佼者。自1981年5月以〈唐三彩〉獲得第一屆全國學生文學獎大專新詩組第三名，同年10月以〈星球紀事〉獲第四屆中國時報文學獎敘事詩甄選獎以來，已連續獲得中國時報新詩獎，聯合報文學獎詩獎等多種重要獎項；1983年出版第一本詩集《騎鯨少年》後，至今已出版二十種以上的詩集、散文集與攝影集等。陳克華多才多藝，舉凡新詩、散文、極短篇、小說、劇本、報導文學、歌詞和電影評論，以及音樂、繪畫、攝影等藝術皆有涉獵，可謂全才型作家。他屢次獲得耀眼的光環，但也曾因身體詩、情色詩而遭人非議。然而他仍繼續書寫，不因外界的褒貶而停頓創作的腳步。

　　在陳克華的詩中，從前期到近期，無論是以一般意象或是身體

---

[1] 例如較早研究陳克華詩的學位論文是鄒桂苑，〈拼貼當代臺灣情／色文學地景——陳克華詩作文本探勘1981-1997〉（台北:淡江大學中文所碩士論文，1998年）；吳夙珍，〈陳克華新詩研究〉（嘉義：中正大學中文所碩士論文，2000年）；近來劉韋佐從同志詩和陰性書寫的理論，探討陳克華等人的詩作，見其〈同志詩的閱讀與陰性書寫策略—以陳克華、鯨向海、孫梓評為例〉，《臺灣詩學學刊》13 期，2009年8月，頁209－238；而楊小濱從拉岡的「絕爽」理論看陳克華的情色詩，對於其藝術造化給予頗佳的評價，見其〈絕爽及其不滿：當代詩中的身體與色情書寫〉，《臺灣文學研究集刊》14期，2013年8月，頁71-111。

[2] 陳克華，《欠砍頭詩》（台北：九歌出版社，1995年）。

[3] 陳克華，〈肛交之必要〉，《欠砍頭詩》，頁65-69。

感官為意象來譬喻，個中所蘊藏的正是一種孤獨的氣息。早期《我在生命轉彎的地方等你》所收錄的〈我的孤獨〉[4]，已經直接透露這種意識；〈雛〉則用早晨煎蛋的譬喻，點出孤獨的心情；〈寂寞・Autopsy〉[5]借用解剖的情境，雖然有點悚然，但說的仍是孤獨與寂寞。而《我撿到一顆頭顱》中的〈丑神〉[6]，以馬歇・馬叟的默劇演出為題材，陳克華眼中所投射的仍是孤獨的影子，只是這個影子有他的堅持，演戲、寫詩和無盡的工作。《美麗深邃的亞細亞》的〈找、找、找到一個朋友〉[7]套用兒歌〈找到一個朋友〉，語氣天真卻仍然是心酸的孤獨，因為始終無法找到一個朋友。而近期的《善男子》，則有〈盆景男孩——送給荒野的李偉文〉[8]，從副題來看這是題贈詩，但整個內容說的還是自己的孤獨，如同《小王子》獨居自己的星球，始終渴望一朵玫瑰來作伴的心情。

　　自古以來，孤獨與寂寞恆常是詩人的內心寫照。為何感到孤獨、寂寞，每個詩人的表現不同。陳克華的孤獨感，有部分是來自對於情感的索求，無論是愛情或「家」的感覺，這種索求經常失落，因此衍生孤獨感。例如〈秋歌〉[9]藉由一隻螞蟻爬進自己潮紅的指縫，因為溫暖而誤以為那是像家的地方，所以不肯出來；螞蟻尚且貪戀家的溫度，何況是人呢。這樣的追尋也有矛盾痛苦的時候，譬如〈夜〉，夜的氣溫本該比白天清涼，但詩中的夜卻是滾燙的，當她貼近，我卻疼得掉淚，說：「不，這裡不是我最需要溫暖的位置」[10]；顯然那是個熱鬧繁華的夜，凡夫俗子害怕寂寞，若有熱鬧繽紛的夜生活，或許可以稍許麻醉自己，但身處其中的「我」

[4] 陳克華，〈我的孤獨〉，《我在生命轉彎的地方等你》（台北：圓神出版社，1993年），頁44。
[5] 陳克華，〈寂寞・Autopsy〉，《我在生命轉彎的地方等你》，頁143。
[6] 陳克華，〈丑神〉，《我撿到一顆頭顱》（台北：漢光出版社，1986年），此處參考的是陳克華，《別愛陌生人》（台北：元尊文化，1997年），頁39。《別愛陌生人》為陳克華1979-1997年的詩作選集，分為六卷，可窺見陳克華創作歷程的輪廓。
[7] 陳克華，〈找、找、找到一個朋友〉，《美麗深邃的亞細亞》（台北：書林出版社，1997年），頁83。
[8] 陳克華，〈盆景男孩——送給荒野的李偉文〉，《善男子》（台北：九歌出版社，2006年），頁28。
[9] 陳克華，〈秋歌〉，《我在生命轉彎的地方等你》，頁85。
[10] 陳克華，〈夜〉，《我在生命轉彎的地方等你》，頁15。

卻與之格格不入，反而被傷害。

　　類似的，極度渴望愛情的心靈，也常被無言的結局傷害，例如〈一處溫暖的地方〉[11]，訴說我的心尋找一處溫暖的地方，但也暗暗懷疑那是可能的嗎；而後，果然遭遇到這樣的結果：

> 甚至那是最無法確知的　　驚醒的片刻
> 你的離去
> 夢境依然是渾圓的──什麼
> 什麼將也無法提示故事的真相
> 除了
> 我的孤獨[12]

在一番誠摯的懇求與溫柔的對待之後，「你」突然離去，留給我莫名的情緒，若追問為什麼，恐怕是沒有答案的，終究落得曲終人散，暗自神傷。

　　就陳克華近期的詩來看，因愛而生的孤獨感，並沒有因為同志之愛可以公開表達而解除了這樣的感覺。《善男子》號稱「華文世界第一本以同志情慾為主題的詩集」（書腰標語），但此集中仍充滿尋尋覓覓、知音難求的煩惱與痛苦，以至於〈馴・之一〉[13]中，為了馴服情人，皮鞭、手銬都出籠了，情人仍然逃逸，而有著如此的結局與懺情：

> 「我錯了……」
> 我聽見一再空出的樊籠裡迴盪著自己的心音
>
> 一如一而再再而三出缺的情人
> 一如驚鴻一瞥的獨角獸惟赤子能見

---

[11]　陳克華，〈一處溫暖的地方〉，《我在生命轉彎的地方等你》，頁175-176。
[12]　同上註，頁176。
[13]　陳克華，〈馴・之一〉，《善男子》，頁124-125。

但我長遠的痴心妄想馴養一匹情人

但愛情如獸的遺體，其靈魂在入我籠中才不過

一夜　便已不見……[14]

結尾「一夜，便已不見」這句，說是一夜情也好，說是象徵性的短暫也好，愛情，就這麼一夜之間夭折了。刪節號就像無盡的遺憾，難以言說，滿溢孤獨的氣味。

類似這樣的感慨，〈孤獨的理由〉[15]更為清晰，此詩開頭說「我的靈魂偷偷離開我／另一具陌生的肉體」，靈魂出遊尋找伴侶，也享受到肉體的歡愉，但這感覺仍然像在夢中一樣的虛幻，因此詩的後半：

在那個浩渺之城中一個遙遙召喚我靈魂的肉體

正夢著我的一生

「至愛……呵至愛……」我靈魂顫抖著

說服我　為何

我今生必須孤獨

的理由[16]

顫抖的靈魂發出顫抖的呼喊，誰能給他「必須孤獨的理由」？在陳克華的詩中，我們確實看到一個孤獨的靈魂。這個孤獨的靈魂偶爾因愛情迷醉，但仍是清醒而孤獨，試看〈即使在情人的懷裡〉：

---

[14]　陳克華，同上註，頁125

[15]　陳克華，〈孤獨的理由〉，《善男子》，頁166-167。

[16]　陳克華，同上註，頁167。其中「夢著」二字為黑體字。

即使躺在情人的懷裡
即使我已經微微醉了
即使才說出最甜美鄭重的情話
即使，我熄掉所有感官而依舊被你充滿

天已經顯老而海水悄悄乾了
鑽石腐爛

我仍執意躺進你的懷裡
我執意我還是一個清醒完整的我
我執意孤獨必須如恆星照耀

即使，悲哀已達極限
自銀河氾濫……[17]

此詩仍是一貫的抒情傷感的筆調，中間一段的海水、鑽石之喻，有揶揄「海枯石爛」意思，既要沉醉愛情又要保有清醒而完整的自我幾乎是不可能的，因此仍是獨自守護孤獨。

　　以上可以說明無論是否追求到理想中的愛情，陳克華始終是孤獨的。如同〈緣〉的開頭說：「那個說他相信緣份的人／終於相信人應該孤獨」，底下列舉了三個孤獨的處境：「應該孤獨地躺入情人懷裡／孤獨地戀愛、結偶，生殖」、「孤獨地在早晨撕下昨日的日曆／孤獨地　接受兒童擁吻」、「孤獨地在下班的路上　行行止止／觀看櫥窗裡的晚霞沒入擁擠的燈火」，戀愛、生活、工作已經足夠涵蓋人的一生，因此詩的後半歸結出「孤獨地／把自己想像成風箏」，人就是像風箏一樣孤獨[18]。這首詩揭示，風箏看似有一條情感的線維繫著，但風箏高飛時是孤獨無依的，若是斷線離去，更是無所依靠，不知所終。則生命，仍舊是孤獨二字。

---

[17]　陳克華，〈即使在情人的懷裡〉，《善男子》，頁41-43。
[18]　陳克華，〈緣〉，《善男子》，頁183-184。

二、愛╱欲中的自我

　　陳克華書寫愛情，以失戀、失落的情感居多，有時看似將遺憾訴諸來世，但大多數的作品都透露淡淡的哀傷與惆悵。在陳克華筆下，如同〈愛〉所示，愛，是青春必備的關鍵字，當檢視自己的青春書冊時，「我閱讀良久／始終停留缺損的那一頁／少了一個字。我肯定／而你漠然」[19]缺少的那個字正是題目「愛」，而唯有「我」才能洞悉。更進一步看，陳克華對愛的追求也具有理想性、純真、自然、如赤子之心，如同〈絕食〉拒絕添加防腐劑的愛情[20]；〈面具〉暫時卸下面具的「我」流淚了，但這淚水裡有雜質，因此也沒有獲得諒解與欣賞[21]。〈晨霧〉裡的內心森林，隱藏著一則童話[22]；〈寶寶之塔〉的「寶寶之塔」代表童稚的心靈[23]；〈終於〉裡說「遠離群眾，你發誓／永遠不再背離兒童」[24]等等，都是對執著於愛的純真；這種純真，也有用天使、青鳥、初戀、童貞等字眼來替代，例如〈陷阱（二）〉：

> 終於又有一位天使踏中機關。
> 我埋葬了十六對目盲的青鳥和
> 　二十三隻瘖啞的小羊
> 在祂的墓旁，我埋葬了
> 我的初戀[25]

有時甚至是科學裡的「最基本的電子」（〈星星原子人

19　陳克華，〈愛〉，《我在生命轉彎的地方等你》，頁13。
20　陳克華，〈絕食〉，《我在生命轉彎的地方等你》，頁20。
21　陳克華，〈面具〉，《我在生命轉彎的地方等你》，頁17。
22　陳克華，〈晨霧〉，《我在生命轉彎的地方等你》，頁61。
23　陳克華，〈寶寶之塔〉，《我在生命轉彎的地方等你》，頁63。
24　陳克華，〈終於〉，《我在生命轉彎的地方等你》，頁121。
25　陳克華，〈陷阱（二）〉，《我在生命轉彎的地方等你》，頁39。

（二）〉）[26]；或是《欠砍頭詩》裡的〈青春猝擊〉，明寫同性之愛，在失落之後，仍然嚮往的「可以再初戀一次／再一次怯怯獻出牛奶氣味般的童貞」[27]。但也往往因為渴望愈深而失望愈深，以至於寫愛情多是失戀的感觸，使作品帶有憂鬱愁悶的氣氛。

（一）失戀、失落感的詮釋

　　陳克華對於失戀、失落的詮釋，前期作品以含蓄、古典的意象表現，《欠砍頭詩》及其後的作品，則增加具體的身體意象，因而明確顯現因同性之愛而產生的罪與抗議。

　　《我在生命轉彎的地方》有多首詩借諸古典，但不一定是複製古典、浪漫的情懷。如〈七夕雨〉和〈掉傘〉。〈七夕雨〉轉化「牽牛織女遙相望」，發覺「我們相隔不止／兩顆星的距離。」[28]詩中的你我是分離、相異的差距，而不是牛郎織女重逢的期待；〈掉傘〉用的是白蛇傳的故事，遊湖借傘的情節在這裡被解構了，沒有因借傘產生美麗的戀情，反而使人領悟「我不過　是掉了一把傘。」[29]類似的翻轉與惆悵也出現在〈化石〉，詩中構設草原盡頭、一百萬年前這樣遙遠浩瀚的時空背景，「我」遇見了「你」──一顆化石，有可能是百萬年前的輪迴相遇，但此處卻不是要營造永恆淒美的氣氛，而是啼笑皆非的嘲諷，因為「他們拿起你的下顎／敲掉那顆蛀牙／叫你化石」[30]。

　　但陳克華還是擅長書寫因愛而失落的遺憾。作為書名的〈我在生命轉彎的地方〉，敘寫一則邂逅的故事，浮現夢境的朦朧、月光下的迷惘與迷離的美感，而詩的開頭與結尾：

---

[26] 陳克華，〈星星原子人（二）〉，《我在生命轉彎的地方等你》，頁99。
[27] 陳克華，〈青春猝擊〉，《欠砍頭詩》，引自《別愛陌生人》，頁86。又收入《善男子》，頁220，副題「寫給杜二」。
[28] 陳克華，〈七夕雨〉，《我在生命轉彎的地方等你》，頁45。
[29] 陳克華，〈掉傘〉，《我在生命轉彎的地方等你》，頁82。
[30] 陳克華，〈化石〉，《我在生命轉彎的地方等你》，頁50。

我在十字路口停下來，等你
希望你會跟上來，詢問
我再小聲告訴你
這裏是我生命轉彎的地方
……
於是我們沉默著互道再見
彷彿你是遙遠的一道霓虹亮麗，在西門
鬧區複雜喧囂的巷弄裏，沉默著
我堅持，只是沉默不告訴你
曾經，我在生命轉彎的地方等你[31]

「生命轉彎的地方」有著諸多的可能，成長、蛻變、抉擇的關鍵
時刻，寫得也許是初戀、情傷，或者是人生更重要的議題。又，
〈致歉〉溫和有禮的口吻寫出了分手後自己真摯的歉意，詩的第
一段說：

如果對你美絕的思念也算是一種褻瀆
我必須為此深深致歉，
讓我隱身退至舞台的最角落
再悄然俯首　遠離的背景你的聲音
你身上聚集的光[32]

因為自己只是出於內心的愛意，「無意改變宇宙原有的秩序」，所
以若你不領情，我只能退守一旁，收斂「原本屬於我的光燦與剔
透」，而你也早已「習慣了闃黑靜寂」，顯然這兩個人的相聚，有
著不平等的付出。最後，更可嘆的是：

---

[31] 陳克華，〈我在生命轉彎的地方〉，《我在生命轉彎的地方等你》，頁103-105。
[32] 陳克華，〈致歉〉，頁170。

呵
甚至我的離去
都不曾驚動　你曾努力經營
卻空無一物的回憶[33]

這份情感和古詩「我本將心向明月，誰知明月照溝渠」有相反相成的映照。古詩裡的「我」是慕光的一方，鍾情於明月，誰知明月不回應「我」卻去照亮溝渠；〈致歉〉中的「我」本身就是個發光體，想要照亮對方，卻被對方漠視，甚至黯然離去時，對方也不訝異或感到遺憾，只是習慣於自身與周遭的黑暗。甚至若是回首往昔，「你」為自己創造的也只是「空無一物」、空洞的回憶；那麼，試問「我」究竟在「你」生命中佔有什麼樣的份量呢？答案恐怕是令人傷感的，多情總被「無情」惱，陳克華此詩頗有李商隱〈無題〉「此情可待成追憶，只是當時已惘然」的悵惘。

　　當然，隨著陳克華書寫更多的同志情詩，這樣的失落感，也更加明朗。有時這是來自同性愛情本身複雜的特性與內在的糾葛，例如〈青春猝擊〉藉由「我」的回顧，清楚看到一個同性戀者對愛情的追求歷程，那是青春肉體的試煉，慾望與愛的交纏，沒有衰老的藉口，永遠抱持如初戀般的純真與好奇：

　　　青春如蛇，將猝擊你如蛇信
　　　⋯⋯
　　　──我清楚記得
　　　那時你已不年輕了，但充滿體力和好奇
　　　摸黑潛入影子盤據聲浪席捲的酒吧
　　　狡黠地四處與慾望周旋
　　　在那被禁忌塵封多年的樂園裡
　　　你忙著問枯寂而蒙昧的上半生

---

[33] 同上，頁171-172。

預支來世的享樂做補償
青春如蛇，那條閃動麟光的尾巴
正長長蜿蜒沁入你幽沉的心
當然你其實隱隱預見
並非每一次沒有生殖的性交皆是一次絕望
你正為同處體內的雌與雄
那廝爭鬥的雄的飢渴與雌的饑渴
竭澤而漁
……

是的，我清楚記得
那時你已不再年輕了，但還堅信自己
可以再初戀一次
再一次怯怯獻出牛奶氣味般的童貞[34]

有時這種失落感是來自於同性者如何決定成朋友或愛侶，〈我們總是愛人一般相遇〉就點出這個煩惱的問題：「我們總是愛人一般相遇／在以為彼此具有朋友的素質／之前，便做過愛了／然後發覺／真的只適合做個普通朋友」[35]。合另一首〈因此我總是悲哀的〉來看，自己的愛情觀總是與世扞格，恰恰是陳克華感到悲哀的原因。詩的最後兩段：

愛，愛你，已如日常行走……
而你正如一百人之九十九人嘗不出精膳中隱藏的鹽
在空洞而傾斜的城市背景裡
噩夢擦拭過的瞳孔泛著絕望的精光
（我原想替你承擔生命的沉重，是的，沉重）

---

34 陳克華，〈青春猝擊〉，《欠砍頭詩》，引自《別愛陌生人》，頁85-86。
35 陳克華，〈我們總是愛人一般相遇〉，《與孤獨的無盡遊戲》（台北：皇冠出版社），引自《別愛陌生人》，頁84。由於詩的第二段說「懷著親密的罪惡／短暫地游移／濃霧侵襲的房間」在受到社會制約下，同性戀者常常會因相愛而有罪惡感的感覺，因此推測這是寫同性之愛。

你苦惱著無知地走來，說：
怎麼辦，我擦不掉我生命裡一條畫歪的直線……
因此，我總是悲哀的
想像我是一條不斷前行但已歪斜的直線
正不斷與所有平行無憂正直安全的直線交叉著
不斷受傷斷折……[36]

「斜線」不斷前行，即表示它也無意矯正自己；而不斷與「直線」交手，不斷受傷受挫折，也形成了無止境的愛的追尋之旅；這也是屬於愛情內部本身的疑難雜症，只能從內部去尋求秘方。但面對外在環境的壓力，陳克華在歷經各種對同志戀情的質疑與挑戰之後，更加確立自己的書寫方向與形式風格，〈我確然走著與時代逆行的方向〉可謂一記最響亮的應答[37]。

（二）愛／欲中的美感與沉醉

愛無性別之分，無論是異性戀或同性戀的愛情，陳克華的情詩自有其迷人的地方與成就。《我在生命轉彎的地方》有幾首小詩都具有纖細柔美的風格，也描繪了愛情的細緻動人之處。〈迴紋針〉欲以一根迴紋針夾住厚重的思念[38]，〈無題（二）〉以電流比喻思念的細密觸動，都抓住了細微的美感。試看〈無題（二）〉：

一灘靜電悄然聚集
遊戲於我體表，他們源自
現實與思念與你之間
日久

---

[36] 陳克華，同上註，頁88。詩中的「直線」，或可能是比喻「直男」，異性戀男人。
[37] 陳克華，〈我確然走著與時代逆行的方向〉，《善男子》，頁90-92。
[38] 陳克華，〈迴紋針〉，《我在生命轉彎的地方等你》，頁27。

密切的摩擦[39]

〈下車（一）〉以愛情和旅途互文書寫，火車進站，即將下車的旅人是否會有一段擦肩而過的奇遇呢？短暫停駐的車次，不也印證著聚散無常的道理？詩作如下：

> 像是在街角擦肩而過的愛情
> 它的形體，
> 它被目光擊響的音樂，它的氣味
> 和它惘惘摘落的面具──
> 這次，鳴起的進站笛聲
> 短暫的停靠應該是
> 另一次漫長的相遇與辭別……[40]

「被目光擊響的音樂」精準刻畫了火車進站被人瞧見的剎那，也精準地寫出兩人目光交會、電光火石被激起的動心動情的剎那間。

　　除了纖細柔美，對於愛的感受，《善男子》有更多精采生動的篇章。〈跋涉〉的筆調抒情而傷感，詩中兩人在水流鐘聲裡的相遇，「我們涉水而來，相遇／像遠遠的鐘聲相遇著飛鳥／像初綻的山茶遇著微雨」。多摩瀟灑飄逸的相逢與相知，但歷經人世艱險，兩人此番跋涉而來，卻沒有相認，因為「我們畢竟行走了太遠」、「跋涉之足已經挫傷」，詩的末兩段道出了這樣的轉折與感傷：

> 追尋之心已經熄滅。
> 在這我深深愛悅的雨日
> 我決意將今日化作乾爽但微弱的回憶
>
> 飛鳥飛離了鐘聲

---

[39] 陳克華，〈無題（二）〉，《我在生命轉彎的地方等你》，頁41。
[40] 陳克華，〈下車（一）〉，《我在生命轉彎的地方等你》，頁38。

微雨滴落了山茶

而我訣別著不再重逢的溶化在雨中的你[41]

詩開頭「水流石上，青苔淺淺」的意境已經很像一幅水墨畫，再經
過跋山涉水的追尋，彷彿要踐履前生的約定，但卻又忍住不相認，
只因道途已遠，最後選擇了「放棄」。「飛鳥飛離了鐘聲／微雨滴
落了山茶」對照前文的「像遠遠的鐘聲相遇著飛鳥／像初綻的山茶
遇著微雨」，不勝唏噓。在此，陳克華勾勒了一幅淒美的訣別景
象。

　　又，〈擱淺〉寫的卻是一種巨大如鯨的愛的震動力量。詩中以
鯨魚擱淺為喻，開端「鯨魚一般的男人」實是鯨魚與男人雙寫，鯨
魚的雄偉、蔓生的頭髮如蔓生的觸鬚正如男子氣息般的俊美，但這
隻擱淺、被馴服的大鯨已經昏死，令「我」感到無比憐憫與痛惜：

> 「求求你醒過來罷……」我囁語：即使一瞬也好……
> 只聽見他臟腑破裂的聲音
> ：我
> 　　　還
> 　　不　曾
> 　　　愛
> 　　　　　過……
>
> 是的，當我回望
> 那一寸寸正被不斷上升的浪潮
> 淹沒並拖回大海的
>
> 是我鯨軀一般龐巨而意志堅決的
> 決意死去的愛……[42]

---

[41] 陳克華，〈跋涉〉，《善男子》，頁36。
[42] 陳克華，〈擱淺〉，《善男子》，頁32-33。

這「決意死去的愛」，也正是面臨抉擇與訣別。

　　面對情人移情別戀的自處之道，陳克華〈當我想著此刻你正戀著〉表現了黑色的幽默。詩的開頭以油輪撞毀，海被汙染譬喻逝去的戀情及其所帶來的傷害，被汙染而死的海鳥與魚群象徵彼此間的種種回憶和事件，但此中的「我」仍然強作鎮定，只因「我」決意健康向上、完好地生活。這本是「失戀者當自強」的宣言，但末兩段卻有所逆轉：

　　　　只是當我想著此刻你正和別人戀著
　　　　從沉船黝深的艙底，便一點一點地洩漏出

　　　　無從偵測的輻射污染來[43]

此處的「只是當我想著此刻你正和別人正戀著」將題目「當我想著此刻你正戀著」暗渡陳倉，產生了改頭換面的效果，原來情人已經琵琶別抱，而故作鎮定的「我」其實正醞釀著一場驚天動地的報復，輻射，遠比原油汙染還要來得可怕。

　　陳克華還處理了愛與欲、愛與死、愛與悟的課題。例如〈試〉以撫觸吉他來譬喻愛的挑逗：

　　　　你試著一把簇新的吉他
　　　　嫻熟地　鄭重地
　　　　擁抱琴身，貼近，俯身，指尖挑動了

　　　　第一根弦
　　　　然後聆聽　等他靜止……

---

[43]　陳克華，〈當我想著此刻你正戀著〉，《善男子》，頁48。

（姿勢那樣地挑逗）

漫長的弦音消失後的那些空白
「我今生至高的幸福罷……」我想

當你也這樣試著我

當我想像你
試著一把琴似地
試
著

挑動了我……[44]

這裡必須引用全文才能體會那欲言又止、一步步貼近、撫觸的觸感和停止後靜悄悄、無聲勝有聲的情境。在充滿愛意的撫觸下，想像吉他的弦發出吟哦，弦的震動如同經過撫觸的身體的顫動，確實充滿了挑逗／挑動的氛圍。而同樣是透過身體的接觸，〈蜷伏〉也牢記這種因愛欲而生的震盪，並且把愛中的享受、幸福感和死亡連結在一起：

突然委頓下去蜷伏在你手臂圍成的陽光海灘
臉輕貼著海面

感覺自己如此地輕
可以感知你體內最細緻的動盪

或是海底火山淺淺地睜眼轉眸
或是一株失根海草的無聲行吟

---

[44] 陳克華，〈試〉，《善男子》，頁63-64。

我的蜷伏模擬著死
漂流在你陽光璀璨湧動的熱帶
是的，只有　當　模擬著死
我才分明察覺

我正愛著。[45]

詩的前半刻畫了細緻的感受，整首詩和熱帶的海洋氛圍相當吻合，有一種慵懶的休閒度假風，但「我的蜷伏模擬著死」此句一出，就使全篇警醒起來，原來在睡眠與死亡，呼、吸之間，愛無所不在。

　　但人間的愛情，莫不是形相的執著。佛經義理教化眾生要放下外在的色相，直見本心。陳克華喜愛《心經》，有《心經》的圖／詩集《心花朵朵》；在〈錯覺〉、〈蝴蝶戀〉二首詩則可看到陳克華化用《楞嚴經》的經文，來詮解兩人之間的關係。《楞嚴經》共有十卷，主旨在開示眾生捨妄歸真、破妄顯性；蓋眾生流轉生死，皆由於不知常住真心、明心見性，因此輪轉不已。卷一的故事頗為眾人熟知，即阿難尊者被摩登伽女所使用的梵天咒所侵擾，即將犯下色戒，但佛陀以楞嚴神力解救了阿難尊者，也破除了摩登伽女的淫念，使摩登伽女原本淫火熾盛的身心，也受到佛法啟示，歸依佛門，得到解脫。而陳克華引用的是卷四，富樓那的提問與佛陀的回答「汝愛我心。我憐汝色。以是因緣。經百千劫。常在纏縛。」[46]在佛家的觀點，世間眾人不瞭解如來真心，所以常常在色相、愛慾中糾纏，陳克華〈錯覺〉也以身體的感官接觸帶出欲念的張弛，而所有有關色身的感受都是「錯覺」。在詩中，陳克華引用了諸多佛學的概念與名詞，蓮花、沙塵、芥子、三界、三千世界、無垢、觀音等，但這些名詞不是用來正面詮釋佛理，反而是和色身、慾望等意象

[45] 陳克華，〈蜷伏〉，《善男子》，頁45-46。
[46] 《楞嚴經講記》，台大佛學數位圖書館暨博物館電子資源，網址http://ccbs.ntu.edu.tw/index.jsp。2014/10/15查詢。

混用[47]，但詩的末二段則一一點破這都是「錯覺」：

> 「我們將不是老了，而是舊了……」
> 因此生厭離之心
> 毋憐汝色，毋愛吾心（注）
> 在礦脈終止的地方
> 你身體覆滿了飄游細碎的蓮花是錯覺
> 你身體流滿了風生潮起的沙塵是錯覺
>
> 遍體清涼無垢的觀音是錯覺
> 我躺下
> 我畢竟真正躺下
> 可是，這躺下
> 是錯覺。[48]

　　上引第三行的「注」即是引述《楞嚴經》「汝愛我心。我憐汝色。以是因緣。經百千劫。常在纏縛。」但陳克華藉由「汝」與「我」的位置對調，又以「毋」與「吾」的同音，點明了不要貪愛色相，不要貪戀彼此的愛意，因為這才有可能脫離彼此的糾纏，擺脫輪迴。而更進一步的，在最後一段，還要看清「遍體清涼無垢的觀音」也是錯覺，一切的一切都是錯覺，不因了悟佛道就等於證成涅槃。〈錯覺〉起於對「你」的記憶，而且是從男體的意象開始寫起，在愛與慾望的起伏中，極力想要破除的便是色、心的束縛。這首詩以佛經經文為典故，也是相當獨特的地方。
　　另一首〈蝴蝶戀〉也運用了《楞嚴經》「汝愛我心」的經文，

---

[47] 陳克華，〈錯覺〉，《美麗深邃的亞細亞》，頁45-48。例如第一段：「有一種沙塵滿佈的錯覺／在你不斷上漲的身體累積復累積／流動的，我的目光帶領記憶／穿過指縫／前來殖民你的下體」，頁45；第二段：「那是蓮花／那正是花開一瞬／那時風正轉醒／那時我正如一顆吹起的沙塵／沾附你野蠻隆起／而忽而四散的／慾念」，頁46-47，男體與蓮花之間有隱喻關係。
[48] 陳克華，〈錯覺〉，《美麗深邃的亞細亞》，頁47。

而詩前的小序註明這是引自夏丏尊〈弘一法師之出家〉：「他的愛
我，可說已超出尋常的友誼之外……沒有我，也許不至於出家。」
詩末又附註：「一九一八年弘一法師出家於杭州虎跑泉寺，半月後
贈夏丏尊一幅字，寫的是『楞嚴大勢至念佛圓通章』，跋內末有
『願他年同生安養共圓種智』的話。」可見這首詩圍繞著弘一大師
和夏丏尊的故事來想像，以弘一大師的角度來書寫。詩中將「汝愛
我心」轉為「吾愛汝心，吾更憐汝色」來塑造兩人的親密情感，且
暗示著這是宿世因緣，此生必得走過這一遭，才能斷絕這心念。試
引原作如下：

> 我終究要走過這一生極盡繁華
> 然後證得萬法
> 皆空。吾愛汝心
> 吾更愛汝色
> 以是因緣，情願
> 歷千千萬萬
> 劫難，一如蝴蝶
> 迷途於花的暴風雨。
> 我必得時時如此自苦嚜
> 斷食、斷髮、斷念
> 呵，更得斷去心頭這朵美絕的想念
> 方得稍解體內
>
> 風起潮生的胸悸舌燥……
>
> 天心一捧不曾圓正的月輪
> 正如我親手栽下的華枝不曾開滿
> 痴者，識道未深……
> 蝴蝶辭別著春日的花
> 問花，難道對於自己的美你絲毫不自覺嗎？

花兀自生滅。

千千萬萬朵生滅之間

我，不也是匆匆一瞥的臨水照花人？

（願他年同生安養共圓種智）

我且捨下了情

我且捨下了痴

我且捨下了悲

我且捨下了欣

我且[49]

情、痴、悲、欣都捨下了，為何還有「我且」的未了句？可見陳克華認為弘一大師在做這個決定時，是百般動心忍性的，想要極力拋擲世俗所有的牽掛，但卻是那麼的艱難。反覆讀這首詩還可以感覺到，陳克華彷彿也投射了自己對於世間情愛的看法與惋惜，色身為美，愛意撩人，若是兩廂情願、兩情相悅，應是天長地久的圓滿結局；但這世間恐怕有太多干擾的因素使情人無法終老，何況還有「色即是空，空即是色」的功課要修習，要突破這一層更為艱難。對於愛的迷與悟，陳克華藉由這兩首詩，透露了他對於當下時空的割捨，有「不得不」的決然與迷惘的心情。

　　歸納而言，陳克華所描寫愛情的面向偏向失戀愁緒，或是不圓滿的狀態，因而有傷心、思念的情形，塑造出惆悵傷感的氣氛；但這其中有纖細柔美的感觸，也有悲劇般的壯美，對於慾望的挑逗、愛與死的界線都掌握得很好。而論及對愛的最徹底透視，則是思考色身、愛意的糾纏與矛盾，但他尚未能突破形相的執著，對人間的情愛仍然眷戀不棄。

---

[49] 陳克華，〈蝴蝶戀〉，《與孤獨的無盡遊戲》，此處引自《善男子》，頁217-219。

三、凝視下的自我與外界

　　詩人如何看待自己，將構成其內在的生命特質。〈風鈴〉、〈信〉二首詩代表陳克華對於身為詩人的自我期許和自我審視。〈風鈴〉以風鈴上的十二隻白鳥代表被束縛的靈感，它們很像振翅飛翔，趁著風動，發出了「摩擦而悅耳的聲音」，即使在午夜仍然不停止，而振筆寫作的我也因此發現，這夜來吹拂的輕風正試探著我，詩句如下：

> 試探著我內心的秩序
> 和質地──所有的元素都必須堅實
> 而且潤滑
> 而且適合彼此無意的撞擊──這時候
> 我總是不期然抬頭，發覺
> 是我的詩在和諧的發音[50]

　　這是對自己的詩充滿了自信，具有堅實的質地，也有和諧的音韻。〈信〉則表現一種反思，詩中描述「我」要讓自己活得更精采、昇華、帶點抽象意味，可以說像詩一樣地活著，因此「我總把詩，寫在厚厚的信紙上」，這封信投進信箱，被郵差綠袖白手套的手探進來取走，我便感到它帶來的撫慰，但是同時「我更能閱讀出／我的愚蠢」[51]這裡顯然是自我解嘲，代表對自己的小小的挑剔。但基本上陳克華對自己是個詩人這個身分是相當有自信而且堅持。

　　陳克華不只是心靈的自我凝視，對自己的觀照，也包括對身體的審視以及和社會現實的關係。〈我與我的納西色斯〉藉由攬鏡自照，投射出一個中年男子的形貌，「納西色斯」在這裡代表鏡中

---

[50] 陳克華，〈風鈴〉，《我在生命轉彎的地方等你》，頁142。
[51] 陳克華，〈信〉，《我在生命轉彎的地方等你》，頁211-213。

的「我」，也就是自我的投影。鏡中之我，乳房塌陷、頭髮雜亂、僵硬的鬢角，整個看起來非常衰頹、彆扭，所以本來應是神話的水仙納西色斯俊美的倒影，此時卻讓「我」感到「可以窺見一種命運的小丑臉譜／正偷偷對我端詳」，真是莫名的可悲。面對這樣的感覺，「我」既不放棄也沒有更好的主意，於是問鏡中的自己「也愛過了罷？」，鏡中的我回答是的，而且「早就疲倦已極了」接下來我便走了過去，「強吻我自己／在每一面鏡子上留下指紋／和唇印，一如我怪異的簽名」這裡展現了納西色斯自戀的情結，但卻是無奈的，因為「我只選擇了你這一種」，最後「我」做了總結：

> 「而且連這選擇都可能是虛妄的。」我想
>
> 因為事實上
> 別無選擇[52]。

此處的「我」已然不同於往日飛揚的「騎鯨少年」，而是一個半衰的中年男子，他的身體看來鬆弛，神情頹唐，歷經現實社會的無情考驗，也已對愛情的追尋感到疲憊，因此才會有「別無選擇」的感嘆。這種自我與外界的扞格、摩擦以至於產生戰戰兢兢或是防衛、反擊的反應，可用兩首詩來看。

〈與蘆葦的無盡遊戲〉共十一行，傾訴內心的脆弱與痛苦，而外表不得不偽裝成八面玲瓏，以適應現實社會。原作如下：

> 虛弱
> 虛弱得不足以承擔任何感動
> 我草質的心，水質的心
> 在某一個世紀末的黃昏風中顫抖
> 匍匐

---

[52] 陳克華，〈我與我的納西色斯〉，《我撿到一顆頭顱》，此處引自《別愛陌生人》，頁52。

再匍匐
我不斷彎折搗地的柔軟腰桿
我不斷親吻腳趾的肥膩雙唇
我磨損的靈魂上漆之後
穿戴整齊——
我的痛苦
八面玲瓏[53]

「虛弱」、「草質的心，水質的心」不只是蘆葦的特性，亦是「我」的內心；不斷彎折腰桿以至於不斷親吻腳趾，非常生動地形容了蘆葦搖擺彎腰的樣子，但也襯托了「我」是卑躬屈膝的，為現實而折腰跪拜。這樣受盡折磨之後，仍然要「穿戴整齊」，而「八面玲瓏」本用來形容一個人懂得做人，人際關係良好，這個詞彙甚至帶有貶意、嘲諷的意味，用來解釋「我」經過「穿戴整齊」之後的模樣與行事風格，是符合的；而此處轉為「我的痛苦／八面玲瓏」，以八面玲瓏形容痛苦，既可說是因必須八面玲瓏而痛苦，也可以說這痛苦的心已經被琢磨得八面玲瓏，每一面晶瑩都是來自痛苦的雕刻，這是何等的苦痛。另一首〈語言之傷〉也處理了類似的情況，但以語言的中傷來寫出所承受的痛苦，全篇共九段，一至八段每段二行，列舉耳語、笑聲、結論、弦外之音、問候、「我愛你」、流言、咀咒等八個語言的型態，單雙行之間產生對比的張力；末段為三行，自我詰問是否可承受語言之傷。略引數段及結尾：

耳語盈盈，從別人的唇耳之間
飄出金屬細碎的釘與針

熠熠的笑聲
是刀的寒芒

---

[53] 陳克華，〈與蘆葦的無盡遊戲〉，《與孤獨無盡的遊戲》，此處引自《別愛陌生人》，頁71。

....

「我愛你」
像不存在的冰愛著火焰

流言恰似濁流湍急
載浮載沉的真相被吸進漩渦中央

咀咒
黑色淬滿了毒的劍

呵，我已經準備好了
是否我已經準備好隨時
讓身上佈滿這語言之傷……[54]

這八種語言的型態，都是虛假、刺傷別人的語言，「金屬細碎的釘與針」固然細微，但是刺耳刺心，也是會讓人百孔千瘡的；用「不存在的冰愛著火焰」來形容「我愛你」，如同緣木求魚，而冰與火焰的衝突性，更加強了說者與聽者之間的衝突，也造成聽者更大的失望與傷痛感。

面對自我與外界的衝突，陳克華詩中的表現大多是內省式的，也就是凝視受傷脆弱的部分，或是自我詰問是否可以承擔這種摩擦、痛苦。只有在面對同志議題時，陳克華才會採取激烈的措辭，或是聳動的標題、露骨的身體意象來抵抗世俗觀念，《欠砍頭詩》、〈肛交之必要〉的出現應是就在此背景下產生；到《善男子》更是正面迎戰，用「肉體」來治「肉體問題」的疑難雜症，也就是說當社會用狐疑的眼光看同志的身體、性、欲望的問題時，陳

---

[54] 陳克華，〈語言之傷〉，《別愛陌生人》，頁123-124。

克華的詩也以身體的意象、醫學名詞予以反擊，或是「矯正」。例如〈肉體十字架〉一開頭說「於是我捨棄天地如屋宇，衣服如兄弟妻子／只定居在自己的肉身裡」，為什麼是「於是」，應該就是在飽受世俗眼光質疑後所採取的行徑——於是，「我」「日夜用賀爾蒙洗濯昏昧的大腦和性器／造訪小小隔絕的胰島／生養一些體毛和菜花」[55]——這便是「我」對抗世界，退一步自我「修身養性」的方法。而更積極的是主動出擊，如同〈我終於治療了這世界的異性戀道德偏執熱〉所寫的：

> 但我終於也移植了一個尻（穴）
> 擁有貯製乳汁的雙乳
>
> 每月一次
> 倒立精神的子宮，傾瀉靈魂的月經
> ⋯⋯
>
> （⋯⋯）
>
> 我是誰我不清楚但我知道
> 我有病——而佛說　人生就是一場大病
>
> 五根六識　三千大千　無非病中夢幻
> 我於幻中凝視此身，無所依循　但
>
> 在維時僅剎那的領悟中
> 起碼我已治癒這病著的堪忍娑婆世界
> 的異性戀熱症。[56]

---

[55] 陳克華，〈肉體十字架〉，《善男子》，頁85。
[56] 陳克華，〈我終於治療了這世界的異性戀道德偏執熱〉，《善男子》，頁81-82。

前半部的「移植」女性器官、靈魂的月經等說法，只是反諷，以對應世人認為男、女的性／別必須截然分明，而後半部的「我有病」之說，也是反諷，我固然「有病」，但我知道一切都如夢、幻、泡、影，我之「移植」女性器官、改扮女人乃是為了治好這「病著」的世界，這個患有「異性戀道德偏執熱」病症的世界。作為書名的〈善男子〉同樣使用了身體、器官意象，也挪用了佛經經文，諷刺了「道德重整之家」。詩中藉由一萬名「善男子」謀殺一名善男子而集體下獄服刑，每個人服刑3.655天，這3.655天卻是他們的情欲嘉年華，不但可以放肆地抽菸喝酒，還可以「化裝成天上諸佛阿修羅天女牛頭馬面／非男非女餓鬼菩薩相互／品嘗心肝，嘴唇，眼淚」繼而在種種的享樂，甚至也包括「經由肛門的八萬四千方便法門」的「修練」，終於「善男子回歸善男子」，「終於三點六五五天後／一萬名善男子用光全城的眼影與殺精劑／一一道別／相約從此／遁入／道德重整之家」。歷經這樣的輪迴之後，這一萬名善男子也和那位被謀殺的善男子重逢，「他們」一一擁抱／餵給彼此清水和眼淚／乾糧和自己的肉／互贈肱骨為樂器青絲為繫帶／頭顱為缽」他們互相訴說：

　　「我們愛你……」一萬名善男子說。
　　「我愛你們……」一名善男子說。

　　於是佛將他們化作菩提樹上
　　一萬零一片葉子。向陽面炙熱
　　向陰面清涼
　　隨四季枯榮
　　日夜聽法：如是我聞，一時，
　　善男子……[57]

---

[57] 陳克華，〈善男子〉，《善男子》，頁133-137。

「如是我聞。善男子善女人……」是佛經開頭的慣用句子，代表紀錄者記下了佛陀說的經文，傳述給世間的善男信女。這首詩多處套用這個陳套，卻是挪用、歪用，以此達到嘲諷世俗的效果。而詩中也對基督教加以諷刺，「道德重整之家」與「我們愛你……」、「我愛你們……」的諧擬，都是用來對抗基督教對於同性戀者的斥責與不接受。是故，〈善男子〉左用佛經，右引基督，卻都是挪用、反諷，其目的也就在於為自我、同志對抗這世界，但不以怒罵方式，而是嘻笑、嘲弄，展現黑色幽默。

　　無可諱言，以上所引述的作品並不怎麼抒情，或者是有雜音的抒情。但解讀陳克華詩中的自我與外界之關係，實在不能略而不論。這種比較激烈或是暴虐、戲謔的方式在後來的寫作裡有所舒緩，例如以《心經》為素材的詩畫集《心花朵朵》，已經不用這樣的方式解讀、仿造經文，而是較為正面的詮釋與創發，同時在其〈後記〉中也提到自己在態度上的轉變，歷經一些事情，他放棄以往咒罵世界的方式，而以更寬廣、更自由的角度來創作。回過頭來看《善男子》，和上述作品並存的，也有非常富於抒情意味的〈我確然走著與時代逆行的方向〉和〈當只有我還在思考愛〉；這表示陳克華不是一逕地採取同一種聲調在對抗世界，他畢竟還是以抒情為基底，而且最終還是訴諸於「愛」。

　　〈我確然走著與時代逆行的方向〉以堅定的語氣訴說自己對於目前的處境了然於胸，也清楚聽見前行者犧牲之後的哭泣聲與勸告聲，但「我」仍然繼續前進，無畏於頭蓋骨、髖骨、脛骨、薦骨、恥骨……已經被支解，而這些被支解的器官仍然跟隨逆行者的隊伍，「向著沒有答案處前行，集結／吵鬧後無目的解散入黑暗的墳場」直到「只剩死亡的氣息在死者空曠的眼眶和咽喉裡／流動成風……」，「我」仍然沒有放棄。詩的最後說：

　　巨大的時代的風
　　我聽見純潔的靈魂們如
　　風　鈴

般　破碎　了

　　而時代的風呵誰在逆風之中
　　哼唱著我必須繼續前進的音符……[58]

　　這裡的風聲蕭蕭，彷彿有易水之寒的況味，詩中的「我」粉身碎骨之後，還要化作千風萬片，繼續前進，和時代的主流對抗。相對於這種悲壯氣氛，〈當只有我還在思考愛〉就比較溫柔自在，充滿希望與期許。這首詩的前半部，陳克華反省了從前的態度：「我和我的領帶一樣筆直、平坦、發亮：／『嶄新的一天，讓我們不斷戰鬥、戰鬥、又戰鬥，』」，乃至於自己意識到「便也天賦擁有執問與判決的權力：／『來，認同我……完完全全……』」、「否則敵對我。／好讓我有理由摧毀與滅絕……」。但這樣激動、好鬥的「我」，已經過了考驗，終於來到「一個字也沒有的教室」，重新學習人生的一切，「像夜空必須學習如何破曉／雪花學習如何自虛無冰冷的空氣中成形」、「鮮潤的果實要如何自堅硬的枝枒迸出／而種子又該如何穿破厚重的果皮」、「來到土壤。而我確已來到今生／學習，重新學習如何哭泣　以及　破涕為笑」、「從此，每一滴眼淚都必須有最結實的理由／每一朵微笑也必須由心田深處綻放」；顯然這是更艱難的學習，最後「我」的領悟是：

　　而我確已學習學習學習的太過疲憊
　　新學期，只有愛（合上你的空白課本）

　　擦乾淨天空的黑板
　　生命原是一張任你自由填寫且自我評分的考卷

　　但此刻，這堂課　我們只需溫習山川大洋河海森林

---

[58] 陳克華，〈我確然走著與時代逆行的方向〉，《善男子》，頁90-92。

那與我們久睽了的，我們原都多麼擅長的愛……[59]

這首詩使用刪節號的地方頗多，事實上《善男子》詩集中很多作品也常以刪節號作結。「……」代表言有盡而意無窮，遲疑、未完的語氣，也使得詩的氣氛變得柔和，抒情的意味更濃厚。而〈當只有我還在思考愛〉的陳克華，已然卸下武裝，以平和的心情和自我、和世界相處。

陳克華詩中塑造的自我，以詩人自期，也充滿自信，他的心中有純真小孩的印記，也有脆弱的一面。他面對世界的方法，一方面是退縮自省的，因此敏感、無可奈何、容易受傷，但也柔韌不斷；只有面對同志議題時，他變得剛強、隨處反抗與反擊，挪移佛經的經文，對這個有病的異性戀世界冷嘲熱諷，這不僅是為自己的辯駁，也是為捍衛同志族群而書寫。但陳克華同時也保持抒情的調子，在堅持、容忍與期盼間，道出為「愛」而生的終極關懷。

四、結語

閱讀陳克華從早期到近期的詩集，我們可以發現幾個突出的現象。除了身體詩、情色詩、同志書寫已為人注意外，長詩[60]、科幻詩也被重新發現和研究[61]；但陳克華的抒情表現則有待深入挖掘。本文認為從抒情角度研究陳克華，並非倒退回到他的創作初期，而是深究他身為詩人的抒情自我的樣貌與成就。透過以上的討論，希望可以看到陳克華擁有的孤獨的靈魂、對愛情的細緻描繪、多重表現下的自我與外界關係。也希望從這些相關的作品中，促使讀者重

---

[59] 陳克華，〈當只有我還在思考愛〉，《善男子》，頁119-123。

[60] 蔣美華將陳克華的長詩列入「詩化的現實」這類來討論，見其〈「詩化的現實」與「現實的抒情」：兩種長詩美學的參差對照〉，" Asian Journal of Management and Humanity Sciences" 1:3，2006年10月，頁494-511。

[61] 陳克華的《星球記事》為一長篇的科幻詩，但討論者不多；最近劉正忠發表一篇論文，係從一個新的角度切入相關詩作。見其〈朝向後人類詩——陳克華詩的科幻視域〉，臺大文史哲學報78期，2013年5月，頁75-116。

新發現陳克華詩的抒情成分，甚且是抒情的基調。

　　陳克華詩中的抒情表現亦帶來新的思考。傳統的抒情詩，所抒發的情感包括感時憂國、懷才不遇、愛怨、聚散、自我形象等，這些主題放在陳克華詩中，有延續者也有變異者，其中最大的變異應該是身體意象和挪用佛經，而這又往往和同志的議題連結在一起。在感時憂國這方面，陳克華在《美麗深邃的亞細亞》有許多作品表現他對政商勾結、以經濟開發之名行掠奪破壞鄉土之實的花蓮，有頗強大激烈的指責，而這些作品也都藉由身體意象進行諷刺與批判。換言之，不再是黍離之悲那樣的抒情模式，而是充滿現實批判；這也已經脫離了抒情詩所討論的範圍，因此本文未加討論。而陳克華和大多數古今詩人一樣，都擁有孤獨的心靈；他對愛情的書寫，無論是失戀情傷或是愛／欲的沉醉，也都極盡抒情之能事，這也很容易在古今詩人的作品中看到，當然陳克華有推陳出新之處；例如迴紋針、鯨魚、吉他等意象及其形容，都是相當獨到的與愛／欲有關的描繪。而化用《楞嚴經》的經文，用來譬喻、轉化同性的愛／欲，無疑是個新的創作技巧。至於「善男子」、「如是我聞」被挪用、歪用，用來解嘲這凡俗的異性戀世界，也帶來一種新的語言美感或快感。在對現實的反抗上，同性戀情結原本是他的自我中的「他者」，但他的詩中沒有自我認同的矛盾；反而是從社會規範的角度來看，這個「他者」成為社會的問題，因此陳克華以身體以情色來進行反抗書寫。這也使得他詩中自我形象的抒情上產生了新的審美感受，在抒情的語調中帶著反諷、黑色幽默，宛若有雜音的抒情曲調。但這也不是陳克華詩作的定型模式，因為在同一本詩集裡面（《善男子》），仍是有其他作品維持柔美語調的抒情風格，訴說他對未來的期望。是故，本文認為在創作上，始終有一個抒情陳克華存在。

──本文初稿宣讀於「兩岸新詩國際論壇」，新竹清華大學中文系主辦，2014
　　年10月24日。
──2016年5月2日修訂稿。部分文稿〈「善男子」的孤獨與愛──陳克華詩的抒
　　情表現〉刊載於《聯合文學》382期，2016年8月，頁94-99。

參考書目

一、詩人作品集(未標明者為詩集)

周夢蝶

《孤獨國》,台北:文星書店,1959年。

《還魂草》,台北:文星書店,1965年。

《十三朵白菊花》,台北:洪範出版社,2002年。

《約會》,台北:九歌出版社,2002年。

《不負如來不負卿——《石頭記》百二十回初探》(散文集),台北:九歌
    出版社,2005年。

《風耳樓墜簡》(書信集),台北:印刻出版公司,2009年。

鄭愁予

《鄭愁予詩集Ⅰ》,台北:洪範出版社,1979年。

《燕人行》,台北:洪範出版社,1980年。

《雪的可能》,台北:洪範出版社,1985年。

《寂寞的人坐著看花》,台北:洪範出版社,1993年。

葉維廉

《孩子的季節》,台北:台灣省政府教育廳兒童讀物出版部,1990年。

《紅葉的追尋》(詩文合集),台北:三民書局,1997年。

《樹媽媽》,台北:三民書局,1997年。

《網一把星》,台北:三民書局,1998年。

《冰河的超越》,台北:三民書局,2000年。

《葉維廉五十年詩選》,台北:台大出版中心,2013年。

杜國清

杜國清著、王宗法、計璧瑞解讀,《玉煙集:錦瑟無端五十絃》,台北:台大出版中心,2009年。

杜國清,《山河掠影》,台北:台大出版中心,2009年。

席慕蓉

《七里香》,台北:大地出版社,1980年。

《無怨的青春》,台北:大地出版社,1983年。

《時光九篇》,台北:爾雅出版社,1987年。

《邊緣光影》,台北:爾雅出版社,1999年。

《迷途詩冊》,台北:圓神出版社,2002年。

《我摺疊著我的愛》,台北:圓神出版社,2005年。

莫渝

《土地之歌》,台北:笠詩社,1986年。

《笠下的一群》,台北:河童出版社,1999年。

《莫渝詩文集》(5冊),苗栗:苗栗縣文化局,2005年。

陳義芝

《青衫》,台北:爾雅出版社,1985年。

《在溫暖的土地上》,台北:洪範出版社,1987年。(散文集)

《新婚別》,台北:大雁出版社,1989年。

《不能遺忘的遠方》,台北:九歌出版社,1993年。

《不安的居住》,台北:九歌出版社,1998年。

瓦歷斯·諾幹

《泰雅孩子,台灣心:1986-1993》,台中:台灣原住民人文研究中心,1993年。

《想念族人》,台中:晨星出版社,1994年。

《山是一座學校》,台中:台中縣立文化中心,1994年。

《伊能再踏查》,台中:晨星出版社,1999年。

《番人之眼》，台中：晨星出版社，1999年。

《2012：自由寫作的年代》，台北：原民會台灣原住民族圖資中心，2012年。

《當世界留下兩行詩》，台北：布拉格文化出版，2012年。

陳克華

《我撿到一顆頭顱》，台北：漢光出版社，1986年。

《我在生命轉彎的地方等你》，台北：圓神出版社，1993年。

《欠砍頭詩》，台北：九歌出版社，1995年。

《別愛陌生人》，台北：元尊文化，1997年。

《美麗深邃的亞細亞》，台北：書林出版社，1997年。

《善男子》，台北：九歌出版社，2006年。

二、研究專著

王宗法著，《昨夜星辰昨夜風——玉煙集綜論》，合肥：安徽大學出版社，
　　1998年。

王捷、楊玉文主編：《第二次世界大戰大詞典》，北京：華夏出版社，2004年。

王逢振，《女性主義》，台北：揚智出版社，1995年。

王國維著、徐調孚校注，《人間詞話》，台北：漢京公司，1980年。

王國瓔，《中國山水詩研究》，台北：聯經出版公司，1986年。

方瑜，《中晚唐三家詩析論》，台北：牧童出版社，1975年。

瓦歷斯‧諾幹、余光弘撰稿，《臺灣原住民史‧泰雅族史篇》，南投：國史
　　館台灣文獻館，2002年。

田哲益，《台灣原住民社會運動》，台北：台灣書房，2010年。

朱天，《真全與新幻——葉維廉和杜國清之美感詩學》，台北：新銳文創，
　　2013年。

李達三、談德義主編，《艾略特的荒原》，香港：新亞出版社，1976年。

李瑞騰主編，《中華現代文學大系‧評論卷貳》，台北：九歌出版社，1989年。

杜國清，《詩論‧詩評‧詩論詩》，台北：台大出版中心，2010年。

汪景壽、白舒榮、楊正犁，《尋美的旅人——杜國清論》（一）（二），北
　　京：北京大學出版社，1994年。

汪景壽、王宗法、計璧瑞，《愛的秘圖——杜國清情詩論》，哈爾濱：北方

文藝出版社，1994年。

林文月，《山水與古典》，台北：純文學出版社，1976年。

林海音，《剪影話文壇》，台北：純文學出版社，1984年。

林燿德，《不安海域》，台北：師大書苑，1988年。

林燿德主編，《台灣當代文學評論大系·新詩批評卷》，台北：正中書局，
　　1993年。

金耀基，《從傳統到現代》，台北：時報文化公司，1977年。

洪炎秋，《文學概論》，台北：中華文化出版事業委員會，1957年。

洪淑苓、易鵬、曾進豐主編，《觀照與低迴：周夢蝶手稿、創作、宗教與藝
　　術國際學術研討會論文集》，台北：學生書局，2014年。

封德屏主編，《台灣現代詩史論》，台北：文訊雜誌社，1995年。

孫大川主編，《台灣原住民漢語文學選集──評論卷（上）（下）》，台
　　北：印刻出版公司，2003年。

孫玉石，《中國現代主義思潮史論》，北京：北京大學出版社，1993年。

徐復觀，《中國藝術精神》，台北：學生書局，1966年。

陳芳明，《台灣新文學史》，台北；聯經出版公司，2011年。

陳芳明，《現代主義及其不滿》，台北：聯經出版公司，2013年。

陳義芝主編，《台灣文學經典研討會論文集》，台北：聯經出版公司，1999年。

黃永武，《中國詩學鑑賞篇·作品的詩境》，台北：巨流圖書公司，1976年。

曾進豐編，《娑婆詩人周夢蝶》，台北：九歌出版社，2005年。

曾進豐編選，《周夢蝶》，台灣當代作家研究資料彙編18，台南：國立台灣
　　文學館，2012年。

張潔宇，《荒原上的丁香》，北京：中國人民大學出版社，2003年。

葉維廉，《從現象到表現──葉維廉早期文集》，台北：東大圖書公司，
　　1994年。

蒲忠成編著，《台灣原住民族文學史綱》，台北：里仁書局，2010年。

蔡源煌，《從浪漫主義到後現代主義》，台北：雅典出版社，1987年。

劉永毅，《周夢蝶──詩壇苦行僧》，台北：時報文化公司，1998年。

鄧相揚，《霧社事件》，台北：玉山社，1998年。

鄭騫，《從詩到曲》，台北：科學出版社，1961年。

鍾玲，《現代中國繆思──台灣女詩人作品析論》，台北：聯經出版公司，
　　1989年。

蕭蕭，《現代詩縱橫觀》，台北：文史哲出版社，1999年。

顏元叔，《文學批評散論》，台北：驚聲出版社，1970年。

郭崇興總策畫，《20世紀史》，台北：城邦出版集團，1992年。

艾略特（T.S. Eliot）著、杜若洲譯，《荒原：四重奏》，台北：志文出版社，1985年。

宇文所安（Steven Owen）著、鄭學勤譯，《追憶：中國古典文學中的往事再現》，台北：聯經出版公司，2006年。

克莉絲・維登（Chris Weedon）著，白曉紅譯，《女性主義實踐與後結構主義理論》，台北：桂冠圖書，1994年。

松浪信三郎著，梁祥美譯，《存在主義》，台北：志文出版社，1992年。

威廉・白瑞德（William Barrett）著，彭鏡禧譯，《非理性的人》，台北：志文出版社，1979年。

約翰・赫伊津哈（Johan Huizinga）著，多人譯，《遊戲的人》，杭州：中國美術學院出版社，1996年。

高田公理著，李永清譯的《遊戲化社會》，台北：遠流出版社，1990年。

瓊安・魏蘭－波斯頓（Joanne Wieland-Burston）著，宋偉航譯，《孤獨世紀末》，台北：立緒文化公司，1991年。

海德格（Martin Heidegger）著、王慶節、陳嘉映譯，《存在與時間》，台北：桂冠圖書公司，1990年。

加藤秀俊著，彭德中譯，《餘暇社會學》，台北：遠流出版社，1989年。

三、單篇論文

王建元，〈中國山水詩的空間經驗時間化〉，《現象詮釋學與中西雄渾觀》，台北：東大圖書公司，1988年，頁131-166。

朱光潛，〈剛性美與柔性美〉，《文藝心理學・下》，台北：金楓出版公司，1987年，頁71-94。

向　陽，〈微弱但有力的堅持──七〇年代台灣現代詩壇本土論述初探〉，封德屏主編，《台灣現代詩史論》，台北：文訊雜誌社，1995年，頁363-376。

余光中，〈一塊彩石能補天嗎？〉，曾進豐編，《娑婆詩人周夢蝶》，台北：九歌出版社，2005年，頁136-140。

李元洛，〈傳統與現代的交融──略論陳義芝的詩〉，《文訊》 104期，
　　1994年6月，頁7-10。

李瑞騰專訪、楊光記錄整理，〈在詩外求詩，在知識界尋找作家〉，《文
　　訊》138期，1997年4月，頁83-88。

李魁賢，〈杜國清的「蜘蛛」〉，《笠詩刊》120期，1984年4月，頁125-128。

林文月，〈中國山水詩的特質〉，《山水與古典》，台北：純文學出版社，
　　1976年，頁23-62。

林明理，〈杜國清詩歌的意象節奏〉，《笠詩刊》290期，2012年8月，頁84-
　　89。

林燿德，〈不安海域──台灣地區八〇年代前葉現代詩風潮試論〉，《文
　　訊》25期，1986年8月，頁94-123。

林燿德，〈八十年代現代詩世代交替現象〉，封德屏主編，《台灣現代詩史
　　論》，台北：文訊雜誌社，1995年，頁425-436。

洪淑苓，〈詩的鈕扣，情的瘡痂──讀陳義芝《青衫》詩集〉，《文訊》18
　　期，1985年6月，頁141-145。

洪淑苓，〈橄欖色的孤獨──論周夢蝶孤獨國〉，陳義芝主編，《台灣文學
　　經典研討會論文集》，台北：聯經出版公司，1999年，頁184-196。

洪淑苓，〈愛欲的救贖──杜國清《愛染五夢》評介〉，《文訊》168期，
　　1999年10月，頁26-27。

洪淑苓，〈我們去看煙火好嗎──席慕蓉《席慕蓉世紀詩選》評介〉，《中
　　央日報》，2000年11月27日，中央副刊。

洪淑苓，〈禪意與深情──周夢蝶《十三朵白菊花》評介〉，《現代詩新版
　　圖》，台北：秀威資訊科技公司，2004年，頁61-63。

洪淑苓，〈周夢蝶詩中的世態人情〉，洪淑苓、易鵬、曾進豐合編，《觀照
　　與低迴：周夢蝶手稿、創作、宗教與藝術國際學術研討會論文集》，台
　　北：學生書局，2014年，頁75-98。

洪淑苓，〈重探杜國清譯介荒原及相關問題〉，《華文現代詩》9期，2016年
　　5月，頁13-22。

洪淑苓，〈杜國清以詩論詩的類型與詩學理念〉，《笠詩刊》313期，2016年
　　6月，頁84-92。

洪淑苓，〈杜國清《玉煙集》、《山河掠影》評介〉《文學台灣》100期，
　　2016年10月（預定刊登）

柯慶明，〈論王國維人間詞話的境界，有我之境、無我之境及其他〉，《境界的再生》，台北：幼獅文化公司，1977年，頁51-84。

柯慶明〈六十年代現代主義文學？〉，邵玉銘、張寶琴、瘂弦主編，《四十年來中國文學》，台北：聯合文學出版社，1995年，頁85-146。

奚密，〈邊緣，前衛，超現實：對台灣五、六十年代現代主義的反思〉，封德屏主編，《台灣現代詩史論》，台北：文訊雜誌社，1996年，頁247-264。

孫小玉，〈解鈴？繫鈴？——羅蘭巴特〉，呂正惠主編，《文學的後設思考：當代文學理論家》，台北：正中書局，1991年，頁78-103。

孫瑋騂，〈情智交織的美的世界——杜國清詩觀探析〉，《當代詩學》4期，2008年12月，頁135-171。

馬耀民，〈作者、正文、讀者——巴赫汀的《對話論》〉，呂正惠編，《文學的後設思考》，台北：正中書局，1991年，頁50-77。

陳千武，〈台灣現代詩的歷史和詩人們：華麗島詩集後記〉，鄭炯明編，《台灣精神的崛起：「笠」詩論選集》，高雄：文學界，1989年，頁451-457。

陳健民，〈九十年代詩美學〉，《台灣現代詩史論》，台北：文訊雜誌社，1996年，頁533-548。

陳俊榮，〈杜國清的新即物主義論〉，《當代詩學》第3期，2007年12月，頁48-67。

陳鵬翔，〈中英山水詩理論與當代中文山水詩的模式〉，《中外文學》20卷6期，1991年11月，頁96-135。

張漢良，〈現代詩的田園模式——《八十年代詩選》序〉，李瑞騰主編，《中華現代文學大系‧評論卷貳》，台北：九歌出版社，1989年，頁1009-1028。

張　錯，〈抒情繼承：八十年代詩歌的延續與丕變〉，封德屏主編，《台灣現代詩史論》，台北：文訊雜誌社，1995年，頁407-424。

楊明整理記錄，〈現代台灣山水文學座談——眾溪是太陽的手指〉，《中國時報》，1992年11月6日，副刊。

楊小濱，〈絕爽及其不滿：當代詩中的身體與色情書寫〉，《臺灣文學研究集刊》14期，2013年8月，頁71-111。

楊宗翰，〈艾略特，荒原與台灣文學場域〉，《自由時報》，2004年1月10

日，副刊。

廖咸浩，〈離散與聚焦之間——八十年代後現代與本土詩〉，封德屏主編，《台灣現代詩史論》（台北：文訊雜誌社，1995），頁437-450。

廖堅均，〈周夢蝶詩歌中的「日常意象」與「地方」建構——以《十三朵白菊花》、《約會》為中心的討論〉，《臺灣詩學學刊》第21號，2012年11月，頁61-96。

須文蔚，〈葉維廉與臺港現代主義詩論之跨區域傳播〉，《東華漢學》15期，2012年6月，頁249-273。

葉維廉，〈中國古典詩和英美詩中山水美感意識的演變〉，《比較詩學》，台北：東大圖書公司，1983年，頁135-194。

劉　雲，〈論李商隱詩歌對杜國清《玉煙集》的影響〉，《笠詩刊》242期，2003年8月，頁69-80。

劉正忠，〈朝向後人類詩——陳克華詩的科幻視域〉，《臺大文史哲學報》78期，2013年5月，頁75-116。

劉韋佐，〈同志詩的閱讀與陰性書寫策略——以陳克華、鯨向海、孫梓評為例〉，《臺灣詩學學刊》13期，2009年8月，頁209-238。

潘麗珠，〈豪華落盡見真淳——鄭愁予〈寂寞的人坐著看花〉〉，《國文天地》11卷1期，1995年6月，頁24-26。

蔣美華，〈「詩化的現實」與「現實的抒情」：兩種長詩美學的參差對照〉，"Asian Journal of Management and Humanity Sciences" 1:3，2006年10月，頁494-511。

鍾　玲，〈八十年代的都市雙重奏〉，《現代中國繆司——台灣女詩人作品析論》，台北：聯經出版公司，1989年，頁349-393。

簡政珍，〈八十年代詩美學——詩和現時的辯證〉，封德屏主編，《台灣現代詩史論》，台北：文訊雜誌社，1995年，頁475-498。

顧忠華，〈台灣的現代性：誰的現代性？哪種現代性？〉，《當代》221期，2006年1月1日，頁66-89。

艾略特（T.S. Eliot）著，宋穎豪譯，〈荒原〉，《藍星》詩刊2期，1985年1月，台北：九歌出版社，頁127-148。

劉若愚著，杜國清譯，《中國詩學》「下篇‧第一章作為境界和語言之探索的詩」，台北：幼獅文化公司，1977年，頁138-150。

羅蘭‧巴特（Roland Barthes）著，李幼蒸譯，〈寫作的零度〉，《寫作的零

度——結構主義文學理論文選》，台北：桂冠圖書公司，1993年，頁75-128。

四、學位論文

朱　天，〈詩與美感的交輝：葉維廉、杜國清詩學理論研究〉，台北：台灣大學台文所碩士論文，2009年。

伊象菁，〈原住民文學中邊緣論述的排除與建構：以瓦歷斯‧諾幹與利格拉樂‧阿𡠄為例〉台中：靜宜大學中文所碩士論文，2002年。

李建旺：〈黎巴嫩內戰：社會、地區關係、國際關係〉，台北：政治大學外交所碩士論文，1993年。

吳夙珍，〈陳克華新詩研究〉，嘉義：中正大學所碩士論文，2000年。

孫瑋騂，〈杜國清及其《玉煙集》研究〉，高雄：高雄師大國文系碩士論文，2008年。

陳政彥，〈後台灣現代詩論戰史研究〉，台中：中興大學中文所博士論文，2007年。

蔡欣純，〈論杜國清現代詩創作、翻譯與詩論〉，台北：台灣師大台文系碩士論文，2009年。

劉錦燕，〈後殖民的部落空間：析論瓦歷斯‧諾幹「台灣當代原住民文學」的主體建構〉，彰化：彰化師大國文系碩士論文，2002年。

鄒桂苑，〈拼貼當代臺灣情／色文學地景——陳克華詩作文本探勘1981-1997〉，台北：淡江大學中文所碩士論文，1998年。

五、電子媒體

民視異言堂第184集，2001/09/03播出，參考網址：http://view.ftv.com.tw/history.aspx?page=1&year=2016，2016年3月20日查詢。

「陳庭詩現代藝術基金會」網站，網址http://www.ctsf.org.tw/，2013年3月2日查詢。

「智邦藝術基金會」網站，網址：http://old.arttime.com.tw/artist/chen_ts/commentary.htm#c4，2013年3月2日查詢。

《楞嚴經講記》，台大佛學數位圖書館暨博物館電子資源，網址http://ccbs.ntu.edu.tw/index.jsp。2014年10月15日查詢。

釀文學201　PG1578

 孤獨與美
　　　——台灣現代詩九家論

作　　者	洪淑苓
責任編輯	鄭伊庭
圖文排版	周政緯
封面設計	王嵩賀

出版策劃	釀出版
製作發行	秀威資訊科技股份有限公司
	114 台北市內湖區瑞光路76巷65號1樓
	電話：+886-2-2796-3638　傳真：+886-2-2796-1377
	服務信箱：service@showwe.com.tw
	http://www.showwe.com.tw
郵政劃撥	19563868　戶名：秀威資訊科技股份有限公司
展售門市	國家書店【松江門市】
	104 台北市中山區松江路209號1樓
	電話：+886-2-2518-0207　傳真：+886-2-2518-0778
網路訂購	秀威網路書店：http://www.bodbooks.com.tw
	國家網路書店：http://www.govbooks.com.tw
法律顧問	毛國樑　律師
總 經 銷	聯合發行股份有限公司
	231新北市新店區寶橋路235巷6弄6號4F
	電話：+886-2-2917-8022　傳真：+886-2-2915-6275

出版日期	2016年10月　BOD一版
定　　價	390元

國家圖書館出版品預行編目

孤獨與美：台灣現代詩九家論 / 洪淑苓 -- 一版. -- 臺
北市：釀出版, 2016.10
　　面；　公分. --（釀文學）
BOD版
ISBN 978-986-445-127-2（平裝）

1. 台灣詩　2. 新詩　3. 詩評

863.21　　　　　　　　　　　　　105010262

讀 者 回 函 卡

感謝您購買本書,為提升服務品質,請填妥以下資料,將讀者回函卡直接寄
回或傳真本公司,收到您的寶貴意見後,我們會收藏記錄及檢討,謝謝!
如您需要了解本公司最新出版書目、購書優惠或企劃活動,歡迎您上網查詢
或下載相關資料:http:// www.showwe.com.tw

您購買的書名:_____

出生日期:_____年_____月_____日

學歷:□高中 (含) 以下　　□大專　　□研究所 (含) 以上

職業:□製造業　□金融業　□資訊業　□軍警　□傳播業　□自由業
　　　□服務業　□公務員　□教職　　□學生　□家管　　□其它_____

購書地點:□網路書店　□實體書店　□書展　□郵購　□贈閱　□其他
您從何得知本書的消息?

　　□網路書店　□實體書店　□網路搜尋　□電子報　□書訊　□雜誌
　　□傳播媒體　□親友推薦　□網站推薦　□部落格　□其他_____
您對本書的評價:(請填代號　1.非常滿意　2.滿意　3.尚可　4.再改進)

　　封面設計____　版面編排____　內容____　文／譯筆____　價格____

讀完書後您覺得:

　　□很有收穫　□有收穫　□收穫不多　□沒收穫

對我們的建議:_____

_____

_____

_____